Justus Möser

Justus Mösers Sämtliche Werke

Erster Band: Die patriotischen Fantasien - Erster Band

Justus Möser

Justus Mösers Sämtliche Werke
Erster Band: Die patriotischen Fantasien - Erster Band

ISBN/EAN: 9783743659247

Hergestellt in Europa, USA, Kanada, Australien, Japan

Cover: Foto ©Andreas Hilbeck / pixelio.de

Weitere Bücher finden Sie auf **www.hansebooks.com**

Justus Mösers

sämmtliche Werke.

Erster Band.

Enthaltend

die patriotischen Phantasieen

Erster Band.

Berlin und Stettin,
bey Friedrich Nicolai,
1798.

Patriotische Phantasien

von

Justus Möser.

***

Erster Theil.

***

Herausgegeben

— von seiner Tochter

J. W. J. v. Voigt, geb. Möser.

***

Dritte verbesserte und vermehrte Auflage.

***

Mit Königl. Preußischer, Kursächsischer und Kurbranden-
burgischer allergnädigster Freyheit.

***

Berlin,

bey Friedrich Nicolai, 1804.

Vorrede
der
Herausgeberinn.

Gegenwärtige Stücke, welchen ich den Namen patriotische Phantasien beygelegt habe, sind mehrentheils schon in den Beylagen zu den Osnabr. Intelligenz-Blättern von den Jahren 1768. und 1769. abgedruckt gewesen; einige wenige waren vorher in andern öffentlichen Blättern erschienen.

Wie

Vorrede

Wie ich meinem Vater entdeckte, daß ich solche sammlen, und was ich von dem Verleger dafür erhielte, auf eine patriotische Art verwenden wollte, antwortete er mir:

„Du kannst es versuchen, ich besorge aber,
„daß dasjenige, was auf einem Provinzial=
„Theater erträglich geschienen, auf der gro=
„ßen Bühne Deutschlands nicht gefallen wer=
„de. Vieles ist zu lokal und bezieht sich auf
„einheimische Verbesserungen, die zum Theil
„gemacht, zum Theil mißlungen sind. Unsre
„Landes=Leute sind einzig und allein für die
„politische Moral, und oft habe ich wider
„meine Gewohnheit deklamiren, oder be=

„kannte

„kannte Wahrheiten mit einer wichtigen Mie=
„ne vortragen müssen, um mir die Aufmerk=
„samkeit meiner Zuhörer zu erwerben. Da=
„her wird vieles auswärts einen Erdge=
„schmack haben, oder zudringlich scheinen;
„und weil für dergleichen wöchentliche Blät=
„ter auf den Glockenschlag gearbeitet werden
„muß, vieles von der Hand geschlagen oder
„doch nicht so gerathen seyn, wie es die große
„Welt billig fordert. Dieses kannst du zu
„meiner Entschuldigung sagen, und alle übri=
„ge Complimente unterwegens lassen.“

Nun mein lieber Vater! das soll auch gesche=
hen: indessen hoffe ich doch nicht zu sündigen,

wenn

wenn ich alle und jede, so dieses lesen werden,
inständig ersuche, das Werk statt meiner zu lo-
ben, und mir zu meiner guten Absicht recht viele
Käufer zu verschaffen. Sie sollen dann auch
noch einen zweyten oder dritten Theil haben,
wenn ihnen damit gedienet ist.

Osnabrück,
den 20sten April, 1774.

J. W. J. von Voigt,
geb. Mösern.

Inn-

Innhalt.

Innhalt.

Innhalt.

Innhalt.

I. Von

Patriotische Phantasien.

Erster Theil.

Mösers Phant. I. Theil.　　A

Poetische

Phantasien.

Erster Theil.

I.

Schreiben
an meinen Herrn Schwiegervater.

Endlich ist es mir, Gott Lob! gelungen, meine Frau hat ihre Puppen fortgeschickt, und diese Verän=
derung macht ihrer Erziehung noch die meiste Ehre. Das Kammermädchen hat die Gelegenheit dazu gege=
ben. Sie und meine Frau waren des Nachmittags spazieren, oder wie sie es nennen, philosophiren ge=
wesen, und erstere war bey ihrer Wiederkunft mit ei=
nem Absatze ein klein wenig in die Mistpfütze gerathen. Ich stand eben vor der Thür, aber ohne bemerket zu werden, und da gieng es nun an ein erzehlen, an ein lachen, und an ein leben, das fast eine Stunde wäh=
rete; alles über die kleine Geschichte von dem Fuße und der Mistgrube. Meine Frau ergetzte sich mit, und es war nicht anders, als wenn die Kinder einen Vo=
gel gefangen hätten. Ich trat endlich heran und sagte: Es thut mir leid! aber Louise, die Kuh blökt so sehr; will sie nicht einmal zusehen, was ihr fehlt? Das wäre eine artige Commißion, sagte das schnäppische Mäd=
chen, und fragte mich, ob ich wohl jemals eine Dame mit einer Kapriole und einer Saloppe im Kuhstalle ge=

                    sehen

sehen hätte? Ich schwieg, und dachte, es ist noch nicht
Zeit. Wie aber das Kammermädchen eine eigne Tafel verlangte, und die kleine Magd, welche ihr zur
Aufwartung ist, nicht mit der Viehmagd essen wollte:
so nahm ich endlich Gelegenheit, mit meiner jungen
Frau darüber im Ernst zu philosophiren. Die heutige
Erziehung der Töchter, bemerkte ich, ist zwar wirklich
sehr gut: man giebt ihnen feinere Sitten, Geschmack
und Verstand; allein es ist auch eine nothwendige Folge
davon, daß die Haut auf der Zunge feiner, die Hände
weicher, und alle Sinnen schwächer werden, als sich
jene Fähigkeiten vermehren. Es ist eine sehr wahr-
scheinliche Folge, daß der Verstand, welcher die Wissenschaften kennet und liebet, sich ungern mit Erfahrungen in der Küche abgeben werde; und endlich muß
diejenige Tochter schon einen sehr großen Grad von
Vernunft besitzen, welche bey einem feinen Geschmack
und einer vorzüglichen Einsicht ihre edlern und zärtli-
chern Glieder nicht in alle die krausen, gehackten, ge-
zierten, frisirten und namenlosen Hüllen kleiden soll,
wodurch jetzt so viele zu einer ordentlichen Hausarbeit
ungeschickt werden. Wann eine Person von vornehmen
Stände sich dergleichen erlaubt, so denkt man endlich,
sie sey zum Müßiggange privilegirt; und die vornehmen Haushaltungen würden schon so lange mit Unordnung geführet, daß man es geschehen lassen müsse.
Bey Menschen Gedenken hat man wenigstens kein Exempel, daß in einer adlichen Haushaltung etwas beträcht-
liches erübrigt worden. Allein wenn der zweyte Rang
dem ersten; der dritte dem zweyten, und der vierte
dem dritten in dieser komischen Rolle folgt: so muß die
davon abhängende Haushaltung zuletzt jene Wendung
auch nehmen, und wir werden in einem frisirten Hemde
unsere Pacht verlaufen müssen. Jetzt, mein liebes
Weib,

Weib, kannst du noch die Ehre haben, ein Original zu werden; du kannst dich freywillig herablassen, und alle die Entoillage, alle diese grosse-Beaute, und diesen verdammten Marly, welcher dem gemeinen Besten jetzt hundert tausend Hände stiehlt, mit einer schicklichern Kleidung vertauschen, ohne darüber roth werden zu dürfen. Gott hat uns Mittel gegeben; daher können wir es mit Anstand thun. Wir können keinen glücklichern Gebrauch von unserm Vermögen machen, als wenn wir die schwachen Töchter, welchen nichts als ein großes Exempel fehlet, vor der Versuchung bewahren, in gleiche Ausschweifung zu fallen. Die Mütter werden dich preisen, und die Väter mit Vergnügen auf ihre Kinder sehen, wenn sie solche nicht mehr als kostbare Zierpuppen betrachten dürfen; und wie zärtlich, wie aufrichtig wird dir das minder beglückte aber auch ehrgeitzige Mädchen danken, welches sich jetzt, da es ihm an dem Vermögen zu so vielen überflüßigen Nothwendigkeiten fehlet, entweder versteckt, oder für eine neue Frisur ihre Unschuld aufopfert. Alle unsere jetzigen Moden haben blos das Verdienst des wunderbaren, des ausschweifenden und des kostbaren. Sie tragen nichts zur Erhöhnung deiner Reitzungen bey. Diese werden vielmehr nur versteckt, beladen, und auf eine recht gothische Art verziert. Neuigkeit und Einbildung haben zwar ihre Rechte; und ich verlange nicht, daß du diese verleugnen mögest. Allein hebe dich einmal aus dem Schwarm so vieler verdienstlosen Affen; erweitere deine Einbildung, und erwege, ob nicht eine heroische Verachtung aller Modesclaven etwas eben so neues, und eben so reizendes für deine Einbildung seyn werde, als alles, was dein Kammermädchen mit einem diebischen Blicke der Hofdame entwenden kann? Es ist jetzt die Mode a la grecque zu seyn; und diese

 sollte

sollte in der edelsten Ausbildung des menschlichen Körpers bestehen . . . . .

Ich weiß nicht, wie mir dieses alles in einem
Oden vom Herzen fiel, und woher meine kleine Frau
die Geduld nahm, diesen lehrenden Ton zu ertragen.
Inzwischen muß ich ihr zum Ruhm bekennen, daß sie
mir in allem Beyfall gab; und kaum waren acht Tage
verflossen, so kam sie auf einmal mit den Worten in
die Stube getreten: Nun sieh mich a la grecque. Nie
hatte ich sie so reizend gesehen. Eine allerliebste Bau-
renmütze bedeckte ihr schönes Haar, das ohne Kunst
aufgemacht war, und sich nur so weit sehen ließ, als
man es gerne siehet. Durch ein Camisol mit kurzen
Schößen drückte sich der schönste Wuchs und noch etwas mehrers aus. Die Ermel an demselben giengen
nicht weiter als bis an den Ellenbogen: und waren
frey von dem dreyfachen Geschleppe, wodurch sie vordem immer gehindert wurde, einem hungerigen Manne
einen guten Bissen mit eigener Hand vorzulegen. Ein
netter und hübscher Rock schien mit einigem Unwillen
den feinsten Fuß zu verrathen, den ein weißer Strumpf
und ein schwarzer Schuh weit gelenker zeigte, als vorhin, da er mit Stoff und Band beschweret und an ein
großes Geschleppe gefesselt war. Kaum hatte sie meinen Beyfall aus meinen entzückten Blicken gelesen: so
führte sie mich in die Küche, wo die frische Butter bereit stund, welche sie itzt mit eigner Hand wusch; währender Zeit ihr junger schlanker Körper in jeder Bewegung eine neue Reitzung zeigte. Ihr ganzes Gesichte
schien sich verändert zu haben. Denn anstatt, daß sie
vorhin zu ihrer Dormeuse a la Tching-Tchang-sy *),

eine

*) Diese neue Chinesische Art von Dormeusen ist oben mit ei-
ner Springfeder, die, wenn man die Stirn kraus ziecht,
beyde

eine Haut, wie Esels-Milch, und ein paar unreifer Augen gebrauchte: so war sie jetzt nichts denn Feuer und Leben; und wie wir auf dem Acker giengen, konnte sie Beine und Hände gebrauchen, da vorher jede Furche für sie ein fürchterlicher Graben, und jeder Steig ein Riesengebürge war.

Seitdem haben wir nun unsern neuen Plan noch mit mehrer Ueberlegung ausgearbeitet. Das Cammer-Neglige, welches sonst von 8 Uhr bis um 10 des Morgens währete, ist völlig abgeschaft; und so wie sie aufsteht, ist sie in ihrer kurzen Kleidung geputzt. Das große Neglige, womit sie sonst bey Tische erschien, wird im Hause gar nicht mehr getragen; und also auch des Nachmittags nicht zum drittenmal verändert, wie sonst geschah, wenn etwan ein Besuch vermuthet wurde. Des Abends aber fällt der Nacht-Tisch von selbst weg, indem keine tausend Nadeln auszuziehen, und keine hundert kostbare Kleinigkeiten wegzukramen sind. Durch diese Anstalten gewinnet sie täglich ein plus von acht Stunden in ihrem wirklichen Leben; welche, da sie nun zum Besten unsrer Haushaltung angewandt werden, mich nicht allein vor Schaden bewahren, sondern auch durch Gottes Segen in den Stand setzen werden, ein ehrlicher Mann zu bleiben. Das Kammermädchen haben wir in ihrem größten Staat, in unsrer besten Kutsche, nach der Stadt zurückgeschickt; und meine Frau und ich haben die Dame zu Pferde begleitet. Denn sie reitet nun auch, und dies ist ein nützliches Vergnügen, das den Körper stärkt, und den Muth des

A 4

Gei-

---

beyde Flügel vorn zusammen schlägt. Da die Chinesischen Kammer-Jungfern die ganze Ingenieur-Kunst verstehen, und sowohl die Angriffs- als Vertheidigungs-Anstalten eines ieden Kopfs beurtheilen und dirigiren müssen: so sind dergleichen große Erfindungen in diesem Lande sehr gemein.

Geistes unterhält, welchen eine Landhaushaltung erfordert.

Wenn wir einen Besuch erhalten: so empfängt ihn meine Frau in ihrer jetzt gewöhnlichen Kleidung, mit einem so heroischen Anstande, daß ein jeder ihre großmüthige Verleugnung bewundert. Da ihrem Anzuge an Reinlichkeit und edler Schönheit nichts fehlet: so kann sie sich darinn zeigen, ohne den Wohlstand zu verletzen; und unsre Denkungsart ist so bekannt, daß wir keine üble Auslegung befürchten dürfen. Im übrigen aber können Sie versichert seyn, daß die Gesellschaft gerne bey uns ist; indem Munterkeit und Gefälligkeit sich über alles verbreiten, und das, was wir unsern Freunden vorsetzen, durch die Aufmerksamkeit meiner Frau merklich verschönert wird.

Versuchen Sie es, und kommen zu uns. Die Schnurre, welche Sie Wissenschaft heißen, und dem schönen Geschlecht ehedem anpriesen, ist bey uns ordentlich zum Gelächter geworden. Die Arbeit, dieser Fluch, womit Gott das menschliche Geschlecht segnete, giebt uns wahres und dauerhaftes Vergnügen; und wir lesen außer der letzten Abendstunde nicht leicht ein Buch; indem wir einmal überzeugt sind, daß der Mensch nicht zum Schreiben und Lesen, sondern zum Säen und Pflanzen geboren sey; und daß derjenige, welcher sich beständig damit beschäftiget, entweder keine gesunde Seele, oder sehr viele lange Weile haben müsse. Die Quelle alles wahren Vergnügens ist Arbeit. Aus dieser kommt Hunger, Durst, und Verlangen nach Ruhe. Und wer diese drey Bedürfnisse recht empfindet, kennet Wollust.

Leben Sie wohl, und besuchen uns bald.

———————————

II.

Gedanken über den Verfall der Handlung in den Landstädten.

. . . . . Wir müssen uns schämen, wenn wir an unsere Vorfahren in der deutschen Compagnie (die Hanse) gedenken. Alles, was wir jetzt in den Landstädten thun, ist dieses, daß wir unsere Manufacturen einem Bremer oder Hamburger vertrauen, und uns durch dieselben herumführen lassen. Mancher ist gar so feige, oder geldbedürftig, daß er gleich in Bremen und Hamburg verkauft, und sich dem Preise unterwirft, welchen die auf der Börse daselbst versammleten Aufkäufer seiner Verlegenheit oder seiner kurzen Einsicht bestimmen. Die Laune eines Seestädters, eine Zaghaftigkeit, welche ihm seine größere Verwickelung in mehrern Arten des Handels auf einen Posttag zuziehet; eine zufällige Veränderung des Wechsels; eine vortheilhaftere Fracht; die Zeit, welche er noch abwarten kann; die Noth des Verkäufers und andere Zufälle entscheiden den Vortheil des Mannes, der den ganzen Verdienst haben sollte; und der Kuppler entführet ihm die Braut. Kaum wissen unsre Landstädter die Zeit, wenn ihre Waaren am besten gehen. Sie verkaufen ihr Korn nach der Erndte, ihr Linnen um Pfingsten, und bekümmern sich nicht darum, wenn die Flotten aus England und Spanien nach Osten und Westen abgehen, und der Factorist an der Stelle den verlegenen Schiffspatron züchtiget, oder doch an der Waare, wobey die erste Hand sich kaum das Leben gefristet, noch dreyßig

A 5

vom

vom Hundert gewinnet. Alles, alles wird dem Seestädter gelassen, der mit runzelnder Stirne und han-
genden Lippen die Ungeduld des Landstädters, der ihm
seinen Segen feilbietet, oder auf den Hals schicket, und
Geld und Waare darauf nimmt, hämisch demüthiget.

Wie erweitert, wie stark, wie glücklich waren dagegen die Einsichten unserer Vorfahren in der deutschen
Compagnie? Sie bedienten sich zwar des Schiffbodens
der Seestädter: allein sie verkauften ihre Waaren nicht
auf dem Bremischen Markte, sie überlieferten sich nicht
mit Leib und Seele der Aufrichtigkeit eines Hamburgers. Für eigene Rechnung wurde ihre Waare einge-
laden. An dem Orte ihrer Bestimmung zu Bergen,
London, Novogrod, Brügge und anderwärts hielten
sie ihre eigene Bediente, ihre eigene Packhäuser und
ihren eignen Markt. Ihre Bediente, welche solchergestalt an allen Enden der Welt waren, gaben ihnen
getreue Berichte. Sie sahen nicht durch die Brillen
der Seestädtischen Unterhändler. Sie ließen sich nicht
von einigen Nebenbuhlern unterbohren, sondern wußten gleich, wenn und warum eine Waare nicht mehr
zog; wie sich Geschmack und Nothdurft änderten, wer
bessere Preise gab, wodurch demselben der Rang abzugewinnen, was für Farben und Streifen den Vorzug
hatten, welche Moden am liebsten, und in welchem
Stücke es auf die Güte der Sache, oder nur auf den
Glanz ankam, wo sich neue Quellen eröfneten, und
welche Handlungsmaxime der fremde Staat faßte. Jede
Veränderung wurde ihnen zeitig, gründlich und von ge-
treuer Hand bekannt, jede Theurung oder Thorheit unmittelbar und schnell genutzt, jede Aussicht schleunig eröffnet, und jede Unternehmung derselben angemessen.
Alle Zahlungen giengen ohne Umschweife, und die See-

städte

städte mußten ihren Wechsel aus den Landstädten in der Hanse kaufen.

Itzt ist es einem Seestädter leicht, den Handel eines ganzen Landes zu verderben. Ungestraft macht er die Wappen und Zeichen anderer Länder nach, drückt solche auf schlechte Waare, und verläumdet damit die Redlichkeit des Mannes und des Orts, der mit aller Treue seinem Zeichen und Wappen Ehre zu machen suchte. Er verändert das Gewicht, verkürzt die Elle, und verkauft polnisch für preußisch, bis endlich die Empfänger der schlechten Waare überdrüßig auf eine neue Spur geleitet und durch andere Länder oder Waaren besser versorget werden. Wo ist itzt der Landstädter, der sich rühmen kann, einige Nachricht aus dem wahren Sitze der Handlung zu empfangen, die Ursache eines steigenden und fallenden Wechsels zeitig zu bemerken, seinen Plan auf sichere Gründe zu bauen, die Bedürfnisse jeder Colonie, jedes Reiches zu kennen, und sofort seine Maasregeln darnach zu nehmen? Kaum kann er noch eine geringe Zahlung durch eigene Wechsel verrichten. Moses und Abraham rechne ich aber nicht mit. Diese können freylich Wechsel in Menge schreiben; aber darf man fragen wie? Und können wir ohne Erröthen daran gedenken? Sie lassen die Wechsel in Bremen, Hamburg oder Amsterdam aufkaufen, schikken solche zur Erhebung an ihre Freunde in Spanien oder England, und verkaufen uns denn ihre Anweisungen auf das erhobene Geld. Der Hamburger, Bremer oder Holländer gewinnet also daran ein halbes vom Hundert. Der Engländer und Spanier eben so viel, und Moses und Abraham sicher ein ganzes. Und woher rühren diese Gelder? Sind es nicht Zahlungen, die wir aus Spanien und England zu fordern hatten? Geschehen sie nicht für Waaren, die man aus dem Lande

nach)

nach den Seestädten geschickt hatte? Und verkauft man uns nicht unser eigen Geld? Erst schnellen uns die Seestädter um die Waare, und nun plündern sie unsern Beutel. Kann man sich etwas schimpflichers vorstellen, und würde nicht ein Kind aus der alten Hanse sagen: wir hätten allen Verstand verlohren?

Dies ist aber die Sache nur noch von einer Seite; von der Seite, wie wir unsere eigene Producten und Manufacturen durch die Hände der Seestädter los werden, betrachtet. Nimmt man nun auch vollends die andere, wie wir unsere Bedürfnisse, und den sogenannten nothwendigen Ueberfluß aus fremden Ländern erhalten, hinzu: so vermehret sich der Schade der Landstädter nach dem Maaße, als die Einfuhr die Ausfuhr jetzt überwieget. Unsere Vorfahren im Hansischen Bunde, da sie an den Enden der Welt ihre Factoreyen hatten, erhielten nothwendig alles ohne Mittel und aus der ersten Hand. Sie kauften die Heringe nicht von den Holländern; ihr Factor zu Bergen ließ sie selbst fangen. Sie kauften den Leinsamen nicht um Ostern zu Bremen, sondern im Herbst von dem Landmanne an dem Orte, wo er wächst, oder doch wenigstens auf dem Markte zu Riga oder in Libau. Jeder Kaufmann, der in einer Hansestadt wohnte, ließ den Thran bey seiner Factorey in Bergen sieden, seine Fische daselbst salzen oder trocknen, und die Kaufleute der Stadt Soest *) hatten so vieles für eigene Rechnung auf der See, daß es ihnen der Mühe verlohnte, besondere Freyheitsbriefe von dem dänischen Monarchen zu nehmen. Wo aber ist jetzt der Geist einer gleichen Unternehmung? Wie viele sind in der Hauptstadt, die nur einmal den Reis aus England ziehen? und gleichwohl schickt ihn der

Eng-

*) S. *Haeberlin* in *annal.* med. aevi. S. 117.

Engländer ohne Zahlung nach Bremen, und wartet gern ein Jahr auf sein Geld. Wer kauft nicht seinen Toback bey fünf oder sechs Fässern in Bremen, und läßt sich nicht oft dasjenige, was bey der Stürzung in England als schadhaft von dem Gewichte der Tonne abgezogen wird, für gute Waare verkaufen? Wer achtet auf die Schiffe, welche in England aus den Maryländischen Colonien damit ankommen? Wer hat voraus einige Nachricht, wie der Jahrwachs daselbst gerathen? Wer unterscheidet die guten Glaßgowischen und Liverpolischen Preise von den Londonschen? Wer weiß die Rechte eines jeden Hafens und den Einfluß, welchen solche auf eine Waare haben? Dies überläßt man der Aufmerksamkeit des Hamburgers und Bremers; und dieser allein ziehet den Vortheil ohne Arbeit. Bey dem letzteren Verkauf der Ostindischen Compagnie in Amsterdam sahe man italiänische und französische Gewürzhändler; aber keinen einzigen deutschen in Person. Gleichwohl hatte man eine neue Art von Versteigerung durch Uebergeboth eingeführet, welche die Gewürze merklich theurer, und die Ausrichtung durch die Mäckler für die Zukunft weit bedenklicher machen wird. Alles, was man von deutscher Aufmerksamkeit dabey bemerkte, war dieses, daß der feine Caneel für Italien, der mittlere für Frankreich und die schlechteste Borke für Deutschland erhandelt wurde.

Wie weit sind diese Grundsätze von den Grundsätzen der ehemaligen Hanse entfernet! Diese betrachtete die Seestädte als bloße Niederlagen. Sie behauptete zum Vortheile der Seestädte, daß jede Bundstadt nur ihre eigene Waaren ausführen sollte, und zum Vortheile der Landstädte, daß jede Manufactur an dem Orte, wo sie fiele, zur Vollkommenheit gebracht werden müßte. Diesem großen Gesetze zufolge durfte der Seestädter

sich

sich nicht unterstehen, das Färberlohn an einem Stücke
Tuch zu gewinnen, oder ein Stück Linnen zu glandern,
welches nicht dort gemacht war. Man sah ein, daß
es dem Seestädter an wohlfeilen Händen mangelte, um
die Spinnerey zu bestreiten; und daß es ihm im Gegentheile leichter fiele, einem rohen Stücke Tuch Farbe,
und Glanz zu geben. Man sah ein, daß, wenn ihnen
dieses gestattet würde, die Landstädte nur für die Seestädte arbeiten, und diese zuletzt sich der Handlung und
des wahren Vortheils bemeistern würden.

Was würden die Männer von solchen Einsichten
denken, wenn sie hörten, daß jene zwey große Gesetze
in ihrem ganzen Umfange kaum noch begriffen würden?
wenn sie hörten, daß jetzt in den Seestädten alle Arten von Fabriquen bestehen, und von dort her Hüte
und Strümpfe in die Landstädte geschickt werden können? Sie würden glauben, die Welt hätte sich umge-
kehret, und die Handarbeit sey wohlfeiler in der Seestadt, als in der Landstadt. Unsere Gelehrten beschreiben uns die Hänsischen Kriege; aber nicht den Geist
der damaligen Handlung. Leben und Thaten eines
Lübeckischen Bürgermeisters sind ihnen so wichtige Ge-
genstände, daß sie die Thorheit einer handelnden Compagnie, die in das Eroberungssystem verfällt, nicht
einmal ahnden. Auch damals haben die Seestädter
die deutsche Landhandlung einem Schwindelgeiste aufgeopfert. Ist denn aber den Landstädten der Weg nach
andern Gegenden versperret? Sind ihnen die Schotti-
schen Fabriquen und Hafen unentdeckt? Ist ihnen
Oporto und Bourdeaux mehr, als den Seestädtern,
verschlossen? Können sie nicht eben so gut, als diese,
ihre Factoren in Lissabon und Cadix haben? Können
sie nicht eben so gut, als ein Engländer und Holländer,
nach allen Spanischen und Portugiesischen Colonien han-

deln,

deln, wenn sie ein Packhaus in Lissabon, und den Namen eines Spaniers oder Portugiesen miethen? Verleihet ein Bürger in London seinen Namen einzig und allein an einen deutschen Seestädter? Oder ist es uns möglich, an jedem Orte einen Freund zu finden, der gegen einigen Genuß des Vortheils, auf aller Welt Bedürfnisse Acht giebt; neue Außsichten eröfnet, und blos die Stelle eines getreuen Spediteurs vertritt? Und könnten unsere müßigen Residenten nicht in mancher Absicht dem Staate dienen?

Man wird einwenden, daß man auf solche Art sein Gut dem Meere und unbekannten Personen vertrauen, drey Jahre auf den Umschlag warten, aus dem Spanischen und Portugiesischen Indien Waare zurück nehmen, und für letztere einen großen Markt haben müsse. Eine Ladung Oel, Zitronen, Rosinen, Weine, Wolle, Domingo, Indigo und dergleichen Waaren, welche Spanien zurück gebe, würde eine Landstadt nicht mit Vortheil verschlingen können, und letzteres sey der wahre Vorzug der Seestädte, wodurch sie sich der Handlung bisher allein bemeistert hätten. Allein Unsicherheit ist die Seele des Handels; und je länger man auf sein Geld warten muß, je größer ist auch der Vortheil, weil Krämer und Schleicher, die ihrer wenigen Pfennige gleich wiederum bedürfen, sich nicht daran wagen, und den Handel verderben können. Blos die letzte Schwierigkeit würde erheblich seyn; wenn der Bremer und Hamburger Bürger den Markt für sich allein, und Auswärtige nicht die Freyheit hätten, auf diesem Markt im Großen zu verkaufen. Ein Landstädter kann alle seine Spanische Rückfrachten dort ablegen, verkaufen, und an alle Ende der Welt gehen lassen. Er darf nur Kunden auf dem Lande haben, und, wenn er denen bessere Preise, als der Bremer geben kann, so wird dieser keinen Vorzug vor ihm gewinnen. Bessere Preise aber kann er geben, wenn er die Waare, als zum Exempel das Linnen, welches der Bremer in Bezahlung nach Spanien oder unter eines Spaniers Namen nach den Indien geschickt, und aus den Landstädten gekauft hat, unmittelbar dahin versendet. Sollte Hamburg und Bremen nicht wollen, so ist Harburg und Emden offen; und beyden fehlet nichts, als Rückfracht in die Fremde.

Man denke nicht, daß der Neid zu stark dagegen arbeiten würde. Der deutsche Seestädter ist verlegener, als man glaubt. Er wünscht, und der Holländer wünscht es mit ihm, daß aus Deutschland jährlich zehen tausend Schiffsladungen ohne seine Gefahr abgehen, und ihm weiter nichts, als die Packhausheuer, die Besorgungsgebühr und die Schiffsfracht einbringen möchten. Er verlanget nicht für eigne Rechnung zu handeln, und erkennet gern, daß Lübeck und Hamburg zur Zeit der Hänse größer durch die Waarenlager von Deutschland, als durch eigenen Handel geworden. Zu diesem Preise wird er seinen Lieblingshandel mit Französischen Weinen gern den Landstädten selbst überlassen; und noch etwas mehr, als Tonnenstäbe nach Frankreich zurück führen können. Es fehlt ihm oft an Rückfrachten; und er muß gleich den Schweden in Ermangelung einiger Waaren bey den Fremden ein Fuhrlohn verdienen. Allein der Landstädter muß die Entwürfe machen, und den Seestädter leiten. Er muß wissen, was für Waaren aus Curasseau oder St. Eustache am besten verschleifet; was in der Levante erfordert, und in Norden gebrauchet wird. Der Seestädter, so lange er bloß seine Gebühren für die Besorgung ziehet, wird ihm keinen Factor in Smirna halten, und nicht für den Verkauf der Waaren an den Orten der Abladung einstehen.

stehen.   Dies muß der Landstädter selbst wissen, und diese Idee hat er jetzt völlig verlohren.   Wenn ihm eine Pflanzung in Suriname angeboten würde; wenn er seinen Caffee dort selbst bauen lassen sollte; er würde glauben, in einer ganz neuen Welt zu seyn. Und gleich= wohl ist er so nahe dazu, als ein anderer, und durch die Umstände zu weiter nichts verbunden, als seine Erndte in Holland auszuladen.

Die ganze Levante steht ihm offen; der Holländer hat den Handel, theils weil er der kleinen Vortheile satt war; theils weil er aus Deutschland mit keinen Waa= ren versorgt wurde, eine ganze Zeit über vernachläßiget. Der aufmerksame Engländer hat ihn verdränget, und die Leidener Tuchfabrique, welche in der Türkey noch be= rühmter, als in Deutschland war, ist darüber versunken. Allein, in Deutschland hat niemand darauf gedacht, einige Produkten nach der Levante zu schaffen.

Keiner gedenkt sich in Alexandrien einen Markt zu machen, oder aus Cairo etwas zu erhalten, man läßt den Engländern oder den Franzosen dort seinen Tüchern den Preis setzen, und das ärmeste Städtchen in Deutsch= land wagt es nicht, die seinigen dorten wohlfeiler aus= zubieten.   Was die Amerikanischen Colonien den Eng= ländern, und was England der Stadt London ist; das sollte Deutschland den Holländern und übrigen See= städten seyn können.   Oder sollte eine Schiffsladung von Schuhen aus London wohlfeiler abgehen können, als aus Bremen? Und sollten selbige, wenn sie recht= schaffen gemacht werden, nicht eben so viel Käufer in dem Spanischen Indien finden, als andere, die unter dem Namen eines Spanischen Einwohners dahin ge= hen? Jetzt ist es freylich die Zeit nicht mehr, auf die Schuhe zu gedenken, nachdem die Amerikanischen Colo= nien das Leder so wohlfeil liefern, daß Deutschland

<table>
<tr><td>Mösers Phant. I. Theil.</td><td>B</td><td>bald</td></tr>
</table>

bald seine Schuhe aus England erhalten wird.   Indessen findet ein aufmerksamer Geist allemal noch neue
Wege.   Es gehen noch ganze Ladungen von gestickten
Schuhen aus Sachsen nach Rußland; und der Franzose brachte die Federmüffen wieder in Mode, nachdem
er das Rauchwerk aus Canada verlohren hatte.   Einer
fleißigen Hand ist nichts unmöglich.

Ueberhaupt aber ist der Deutsche Handel nicht allein
in dem äußersten Verfall, sondern wir stehen auch in
Gefahr, unser Brod mit der Zeit wohlfeiler aus Amerika zu erhalten, als es bey uns gebacken wird.   England, das von uns nichts zurück nimmt, und Gottes
Wort für Contrebande erkläret, wenn es auswärts ge-
bunden ist, wird unsere offene Häfen mit aller Leibes
Nothdurft und Nahrung versorgen; und die Seestädter,
welche entweder bey der wenigen Ausfuhr aus Deutschland die Hände in den Schooß legen, oder alle fremde
Handlung begünstigen müssen, werden uns noch mehr
Butter, Talg, Wachs, Honig, Hanf und Korn zuführen, uns mit Burton- oder Dorchester-Bier trän-
ken, und, wenn es ihnen an bessern Frachten fehlet,
aus Noth mit Eis aus Grönland handeln.   Nach England darf ohne besondere Erlaubniß des Königs keine
irländische Butter kommen.   Allein, in Deutschland
findet sie überall ihren Markt, und was noch schlimmer
ist, Käufer, welche sie aus Mangel einheimischer nehmen müssen.   Woher rühret denn dieses? Und warum
befinden wir uns in diesem Bedürfnisse? Das einzige,
was wir jetzt noch ausführen, oder den Namen einer
Ausfuhr verdienet, ist Linnen.   Auf selbigem liegen
in England vierzig vom Hundert, wovon auf dasjenige,
was nach America, 35, und auf dasjenige, was über
Lissabon und Cadix nach Indien gehet, fast alles zurück gegeben wird.

Ge-

Gesetzt nun, es käme dahin, wie es bey der vorigen Parlementssitzung beynahe gekommen wäre, wenn sich nicht einige besondere Nebenursachen ins Mittel geleget hätten, daß die 35 vom Hundert auf dasjenige, was nach Amerika gehet, nicht weiter zurückgegeben würden: so ist nicht der geringste Zweifel, daß nicht die Schottländischen Fabriken alles Schlesische, und die Irländischen alles Osnabrückische, Ravensbergische, Lippische und Weser-Linnen verdränget haben würden. Womit wollte aber denn Deutschland noch weiter bezahlen? Und woran hänget es, daß jener große Entwurf, nach welchem die Amerikanischen Colonien entweder Schottländisch und Irisch Linnen nehmen, oder aber dem Staate die 35 p. C. davon bezahlen sollten, nicht zum Stande gekommen? An einer Furcht vor dem Amerikaner, an einem Haß gegen Schottland, an einem Neide der Londonschen Kaufleute, die, so lange das Linnen über Bremen kömmt, mehr Meister von der Quelle sind; und an einiger Rücksicht auf die Spanische Handlung, wohin das deutsche Linnen den Weg mehr über Holland, wie vor dem, genommen haben möchte. Wie leicht mögen aber diese Bedenklichkeiten nicht verschwinden, wenn die Seestädter ohne Ueberlegung und ohne Gewicht nur immer und aus Noth von den Auswärtigen abhangen, Weine von Bourdeaux hohlen, aber nichts als Holz wieder zurück bringen dürfen?

Ich erwehne mit Fleiß nichts von der Menge des Caffees, Thees, Zuckers und Weines, welche nunmehro zu den Bedürfnissen eines Bettlers gehören, und Deutschland auf das sichtbareste erschöpfen. Dergleichen Dinge sind zu klar und zu abgenutzt, als daß ich ihrer erwehnen sollte. Und die Gefahr kann nicht größer seyn, als sie ist, wenn man die äußersten Bedürfnisse wohlfeiler aus der Fremde ziehet, als daheim bauet; gleichwohl

B 2

aber

aber mit seinen Händen wenig oder nichts schaffet, um
das Gleichgewicht dagegen zu halten, keinen Blick in
die Welt thut, welche dem Fußgänger, wie dem Reuter, offen stehet.

Es ist fast unglaublich, wie sehr wir seit einigen
Jahren die Bilanz der Handlung verlohren haben. Wie
lange ist es, daß hundert Alberts-Thaler 120 Thaler
unserer Münze galten? Und, wie lange stehen sie nun
an und über 135? Wer denkt die Zeit, daß der Englische Wechsel so lange und so anhaltend, um und über
sechshundert geschwebet? Und welcher Mensch in der
Welt hätte es sich vorstellen sollen, daß England in
wenigen Jahren an die zehn Millionen Pf. Sterl. hätte
nach Deutschland übermachen können, ohne dort schuldig zu werden, und den Wechsel gegen sich zu haben?
Flüsse und Häfen könnten uns dienen. Allein zufüllen
und versenken sollten wir sie beynahe, da sie ihrem Va-
terlande ungetreu und Fremden dienstbar werden.

Jedes Seestädtchen handelt blos nach seiner eigenen Politik, und die Wohlfahrt des Reichs, welche leider mit jedem einzelnen Theile desselben contrastirt, ist
kaum noch dem Namen nach bekannt. Aber auch in
keinem Friedensschlusse wird für die Befestigung der
Handlung gesorgt. Man hat sich von Rußland, Frankreich, England und Holland nie etwas fruchtbares dafür bedungen, und ist stolz, einen Rangstreit ausge-
macht, oder eine neue Messe angelegt zu haben.

Man glaube aber nicht, daß die Seestädte ihren
Vortheil zuerst von dem Vortheile des Reichs getren-
net haben. Den ersten Fehler ausgenommen, welchen
sie jetzt mit der englischen Ostindischen Compagnie gemein haben, daß sie Kriege mit den Reichen anfiengen,
mit dessen Einwohnern sie handeln wollten, so sind es
die Landstädte, welche sich ihnen zuerst entzogen, und
                                                    sie

sie dadurch in die Nothwendigkeit gesetzet haben, alles
für eigene Rechnung zu thun, und in Ermangelung
deutscher Waaren, uns so viel mehr fremde zuzufüh-
ren.   Es liegt an uns, daß wir nicht unsern Vortheil
mit dem ihrigen wieder vereinigen, und Leute aus
ihnen aufmuntern, welche zum Vortheile Deutschlands
reisen; neue Oefnungen für den Handel suchen; neue
Quellen entdecken; die Bedürfnisse eines jeden Landes
ausfinden; den Mitteln, wodurch es jetzt von andern
Nationen ausgeholfen wird, nachspüren; die Möglichkeit, ihm besser und wohlfeiler zu dienen, überlegen,
und uns denn die Vorschriften geben, wornach wir in
den Landstädten arbeiten müssen, um ihre Erfahrungen zu nutzen.   Dieses ist wenigstens, da wir selbst
dergleichen Reisen nicht unternehmen, und nur mit
fremden Augen sehen wollen, das erträglichste, und
vielleicht brächten alle unsere Landstädte mehr als dreyhundert Fragen zusammen, welche solchen Reisenden
mitgegeben werden könnten.

Es gehet kein Jahr vorbey, daß nicht wenigstens
zehn Engländer der Handlung wegen Deutschland bereisen, und sich Kunden erwerben; zwar sind es mehr-
rentheils Londoner, welche blos Bestellungen suchen;
und eben so viel nicht schaden, weil Leute von Einsicht,
welche ihre Waaren aus den innern Häfen und aus den
Landstädten Großbrittanniens selbst ziehen, ihnen eben
das, was sie anzubieten haben, wohlfeiler in Deutschland geben können, als es ein Londoner, der seine Gebühren auf der Waare und der Zahlung suchet, verschaffen kann.   Wie mancher Landstädter glaubet aber
nicht alles gefangen zu haben, wenn er seine Waaren
nur aus der beschwerten Themse erhält? Und wie sehr
beweisen die Reisen die Aufmerksamkeit des Britten?
Es war eine Zeit, wo ganz Niederdeutschland mit den

 so-

sogenannten englischen Adventürers (mercatoribus ad-
venturatoribus) überschwemmet war. Sie hatten ihre
Stapel in allen Hansischen Städten, und diese mußten
ihnen eben das Recht gestatten, was sie selbst in ihrer
Guildhall, der Hansischen Niederlage in London, genossen. Nun haben zwar die Engländer den Hansischen
so viele Schwierigkeiten gemacht, daß sie den Platz
räumen müssen, und die Adventürers sind disseits aus
ihren Nestern gestoßen. Allein, letzteres ist in der
That nur dem Namen nach geschehen; die Seestädter
dienen ihnen mit geringeren Unkosten, als Factoren,
und die Engländer würden ein gleiches für uns thun,
wenn wir nur etwas hätten, was ihnen zu gebrauchen
beliebte. Letzteres aber ist sehr wenig. Wir tragen
alles, was sie machen, sie aber nehmen nur von uns,
was sie selbst nicht hervorbringen können. Sie haben
sogar im vorigen Jahre, nachdem die große Gesellschaft
zu Beförderung der Künste einen Preis von hundert
Pfund Sterling demjenigen versprochen hatte, welcher
eine gewisse Menge Osnabrücksches Linnen, auf gleiche
Art und zu gleichem Preise, als hier geschiehet, liefern
würde, das Garn aus Westphalen kommen lassen, und
sich erst durch wiederholte Versuche von der Unmöglich-
keit überzeugen lassen. Anfangs wunderten sie sich,
wie wir so einfältig seyn, und ihnen das Garn zukom-
men lassen könnten, ohne das Weberlohn daran zu
verdienen. Wie sie aber das Garn fast theurer fanden,
als das Linnen, was davon gemacht werden konnte:
so schienen sie uns doch noch etwas mehr, als Klugheit, zuzutrauen. Der Britte ist in der That so gefährlich nicht, als wir glauben. Es giebt nahe bey
London so schöne Heiden, als in Deutschland; und die
Engländer rechnen sehr mäßig, wenn sie auf vierhundert Millionen Quadratruthen wüster Gegenden blos

in England rechnen. Nil desperandum. Wenn wir uns nur angreifen wollen! Allein, wir kennen die Welt von der Seite der Handlung nicht, und der See-städter treibt die Handlung als die Alchimie. Sonst müßten wir, die wir unter einer Last von Pfennigen seufzen, wo der Engländer Pfunde zu entrichten hat, längst weiter seyn, als wir sind. Alles, was wir zu unserer Entschuldigung sagen können, ist, daß uns der Markt fehle. Woran liegt es aber, daß wir ihn uns nicht verschaffen? Und, warum muß ein Deutscher zu Birmingham uns die lackirten Tische auf die Messe schicken? Warum müssen wir eine Sache, als die Fuß-decken, wovon die Mode in funfzig Jahren so allgemein, als in England seyn wird, von Wilton haben? Sollte die Stahlarbeit nicht eben so gut auf dem Harze, als in Schweden und England gerathen?

Ein Grund unsers Verderbens liegt in der Schwä-chung der Handwerker, und in der Ermunterung unse-rer Krämer. Man lasse sich die Rollen von unsern Handwerkern nur seit hundert Jahren zeigen. Die Krä-mer haben sich gerade dreyfach vermehret, und die Handwerker unter der Hälfte verlohren. Der Eisen-kram hat den Kleinschmidt; der Büreau- und Stuhl-kram den Tischler; der Tuchhandel den Tuchmacher; der Goldkram den Bortenwirker; der goldene, härene, gelbe und weiße Knopf den Knopfmacher und Gelbgies-ser verdorben. Und kann man sich eine Sache geden-ken, womit der Krämer jetzt nicht heimlich oder öffent-lich handelt? Lauret er nicht auf alle Gelegenheiten und Thorheiten, um etwas neues, wunderbares und fremdes einzuführen? Und kann man ein Exempel auf-weisen, daß ein einziger Krämer auch nur einen, ein-zigen Handwerker unter seinen Mitbürgern, durch seine Anleitung und Einsicht aufgeholfen habe? Die Rechts-

höfe, welche die Krämerey für die Handlung ansehen,
und dasjenige, was von der Handelsfreyheit mit Recht
gilt, der Krämerey zu gute kommen lassen, würden
sich einer Ketzerey schuldig zu machen glauben, wenn sie
eine Handwerks-Gilde gegen die Krämer schützten, ohne
daß erstere nicht ein Privilegium aufzuweisen hätte.
Und wer ist denn der Handwerker? Es ist der Mann,
der die Landesprodukten veredelt, an fremden und rohen die Früchte des Fleißes gewinnet, und dem Staate
jährlich unsägliche Summen ersparet. Was aber ist
der Krämer? Ein Mann, der bloß Fremde, sie seyn
Freunde oder Feinde, bereichert, die Wollust nähret,
einen jeden durch neue Arten von Versuchungen reizet, den Handwerker und seinen Markt, durch jede
neue Mode, ehe er es sich versieht, altfränkisch, durch
seinen Stolz die Handarbeit verächtlich, und den Jüngling von Genie zum neuen Krämer macht.

Sind die Handwerker jetzt schlecht; sind sie eigen-
sinnig, und theuer: so ist dieß nur eine Folge des erstern. Bey der betrübten Aussicht in die vielen Kram-
buden kann kein Handwerker Muth fassen, er kann
nichts wagen, er kann nicht im Großen und mit vielen
Händen arbeiten; es verlohnt sich nicht mehr der Mühe
Geschicklichkeit zu haben. Wer Geld hat, wird kein
Handwerker, und, wenn alle Krämer dermaleinst mit
Schuhen handeln werden: so bedarf ein Schuster zuletzt nichts mehr, als das Altflicken zu lernen. Der
prächtigste Anblick von London zeigt sich im Gegentheil
in den Buden der Handwerker. Jeder Meister handelt mit seiner Waare; in unsern Landstädten hinge-
gegen arbeitet der Meister auf Bestellung; und man
scheuet sich zu bestellen, weil man oft etwas schlechtes
theuer bezahlen, oder grobe Worte hören muß. Man
lasse sich aber durch diesen Cirkelfehler nicht blenden;

schränke

schränke die Krämer ein, und befördere tüchtige Handwerker in genugsamer Menge: so wird der Staat nur
weniger rohen Materialien bedürfen, den Fremden
nicht bereichern, und wenigstens durch Ersparen gewinnen. Man lasse nur jährlich von Obrigkeits wegen die neuesten Französischen und Englischen Modell
Bücher kommen, und den HandwerksGilden gegen
Erstattung der Auslagen austheilen. Die Geschicklichkeit wird sich bald finden, und eine genugsame Menge
der Handwerker die Preise mehr erniedrigen, als alle
Krämerei. . . . . .

Darf ich es sagen, daß auch sogar das System
unserer Fabriken ungleich schlechter sey, als das alte?
Vordem war die Eintheilung so, daß alle Fabriken
zum Handwerk gehörten, und der Kaufmann blos der
Verleger und der Beförderer des Handwerks blieb.
Jetzt hingegen ist der fabricirende Kaufmann gleichsam
der Meister; und wer für ihn arbeitet, nur ein Gesell;
und dieser Gesell arbeitet für Tagelohn. In einem
solchen Plan, wenn er nicht von vielem Glücke begleitet wird, liegen weit mehr Fehler, als in dem alten:
der Taglöhner nimmt die Sache nicht so zu Herzen;
er stiehlt manche Stunde, erfordert viele Aufsicht, und
eine Reihe von Bedienten, um den richtigen Uebergang
der Manufactur aus einer Hand in die andre zu bewahren, zu berechnen und zu balanciren. Der Handwerksmeister hingegen, der sich von jenem, wie der
Pachter von dem Verwalter unterscheidet, könnte dem
Kaufmann weit vortheilhafter dienen; und der Staat
erhält Bürger statt flüchtiger Gesellen. Dies war die
Maxim der Städte in jenen Zeiten, welche wir die
barbarischen nennen. Dies war die wahre Quelle ihrer Größe, ehe der Kaufmann den Handwerker verlassen, und sich dafür auf die Krämerey gelegt hat.

                    Durch

Durch diese heben sich noch die Städte in der Laußnitz und im Voigtlande wieder empor. Alle Fabrik ist dort Handwerk, und der Kaufmann ihr Verleger. . . . .

III.

Schreiben

einer Mutter über den Putz der Kinder.

Mein Herr!

Ich bin eine Mutter von acht Kindern, wovon das älteste 13 Jahr alt ist, und mein Stand erfordert, daß ich solche miteinander auf eine gewisse Art kleiden lasse, welche demselben gemäß ist. Ich kann versichern, daß ich Tag und Nacht darauf denke, alles so mäßig einzurichten, wie es mir immer möglich ist, und selbst seit meinem Hochzeittage kein einziges neues Kleid mir habe machen lassen, auch vieles bereits von meinem jugendlichen Staat für meine Kinder zerschnitten habe. Gleichwohl bin ich nicht vermögend, so vieles anzuschaffen, als die heutige Welt bey Kindern aufs mindeste erfordert. Ich mag ihnen die Rechnung von demjenigen, was mir meine fünf Mädgen, seitdem sie die Windeln verlassen, kosten, nicht vorlegen. Sie würden darüber erstaunen. Und das geht alle Tage so fort. Wenn ich mit der einen fertig zu seyn vermeyne, so muß ich mit der andern wieder anfangen, und eine Mutter, die redlich durch die Welt will, hat vom Morgen bis in den Abend nichts zu thun, als ihre Kinder nur so zu putzen, daß sie sich sehen lassen dürfen. Vor einigen Tagen mußte ich die Aelteste in eine

feyer=

feyerliche Gesellschaft schicken: sogleich mußten 18 Ellen Blonden, 12 Ellen Band, 6 Ellen große beaute
zu Manschetten ꝛc. geholet werden. Da sollten schot-
tische Ohrringe, italiänische Blumen, englische Häub-
schen, Fächtel a la peruvienne und Schönpflästerchen
a la Condamine seyn. Der Friseur rief um eau de
Pourceaugnac und um Puder von St. Malo. Das
Mädgen schimpfte auf die Nadeln; die Porteurs auf
das lange Zaudern, und der Laquais auf das unendliche Laufen. Kurz, die ganze Haushaltung war in
Aufruhr, und meine arme Tasche war dergestalt a la
grecque frisirt, daß wir die ganze Woche Wassersuppen
essen mußten.

Und gleichwohl waren die damaligen Ausgaben
noch nichts in Vergleichung derjenigen, welche ich auf
ihr besetztes Kleid, auf eine neue berlinische Schnür-
brust, auf eine petite Saloppe und andre wesentliche
Kleidungsstücke hatte wenden müssen.

Ach! währender Zeit mir eine ungesehene Thräne
entwischte, hatte das Mädgen die unschuldige Leichtigkeit mir zu sagen: sie müßte nun auch bald eine goldene Uhr haben, weil ihre Gespielinnen bereits dergleichen hätten.

O! dachte ich in meinem Sinn, möchte doch ein
Landesgesetz vorhanden seyn, wodurch es allen Eltern
verboten würde, ihren Töchtern vor dem funfzehnten
Jahre Silber oder Gold, Spitzen oder Blonden, Sei-
den oder Agremens zu geben! oder möchten sich patriotische Eltern zu einem so heilsamen Vorsatze freywillig
vereinigen! Mit welchem Vergnügen würde sodann
manche bekümmerte Mutter auf ihre zahlreichen Töchter herabschauen! die Ungleichheit der Stände dürfte
hier den Gesetzgeber nicht aufhalten. Kinder sind noch
alle gleich, und wenn die Eltern mit einer solchen Ein-

schrän-

schränkung zufrieden wären: so würde ihre kleine Empfindlichkeit nicht in Betrachtung kommen. Wie groß würde die Freude der Mädgen seyn, wenn sie sich nun in ihrem funfzehnten Jahre zum erstenmal der aufmerksamen Neugierde in einem seidnen Kleide zeigen dürften! Und würde nicht diese Oekonomie mit ihrem Vergnügen, ihnen bey ihrem Eintritt in die junge Welt tausend kleine Zierrathen in so viel reizende Neuigkeiten verwandeln, wenn solche nicht in ihren dummen Jahren bey ihnen schon veraltet wären! Wir erschöpfen das Vergnügen ihrer bessern Jahre durch unsre unüberlegte Verschwendung. Eine Uhr war sonst für ein Mädgen so viel als ein Mann. Jetzt giebt man sie ihnen fast im Flügelkleide.

Ein englischer Lord schickt seinen Sohn bis ins zwänzigste Jahr ins Collegium, wo er mit abgeschnittenen Haaren ungepudert und ungeschoren in einem schlechten Kleide bey Hammelfleisch und Erdäpfeln groß gemacht wird. In Italien läßt man die Töchter in der Kindheit einen Ordenshabit tragen. Die Römer, wie mein Mann sagt, hätten aus einer gleichen Klugheit eine besondere Kleidung für die Jugend; und es war ein großes Fest, wenn der Sohn zum erstenmal ein Kleid mit Rabatten anlegte. Könnten wir diesen großen Exempeln nicht nachfolgen?

Ueberlegen Sie es doch einmal. Die Vereinigung des Adels wegen der Trauer hat mich zu diesen Gedanken bewogen. Ich bin ꝛc.

IV.

IV.

Reicher Leute Kinder sollten ein Handwerk lernen.

Der Hauptfehler unsrer mehrsten deutschen Handwer=
ker ist der Mangel an Gelde. Das Söhnchen einer be=
mittelten Mutter schämet sich die Hand an eine Zange
oder Feile zu legen. Ein Kaufmann muß er werden.
Sollte er auch nur mit Schwefelhölzern handeln: so
erhält er doch den Rang über den Künstler, der den
Lauf einer Flotte nach seiner Uhr regiert; dem Könige
Kronen, dem Helden Schwerdter und dem edlen Land=
mann Sensen giebt; über den Künstler, der mit seiner
Nehnadel den Mann macht, und den Gelehrten durch
seine Presse Bewunderung und Ewigkeit verschafft.
Es hält schwer, sich aus diesem Zirkel zu heben:

> Wenn ein Handwerk einmal verachtet wird, so
> treiben es nur arme und geringe Leute; und,
> was arme und geringe Leute treiben, das will
> selten Geschmack, Ansehen, Güte und Vortreff=
> lichkeit gewinnen.

Schrecklicher Zirkel, der uns an der Wiederaufnahme
der mehrsten deutschen Landstädte zweifeln läßt! In=
dessen verdient die Wichtigkeit der Sache doch, daß
man einmal diesen Knoten auflöse, und dasjenige Ende
ergreife, was Natur und Vernunft am ersten hervor=
stoßen. Der Klügste muß überall den Anfang machen;
der soll für diesesmal der Reiche seyn, weil er es am
ersten seyn kann. Der Reiche soll also gemeine Vor=
urtheile mit Füßen treten, seine Kinder ein Handwerk
lernen lassen und ihnen seinen mächtigen Beutel geben,
damit der böse Zirkel zerstöret werde.

Nichts

Nichts giebt der Stadt London ein prächtigers An:
sehen, als die Buden ihrer Handwerker.   Der Schu:
ster hat ein Magazin von Schuhen, woraus sogleich
eine Armee versorgt werden kann.   Beym Tischler fin:
det man einen Vorrath von Sachen, welche hinreichen,
ein königliches Schloß zu meubliren.   Bey den Gold:
schmieden ist mehr Silberwerk als alle Fürsten in
Deutschland auf ihren Tafeln haben; und durch den
Stadtschmied leben hundert Dorfschmiede, die ihm in
die Hand arbeiten, und ihm die Menge von Waaren
liefern, welchen er die letzte Feile und seinen Namen
giebt.

Solche Handwerker dürfen es wagen, den königli:
chen Prinzen ihr Gilderecht mitzutheilen.   Solche
Handwerker sind es, woraus der Lordmaire erwählt
wird, und Parlamentsglieder genommen werden.   Ein
solcher war Tailor, der als Generalzahlmeister im letz:
tern Kriege sich als Meister zu dem Silberservice be:
kannte, woraus er die Generalität bewirthete.   Was
ist der Krämer dagegen, der mit Caffee und Zucker hö:
ckert, oder mit Mäusefallen, Puppen und Schwärmern
haussirt?

Zur Zeit des Hanseatischen Bundes hatte das deut:
sche Handwerk eben die Ehre, die es noch in England
hat.   Noch in dem vorigen Jahrhundert ließen es sich
die Vornehmsten einer Stadt gefallen, das Gilderecht
anzunehmen; und Gelehrte machten sich sowohl eine
Ehre, als eine Pflicht daraus, Gildebrüder zu werden.
Die fürstlichen Räthe waren Zunftgenossen; und man
hielt es für keinen Widerspruch wie jetzt, zugleich ein
guter Bürger und ein guter Canzler zu seyn.   Es ist
ein falscher Grundsatz gewesen, der hier eine Trennung
gemacht hat.   Sehr viele Streitigkeiten und unnöthige
Befreyungen würden ein Ende haben, wenn sie nie er:

folgt wäre. Jedes Amt, das ein Bürger übernimmt, würdiget ihn in seiner Maaße, und ertheilt ihm einige demselben angemessene persönliche Freyheiten. Es hindert ihn aber nicht, in allen übrigen der bürgerlichen Lasten und Vortheile theilhaftig zu bleiben.

Der Verfall der deutschen Handlung zog den Verfall des Handwerks nach sich. Der berühmte Reichsabschied, welcher die Handwerks-Mißbräuche heben sollte, in der That aber den Gilden einen Theil ihrer bis dahin gehabten Ehre raubte, kam hierzu. Und der Kaiser, der die Vereinigungen der Domcapitel und Ritterschaften wegen der Ahnenprobe bestätigte, fand es ungerecht, daß die Gilden nicht alle Söhne von Mutterleibe gebohren in ihre Zunft aufnehmen wollten; gerade als ob es nicht die erste und feinste Regel der Staatsklugheit wäre, unterschiedene Klassen von Menschen zu haben, um jeden in seiner Art mit einem nothdürftigen Antheil von Ehre aufmuntern zu können. In despotischen Staaten ist der Herr alles, und der Rest Pöbel. Die glücklichste Verfassung geht vom Throne in sanften Stufen herunter, und jede Stufe hat einen Grad von Ehre, der ihr eigen bleibt, und die siebente hat so wohl ein Recht zu ihrer Erhaltung, als die zwepte. Diese Grundsätze hatte man bey dem Reichsabschiede ziemlich aus den Augen gesetzt; und die Wissenschaften, welche sich damals immer mehr und mehr ausbreiteten, erhoben den Mann, der von den Schuhen der Griechen und Römer schreiben konnte, über den Mann, der mit eigner Hand weit bessere machte.

Den letzten Stoß empfiengen die Handwerke von den Fabriken. Die Franzosen, welche ihr Vaterland verlassen mußten, adelten diesen Namen. Fürsten und Grafen durften die Aufsicht über ihre Fabrikleute, welche für ihre Rechnung arbeiteten, haben; aber wer ihnen

deswe=

deswegen den Titel eines Amtsmeisters hätte geben
wollen, würde ihrer Ungnade nicht entgangen seyn.
Der Minister eines gewissen Herrn war ein Lederfabri-
kant; aber kein Lohgerber. Nach dem Plan der neuen
ist es besser, daß alle Bürger Gesellen, und die Cammerräthe Meister seyn. Und die weitere Verachtung
des Handwerks führet gerades Weges zu dieser türkischen Einrichtung.

Diesem Uebel kann nicht vorgebeugt werden, oder
reiche Leute müssen Handwerker werden. Da der Gold-
und Silberfabrikant, der Hut- und Strumpffabriquer
an vielen Orten in Pallästen wohnet, und alle der Vorzüge genießet, welche Erfahrung, Klugheit, Aufführ-
rung und Reichthum gewähren kann: Warum sollte
ein Meister Hutmacher und ein Meister Strumpfwirker,
wenn er es so hoch als jene bringt, nicht eben das Ansehen erlangen können? Die Meisterschaft ist gewiß
keine Unehre. Der Czar Peter der Große diente als
Junge und Geselle, und ward Schiffs-Zimmermeister.
Der Krieg ward ehedem zunftmäßig erlernt. Einer
mußte als Junge und Knappe gedient haben, ehe er
Ritter oder Meister werden konnte. Die Zunftgerech-
ten Krieger haben sich zuerst von dem gemeinen Land-
krieger unterschieden, und das ist der erste Ursprung
des Dienstadels gewesen. Noch jetzt ist im Militair-
stande ein Schatten dieser Verfassung übrig. Einer
muß erst als Gemeiner gedient haben, ehe er von Rechtswegen zum Grade eines Officiers gelangen kann. Unter den Gemeinen finden sich oft sehr schlechte Leute,
und man ist in neuern Zeiten, wo jeder gesunde Kerl
willkommen ist, minder aufmerksam auf die Ehre der
Recruten. Allein es ist darum kein Schimpf, als Gemeiner gedienet zu haben, ob man gleich wegen des letztern Umstandes schon anfängt, den Recruten aus fürst-

lichem

lichem Geblüte höher andienen zu lassen, und überhaupt einen bedenklichen Eingang macht, jedes große Gesetz, dem sich nur Peter der Große unterwarf, allmählich in Vergessenheit zu bringen; und damit die Ehre der Gemeinen, wovon doch der Geist des Regiments abhängt, zu vermindern.

Wenn es also an sich eine Ehre ist, Zunftgerecht seyn; und wenn sich sogleich ein Handwerk hebt, sobald es nur Leute treiben, die demselben den äußerlichen Glanz geben können: was hindert es denn, daß reiche Leute ihre Kinder ein Handwerk lernen lassen? Man denke nicht, die Ehre sey blos eine nothwendige Triebfeder des Militairstandes. Der geringste Bediente, der geringste Handwerker ohne Ehrgeiz ist insgemein ein schlechter Mensch.

Um aber dem Handwerke seine Ehre wieder zu geben, sollte man jede Zunft zum wenigsten doppelt eintheilen. In England wie in Frankreich steht der handelnde Handwerker mit dem Tagwerkenden (journeyman) nicht in einer Gilde, und überall werden Kaufleute von Krämern unterschieden.

Die Kaufleute machen billig die erste Classe der Bürgerschaft aus. Niemand aber sollte zu dieser Classe gehören, der nicht am Schluß des Jahrs bescheinigen könnte, daß er eine nach den Umständen jedes Orts abgemessene Quantität einheimischer Produkten und im Lande verfertigter Waaren auswärts verkaufet habe. Nächst diesen könnten diejenigen, welche mit fremden Waaren ins Große handeln, ihren Rang behalten.

Auf die Kaufleute aber sollten alle Handwerker in ihrer Ordnung folgen, welche ein bestimmtes Lager von ihrer Arbeit halten. Diesen möchten die Handwerker, welche auf Bestellung arbeiten oder Tagwerk machen, und gar keinen Verlag haben, folgen. Die Krämerey

aber sollte die unterste Classe von allen seyn, oder jedem Bürger offen stehen, und folglich gar kein Gilderecht haben.

Denn was ist doch in aller Welt mancher Krämer?
Ein Mann der Tag und Nacht darauf denkt, neue Moden, neue Kleidungsarten und neue Reitzungen für den
Geschmack einzuführen; ein Mann der in der ganzen
Welt herum lauscht, ob nicht irgendwo eine ärmere
Nation sey, welche ein Stück Arbeit um etliche Pfennige wohlfeiler macht; und dann seinen Mitbürger,
der unter mehrern Lasten und bey theurern Arbeitsprei-
sen, die seinige nicht gleich eben so wohlfeil geben kann,
ums Brod bringt; ein Mann der jedem Handwerke mit
klugem Fleiße nachstellet, und sobald es einigen Fort-
gang hat, sofort auf Mittel und Wege denkt, etwas
ähnliches oder etwas anders einzuführen, wodurch die
einheimische Arbeit entbehret, gestürzet, und der Vortheil in seine Hände gebracht werden kann. —

Der allezeit fertige Einwurf, dessen sich Käufer und
Verkäufer bedienen: Es wird auswärts wohlfeiler gemacht, sollte nicht leicht von einem jeden
nach seinem Vorurtheil gebraucht, sondern vom Poli-
zeyamte beurtheilet werden. Die Holländischen Fabrik-
stoffe sind alle wohlfeiler als die Französischen, und
diese oft glänzender und verführerischer als die Englischen. Allein Frankreich hält dafür, und jeder kluge
Mensch wird es dafür halten, daß der Staat weniger
leide, wenn fünf Thaler an einen Einheimischen als
drey an einen Fremden bezahlet werden. Die Ausflucht, daß die holländischen Stoffe wohlfeiler seyn,
berechtiget den französischen Unterthan nicht, diese aus
Holland kommen zu lassen; und der Engländer muß
seine Butter mit 8, 12 bis 18 Mgr. das Pfund bezahlen, wenn er sie gleich aus Irland unter der Hälfte

frey

frey in sein Haus geliefert erhalten könnte. Was würde
auch sonst aus einem verschuldeten Staate werden,
wenn die Auflagen in demselben alles theurer, und es
dem Einheimischen unmöglich machten, gegen den Fremden zu gleichem Preise zu arbeiten? Unserm ehemaligen
zärtlichen Landesvater Ernst August dem Andern, kam
jedes Loth Silber, das auf dem Hügel hieselbst gegra-
ben wurde, auf vier Gulden zu stehen; und er gewann
seiner Großmuth nach mehr dabey, als wenn er es für
einen Gulden hätte aus Amsterdam kommen lassen.
Denn was konnte er mehr gewinnen, als den Vortheil,
armen Unterthanen Brod zu geben?

Die Alten hatten zwey Wege, dem Eigensinn und
der Uebertheurung der Handwerker zu wehren. Dieses
war ein jährlicher freyer Markt und die Freymeisterey.
Das Große, das Ueberlegte, das Feine und das Nützliche, was in diesem ihren Plan steckt, verdient die
Bewunderung aller Kenner, und beschämt alle Wendungen der Neuern. Durch tausend Freymeister, welche
in Hamburg auf einer ihnen angewiesenen Freyheit
wohnen, entgeht dem Staate kein Pfennig; und zunftmäßige Handwerker werden durch sie in der Billigkeit
erhalten. Allein hundert Krämer, welche mit Ehren
und Vorzügen dafür belohnet werden, daß sie fremde
Fabriken zum Schaden der einheimischen Handwerker
empor bringen, alles Geld aus dem Lande schicken, und
Kinder und Thoren täglich in neue Versuchungen führen, hätten unsre Vorfahren nie geduldet. Ein Jahrmarkt dünkte ihnen genug zu seyn, den Fremden auch
etwas zuzuwenden, und sowohl die zünftige als freye
Meisterschaft in Schranken zu halten.

Und was soll man von der geringen Art Krämer
sagen? Sollte es wohl der Mühe werth seyn, ihnen
Zunftrecht zu vergönnen? Sie müssen, sagen sie, sechs

			Jahr

Jahr diese Handlung mühsam lernen, und sich lange
quälen, ehe sie zu der nöthigen Wissenschaft gelangen.
Allein diese Lehrjahre sind eigentlich bey der Kaufmann-
schaft und nicht bey der Krämerey ursprünglich hergebracht. Und was ist es nöthig, den jungen Burschen
dasjenige mühsam lernen zu lassen, was jede Kräme-
rin, wenn sie einen Monat in der Bude gewesen, insgemein besser als der ausgelernte Eheherr weiß? Ich
sage, wohlbedächtlich insgemein, denn es giebt auch
große Krämer, welche eben so viel Einsicht, Erfahrung
und Handlungswissenschaft als der große Kaufmann
gebrauchen. Dergleichen privilegirte Seelen rechne ich
nie mit, wenn ich von dem großen Haufen spreche.
Von jenem sage ich nur, daß er die öffentliche Aufmunterung nicht verdiene, und daß die mit der Krämerey
biß dahin verknüpft gewesene falsche Ehre die Anzahl
der Krämer in vielen Städten unendlich vermehret,
verschiedene Handwerker völlig verdrängt, andre blos
zum pfuschen und alle übrigen um zwey Drittheile herunter gebracht habe. Der schlechte Krämer sorgt nicht
dafür, auch nur einen einheimischen Bürstenbinder empor zu bringen, und läßt sogar die weiße Stärke,
welche jede Hausmagd zu machen im Stande ist, und
worauf gerade hundert von hundert zu gewinnen sind,
aus Bremen kommen, so groß ist seine Wissenschaft
und sein Patriotismus. Wie glücklich werden unsre
Nachbaren die Preußen seyn, wenn die mit einer weisen Hinsicht auf die Verdienste solcher Krämer gemachte
Einrichtungen die Wirkung haben, daß alle Handwerker sich wieder zu ihrem alten Flor erheben, und alle
solche Krämer zu Grabe begleiten.

Der handelnde Handwerker in England besitzt
ganz andre Eigenschaften. Er lernt erst das Handwerk, und dann den Handel. Die Gesellen eines han-

deln.

delnden Tischlers müssen fast eben so vollkommene
Buchhalter als manche Kaufleute seyn. Der Meister
greift keinen Hobel mehr an. Er sieht seine vierzig
Gesellen den Tag über arbeiten, beurtheilet dasjenige,
was sie machen; verbessert ihre Fehler, zeigt ihnen
Vortheile und Handgriffe, erfindet neue Werkzeuge,
beobachtet den Gang der Moden, besucht Leute von
Geschmack oder geht zu Künstlern, deren Einsicht ihm
dienen kann, und kömmt in seine Werkstatt zurück,
wenn er im Parlament das Wohl von Ost= und West=
Indien mit entschieden, oder auf der Börse seine Ge=
schäfte verrichtet hat.

Wie unterschieden ist dieses Gemälde von unsern
mehrsten deutschen Fabriken. Da nimmt ein großer
Herr Leute an, welche sich ihm darbieten, und ein hüb=
sches Projekt ausgedacht haben. Der vornehme Stüm=
per, der durch einen glücklichen Zufall ein gutes und
patriotisches Herz empfangen hat, siehet es mit beyden
Augen an, verliebt sich in die Hoffnung, seinem Vater=
lande aufzuhelfen, überläßt sich dem schlauen Projekt=
macher, der nur nach seinem Beutel trachtet, und fin=
det die erste Probe unverbesserlich. Sein Auge ent=
deckt ihm nichts an dem Stoffe, der ihm vorgelegt wird.
Er weiß nicht, ob zu viel oder zu wenig Wolle, Zeit
und Arbeit daran verwendet ist; er kennt keine Arbeit;
hat kein Maaß der Zeit; keine Hand zum Gefühl; und
keinen einzigen durch Erfahrung und Einsicht gestärkten
Sinn, um eine Sache richtig und schnell zu beurthei=
len; und doch will er eine Fabrik regieren. Aber
was kömmt am Ende heraus? Er freuet sich hoch, und
ist längst betrogen — zur Strafe, daß er das Hand=
werk nicht ordentlich gelernet hat.

Doch ich habe mich aus meinem Wege entfernt.
Die Eintheilung der Handwerker in Händelnde

und

und Tagwerker, und die Erhebung der erstern zu dem Range wahrer Kaufleute, sollte dienen, dem Reichen, der seinen Sohn ein Handwerk lernen lassen will, einen Prospekt zu geben, daß er sich keinesweges erniedrige, wenn er diesen Schritt thut. Sein Sohn kann als handelnder Handwerker mit Recht zu eben der Ehre gelangen, wozu es der vornehmste Bauquier (das Wort klingt) wenn er glücklich ist, bringen kann. Es ist nicht nöthig, daß er ein Tagwerker bleibe; und verwünscht sey der faule Junge, wenn er reich und dumm ist, und höchstens auf dem Faulbette aller Müßiggänger, der betretenen Mittelstraße, liegen bleibt.

Die Ehre, wozu es reicher Leute Kinder, im Handwerke bringen können, ist gezeigt. Sollte es nöthig seyn, auch den Vortheil zu beweisen? Ich denke, er müsse einem jeden selbst einleuchten. Doch ein Exempel wird allemal noch gern angehört. Nicht leicht ist ein Ort zur Lohgerberey besser gelegen, als die hiesige Stadt; und wenn wir wollen, so müssen alle Häute aus Ostfriesland sich zu uns ziehen. Das hiesige Lohgerberamt hat Proben seiner Erfahrung und Geschicklichkeit gegeben. Es ist stark und reich gewesen, und noch jetzt in ziemlichem Ansehen, wiewohl es nach und nach immer mehr abnimmt, weil unsre Krämer sich ein Geschäfte daraus machen, allerley fremdes Leder einzuführen. Worinn steckt aber die wahre Ursache des Verfalls? Darinn, daß jeder Lohgerber nicht einige tausend Thaler im Vermögen hat.

Von dem englischen Leder sagt man, daß sechs Jahre darüber hingehen, ehe eine rohe Haut gar und zeitig werde. Vielleicht ist hier etwas übertrieben. Aber wahrscheinlich ist es, daß alle Häute, wenn sie drey Jahre zu ihrer Gare und Reise haben, unendlich

schöner,

schöner, dauerhafter und edler werden, als sie im ersten und andern Jahre sind. Wenn nun unsere Lohgerber ein solches Capital hätten, um alle Häute, welche
jährlich in Ostfriesland und hiesigen Gegenden fallen,
anzukaufen, und solche die gehörige Zeit von Jahren
über reifen lassen zu können, würde sodann nicht die
hiesige Zubereitung der englischen und brabandischen
gleich, und der Vortheil so viel größer seyn? Ein Lohgerber, der seine Felle unter zwölf Monaten losschlagen muß, gewinnet vielleicht kaum 4 p. C. und wer sie
drey Jahre liegen lassen kann, nicht unter 30. Von
denen, die ihm den größten Vortheil geben, wird er
gesegnet, von dem Taglöhner hingegen, dem seine
Schuh von halbgarem Leder im ersten Regen zerfließen,
ohne Vortheil verdammet.

Ich betrachte die Sache jetzt nicht von ihrer edelsten Seite: sondern nur von derjenigen, welche auch
dem gemeinsten Auge aufstößt. Sonst hat Rousseau
bereits die Gründe gezeigt, warum ein jeder Mensch
ein Handwerk lernen solle, damit er nicht nöthig habe,
fremdes Brod zu essen, wenn er eignes haben könnte.
Man sah diese wichtige Wahrheit ehedem nicht deutlicher ein, als in der Türkey, wo der gefangene Unga-
rische Magnat, weil er nichts gelernet hatte, vor dem
Karren gieng, und der Handwerker seine Sklaverey so
leidlich als möglich hatte. Wie viel Bedienungen und
Stände sind nicht in der Welt, welche zwar einen
Mann, aber nicht den sechsten Theil seines Tages erfordern. Was macht er mit den übrigen Fünfsechsteln?
Er schläft, und ißt und trinkt und spielt und gähnt,
und weiß nicht, was er mit seiner Zeit anfangen soll.
Wie mancher Gelehrte wünschte sich etwas arbeiten zu
können, wobey er seinen Kopf und seine Augen minder
anstrengen, und ein Stück Brod im Schweiße seines

 An-

Angesichts essen könnte, wofür jetzt seiner verstopften
Galle oder seinem versäuerten Magen ekelt? In einem
Lande, worinn sich hunderttausend Menschen befinden,
haben zehntausend gewiß, um nur wenig zu sagen, den
halben Tag nichts zu thun. Man setze diesen halben
Tag zu sechs Stunden; so werden alle Jahr an die
zwey und zwanzig Millionen Stunden, und wenn man
jede nur auf 1 Pfennig anschlägt, an die hunderttausend Thaler verlohren. Würde aber, wenn ein jeder
ein Handwerk könnte, ihn seine Geschicklichkeit und der
dem Menschen gegebene natürliche Trieb zur Arbeit
nicht reitzen, etwas mit seinen Händen zu schaffen?
Jedoch diese Betrachtungen gehören eigentlich nicht zur
Sache.

Eine sehr wichtige aber ist es, daß Ihro Königliche
Hoheit unser gnädigster Herr, dermaleinst aus einem
Lande zu uns kommen werden, wo alle Handwerker zur
größten Vollkommenheit gediehen sind. Es ist kein
Zweifel, oder Höchstdieselbe werden wünschen, alles
bey Dero geliebten Unterthanen zu finden, und nichts
in der Fremde suchen zu müssen. Die ersten Eindrücke,
welche Höchstdieselbe von Ihren zärtlichen und rechtschaffenen Eltern (der Glanz des Thrones darf nieman-
den hindern, diese Privat-Tugenden an des Königs
und der Königin Maj. Maj. zu bewundern) erhalten,
sind die geheiligten Pflichten, welche ein Landesherr
gegen sein Volk zu beobachten hat; und unter diese
rechnet man nunmehr auch, daß ein Landesherr als
Vater seinen Kindern das Brod nicht entziehe, und es
den Fremden gebe. Seine Königl. Hoheit werden diese
geheiligte Wahrheit gewiß früh hören, und gern aus-
üben. Wie aber, wenn unsre Handwerker alsdann
nichts liefern können, was einen Herrn, der von seiner ersten Jugend an alles besser und vollkommener ge-

sehen

sehen hat, mit Billigkeit befriedigen kann? Wenn der Schlösser ein Grobschmied; der Bildhauer ein Holzschuhmacher, und der Maler ein Michel angelo della scopa ist? Wenn wir bey den dankbarsten Herzen uns mit unsern dummen Fingern hinter die Ohren kratzen müssen? oder da stehen wie der Junge des Hogarths *), welchem die Pastete in den Fäusten bricht, und die Brühe durch die Hosen fließt? Werden wir denn nicht mit Wahrscheinlichkeit sehen, und mit Recht erleiden müssen, daß der Herr dasjenige, was er gebraucht, daher kommen lasse, wo die Eltern ihre Kinder das Handwerk besser lernen lassen? wird nicht der ganze Hof dem Exempel des Herrn folgen? Und wird nicht das Exempel des Hofes alle Affen du beton mit Recht dahin reißen? Dann werden wir klagen; und wie alle diejenigen, die ihre Schuld fühlen, ungerecht genug seyn, über diejenige zu murren, die uns mit Recht verachten. Wir werden den besten Herrn nicht so lieben, wie er es verdient, und aus Schaam zuletzt undankbar werden.

Ihro Königliche Hoheit, Ernst August der Andre, hatten die Gnade, einige Handwerker reisen zu lassen.
C 5

Man

---

*) In the Noon. Hogarth war auch ein Handwerker, der auf Bestellung und zum Verkauf arbeitete. In seiner Stube, worinn er die ihn täglich besuchende Fremde, im Nachtrock mit der Mütze in der Hand ehrbar empfieng, hatte er einen kleinen Schrank, worinn alle seine Werke, die er öffentlich verkaufte, bereit lagen. Hier erklärte er denn wohl selbst seinen Käufern den Sinn verschiedener Grouppen, und verkaufte davon für etliche Schillinge. Allein zu welchem Ruhm hat er es nicht gebracht, und würde nicht die große Welt seinen Umgang mit Eifer gesucht haben, wenn er den besondern Geist in seinen Reden gehabt hätte, welchen er in seinen Karrikaturen zeigte?

Man weiß, wie der Erfolg davon gewesen, und wie
weit der Schlösser, welcher sich diese Gnade recht zu
Nuße machte, alles übertraf, was wir in der Art je=
mals gesehen hatten.   Seine Geschicklichkeit hat andre
gebildet, die ihn zwar nicht erreicht, sich aber merklich
gebessert haben.   Ihro Königliche Majestät von Groß=
britannien fordern die hiesigen Gilden auf; und bieten
den jungen Leuten, welche ein Handwerk gelernt haben
und Genie zeigen, die Reisekosten und alle mögliche
Beförderung an.   Was können wir in der Welt mehr
erwarten, und ist es nicht eine außerordentliche Vor=
sorge auf die künftigen Zeiten, daß diejenigen Knaben,
welche sich setzt zum Handwerk begeben, gerade zu der
Zeit, wenn die Minderjährigkeit unsers Hoffnungsvol=
len Landesherrn ein Ende nimmt, und unsre getreusten
Wünsche Ihn zu uns führen werden, nicht bloß ausge=
lernte, sondern auch große Meister seyn können? Ma=
chen wir uns nicht vorsetzlich alles des Unwillens, des
Murrens und der Undankbarkeit schuldig, welche uns
dereinst, wann wir als zunftmäßige Stümper den Frem=
den nachgesetzt werden, gewiß dahin reißen wird, im
Fall wir uns nicht mit dankbarem Eifer bestreben, diese
Gelegenheit mit beyden Händen zu ergreifen?

Was können also vernünftige und bemittelte Eltern
besser thun, als ihre Kinder ein Handwerk lernen las=
sen? Mit der Krämerey wird es in zwanzig Jahren
sehr betrübt aussehen, da sich alles in Krämer verwan=
delt und zuletzt einer den andern zu Grunde richten
muß.   Es ist zu viel gefordert, daß einer bloß von der
Krämerey leben will.   Die Modenkrämer in der gan=
zen Welt wissen ihre Coëffüren, ihre Broderien, und
alle Arten Galanterien selbst zu machen.   Die Tyroler
arbeiten auf der Reise, und machen in jeder müßigen
Stunde die Ohrringe, die Halsgeschmeide, die Zitter=

nadeln,

nadeln, die Bouquets, die Allongen und unzählige andre Dinge selbst, die sie verkaufen. Die Italiäner
machen überall Mausefallen, Barometer und Diaboli
Cartesiani. Die Franzosen reiben wenigstens Tabak,
um bey einem kleinen Handel die übrigen Stunden nützlich anzuwenden. Das geschieht, weil sie eine Kunst
oder ein Handwerk zum Grunde ihrer Handlung gelegt
haben. Bey uns hingegen . . . . . O Scarron! Scarron! wo bleibt deine Perüke und was darunter saß?

Zur Urkunde der Wahrheit dessen was oben angeführt, setzen wir folgendes Rescript hieher:

Wir Georg der Dritte von Gottes Gnaden König und Churfürst.

Uns ist aus Eurem Berichte vom 11. Febr.
unterthänigst vorgetragen worden, was maßen in
der Stadt Oßnabrück eben wie in andern Städten
des Hochstifts die zur Aufnahme derselben vorzüglich dienenden Handwerke nach und nach in Abnahme und Verfall gerathen sind.

Da wir nun aus besondrer Gnade für die dortige Bürgerschaft Uns gnädigst entschlossen haben,
die nöthigsten und dienlichsten derselben bestens wieder herzustellen, insbesondere aber einige junge Leute, welche demselben sich zu widmen gedenken, und
dazu eine vorzügliche Fähigkeit zeigen, nachdem sie
sattsam vorbereitet und tüchtig befunden seyn werden, auf ihren Reisen zu unterstützen, und bey ihrer
Wiederkunft auf alle thunliche Weise zu befördern:

So habet ihr dem dortigen Magistrat von dieser Unserer Absicht Eröffnung zu thun, und von
demselben weitere Vorschläge einzuziehen, auf was
Art hierunter das vorgesetzte Ziel am besten erreichet werden könne. Wir ꝛc. St. James den
22. Merz 1766.

———

V. Die

V.

Die Spinnstube,
eine Osnabrückische Geschichte.

Selinde, wir wollen sie nur so nennen, ihr Taufname war sonst Gertraud, war die älteste Tochter redlicher Eltern, und von Jugend auf dazu gewöhnt worden, das Nöthige und Häusliche allein schön und angenehm zu finden. Man erlaubte ihr jedoch, so viel möglich, alles Nothwendige in seiner größten Vollkommenheit zu haben. Ihr Vater, ein Mann von vieler Erfahrung, hatte sie in Ansehung der Bücher auf ähnliche Grundsätze eingeschränkt. Die Wissenschaften, sagte er oft, gehören zum Ueppigen der Seele; und in Haushaltungen oder Staaten, wo man noch mit dem Nothwendigen genug zu thun hat, muß man die Kräfte der Seelen besser nützen. Selinde selbst schien von der Natur nach gleichen Regeln gebauet zu seyn, und alles Nothwendige in der größten Vollkommenheit zu besitzen.

Die ganze Haushaltung bestand eben so. Wo die Mutter von einer bessern Art Kühe oder Hühner hörte, da ruhete sie nicht eher, als bis sie daran kam.

Man fand das schönste Gartengewächs nur bey Gesinden. Ihre Aecker giengen den märkischen weit vor, und der Bischof hatte keine andere Butter auf seiner Tafel, als die von ihrer Hand gemacht war. Was man von ihrer Kleidung sehen konnte, war klares oder dichtes Linnen, ungestickt und unbesetzt; jedoch so nett von ihr gestimmt, daß man in jedem Stiche eine Grazie versteckt zu seyn glaubte. Das einzige, was man an ihr überflüßiges bemerkte, war ein

Heide-

Heideblümgen in den lichtbraunen Locken. Sie pflegte aber diesen Staat damit zu entschuldigen, daß es
der einzige wäre, welchen sie jemals zu machen ge-
dächte; und man konnte denselben um so viel eher
gelten lassen, weil sie die Kunst verstand, diese Blumen
so zu trocknen, daß sie im Winter nichts von ihrer
Schönheit verloren.

In ihrem Hause war Eingangs zur rechten Hand
ein Saal oder eine Stube, welches man so genau nicht
unterscheiden konnte. Vermuthlich war es ehedem ein
Saal gewesen. Jetzt ward es zur Spinnstube gebraucht, nachdem Selinde ein helles, geräumiges und
reinliches Zimmer mit zu den ersten Bedürfnissen ihres
Lebens rechnete. Aus derselben gieng ein Fenster auf
den Hühnerplatz; ein anders auf den Platz vor der
Thüre, und ein drittes in die Küche, der Kellerthür
gerade gegenüber. Hier hatte Selinde manchen Tag
ihres Lebens arbeitsam und vergnügt zugebracht, indem sie auf einem dreybeinigten Stuhle (denn einen solchen zog sie dem vierbeinigten vor, weil sie sich auf
demselben, ohne aufzustehen und ohne alles Geräusch
auf das geschwindeste herumdrehen konnte), mit dem
einen Fuße das Spinnrad und mit dem andern die Wiege in Bewegung erhalten, mit einer Hand den Faden
und mit der andern ihr Buch regiert, und die Augen
bald in der Küche und vor der Kellerthür, bald aber auf
dem Hühnerplatze oder vor der Hausthür gehabt hatte.
Oft hatte sie auch zugleich auf ihre Mutter im Kindbette Acht gehabt, und die spielenden Geschwister mit
einem freudigen Liede ermuntert. Denn das Kindbette
ward zu der Zeit noch in einem Durtich (dortoir) gehalten, wovon die Staatsseite in die Spinnstube gieng
und mit schönem Holzwerk, welches Pannel hieß, nun

aber

aber minder glücklich *) Boiserie genannt wird, gezieret war. Desgleichen hatten die Eltern ihre Kinder
noch mit sich in der Wohnstube, um selbst ein wach-
sames Auge auf sie zu haben.   Ueber dem Durtich
war der Hauptschrank, worinn die Briefschaften, die
Becher und andre Erbschaftsstücke verwahret waren;
und auch diesen hatte Selinde zugleich vor Dieben be-
wahrt.

Wenn die langen Winter-Abende herankamen, ließ
sie die Hausmägde, welche sich daher ebenfalls überaus
reinlich halten mußten, mit ihren Rädern in die Spinnstube kommen.   Man sprach sodann von allem, was
den Tag über im Hause geschehen war, wie es im
Stalle und im Felde stünde, und was des andern Tages vorzunehmen seyn würde.   Die Mutter erzählte
ihnen auch wohl eine lehrreiche und lustige Geschichte,
wenn sie haspelte.   Die kleinen Kinder liefen von einem Schooße zum andern, und der Vater genoß des
Vergnügens, welches Ordnung und Arbeit gewähren,
mittlerweile er seine Hände bey einem Fisch- oder Vo-
gelgarn beschäftigte, und seine Kinder durch Fragen
und Räthsel unterrichtete.   Bisweilen ward auch ge-
sungen, und die Räder vertraten die Stelle des Basses.
Um alles mit wenigem zu sagen: so waren alle nothwendige Verrichtungen in dieser Haushaltung so verknüpft, daß sie mit dem mindesten Zeitverlust, mit der
möglichsten Ersparung überflüßiger Hände und mit der
größten Ordnung geschehen konnten; und die Spinnstube
war in ihrer Anlage so vollkommen, daß man durch

dies-

*) Pannel, ouvrage a pans, oder Stückelarbeit, wovon auch
das Wort Pfennig als das erste Stück eines Schillings seinen Ursprung hat, druckt die Sache unstreitig besser aus, als
boiserie.

dieselbe auf einmal so viele Absichten erreichte, als möglicher Weise erreichet werden konnten.

Nicht weit von dieser glücklichen Familie lebte Arist, der einzige Sohn seiner Eltern, und der frühe Erbe eines ziemlichen Vermögens. Als ein Knabe und hübscher Junge war er oft zu Selinden in die Spinnstube gekommen, und hätte manche schöne Birn darinn gegessen, welche sie ihm geschälet hatte. Nach seiner Eltern Tode aber war er auf Reisen gegangen, und hatte die große Welt in ihrer ganzen Pracht betrachtet. Er verstand die Baukunst, hatte Geschmack und einen natürlichen Hang zum Ueberflüßigen, welches er in seiner ersten Jugend nicht verbergen konnte, da er schon nicht anders als mit einem Federhute in die Kirche gehen wollte. Man wird daher leicht schließen, daß er bey seiner Wiederkunft jene eingeschränkte Wirthschaft nicht von ihrer besten Seite betrachtet, und die Spinnstube seiner Mutter in einen Vorsaal verändert habe. Jedoch war er nichts weniger als verderbt. Er war ein billiger und vernünftiger Mann geworden, und sein einziger Fehler schien zu seyn, daß er die edle Einfalt als etwas niedriges betrachtete, und sich eines braunen Tuchs schämte, wenn andre in goldgesticktem Scharlach über ihn triumphirten.

Seine Eltern hatten seine frühe Neigung zu Selinden gerne gesehen, und die ihrigen wünschten ebenfalls eine Verbindung, welche allen Theilen eine vollkommene Zufriedenheit versprach. Seinen Wünschen setzte sich also nichts entgegen; und so viele Schönheiten als er auch auswärts gesehen hatte, so war ihm doch nichts vorgekommen, welches ihre Reitzungen übertroffen hätte. Er widerstand daher nicht lange ihrem mächtigen Eindruck, und der Tag zur Hochzeit ward von den Eltern mit derjenigen Zufriedenheit angesetzt,

welche

welche eine ausgesuchte Ehe unter wohlgerathenen Kindern insgemein zu machen pfleget. Allein so oft Arist
seine Braut besuchte, fand er sie in der Spinnstube,
und er mußte manchen Abend, die Freude, seine Ge-
liebte zu sehen, mit dem Verdruß, zwischen Rädern
und Kindern zu sitzen, erkaufen.

Er konnte sich endlich nicht enthalten, einige saty-
rische Züge gegen diese altväterische Gewohnheit aus-
zulassen. Ist es möglich, sagte er einsmals gegen den
Vater, daß Sie unter diesem Gesumse, unter dem Ge-
plauder der Mägde und unter dem Lärm der Kinder so
manchen schönen Abend hinbringen können? In der
ganzen übrigen Welt ist man von der alten deutschen
Gewohnheit, mit seinem Gesinde in einem Rauch- zu
leben, zurück gekommen, und die Kinder können unmöglich edle Gesinnungen bekommen, wenn sie sich mit
den Mägden herum zerren. Ihre Denkungsart muß
nothwendig schlecht, und ihre Aufführung nicht besser
gerathen. Ueberall wo ich in der Welt gewesen, haben die Bediente ihre eigne Stube; die Mägde haben
die ihrige besonders; die Kammerjungfer sitzt allein;
die Töchter sind bey der Französin; die Knaben bey
dem Hofmeister; der Herr vom Hause wohnt in einem
und die Frau im andern Flügel. Blos der Eßsaal
nebst einigen Vorzimmern dienen zu gewissen Zeiten
des Tages, um sich darinn zu sehen und zu versamm-
len. Und wenn ich meine Haushaltung anfange, so
soll die Spinnstube gewiß nicht im Corps de logis wieder angelegt werden.

Mein lieber Arist, war des Vaters Antwort, ich
habe auch die Welt gesehen, und nach einer langen Erfahrung gefunden, daß Langeweile unser größter Feind,
und eine nützliche Arbeit unsre dauerhafteste Freundinn
sey. Da ich auf das Land zurückkam, überlegte ich

lange,

lange, wie ich mit meiner Familie meine Zeit für mich ruhig und vergnügt hinbringen wollte. Die Sommertage machten mich nicht verlegen. Allein die Winterabende fielen mir desto länger. Ich fieng an zu lesen, und meine Frau nähete. Im Anfang gieng alles gut. Bald aber wollten unsere Augen diese Anstrengung nicht aushalten, und wir kamen oft zu dem Schlusse, daß das Spinnen die einzige Arbeit sey, welche ein Mensch bis ins höchste Alter ohne Nachtheil seiner Gesundheit aushalten könnte. Meine Frau entschloß sich also dazu; und nach und nach kamen wir zu dem Plan, welcher ihnen so sehr mißfällt. Dies ist die natürliche Geschichte unsers Verfahrens; nun lassen Sie uns auch Ihre Einwürfe als Philosophen betrachten.

In meiner Jugend diente ich unter dem General Montecuculi. Wie oft habe ich diesen Helden in regnigten Nächten auf den Vorposten, sich an ein schlechtes Wachtfeuer niedersetzen, aus einer versauerten Flasche mit den Soldaten trinken, und ein Stück Commißbrod essen sehen: Wie gern unterredete er sich mit jedem Gemeinen: Wie aufmerksam hörte er oft von ihnen Wahrheiten, welche ihm von keinen Adjutanten hinterbracht wurden: Und wie groß dünkte er sich nicht, wenn er in der Brust eines jeden Gemeinen Muth, Geduld und Vertrauen erwecket hatte. Was dort der Feldherr that, das thue ich in meiner Haushaltung. Im Kriege sind einige Augenblicke groß; in der Haushaltung alle, und es muß keiner verloren werden. Sollte nun aber wohl dasjenige, was den Helden größer macht, den Landbauer beschimpfen können? Ist der Ackerbau minder edel als das Kriegeshandwerk? Und sollte es vornehmer seyn, sein Leben zu vermiethen, als sein eigner Herr zu seyn, und dem Staate ohne Sold zu dienen? Warum sollte ich also nicht mit meinem Gesinde wie Montecuculi mit seinen Soldaten umgehen?

Ein gesunder und reinlicher Mensch hat von der Natur ein Recht, ein starkes Recht uns zu gefallen. Der Ehrgeitzige braucht ihn; die Wollust sucht ihn; und der Geitz verspricht sich alles von seinen Kräften. Ich habe allzeit gesundes und reinliches Gesinde; und bey der Ordnung, welche wir in allen Stücken halten, fällt es uns nicht schwer, es wohl zu ernähren und gut zu kleiden. Das Kind macht nicht blos den Staats: mann; es macht auch eine gute Hausmagd; und es kann Ihnen, mein lieber Arist, nicht unbemerkt geblie: ben seyn, daß der Zuschnitt ihrer Mützen und Wämser ihnen eine vorzügliche Leichtigkeit, Munterkeit und Acht: samkeit gebe. Ich erniedrige mich nicht zu ihnen; ich erhebe sie zu mir. Durch die Achtung, welche ich ih: nen bezeige, gebe ich ihnen eine Würde, welche sie auch im Verborgnen zur Rechtschaffenheit leitet. Und diese Würde, dieses Gefühl der Ehre dienet mir besser als andern die Furcht vor dem Zuchthause. Wenn sie des Abends zu uns in die Stube gelassen werden, haben sie Gelegenheit, manche gute Lehren im Vertrauen zu hö: ren, welche sich nicht so gut in ihr Herz prägen wür: den, wenn ich sie ihnen als Herr im Vorübergehen mit einer ernsthaften Miene sagte. Durch unser Betragen gegen sie, sind sie versichert, daß wir es wohl mit ih: nen meynen, und sie müßten sehr unempfindliche Ge: schöpfe seyn, wenn sie sich nicht darnach besserten. Ich habe zugleich Gelegenheit, ohne von meiner Arbeit auf: zustehen, und meine Zeit zu verlieren, von ihnen Re: chenschaft wegen ihrer Tagesarbeit zu fordern, und ih: nen Vorschriften auf den künftigen Morgen zu geben. Meine Kinder hören zugleich wie der Haushalt gefüh: ret, und jedes Ding in demselben angegriffen werden muß.

nuß.   Sie lernen gute Herrn und Frauen werden.
Sie gewöhnen sich zu der nothwendigen Achtsamkeit
auf Kleinigkeiten; und ihr Herz erweitert sich bey Zei=
ten zu den christlichen Pflichten im niedrigen Leben,
wenn sich andre sonst mehr aus Stolz als aus Religion
herab lassen.   Ordentlicher Weise aber lasse ich meine
Kinder mit dem Gesinde nicht allein.   Wenn es aber
von ungefähr geschieht, so habe ich weniger zu fürch=
ten, als andre, deren Kinder mit einem verachteten
Gesinde verstohlne Zusammenkünfte halten.   Ich muß
aber dabey bemerken, daß ich meine Kinder hauptsäch=
lich zur Landwirthschaft, und zu derjenigen Vernunft
erziehe, welche die Erfahrung mit sich bringt.   Von
gelehrten Hofmeistern lernen tausend die Kunst nach
einem Modell zu denken und zu handeln.   Aufmerksam=
keit und Erfahrung aber bringen nützliche Originale
oder doch brauchbare Copien hervor.

   Arist schien mit einiger Ungedult das Ende dieser
langen Rede zu erwarten, und vielleicht hätte er Selin=
dens Vater in manchen Stellen unterbrochen, wenn der
Ernst, womit diese ihrem Vater zuhörte, ihn nicht
behutsam gemacht hätte.   Es ist einem jeden nicht ge=
geben, fiel er jedoch hier ein, sich mit seinem Gesinde
so gemein zu machen; und ich glaube, man thut alle=
zeit am besten, wenn man sie in gehöriger Ehrfurcht
und Entfernung hält.   Alle Menschen sind zwar von
Natur einander gleich.   Allein unsre Umstände wollen
doch einigen Unterschied haben; und es ist nicht übel,
solchen durch gewisse äußerliche Zeichen in der Einbil=
dung der Menschen zu unterhalten.   Mit eben den
Gründen, womit Sie mir die Spinnstube anpreisen,
könnte ich Ihnen die Dorfschenke rühmen.   Und viel=
leicht bewiese ich Ihnen aus der Geschichte des vorigen
Jahrhunderts, daß verschiedene Kayser und Könige,

D 2

wenn

wenn ihnen die allezeit in einerley Gemüthsuniform er=
scheinende Hofleute Langeweile verursachet, sich oft in
einem Bauernhause gelabet, und ihren getreuesten Un=
terthanen unerkannter Weise zugetrunken haben.

Und Sie wollten dieses verwerfen? versetzte Se=
lindens Vater mit einem edlen Unmuthe.   Sie wollten
eine Handlung lächerlich machen, welche ich für die
gnädigste des Königs halte? Kommen Sie, fuhr er
fort, ich habe hier noch ein Buch, welches ich oft lese.
Dieses ist Homer.   Hier hören Sie (und in dem Au=
genblick las er die erste Stelle, so ihm in die Hand
fiel): der alte Nestor zitterte ein wenig,
aber Hector kehrte sich an nichts.   Welch
eine natürliche Schilderung, rief er aus? Wie sanft,
wie lieblich, wie fließend ist diese Schattirung in Ver=
gleichung solcher Gemälde, worauf der Held in einem
einfärbigen Purpur steht, den Himmel über sich ein=
stürzen sieht, und den Kopf an einer poetischen Stanze
unerschrocken in die Höhe hält? Wodurch war aber
Homer ein solcher Maler geworden? Warlich nicht da=
durch, daß er alles in einen prächtigen aber einförmi=
gen Modeton gestimmt, und sich in eine einzige Art
von Nasen verliebt? Nein, er hatte zu seiner Zeit die
Natur überall, wo er sie angetroffen, studiert.   Er
war auch unterweilen in die Dorfschenke gegangen, und
der schönste Ton seines ganzen Werks ist dieser, daß
er die Mannichfaltigkeit der Natur in ihrer wirklichen
und wahren Größe schildert, und durch übertriebene
Vergrößerungen oder Verschönerungen sich nicht in Ge=
fahr setzt, statt hundert Helden nur einen zu behalten.
Er ließ der Helene ihre stumpfe Nase, ohne ihr den
schönen Hügel darauf zu setzen; und Penelopen ließ
er in der Spinnstube die Aufwartung ihrer Liebhaber
empfangen.

Arist

Arist wollte eben von dem Durtich sprechen, welcher beym Homer wie ein Vogelbauer in die Höhe gezogen wird, damit die darinn schlafende Prinzen nicht von den Ratzen oder andern giftigen Thieren angegriffen würden. Allein der Alte ließ ihn nicht zum Worte kommen, und sagte nur noch: ich weiß wohl, die veredelten, verschönerten, erhabenen und verwöhnten Köpfe unserer heutigen Welt lachen über dergleichen Gemälde. Allein mein Trost ist: Homer wird in England, wo man die wahre Natur liebt, und ihr in jedem Stande Gerechtigkeit wiederfahren läßt, mehr gelesen und bewundert, als in dem ganzen übrigen Theile von Europa; und es gereicht uns nicht zur Ehre, wenn wir mit dem niedrigsten Stande nicht umgehen können, ohne unsre Würde zu verlieren. Es giebt Herrn, welche in einer Dorfschenke am Feuer mit vernünftigen Landleuten, die das ihrige nicht aus der Encyklopedie, sondern aus Erfahrung wissen, und aus eignem Verstande wie aus offnem Herzen reden, allezeit größer seyn werden, als orientalische Prinzen, die, um nicht klein zu scheinen, sich einschließen müssen. Wenn wir dächten, wie wir denken sollten; so müßte uns der Umgang mit ländlichen unverdorbenen und unverstelleten Originalen ein weit angenehmer Schauspiel geben, als die Bühne, worauf einige abgerichtete Personen ein auswendig gelerntes Stück in einem geborgten Affekte daher schwatzen.

Wie Selinde merkte, daß ihr Vater eine Wahrheit, welche er zu stark fühlte, nicht mehr mit der ihm sonst eignen Gelassenheit ausdrückte, unterbrach sie ihn damit, daß sie sagte: sie würde sichs von Aristen als die erste Gefälligkeit ausbitten, daß er seiner Mutter Spinnstube wieder in den vorigen Stand setzen ließe. Und sie begleitete diese ihre Bitte mit einem so sanften

Blick, daß er auf einmal die Satyre vergaß, und ihr unter einer einzigen Bedingung den vollkommenſten Gehorſam verſprach. Selinde wollte zwar Anfangs keine Bedingung gelten laſſen. Doch ſagte ſie endlich, die Bedingungen eines geliebten Freundes, können nichts widriges haben, und ich weiß zum voraus, daß ſie zu unſerm gemeinſchaftlichen Vergnügen ſeyn wer= de. Ariſt erklärte ſich alſo, und es ward von allen Seiten gut gefunden, daß Selinde ein Jahr nach ih= res Mannes Phantaſie leben, und alsdann dasjenige geſchehen ſollte, was ſie Beyderſeits wünſchen würden. Jeder Theil hofte in dieſer Zeit den andern auf ſeine Seite zu ziehen.

Der Hochzeittag gieng fröhlich vorüber, und wann gleich Ariſt ſich an demſelben in ſeiner ſchönſten Größe zeigte, ſo bemerkte man doch auf der andern Seite nichts, was man Ueberfluß nennen konnte. Selin= dens Vater kleidete alle Arme im Dorfe neu; nur ſich ſelbſt nicht, weil ſein Rock noch völlig gut war. Er gab nicht mehr als drey Speiſen und gutes Bier, wel= ches im Hauſe gemacht war. Denn der Wein war da= mals noch keine allgemeine Mode, und es hatte ſich kein Leibarzt beyfallen laſſen, der Brannahrung zum Nach= theil das Waſſer geſunder zu finden. Die Braut trug ihr Heideblümchen, und die liebenswürdige Sittſamkeit war das durchſcheinende Gewand vieler edlen und mäch= tigen Reitzungen. Sie war weiß und nett ohne Pracht. Des andern Morgens aber erſchien ſie nach der Abrede in ausſprechlichen Kleidungen. Denn die Zeit hat die Modenamen aller Kopfzeuge, Hüllen und Phantaſien, welche zu der Zeit zum Putz eines Frauenzimmers ge= hörten, längſt in Vergeſſenheit kommen laſſen. Und wenn ſie ſolche auch erhalten hätte: ſo würde man ſie doch eben ſo wenig verſtehen, als dasjenige, was man

in

in der Limburger Chronick *) von gemützerten, geslüt=
zerten, verschnittenen und verzattelten, von kleinspalt,
kogeln, sorkett und disselsett lieset.

　　　　　　　　　　　　　　　　Selinde

*) Die Worte davon lauten in fastis Limburg. S. 18. also: „Die
　　Kleidung von den Leuten in deutschen Landen
　　war also gethan.　Die alte Leute mit Namen, tru=
　　gen lange und weite Kleider, und hatten nicht
　　Knauff, sondern an den Armen hatten sie vier oder
　　fünf Knäuff. Die Ermel waren bescheidentlich weit.
　　Dieselben Röcke waren um die Brust oben gemützert
　　und geslützert, und waren vornen aufgeschlützt bis
　　an den Gürtel.　Die junge Männer trugen kurze
　　Kleider, die waren abgeschnitten auf den Lenden,
　　und gemützert und gefalten mit engen Armen.　Die
　　Kogeln waren groß.　Darnach zu Hand trugen sie
　　Röcke mit vier und zwanzig oder dreyßig Geren,
　　und lange Hoicken, die waren geknaufft vornen nie=
　　der bis auf die Füß. Und trugen stumpe Schuhe.
　　Etliche trugen Kugeln, die hatten vornen einen Lap=
　　pen und hinten einen Lappen, die waren verschnit=
　　ten und gezattelt. Das manches Jahr gewähret.
　　Herren, Ritter und Knechte, wann sie hoffahrten,
　　so hatten sie lange Lappen an ihren Armen bis auf
　　die Erden, gefüdert mit Kleinspalt oder mit Bund,
　　als den Herren und Rittern zugehört, und die
　　Knechte als ihnen zugehört.　Die Frauen giengen
　　gekleidet zu Hof und Danzen mit paar Kleidern,
　　und den Unterrock mit engen Armen.　Das oberste
　　Kleid hieß ein Sorkett, und war bey den Seiten
　　neben unten aufgeschlissen, und gefüdert im Winter
　　mit Bund, oder im Sommer mit Zendel, das be=
　　ziemlich einem jeglichen Weib war. Auch trugen

　　　　　　　　　　D 4　　　　　　　　　　die

Selinde, die alles was sie war, jederzeit aus Ueberlegung war, spielete ihre neue Rolle würklich schöner, als wenn sie solche gelernet hätte. Sie stand spät auf, saß bis um neun Uhr am Coffeetische, putzte sich bis um zwey, aß bis um viere, spielete bis achte, setzte sich wieder zu Tische bis zehne, zog sich aus bis um zwölfe und schlief wieder bis achte; und in diesem einförmigen Zirkel verfloß der erste Winter in einer benachbarten Stadt, wohin sie sich nach der Mode begeben hatten.

Wie der folgende Winter sich näherte, fieng Arist allmählig an Ueberlegungen zu machen. Sein ganzes Hausgesinde hatte sich nach seinem Muster gebildet. In der Haushaltung war vieles verlohren, vieles nicht gewonnen, und in der Stadt ein ansehnliches mehr als sonst verzehrt. Er mußte sich also entschließen auf dem Lande zu bleiben, wofern er seine Wirthschaft in Ordnung halten wollte. Selinde hatte ihm bis dahin noch nichts gesagt. Denn auch dieses hatte er sich bedungen. Allein nunmehr da das Probejahr zu Ende gieng, schien sie allmählig mit einem Blicke zu fragen, wiewohl mit aller Bescheidenheit, und nur so, daß man schon etwas auf dem Herzen haben mußte, um diesen Blick zu verstehen.

Zur

die Frauen der Burgersen in den Städten gar zierliche Hoicken, die nennte man Fyllen, und war das kleine Gespense von Disselsett, krauß und eng beysammen gefälten mit einem Same beynahe einer Spannen breit, deren kostet einer neun oder zehn Gülden. " Die Kugeln hiengen vermuthlich auch an den Kappen; und rührt daher das heutige Sprichwort: Kappen und Kugeln verspielen.

Zur Zeit, wie Arist in Paris gewesen war, hatte man eben die Spinnräder erfunden, welche die Damen mit sich in Gesellschaft trugen, auf den Schoß setzten, und mit einem stählernen Haken an eben der Stelle befestigten, wo jetzt die Uhr zu hängen pflegt. Man drehete das Rad mit einem schönen kleinen Finger, und tändelte oder spann mit einem andern. Von dieser Art hatte er heimlich eines für Selinden kommen lassen; und für sich ein Gestell zu Knötgen. Denn die Mannspersonen fiengen eher an zu knötgen als zu trenseln *). Ehe sichs Selinde versah, rückte Arist mit diesen allerliebsten Kleinigkeiten hervor; und gedachte damit eine Wendung gegen sein feyerliches Versprechen zu machen. Vielleicht wäre es ihm auch eine Zeitlang geglückt, wenn nicht das charmante Rädgen mit einer unendlichen Menge Berloquen wäre gezieret gewesen. Sie wußte zwar die Geschichte ihres Ursprungs, und zu welchem Ende der Gott der Liebe diese kleinen Siegeszeichen erfunden hatte, nicht. Allein sie sahe doch ganz wohl ein, daß dieser überflüßige Zierrath ein kleiner Spott über ihre ehemaligen Grundsätze seyn sollte. Indessen schwieg sie und spann. Arist aber machte Knötgen.

Kaum aber war ein Monat und mit diesem die Neuigkeit vorüber, so fühlete Arist selbst die ganze Schwere dieser langweiligen Tändeley. Längst hatte er eingesehen, daß nichts, als nützliche Arbeit, die Zeit verkürzen, und ein dauerhaftes Vergnügen erwecken könnte. Allein diese seine Erkenntniß war unter dem

D 5

Ge-

---

*) Das Trenseln, welches vor dreyßig Jahren Mode war, bestund darinn, daß man goldene und silberne Borten, auch seidne Zeuche in ihre Fäden auflösete. Viele modische Leute kauften sich neue Borten, um ihre Hände solchergestalt zu beschäftigen.

Geräusch jugendlicher Lustbarkeiten verschwunden, jetzt verwandelte sie sich aber in eine lebhafte Ueberzeugung, da die Noth sich bey ihm als ein ernsthafter Sittenlehrer einstellte. "Er fieng also an, Selinden offenherzig und zärtlich zu gestehen, wie es wohl schiene, daß sie Recht behalten würde....

Die Scene, welche hierauf erfolgte, ist zu rührend, um sie zu beschreiben. Es ist genug zu wissen, daß Selinde den Sieg, und eine ganz neue Spinnstube erhielt; woraus sie, wie zuvor, ihre ganze Haushaltung regieren konnte. Nur wollte Arist nicht, daß sie Eingangs zur linken liegen sollte, weil er hier seinen Saal behalten, und die Damen, so ihn besuchten, wie im Mennet, von der rechten zur linken führen wollte. Dies ward leicht eingeräumt; und jedermann weiß, daß sie beyde unter Rädern und Kindern ein sehr hohes und vergnügtes Alter erreicht haben. Man sagt dabey, daß die damalige Landesfürstin ihnen die Ehre erwiesen, sie in der Spinnstube zu besuchen; und daß sie zum Andenken derselben eine dergleichen auf dem Schlosse zu Jburg angelegt habe, welche biß auf den heutigen Tag die Spinnstube genannt wird.

⁕ ⁕ ⁕ ⁕ ⁕

VI.

Man sorge auch für guten Leinsaamen, wenn der Linnenhandel sich bessern soll.

Der Handel ins Große mit Leinsaat ist so launisch und falsch, daß mancher, der dreyßig Jahre damit gehandelt, am Ende der Rechnung nicht das mindeste gewonnen hat. Er würde auch längst gefallen seyn,

wenn

wenn nicht die Kaufleute, welche Schiffstheile haben, und diese auf eine oder andre Art nutzen müssen, sich oft aus Noth und in Ermangelung andrer Spekulationen damit bemengten, und noch dann und wann einen so plötzlichen Vortheil daraus zögen, daß sie den Schaden vieler Jahre übertragen könnten. Es hat sich daher auch dieser Handel, nämlich der große, welcher das Lein unmittelbar aus der Quelle holete, seit 1750 im hiesigen Stifte ganz verlohren; und der jetzige bestehet darinn, daß einige Landkrämer mit demjenigen, was sie von Bremen holen, hökern, oder aber die Landleute sich zusammen thun, und den Saamen selbst zu Bremen einkaufen.

Die Ursache jenes Abfalls ist folgende: Es geschehen im Jahr aus den deutschen Häfen zwey Farthen des Leinsaamens halber nach der Ostsee. Die erste zu Ende des Sommers, oder im Anfange des Herbstes, und die andre zu Ende des Winters, oder im Anfange des Frühjahrs. Denn im November, December, Jenner und Februar kann die Ostsee nicht ohne große Gefahr befahren werden, und so müssen die Schiffe sich an obige beyde Perioden halten. Der Preis des Leinsaamens in den Häfen der Ostsee richtet sich natürlicher Weise nach der Menge der ankommenden Schiffe und des vorhandenen Saamens.

Gesetzt nun, daß der Vorrath groß ist, und wenig Schiffe kommen: so kaufen die, so im August und September abfahren, den Saamen sehr wohlfeil. Sie legen denselben in Bremen und Hamburg ab; und den Winter über erhält der Kaufmann Briefe, daß wenig oder gar kein Leinsaamen für diejenigen, welche im Frühjahr dahin fahren werden, in den Häfen der Ostsee angelanget sey. Alsdenn erhöhen sie den Preis, und gewinnen vielleicht hundert Procent.

Gesetzt

Gesetzt aber umgekehrt, daß im August und September viele Schiffe nach der Ostsee gehen, und zu der Zeit wenig Saamen in den dortigen Häfen vorhanden ist; so müssen sie ihre Ladung theuer bezahlen. Läuft nun den Winter über Nachricht ein, daß vieler Saame auf Schlitten aus den innern Theilen Lieflands in den Häfen angelanget sey, und daß die Frühjahrsfahrer für halb Geld kaufen werden; so verlieren sie vielleicht hundert Procent.

Ein drittes Unglück kann seyn, daß die Verkäufer in der Ostsee spekuliren wollen, und ihren Saamen, wenn die ersten Schiffe im Frühjahr ankommen, hoch halten, in der Meynung, daß noch mehrere kommen werden, zuletzt aber, wenn diese Meynung trügt, alles losschlagen und den letzten Saamen zum Drittel des Preises abschicken, wozu sie ihn vorher verkaufet haben. Alsdenn sind beyde, sowohl die Herbst- als Frühjahrsfahrer hintergangen.

Man sollte denken, es ließe sich dieser Handel einigermaßen in besseres Gleiß bringen, wenn die Herbstfahrt ganz eingestellet, und alles nach dem Frühjahrspreise in den Häfen der Ostsee eingekaufet, nachher aber gar kein Schiff mit Leinsaat in einen deutschen Hafen weiter mehr zugelassen würde, indem dadurch die Verkäufer in der Ostsee vor weitern Spekuliren zurückgebracht werden würden. Allein andre Schwierigkeiten, welche jeder Kornhändler einsehen kann, nicht zu gedenken; so können die ersten Frühjahrsfahrer vor dem 6ten May nicht zurück seyn, und folglich sehr viele Gegenden, wo früh gesäet wird, zu keinem Saamen gelangen. Der Unterschied in der Saatzeit, und der öftere Mangel des Saamens in der Ostsee im Herbste, machen also zwey Fahrten nothwendig, und daher entsteht es, daß diejenigen, so hier im Stifte den 22, 23,

23, und 24sten May säen, ihren Saamen oftmals für 6 und 7 Thaler in Bremen kaufen, wenn die hiesigen Landkrämer, welche ihren Vorrath gegen den April für die Frühsaat gemacht, und also von der Herbstfarth gekauft haben, 13 bis 16 Thaler nehmen müssen. Oder aber der Preis des im Herbst eingeholten Saamens läuft bereits in Bremen nach dem Verhältnisse herunter, als die Nachrichten aus der Ostsee melden, daß die Frühjahrsfahrer einen wohlfeilen Markt finden werden. Im vorigen Monat fiel daher jede Tonne schon um 18 Mrg.

Dies sind die Folgen der Unsicherheit im großen Handel mit Leinsaat! und der kleine hat wiederum seine Tücke, wenn der Krämer den Saamen a) ein Jahr borgt, b) vor Mißwachs einsieht, und c) dasjenige, was ihm liegen bleibt, zu seinem Schaden behalten muß. Diese drey Gefahren verwirren manchem Krämer, besonders wenn er erst ein Unglück erlebt hat, den Kopf, und er nimmt, um sicher zu gehen, den größten Vortheil.

Es hält schwer, den Folgen dieser ganz natürlich wirkenden Ursachen in den hiesigen Landen vorzubauen; und besonders die Versuchung zu schwächen, worinn sich der große Kaufmann befindet, nicht den besten und theuersten Saamen einzukaufen. Die Vorsorge der Landesobrigkeiten in den Häfen der Ostsee kann nicht weiter gehen, als daß sie den besten und mittlern Saamen durch Zeichen an den Tonnen bemerket, und den schlechten gar ungezeichnet läßt. Allein was hilft dieses, wenn das Kronslein mehrentheils von den Holländern und fast wenig von den Bremern eingekauft, folglich auch zu uns fast gar nicht gebracht wird. Nur Schweden hat dieses Jahr den Entschluß fassen können, einen eignen Commissair nach Riga zu schicken,

durch

durch denselben alle Tonnen, welche für dieses Reich
geladen werden, zeichnen, und darauf ein Verbot zu
erlassen, daß kein andrer Saame, als welcher von dem
Commissair der Krone gestempelt, ins Reich zugelassen
werden solle. Die Ausführung dieses Entschlusses ist
für unsre unverbundene Städte einzeln zu kostbar; und
noch haben sie sich nicht vereinigt, einen gemeinschaftlichen Consul, NB. der selbst nicht handelt, zu dergleichen Verrichtungen in Riga oder anderwärts zu halten.

Indessen ist doch so viel augenscheinlich:

Daß eben, wie in Schweden, der beste Leinsaamen
unter obrigkeitlicher Aufsicht angeschafft, und alle
Unsicherheit abgewandt werden könne, wenn nachher, und sobald dieses geschehen, alle weitere Einfuhr verboten würde.

Der Preis in der Ostsee, oder in Bremen, möchte nachher steigen und fallen: so hätte dieses keinen Einfluß
auf den angekauften Vorrath; und die Unsicherheit,
welche vorhin der Kaufmann tragen und um derent-
willen er sich allerhand schädlicher Hülfsmittel bedienen müßte, fiele aufs ganze Land zurück. Dieses lei-
stete gleichsam die Assekuranz. In einem Jahre pro-
fitirte es nicht von der spätern Wohlfeiligkeit, und
im andern verlöhre es nicht bey der spätern Theurung,
mithin hätte es im Durchschnitt von dreyßig Jahren,
wie jener Kaufmann, nichts daran verlohren oder gewonnen, aber allezeit sicher guten ächten Saamen erhalten.

Wie ist aber dieser Endzweck zu erhalten? Soll die
Obrigkeit den Saamen selbst kommen lassen? Dieses
ist überaus bedenklich, und was zuerst mit der redlich-
sten Absicht angefangen wird, den größten Mißbräu-
chen unterworfen. Hier im Stifte mag ehedem etwas
ähnliches eingeführt gewesen seyn. Denn die Bemühungen,

hungen, welche weyland der Bischof Ernst August der
Erste anwandte, um den Handel mit Leinsaamen aus
den Händen der Beamten und Vögte zu bringen, lassen
glauben, daß dieses Uebel unter dem Schein der obrigkeitlichen Vorsorge eingerissen sey.

Soll der Handel einer Compagnie anvertrauet werden? Dieses würde allerdings das bequemste seyn,
wenn man nicht Monopolien befürchten müßte, wiewohl dieses durch ein gutes Temperament leicht vermieden werden könnte.

Das beste unter allen scheinet mir eine Compagnie
zum Handel, aber dabey eine allgemeine freye Einzeich-
nung zu seyn. Ich will mich deutlicher erklären. Es
treten einige Personen zusammen, welche den Einkauf
nach der Vorschrift übernehmen, ein Schiff oder mehrere im Herbst abschicken, den Saamen überkommen
lassen, die Bezahlung verfügen, und nichts wie die
Provision nebst der Assecuranz, wenn sie wollen, daran
verdienten, selbst aber keine einzige Ton-
ne für eigne Rechnung kommen ließen.
Vor einem gewissen anzusetzenden Tage meldeten sich
bey ihnen alle Krämer im Lande, und ließen die Anzahl
der Tonnen einzeichnen, welche sie verlangten. Jene
bezahlten an der Quelle, diese zahlten beym Empfang
der Tonnen. Die Rechnungen der ersten würden einer
obrigkeitlichen Person vorgelegt, darnach die Ausrech-
nung gemacht, und die Krämer erhielten den gesetzten
Preis, und zahlten darüber, wenn ihnen die Compagnie borgen wollte, ein zu bestimmendes Interesse.

In der Theorie scheinet diesem Plan nichts zu widerstehen. Aber die Ausführung? Nun diese hängt blos
von vielen kleinen Umständen ab, welche, da sie einzig
und allein die mindere oder mehrere Aufmerksamkeit der
Landesobrigkeit betreffen, zu berühren unnöthig sind,

Nur eins ist wichtig. In der Gegend von hiesiger Stadt und der Seite von Oesede geräth der rigaische, auch der pernauische: nach Bissendorf und weiter hinauf der libauische, wo fein Flachs gezogen wird, der windauische Saame, und um Borgloh das Seeländische Sack = lein am besten. Allein in diese Absichten muß sich die Compagnie schicken, und vielleicht hätte dieselbe Gelegenheit, eben so wie in Sachsen vor zwey Jahren geschehen, mit Ankonitanischen und andern Saamen Versuche anstellen zu lassen, welches bey dem jetzigen Handel, wo der Krämer den Saamen nach dem Willen seiner Käufer kauft, nicht mit Sicherheit geschehen kann. Die Compagnie kann bey obigem Plan allezeit bestehen, und sich überdem den Vortheil zueignen, welchen der gleiche Cours des Albertsthalers mit dem Rubel in den rußischen Provinzen den schlauen Holländern darbietet, und der zur geheimen Commerzrechnung gehöret.

VII.

Von dem Nußen einer Geschichte der Aemter und Gilden.

Es ist kein Feld, worinn die Gelehrten so viele Entdeckungen machen, als in der Handlung und dem Fabrikwesen. Denn da sie sehr vieles nicht wissen: so müssen sie nothwendig vieles zuerst entdecken, und der kluge Kaufmann läßt sie schreiben, und die glücklichen Cammeralisten sich den Kopf mit neuen Vorschlägen füllen, um für sich in der Stille seinen Handel ungestört zu behalten. Indessen würde es doch den Ge-

lehrten

lehrten nicht zu verdenken seyn, wenn sie sich um die Geschichte der Handlung und besonders der Aemter und Gilden jedes Orts einige Mühe geben wollten.

Diese Geschichte aber hat ihre eigne Schranken. In den Lebensläufen großer Herrn macht die Abstammung mit Recht ein großes aus. In der Geschichte vornehmer Familien erwartet man große Thaten, Helden, und glänzende Scenen. In einer Staatsgeschichte die Veränderungen seiner Verfassung, Gesetze, Gewohnheiten und Systeme. In der Amts- und Gildengeschichte aber können sogar die Namen der Mitglieder und die Lebensläufe aller Gildemeister entbehret werden; es sey denn, daß sich einer durch eine neue Erfindung oder durch eine kühne Wendung in der Art des Gewerbes rühmlich hervorgethan habe.

Man denke nicht, daß eine solche Geschichte ohne Nutzen und Reitzungen seyn würde. Wenn man höret, daß das Tuchmacher-Amt in hiesiger Stadt ehedem über zwey hundert Meister gezählt, und über zwey tausend Menschen ernähret habe: so würde es wahrlich kein geringer Anblick seyn, die Ursachen seines außerordentlichen Verfalls zu kennen, die Stufen, worauf es nach und nach gesunken, mit einem gerührten Auge zu betrachten, durch die Erkenntniß der Fehler, wodurch die gesetzgebende Macht einen solchen Verfall entweder befördert oder zugelassen, sich zu bessern, und die Berechnung der Folgen nach ihren Ursachen in einer zusammenhängenden Kette zu haben. Eine solche Geschichte würde einem Philosophen fast so vielen Stoff zu Betrachtungen als die Todten-Listen geben. Sie würde den Fürsten die traurigen Folgen verschiedener Auflagen und Einschränkungen vorlegen; unsre Gedanken über die Handelsfreyheit berichtigen; alte Wege zum Erwerb wieder eröffnen, oder die Möglichkeit

 neuerer

neuerer zeigen. Wir würden aus derselben die Abnahme verschiedener Staaten deutlicher entdecken; die Einflüsse auswärtiger Veränderungen gleichsam auf der That ertappen; die Klugheit mancher Nation in ihren Friedensschlüssen deutlicher bemerken; die großen Einsichten des handelnden Genies mit dankbarer Hochachtung erkennen, und unsre Bewunderung nicht blos dem Helden, sondern auch dem großen Privatmanne bezeigen können. Und wie mancher Kaufmann oder Künstler würde nicht um Gewinnst, sondern für seinen Ruhm arbeiten, wenn ihm dergleichen Jahrbücher die Unsterblichkeit versicherten?

Staaten und Handwerks-Gilden haben ihre ungleichen Perioden. Manche sterben ganz aus, oder fallen doch durch die Zeitumstände so sehr herunter, daß man auf andre Wendungen denken muß; welches die Geschichte am besten zeigen kann.

Die Ursachen, warum einige Handwerker dem Staat absterben, sind klar. Die Gilde der Panzerseger mußte mit dem Panzer fallen. Die Schwerdtfeger nahmen ab, wie die heutige Miliz nach und nach vollkommener, und ihr Gewehr auf den Hütten gemacht wurde. Die alte Verfassung, da der Bürger noch zu Fuße zog, und keine sammetne Hosen trug, ernährte weit mehr Weißgerber, als die neuere, worinn der goldene Degen an einem seidenen Bande hängt, und der Soldat von außen versorgt wird. Eine Mode von Federmuffen kann ein Pelzeramt sehr herunter bringen; der Geschmack an Rohrstühlen alle Stuhlmacher vertreiben; die Begierde, alles von Mahagony-Holz zu haben, die Tischler zu Grunde richten; die Einfuhr der Eisenwaare von den Eisenhütten, wo alles durch Mühlen im Großen gearbeitet wird, die Zahl der Schmiede vermindern. Der Untergang der Tuchmacher reißt die Schönfärber zu Boden. Die Art, wie die Uhren an großen Orten gemacht werden, verhindert alle Uhrmacher in kleinen Städten. Und ein Geschichtschreiber, der diese verschiedenen Abfälle mit ihren Ursachen genau bemerkte, würde manchen jungen Künstler anweisen können, seine Aufmerksamkeit dahin zu wenden, wohin der Hang der Moden, des Geschmacks, des Eigensinns, und der Staatsbedürfnisse mit einem nur scharfen Auge einleuchtenden Blicke winket. Was würde es helfen, die besten Hutmacher zu haben, wenn die Franzosen es sich einfallen ließen, auf einmal Hüte von Wachstuche zu tragen? Wie leicht beraubt eine neue Mode das beste Handwerk seines Verdienstes? Und wohin muß ein Staat versinken, der sich hierinn zuvor kommen läßt, oder nicht geschwind sein Handwerk ändert? Wie viele Wachstuch-Fabriken sind nicht bloß durch die papirne Tapeten gestürzet worden? Und wer soll uns hierinn klug machen, wenn es eine Geschichte nicht that?

Und wie pragmatisch könnte nicht eine solche Geschichte gemacht werden? Denn so giebt der Ursprung eines jeden Amts ein Zeugniß von den Nothwendigkeiten der damaligen Zeit; von der Art zu handeln, zu kriegen, zu denken, sich zu kleiden und zu ernähren. Der mächtige Anwachs eines Amts erweckt Vermuthungen von dem, was der Staat damals ausgeführet habe. Beym Verfall desselben entdeckt man, wie und wodurch eine Nation über die andre das Uebergewicht erhalten. Er kann die Veränderungen in dem Militair-System anzeigen, Gesetze und Moden erläutern, und den Bürger lehren, diejenige Verfassung, welche ehedem von zwanzig tausend Schultern getragen wurde, nun aber kaum noch von so viel hunderten mit Angst und Mühe empor gehalten wird, nach veränderten Um-

ständen

ständen sparsamer einzurichten.   Wie viele Gewißheit
würde nicht auch die Vergleichung der verschiedenen
Epoquen in der Handlungs = und Staatsgeschichte man=
chen Nachrichten geben? Jeder Krieg zwischen den Han=
seestädten und den nordischen Kronen hat einen sicht=
baren Einfluß auf die Gilden und Aemter in den nie=
dersächsischen und westphälischen Städten gehabt.
Zur Zeit, wie die Comtoirs zu Novogrod und Bergen
in ihrem großen Ansehen waren, wurden über 20000
Stück Tücher aus hiesiger Stadt abgesetzt.   Und die
Wahrheit eines jeden Sieges, den die nordischen Völ=
ker, oder die Hanseestädte erhalten, läßt sich an dem
Steigen und Fallen der niedersächsischen Handwerker
ziemlich bemerken.

Nichts könnte uns die Ursachen von dem Verfall
der mehrsten Städte deutlicher als eine solche Geschich=
te entwickeln.   Die öffentlichen Rechnungen einer
Stadt, worinn die Einnahme von ein = oder ausge=
führten Waaren verzeichnet ist, würden zur Erläute=
rung und Controlle aller Begebenheiten dienen;   und
mit wie vieler Bewunderung und Neugierde würden
wir diese Einflüsse der öffentlichen Cassen bemerken,
woraus unsre Vorfahren so viele ansehnliche Gebäude
mit einer recht stolzen Verschwendung erbauet haben?

VIII.

Gedanken über eine Weinrechnung.

Die Geschichtschreiber haben bisher eine Hauptquelle
zur Erläuterung der Geschichte verfehlet; indem sie sich
um die Weinrechnungen gar nicht bekümmert haben.
Gleichwohl zeiget die hiernach gedruckte Urkunde aus

eines

eines erbaren Raths Weinregister, welch einen vortrefflichen Zuwachs die Staatsgeschichte von Europa dadurch erhalten könnte; besonders zu unsern gegenwärtigen Zeiten, wo man so sehr auf die Erfindung und Schilderung historischer Charaktere erpicht ist, und anstatt in Handlungen zu reden, das Gemälde mit schimmerndem Colorit beschwert. Das ganze Gewicht der Niedersächsischen Kreis-Generalität, welche im Jahr 1626 vor hiesiger Stadt war, und die Coadjutorwahl des königl. dänischen Prinzen unterstützte, wird durch jene Weinrechnung ins Licht gesetzt. Man sieht leicht, daß der Herzog von Sachsen-Weimar das mehrste gegolten habe, weil er vier Ohm Wein bekommen; und um den historischen Charakter des Prinzen von Birkenfeld festzusetzen, darf man nur sagen: er war ein Herr, der mit einem Fäßchen von 58$\frac{1}{4}$ Maaß gern vorlieb nahm. Der kaiserl. General Graf von Anhalt aber mußte über die der Kreis-Generalität wiederfahrene Ehre, sehr erzürnet seyn, indem sein Zorn nicht anders als durch sechs Ohm gestillet werden konnte; der Obrist Limbach ist nach Ausweise der Rechnung, die Seele des Corps gewesen; und der Obrist Schepf, ein Günstling des Herrn Generallieutenants, indem er diesem seinen Ohm überlaffen mußte. So viele wichtige Schlüsse lassen sich aus einer Weinrechnung machen.

Anlage.

Auf Beschluß der Stiftsstände sind nachfolgende Weine aus eines Erbaren Raths Weinkeller gefürdert;

Anno 1626 dem Herrn Pfenningmeistern Arnold von der Burgk, verkauft ein Faß Wein, so dem

E 3

Herrn

Herrn General, Sachsen-Weimar ist verehret
worden   3 Ohm, 1 Maaß.
              Der Ohm 28 Thlr. facit 85 Thlr.
Den 8. und 10ten Martii.   Dem Obristen Limbach
    sind den 8ten und 10ten Octob. verehret worden
    2 Fässer, haltend zusammen   2 Ohm, 7½ Viertel.
Den 16. Martii.   Noch dem Hrn. General, Sachsen-
    Weimar, auf St. Gertrudenberg 1 Ohm, 1 V. 2 M.
Den 17ten Martii.   Einem Pfalzgrafen von Bir-
    kenfeld ein Fäßchen von   58½ Maaß.
Den 28. Martii.   Auf Begehren Hrn. Canzlern aus-
    gefordert ein Faß von   2 Ohm, 10 Viertel.
              So nach Melle gekommen.
Den 29. Martii.   Auf Erfordern Herrn Werpup,
    Drosten, ein Fäßchen Wein, so nach Melle ge-
    bracht   67 Maaß.
Den 14. Junii.   Hrn. Grafen von Anhalt nach Wie-
    denbrügk verehret   6 Ohm.
Den 4. Julii.   Dem Herrn Generallieutenant Ver-
    praet verehret, so nach Astrupf gebracht 1 Ohm,
                                       23 Viert.
Den 5. Julii.   Herrn Obristen Limbach verehret
                        1 Ohm, 17 Viert. 3 Maaß.
Den 5. Julii.   Herrn Obristen Schepf zugeordnet
                            1 Ohm, 3 Maaß.
    welche der Generallieutenant an sich genommen.
Den 7. Jul.   Selbigem Obristen verehret 1 Ohm,
                                       2 Maaß.
Den 7. Jul.   Dem Obristen Conrad Vellen verehret
                        1 Ohm min. 2 Maaß.
Den 7. Jul.   Eodem Hrn. Obristen Gortzki 25 V.
                                       2 Maaß.
Dem Obristen Proviantmeistern   18 Viert. 1½ Maaß.
              Summa 24 Ohm 3 Maaß.
                                       Thun

Thun mit Unkosten der Fässer 672 Thlr. 15 ß. 5 ₰.
lichem wegen Danitzen, so auf Befehl

    J. F. G. ausgeholet   45 Thlr.

             Summa 717 Thlr. 1 ß. 9 ₰.

J. F. G. in Gnaden befehlen, den alten Pfennig-
    meistern hierüber zu hören, und was er in Rech-
    nung geständig befunden, zu berichten. Prout
    factum den 28. Jan. 1630.

IX.

Klagen eines Meyers über den Putz seiner Frau.

O mein Herr, Sie sollten uns arme Männer klagen
laffen! hier im Kirchspiel, wo ich wohne, tragen unsre
eheliche Wirthinnen zwar noch keinen Merlin oder An-
dußlage; und verlangen auch noch nicht, daß unsre
Köpfe nach ihren goldnen Uhren gerichtet seyn sollen.
Nein, sie sind mit der Zeit zufrieden, wie sie der Küster eintheilt; ob wir gleich nichts davon hören und
uns nach unsern Magen richten müssen. Allein sehen
Sie nur einmal folgende Rechnung von einem einzigen
Sonntagsputze an, welchen meine selige Frau getragen, und mein gnädiger Gutsherr nun zum Sterbfall
gezogen hat, und den ich jetzt an einen Kaufmann noch
bezahlen muß, wenn ich nicht will, daß meine selige
Frau mich in der Ruhe mit meiner zukünftigen stören
soll. Hier ist sie.

1) Für eine sammtne Obermütze mit goldnen
    Blumen gestickt   5 Thlr.

2) Für Gold darauf   4

3) Für 2 Ell. Spitzen zur Untermütze à 5 Thlr. 10

4) Für eine Halsschnur von silbernen Perlen mit drey goldnen Schlössern und einer goldnen Schleife ⁏ ⁏ 50 Thlr.

5) Für 2 Ellen Spitzen zur Tour de Gorge 10 ⁏

6) Für 1½ Ellen Cammertuch zum Halstuch 3 ⁏

7) Für 6 Ellen Spitzen darum ⁏ 30 ⁏

8) Für 1½ Ellen bunten Cammertuch zu Manschetten ⁏ ⁏ ⁏ 3 ⁏

9) Für 3 Ellen Spitzen darum ⁏ 15 ⁏

10) Für ein paar sammtne Winterhandschuh mit maßiv silbernen Knöpfen ⁏ 3½ ⁏

11) Für fünf Ellen Damast zum Camisol à 2½ Thaler ⁏ ⁏ 12½ ⁏

12) Für das Schnürleib ⁏ ⁏ 5 ⁏

13) Für 4 Ellen besten Zitz zur Schürze, à 2½ Thaler ⁏ ⁏ 10 ⁏

14) Für acht Ellen Tuch zum Oberrock, à 2½ Thaler ⁏ ⁏ 20 ⁏

15) Für den zweyten Rock von Serge 4 ⁏

16) Für den kleinen Fischbeinrock ⁏ 2½ ⁏

17) Für Schuhschnallen ⁏ 5 ⁏

18) Für ein paar Camuslederne Schuh 1 ⁏

19) Für ein Gesangbuch mit Silber ⁏ 10 ⁏

Summa 203 Thlr. 18 Mgr.

Rechnen Sie dabey, daß die gute selige Frau diesen ihren Putz nemmal verändern konnte, und daß im Sterbefall noch eine goldne Halskette, drey paar seidene Handschuh, und sechs gestickte Tücher sich befanden, welche mit 15 Thalern das Stück bezahlet waren. Erwägen Sie, daß an den hohen Festtagen schwarz, und Camisol und Schürze von Damast getragen wurde; und bedenken Sie endlich, daß die Selige, um mich und ihre Verwandte zu betrauren, ihr Trauerzeug so
vollstän=

vollständig hatte, daß sie das andre Jahr, denn hier
im Kirchspiel wird zwey Jahr getrauret, mit Abwech-
selungen erscheinen konnte: so werden Sie gewiß finden, daß es mir als einem armen Leibeignen schwer
gefallen sey, mich sofort zu einer andern Heyrath zu
entschließen. Doch habe ich mich jetzt besser vorgesehen
als mein Nachbar, der zwar einen freyen Kotten erhey-
rathet, aber 14 Tage nach der Hochzeit erfahren hat,
daß seine Hausehre für Galanteriewaaren an Krämer
und Packenträger 300 Thaler schuldig wäre. Sie
muß zwar dafür redlich büßen; und kömmt nicht anders als braun und blau zu Bette, so bunt sie auch
zur Kirche geht. Allein, was ist einem ehrlichen Manne damit gedienet, daß er seine beste Zeit, die er ruhig im Kruge vertrinken könnte, mit Prügeln zubringen muß? Meine zukünftige soll, wie ich hoffe, mir
wenigstens einige Mühe in diesem Stücke ersparen.
Denn ich sehe, sie siehet mehr auf das wesentliche, und
hat ihre Betttücher von feinem Drell machen lassen.
Wie glücklich sind gegen uns die Kirchspiele auf der
Heyde, wo der ganze Staat einer Hausfrau mit dreyßig Thalern bezahlet ist! Allein ich höre auch, da lieben die Frauen Coffee und Muskatwein, und die Männer trinken fleißig mit. Das thun wir hier nun nicht.
Wir halten uns an gutes Bier und redliche Kost. Allein der Putz unsrer Weiber ist die Zuchtruthe des
Himmels, womit wir weidlich gestäupet werden. Wenn
man sie entbehren könnte, welch ein schöner Viehstapel
könnte nicht dafür angelegt werden? Allein kaum ist
die eine todt: so nimmt man schon eine andre wieder.
Es ist ein wunderliches Ding.

———+———

E 5   X. Das

X.

Das Glück der Bettler.

Neulich sah ich einen Handwerksmann mit seiner Frauen bereits um 4 Uhr des Morgens in seiner Werkstätte an der Arbeit. Der Mann schien mir munter und zufrieden zu seyn, die Frau aber mit einer gewissen ängstlichen Eilfertigkeit zu spinnen. Auf eine kleine Warnung: sie würde sich auf diese Weise überarbeiten; antwortete sie mit Seufzen: Ach ich habe acht lebendige Kinder. Und in dem Augenblick traten die vier ältesten schon munter herein, um zu beten und zu arbeiten. Der Anblick war überaus rührend; und der Mann erzählte mir mit einem anständigen Stolze, wie sauer er es sich werden ließe, als ein ehrlicher Mann mit den Seinigen durch die Welt zu kommen; und wie sichtbar Gott seinen Fleiß und Ordnung segnete. Wir haben, setzte er hinzu, im Anfange oft Wasser und Brod genossen; waren aber gesund und freudig dabey; bis uns endlich Gott mit Kindern segnete, und mein täglicher Verdienst mit ihnen zunahm. Sauer ist es mir geworden, schloß er; Blutsauer! aber ich habe Brod, und bin vergnügt . . .

Ich verglich hiemit eine Scene, die mir einmal zu London in einem Speisekeller, im Kirchspiele St. Giles aufgestoßen ist. Hr. Schuter, ein berühmter Akteur auf dem Schauplätze im Conventgarten, welcher damals eben die niedrigen Classen der Menschen studirte, um sich in der komischen Malerey fest zu setzen, und eine völlige Kenntniß vom high live below Stairs zu erhalten, führte mich dahin. Die Magd, welche uns empfieng, setzte geschwind die Leiter an, worauf wir herunter stiegen, und zog solche sogleich wieder herauf, damit wir ihr ohne Bezahlung nicht entlaufen möchten. Im Keller fanden wir zehn saubere Tische, woran Messer und Gabeln in langen Ketten hiengen. Man setzte uns eine gute Rindfleisch-Suppe; etwa vier Loth Rindfleisch mit Senf; einen Erbsen-Pudding mit etwa 6 Loth Speck; zween Stück gutes Brod und 2 Gläser Bier vor; und vor der Mahlzeit forderte die Wäscherin unser Hemd, um es während derselben zu waschen und zu trocknen; alles für 2½ Pence, oder 16 Pfennig unsrer Münze, mit Einschluß der Wäsche. Doch diese Beschreibung im Vorübergehen. Am Sonntag wird kein Hemd gewaschen; und dafür ½ Pfund gebratenes Rindfleisch mit Kartoffeln zur Mahlzeit aufgesetzt.

In diesem Keller fanden wir uns in Gesellschaft der Gassenbettler. Da wir uns vorher eine dazu schickliche Kleidung vom Trödelmarkte gemiethet hatten: so wurden wir bald mit ihnen vertraut; und man that uns leicht die Ehre an, zu glauben, daß wir Diebe oder Bettler aus einem andern Kirchspiel wären. Allein wie sehr erstaunten wir nicht, als wir die angenehme und unbekümmerte Lebensart dieser Bettler erblickten.

Erstlich zählte ein jeder seinen Gewinnst vom Tage; und besonders ließen sich die Blinden von zweyen andern ihre Einnahme öffentlich und auf ihre Ehre zählen, damit sie von ihren Führerinnen nicht betrogen werden möchten. Es war keiner unter ihnen, der nicht doppelt und dreymal so viel erbettelt hatte, als der fleißigste Handwerksmann in einem Tage verdienen kann. Nachdem das Finanzwesen in Ordnung gebracht und die Mahlzeit vorüber war, ließ sich ein jeder nach Gewohnheit einen Humpen mit starkem Porterbier geben, welcher auf die Gesundheit aller wohlthätigen Seelen ausgeleeret wurde. Hierauf spielten die

die Blinden zum Tanz; und es war ein Vergnügen zu
sehen, wie geschickt Bettler und Bettlerinnen, auch sogar einige, die des Tages über lahm gewesen waren,
mit einander tanzten. Die kräftigsten Gassenlieder
folgten auf diese Bewegung; bis endlich der erwartete
Durst erfolgte. Dann ward von gewärmten Porter
und Rum ein starker Punsch gemacht, die Zeitung dabey gelesen, und der Abend bis drey Uhr des Morgens
mit trinken und politischen Urtheilen, über das Mini-
sterium, auf das vergnügteste zugebracht.

Ueberhaupt aber hat der Bettelstand sehr viel reizendes. Unser Vergnügen wird durch nichts besser befördert, als durch die Menge von Bedürfnissen. Wer
viel durstet, hungert und frieret, hat unendlich mehr
Vergnügen an Speise, Trank und Wärme, als einer
der alles im Ueberfluß hat. Was ist ein König, der
nie zum hungern oder dürsten kömmt, und oft zwanzig
große und kleine Minister braucht, um eine einzige neue
Kitzelung für ihn auszufinden, gegen einen solchen Bettler, der sechs Stunden des Tages Frost, Regen,
Durst und Hunger ausgehalten, und damit alle seine
Bedürfnisse zum höchsten gereitzet hat; jetzt aber sich
bey einem guten Feuer niedersetzt, sein erbetteltes Geld
überzählt, vom stärksten und besten genießt, und das
Vergnügen hat, seine Wollust verstohlner weise zu sät-
tigen? Er schläft ruhig und unbesorgt; bezahlt keine
Auflagen; thut keine Dienste; lebt ungesucht, unge-
fragt, unbeneidet und unverfolgt; erhält und beantwor-
tet keine Complimente: braucht täglich nur eine einzige
Lüge; erröthet bey keinem Loche im Strumpfe, kratzt
sich ungescheut, wo es ihm juckt; nimmt sich ein Weib,
und scheidet sich davon unentgeldlich und ohne Prozeß;
zeugt Kinder ohne ängstliche Rechnung, wie er sie versorgen will; wohnt und reiset sicher vor Dieben, findet

jede

jede Herberge bequem, und überall Brod; leidet nichts
im Kriege oder von betriegerischen Freunden: trotzt
dem größten Herrn, und ist der ganzen Welt Bürger.
Alles was ihm dem Anschein nach fehlt, ist die Deli-
katesse, oder derjenige zärtliche Ekel, womit wir alles,
was nicht gut aussieht, verschmähen. Allein, wer ist
im Grunde der Glücklichste; der Mann, der ein Stück
Brod, wenn es gleich sandig ist, vergnügt hinunter
schlucken kann; oder der Zärtling, der in allen Her-
bergen hungern muß, weil er seinen Mundkoch nicht
bey sich hat? Und wie sehr erweitert derjenige nicht
die Sphäre seines Vergnügens, der sich jenes Brod
wohl schmecken läßt?

Wie beschwerlich ist dagegen der Zustand des fleis-
sigen Arbeiters, der sich von dem Morgen bis zum
Abend quälet, sich und seine Familie von eigenem
Schweiße zu ernähren? Alle öffentliche Lasten fallen
auf ihn. Bey jedem Ueberfall feindlicher Partheyen
muß er zittern. Um sich in dem nöthigen Ansehen und
Credit zu erhalten, muß er oft Wasser und Brod
genießen, seine Nächte mit ängstlicher Sorge zubringen, und eine heimliche Thräne nach der andern ver-
gießen .... Wenn ich solchergestalt den ehrlichen
fleißigen Arbeiter mit dem Bettler vergleiche: so muß
ich gestehen, daß es eine überaus starke Versuchung
sey, lieber zu betteln als zu arbeiten. Das einzige,
was den Bettler bishero gefehlt, ist dieses, daß ihre
Nahrung unrühmlich gewesen, und diesem Fehler will
ich nächstens abhelfen.

XI. Et-

XI.

Etwas zur Verbesserung der Armen=Anstalten.

Wie, Sie wollen das Betteln rühmlich machen? In
der That, das fehlt den faulen Müßiggängern noch.
Allein herunter mit dem Schleyer, herunter mit dem
Regentuche, worinn sich viele unsrer Bettlerinnen ver=
stecken, um ihre Ehre nicht zu verlieren. Verdient
eine arme unglückliche Person so viel Schonung; so
sorge man für sie daheim, und setze dieselbe nicht der
traurigen Nothwendigkeit aus, ihr Brod vor den Thü=
ren zu suchen. Verdienet sie es aber nicht; so verfol=
ge Schimpf und Verachtung den verschuldeten Bettler.
Er gehe, wenn er ja gehen soll, als ein Scheusahl
durch die Gassen, und sey allen jetzt wankenden, jetzt
auf die faule Seite nach und nach sinkenden, jetzt sorg=
los darauf los zehrenden Einwohnern, ein so schreckli=
ches Exempel, daß sie sich lieber das Blut aus den
Fingern arbeiten, und Wasser und Brod genießen, als
auf künftige Almosen ihre Zeit und ihren Fleiß unge=
nutzt verschlafen oder verprassen. Eine Bettlerinn im
Regentuch ist eine Satyre wider die Obrigkeit, die ent=
weder die Unglückliche nicht versorgt, oder die Schul=
dige nicht strafet. Nirgends giebt es mehr Bettler,
als wo eine unüberlegte Gütigkeit sich als christliches
Mitleid zeigt, und jeden Armen ernährt; nirgends
giebt es weniger, als bey den Fabriken, wo man den
Bettler, der noch arbeiten kann, auf dem Misthaufen
sterben läßt, um andre zum Fleiße zu zwingen.

Doch ich will die Sache gelassen betrachten. Von
dem großen Gesetze, daß niemand im Staat sein Brod
umsonst haben müsse, weil die Versuchung zur Faulheit
sonst zu stark werden würde; und daß es besser sey,

denjenigen, der nur noch einzig und allein ein geſundes Auge übrig hat, ſein Brod durch eine ihm anvertraute Aufſicht verdienen zu laſſen, als ihn auf dem Faulbette zu ernähren, will ich jetzt nichts erwähnen. Es iſt bekannt genug; der Satz, worauf ich bauen will, ſoll ſeyn: Armuth muß verächtlich bleiben.

Nur, muß man mich wohl verſtehen. Ein geſunder fleißiger Menſch iſt nie arm. Der Reichthum beſtehet nicht im Gelde, ſondern in Stärke, Geſchicklichkeit und Fleiße. Dieſe haben einen güldnen Boden; und verlaſſen einen nie; das Geld aber ſehr oft. In der letzten Erndte ſah ich die Frau eines Heuermanns, deren Mann ein Hollands-Gänger iſt, welche ſelbſt mähete und band, und ihr vierteljähriges Kind neben ſich in der Furche liegen hatte; wo es ſo geruhig als in der beſten Wiege ſchlief. Nach einer Weile warf ſie muthig ihre Senſe nieder, ſetzte ſich auf eine Garbe, legte das Kind an die geſunde Bruſt und hieng mit einem zufriedenen und mütterlichen Blicke über den ſaugenden Knaben. Wie groß, wie reich, dachte ich, iſt nicht dieſe Frau? Zu mähen, binden, ſäugen und Frau zu ſeyn, gehören ſonſt vier Perſonen. Aber dieſer ihre Geſundheit und Geſchicklichkeit dienet für viere. Die Natur zeigt hier eine homeriſche Allegorie für die Arbeitſamkeit ohne Caylus und Winkelmann.

Wenn ich es alſo als ein Geſetz annehme, daß Armuth ſchimpfen müſſe; ſo bald ſie nicht durch ein beſonders Unglück ehrlich gemacht wird: ſo verſtehe ich darunter den Mangel, der aus Ungeſchicklichkeit und Faulheit entſpringt; und mache mit Fleiß dieſes große Geſetz hart, weil wir von Natur ohnehin weichherzig genug ſind, mit jedem Armen ohne Unterſuchung Mitleid zu haben; und unſer Herz insgemein den Verſtand betriegt, wenn es aufs Wohlthun ankömmt. Das

C   Spruch-

Sprüchwort: Armuth schimpft niemand; dienet insgemein nur dem stolzen Armen, dessen Eitelkeit sich beleidigt fühlt.   Und wenn wir mit dem Armen ins Ver-
hör gehen: so finden sich immer viele zweydeutige Umstände zu seiner Entschuldigung.   Daher mag die Armuth überhaupt immer etwas verächtliches behalten;
wenn wir nur dabey unsre Hochachtung gegen die Frau,
die zugleich mähet, bindet und säuget, verdoppeln.
Jene Verachtung und diese Hochachtung müssen zusammen bleiben, und die Bewegungsgründe zum Fleiße
verstärken.

Dieses Gesetz muß aber nicht eher in Uebung kommen, bevor wir nicht einige Veranstaltungen gemacht
haben, wozu folgende, meines Ermessens, hinreichen
werden.   Man theile alle Arme in drey Classen.

In die erste Classe sollen diejenigen kommen, welche durch Unglücksfälle oder Gebrechlichkeit arm sind;
und einige Schonung verdienen.

In die andre: alle, welche eben keine Schonung
verdienen, und sich nur damit entschuldigen, daß sie
keine Gelegenheit zu arbeiten haben, um ihr Brod zu
gewinnen.

In die dritte: alle muthwillige Bettler, die durch
ihr eigen Verschulden arm sind, und gar nicht arbeiten
wollen, ohnerachtet sie Gelegenheit, Geschicklichkeit
und Kräfte dazu haben.

Die Einrichtung dieser Classen werden mit Zuziehung der Pfarrer, und mit der genauesten Untersuchung
gemachet; sodann aber die erstre Klasse durch öffentliche Vorsorge zu Hause versorgt; die andere mit Arbeit
versehen; und die dritte in dem angelegten Werkhause
dazu gezwungen.

Man sieht leicht ein, daß bey diesem Plan alles
auf die Vorkehrungen für die zweyte Classe ankomme.

Und

Und wenn ich zeige, daß mit den Armengeldern, welche jetzt vertheilet werden, noch halb sowiel mehr als
sonst ausgerichtet werden könne: so glaube ich wenigstens, einen guten Rath dazu mitgetheilet zu haben.
Ich will solchen auf einen ganz leichten Satz bauen:
„Man nehme z. E. in seine Hand zween Thaler, und
„gebe einigen Armen davon 6 Mgr: so sind 12 Per-
„sonen versorgt. Man lasse aber diese 12 Personen,
„jede 2 Stücke Garn, welche zusammen 4 Mgr. werth
„sind, spinnen, und bezahle ihnen solche mit 8 Mgr:
„so ernährt man

   „a) mit eben diesen zween Thalern 18 Personen;
      jede davon bekommt
   „b) 2 Mgr. mehr; es bleiben
   „c) die Armen durch die Arbeit gesund; sie genießen
   „d) ihr Brod nicht umsonst; locken also
   „e) andere nicht zum Unfleiße; und laufen
   „f) nicht herum.“

Diese Sätze sind klar; nur wird man sagen:

Die Armen werden entweder das Garn von andern
aufkaufen; oder es werden auch selbst fleißige Leute
sich zu den Armen gesellen, um ihr Garn zum dop-
pelten Preiße zu verkaufen.

Der Einwurf ist richtig. Allein hier muß man durch
einigen Schimpf vorbauen.

Man wähle folglich ein öffentliches Zimmer auf einem Armenhofe. Dort seyn Räder und Flachs. Dieses sey des Winters gewärmt und erleuchtet; und von
dem frühesten Morgen bis zum spätesten Abend keinem
Armen verschlossen. Und was in diesem Zimmer gesponnen wird, das werde doppelt bezahlt. Der
Schimpf, in einem öffentlichen Zimmer zu spinnen,
und in der Zahl der Armen bekannt zu seyn, wird
den fleißigen und empfindlichen Mann hinlänglich ab-

halten, seine Hand sinken zu lassen. Hingegen ist eben
dieser Schimpf nicht unschwer für diejenigen zu tragen,
die sonst auf den Gassen betteln, und von Obrigkeitswegen in die zweyte Classe gesetzt sind. Die Anstalt
wird den Betrug verhüten, und bey einem Lichte und
einer Wärme können mehrere Personen zusammen sitzen,
mithin vieles ersparen. Dabey hat jeder Arme seine
Freyheit zu gehen und zu kommen, und wenn er des
Tages eine bessere Arbeit findet, solcher nachzugehen.

Sobald ist aber nicht die öffentliche Anstalt gemacht;
so muß keiner sich unterstehen, zu betteln; oder er muß
sich gefallen lassen, in die dritte Classe gesetzt, ins
Werkhaus eingesperret und zur Arbeit gezwungen zu
werden. Denn nun ist die Enschuldigung, daß er keine Gelegenheit habe, sein Brod zu verdienen, gehoben, und folglich die Obrigkeit berechtiget, das letzte
Mittel zu gebrauchen.

Die Armengelder in hiesiger Stadt, welche von
Obrigkeitswegen gesammlet, und vor den Thüren gegeben werden, belaufen sich des Jahrs zum allerwenig-
sten auf 12000 Thaler. Davon sollen 40 Hausarme
einen jährlichen Zuschuß von 50 Thaler empfangen:
so bleiben noch 10000 Thaler übrig. Wenn diese auf
obige Art verwendet werden; so können 150 Arme der
zweyte Classe, jeder das Jahr 100 Thaler verdienen;
und so viel Arme finden sich hoffentlich nicht.

Man wird einwenden: „Die Anstalt sey ganz gut,
„wenn man jährlich mit Gewißheit auf eine sichere
„Summe rechnen könnte.“ Allein warum kann man
das nicht? In der Stadt London sind die Almosen von
jedem Hause fixirt und zum Etat gebracht. In
Deutschland, oder doch wenigstens in einem großen
Theil desselben, hat man die unbeständigsten Gefälle
zu fixiren gewußt. Warum sollte dieses nicht auch

mit

mit den Allmosen geschehen können: Wir legen Schaz=
zungen an, um Pulver zu kaufen, und die besten Städ=
te damit in den Grund zu schießen. Sollte man denn
nicht auch so etwas thun können, um andre wiederum
glücklich zu machen? Sind die Armen nicht ein eben
so wichtiger Gegenstand der öffentlichen Vorsorge als
andre Dinge? Und würde sich nicht jeder Hauswirth,
jährlich gern zu einem gewissen Allmosen=Beytrag
selbst subscribiren, wenn er dagegen von allem andern
Ueberlauf enthöben seyn könnte? Würden diese Gelder
nicht besser angewandt werden, als diejenigen, die wir
ohne genugsame Prüfung vor den Thüren oft an Un=
würdige verschwenden? Und werden wir von unserm
neuangelegten Werkhause, welches wir mit so großen
Kosten aufgeführet haben, den wahren Vortheil haben,
wofern wir nicht durch jene Classifikation zuvor alle
mögliche Ungerechtigkeit entfernen? Wie viele Ver=
mächtnisse, Hospitäler und Stiftungen ließen sich nicht
ohnehin mit jener Anstalt für die Armen vereinigen, so
daß eins dem andern die Hand böte, und den Fleiß
gemeinschaftlich beförderte?

XII.

Von der Armenpolizey unsrer Vorfahren.

Man glaubt insgemein, unsre Vorfahren hätten sich
wenig um die Polizey bekümmert, und die Sachen, so
gehen lassen, wie sie gewollt. Um diesen Vorwurf ab=
zulehnen, wollen wir einige, die Armenanstalten betref=
fende Gesetze der mittlern Zeit, wiederum in Erinne=
rung bringen.

 Das

Das erste, was hieher gehört, lautet also:

Es soll sich kein Bettler unterstehen, herumzulaufen.
Wer dergleichen auf seinem Hofe oder auf seinen Gütern hat, soll sie ernähren; und keiner soll sich unterstehen, solchen einige Beyhülfe zu geben, wo sie
nicht arbeiten. De mendicis qui per patrias dis-
currunt, volumus ut unusquisque fidelium nostro-
rum suum pauperem de beneficio aut de propria fa-
milia nutriat, et non permittat alibi ire mendican-
do. Et ubi tales inventi fuerint, nisi manibus la-
borent, nullas eis quicquam tribuere praesumat.
CAPIT. V. ann. 305. §. 10.

Um andern hierinn ein gutes Exempel zu geben, ver-
pflichtete sich der Kayser selbst, diejenigen Armen, welche sich auf seinen Gütern befänden, ernähren zu
wollen.

Fiscalini qui manfos non habent, de Dominica ac-
cipiant praebendam (einen Pröven) CAPIT. d. mif-
sis. §. 50.

Zur Beyhülfe fleißiger Armen ward in jedem Kirchspiele der vierte Theil des Zehnten ausgesetzt.

Ut decimae populi in quatuor partes dividantur,
~~Prima pars Episcopis detur, alia Clericis, tertia pau~~-
peribus, quarta in fabricia ipsius ecclesiae v. CA-
ROLI M. LL. §. 95.

Und Gott sollte die Seele der Armen von den Priestern
fordern, die solches versäumten, und die Armen darüber sterben ließen.

CAPIT. addit. IV. §. 153.

Zur Zeit der Hungersnoth wurden jedem Menschen, die
Armen, so er ernähren und die Almosen, so er geben
sollte, vorgeschrieben.

Episcopi Abbates et Abbatissae pauperes famelicos
quatuor pro illa striccitate nutrire debent, usque
ad

ad tempora meſſium - Comites fortiores libram de argento aut valente donent in eleemoſyna - ib. §. 143.

Die Armenſachen ſollten an den Gerichtstagen allezeit zuerſt vorgenommen und durch nichts aufgehalten werden.

CAROL M. LL. §. 58.

Die Biſchöffe und Grafen ſollten ſie in ihrem unmittel: baren Schutze haben.

CAPIT. add. IV. 5 — 115.

Die Wundärzte wurden von Gerichtswegen angehalten, der Armen zu warten.

Si quis medicum ad placitum pro infirmo viſitando aut vulnere curando popoſcerit: ut viderit vulnus medicus aut dolores agnoverit, ſtatim ſub certo placito cautione emiſſa infirmum ſuſcipiat *). L. 3. Wiſig. tit. de medicis.

Und gewiß mußten ihnen Richter und Advokaten alle: zeit umſonſt helfen, da beyde blos für die Ehre dienten. Ihre Ordnung gegen die Bettler und Landſtreicher war ſo ſtrenge, daß jeder Reiſender, der von der Heerſtraße

F 3 auf

---

*) Es ſteht zwar hier nicht eigentlich, daß von armen Kranken die Rede ſey. Wermuthlich aber bedurfte es keines Zwanges, um reiche Patienten in die Cur zu nehmen. Doch konnte bey den Weſtgothen auch dieſes unterweilen nöthig ſeyn, weil dieſes Volk auf den Einfall des Hrn. von Maupertuis gerathen war, daß der Arzt nicht belohnt und wohl gar beſtraft werden ſollte, wenn er einen Patienten ſterben ließ; daher mancher ſich weigern konnte, einen gefährlichen Patienten in die Cur zu nehmen. Die Weſt: gothen waren überhaupt den Wundärzten nicht gewogen. Sie mußten 100 Dukaten Strafe geben, wenn ſie einen durchs Aderlaſſen lähmten; ſie durften keinem Frauenzimmer, ohne daß jemand dabey zugegen war, die Ader öffnen. Nullus medicus ſine praeſentia patris — mulierum ingenuarum flebotomare praeſumat — quia difficillimum non eſt, ut tali occaſione ludibrium interdum adhaereſcat. L. 1. de mediſis. Und ſie würden ihnen gewiß das Pulsfühlen verboten haben, wenn es wäre Mode geweſen.

auf einen Dorf= oder Nebenweg wich, und kein Noth=
geschrey machte, als ein Straßenräuber von jedermann
erschlagen werden konnte.

Si peregrinus vel alienus extra viam per sylvas va-
getur, et non vociferet, neque cornu insonet, pro
fure sit judicandus vel percutiendus vel redimendus.
v. LL. Inae regis. §. 20.

Sie hielten es in diesem Stücke, eben wie wir es zu
Kriegeszeiten halten, wo der General den ankommen=
den Fremden die Route vorschreibt, welche sie gehen
müssen, wo sie nicht als Spions gehangen werden wol=
len. Eben dahin zielte anfänglich das Königs= oder
Kayersgeleit, und die Abzeichnung gewisser Heerstra=
ßen. Man war mit keinem Geleite auf Dorf= und
Nebenwegen sicher.

Wie verhalten wir uns aber jetzt in diesen Stük=
ken? Die Heerstraßen haben ihren Charakter verlohren.
Man weiß kaum mehr, was sie bedeuten sollen. Die
Landstreicher laufen wie und wo sie wollen. Mit Ge=
leit hält sich ein jeder sicher, und berechtiget, sogar
ändern ins Haus zu kommen.

Die Wundärzte schicken ihre Rechnungen zur Landes=
kasse ein, wenn sie einem armen Unglücklichen gedienet
haben.

Die Richter wollen den Armen nicht umsonst dienen,
die Gerichtsschreiber ihre Copeygebühren nicht fahren
lassen, die Advokaten nicht umsonst schreiben und die
Prokuratoren nicht umsonst laufen, ohnerachtet sie mit=
einander wenigstens den Zehnten ihres Fleißes den Ar=
men nach den Carolingischen Gesetzen schuldig sind.

Die Zehnten kommen den Armen nicht mehr zu gu=
te: die Almosen sind des Geitzigen Willkühr überlassen,
und die Reichen sind froh, wenn sie sich des Ueberlaufs
und Bettlens auf andrer Rechnung erwehren können.

Jeder

Jeder nimmt nach Gefallen Fremde und Arme auf ſeine Gründe, und läßt ſie das Land belaufen. . Die chriſtliche Religion verpflichtet keinen mehr, ſich armer Anverwandten anzunehmen. . Man ſchickt ſie lieber auf die Landeskaſſe. Das iſt die Einrichtung . unſrer erleuchteten Zeiten.

Carl der Große wollte nicht haben, daß ein Kind aufwachſen ſollte, ohne eine Kunſt zu lernen, womit es ſich ernähren könnte. Dies iſt der Sinn des Geſetzes: De computo ut omnes veraciter diſcant; de medicinali arte ut infantes hanc diſcere mittantur *Cap. I. 1. dé* 805. §. 5. Wir hingegen laſſen die Jugend auf dem Lande, welche dereinſt zum Ackerbau beſtimmt iſt, die Gänſe und Schweine hüten, wovon ſie wahrlich nicht lernen werden, ſich bey mehrern Jahren zu ernähren und zu unterhalten. Die Mutter eines Kindes, das im zwölften Jahre ſich ſeine Strümpfe nicht knütten oder ſein Hemd nicht nähen, oder ſeine anderthalb Stück Garn des Tages nicht hätte ſpinnen können, würde Carl der Große zum Schandpfahl verdammet haben. Und ſollte ſie es auch nicht verdienen? Wie mancher Menſch wird nicht endlich Krüppel, und weil er keine Handarbeit gelernt, ein Straßenbettler?

XIII.

Vorſchlag zur Verſorgung alter Bediente.

Vom Handwerk ſagt man, daß es einen güldenen Boden habe. Allein von dem Dienſte kann man behaupten, daß er einen eiſernen habe. Ein Menſch, der ſeine beſte Lebenszeit mit Aufwarten zugebracht, iſt am Ende ſeines Lebens insgemein ſich und andern unnütz,

    und

und wann er treu gedient, hat er von seinem Lohn kein
Kapital gemacht.   Er setzt daher oft einen gutherzigen
Herrn in die Versuchung, ihn wider sein Gewissen mit
einem Dienste zu versorgen, wozu er nicht geschickt ist.
Wäre es also nicht billig, eine Invalidenkasse für be-
jahrte Bediente zu stiften?

Nach meiner Rechnung könnte es füglich angehen,
daß ein Bedienter, der 30 Jahr im Lande wohl gedient, und jährlich 1 Thaler zu dieser Invalidenkasse
kontribuiret hätte, die übrige Zeit seines Lebens monatlich 2 Thaler; und wenn er jährlich 2 Thaler kontri-
buirt, monatl. 4 Thaler und so ferner, erhielte. Eben
dieses könnte in Ansehung der weiblichen Dienstboten
Statt haben. Und wie manche Herrschaft würde diesen Vorschuß nicht für ihre Dienstboten jährlich gern
thun, wenn diese sich dagegen des Caffees und Thees
freywillig enthalten wollten? Wie glücklich wäre dieses
Geld nicht angewandt; und was kann eine Obrigkeit
abhalten, eine solche Anstalt zu treffen? Käme ein
Schaden dabey heraus: so müßte ihn das Publikum,
das dagegen mit guten und treuen Dienstboten versorgt
würde, übernehmen.

❦❦❦❦❦❦❦❦❦❦❦❦❦❦❦❦❦❦❦❦❦

XIV.

**Unvorgreifliche Beantwortung der Frage: Ob
das häufige Hollandgehen der Oßnabrückischen Unterthanen zu dulten sey? *)**

Wenn ich über vorstehende Frage meine Gedanken mittheile, so erstrecken sich selbige hauptsächlich über den
Ort,

---

*) Dieses Stück, welches von einem andern Verfasser ist, wird der Verbin-
dung halber mit eingerückt.

Ort, wohin mich die Vorsehung Gottes vor einigen Jahren gerufen hat. Diese kleine Gemeinde liefert jährlich den Holländern wenigstens 60 Arbeiter, unter welchen aber ein Unterschied gemacht werden muß, da sie nicht alle zu gleicher Zeit zu ihnen gehen, und auch nicht zu einer Jahrszeit wieder zu Hause kommen. Einige gehen in ihrem 17ten bis 18ten Jahr nach Holland, und kommen in 10 bis 20 Jahren nicht wieder, oder bleiben Zeit Lebens aus. Andre, und zwar die Hälfte treten ihre Reise gleich nach Lichtmessen an, und stellen sich um Allerheiligen oder Martini wieder ein, und das sind die, welche der Holländer in seinen Lust-gärten gebrauchet. Die letztern gehen gleich nach Pfingsten, und kehren zur Erndtezeit wieder zurück, und das sind die Grasmäher.

Erstere, sind gewissenlose Unterthanen gegen ihren Landesherrn, und insgemein höchst undankbare Kinder gegen ihre Eltern. Sie entvölkern das Vaterland, und opfern ihre Kräfte einem fremden Volke auf, wel-che sie doch ihrem angebohrnen Oberherrn mit Gut und Blut zu weihen, schuldig wären. Der Undankbare ge-het inzwischen hin, und der elterliche Segen wird ihm mitgetheilet. Gott fodert nach etlichen Jahren seinen Vater ab, die Mutter wird in den betrübten Wittwen-stand gesetzet, und die kleinen Kinder verwaysen. Sie schreibt an ihren Sohn in Holland, er möchte zu Hause kommen und helfen ihr arbeiten; sie predigt aber tau-ben Ohren. Der Sohn meldet: Ich habe ein Weib genommen, darum kann ich nicht kommen, und weil ich selber Kinder habe, so kann ich euch auch nicht mit Gelde unterstützen. Das ist denn der Dank, den der Sohn seiner trostlosen Mutter beweiset, die sich denn vor Gram, Kummer und übermäßiger Arbeit viel zu früh ihr eigen Grab zubereitet.

F 5

Ich

Ich komme zu der zweyten Gattung dieser Art Leu=
te, welche drey Theile des Jahrs in Holland zubringet.
Und das ist eben die betrüglichste Sorte von Menschen,
die unserm Lande so viel Schaden bringen, welches ich
meinen Lesern deutlich vor Augen legen will. Es wür=
de zwar zu einem glänzenden Vorzuge gereichen, wenn
der berühmte Hr. D. Büsching in seiner neuen Erdbe=
schreibung von unserm Hochstifte berichtet, daß die Un=
terthanen desselben jährlich so viel tausend Gulden aus
Holland hereinschleppen; zu welchen man sagen müßte:
Quis potest resistere tot armatis? Allein, es ist nicht
alles Gold, was glänzet. Nach der genauesten Erkun=
digung, bringet ein arbeitsamer und schonender Mensch
in seiner 40wöchigen Abwesenheit 100 Gulden zu Hau=
se, und das ist das allerhöchste, was er baar haben
kann. Wie glücklich wäre er, wenn er alles für rei=
nen Profit halten könnte. Es muß aber ein nicht ge=
ringer Rabat gemacht werden. Ein solcher Arbeiter
kaufet sich jährlich ein Schwein und mästet solches von
seinem Boden, weil er alle Jahr keine Baum=Mast ha=
ben kann. Speck und Schinken dürfen nicht angeta=
stet werden, weil diese besten Theile der Vater mit nach
Holland haben muß. Alle Butter der Haushaltung
wird verwahret und leistet dem Speck Gesellschaft.
Das den Winter durch gesponnene Garn muß gewirket,
und dem Vater zu Hemden, Beinkleidern und Futter=
hemden mitgegeben werden. Doch dieses alles ist nichts
zu rechnen, denn es muß doch gegessen, getrunken und
der Leib bekleidet seyn. Nur Schade, daß Frau und
Kinder durch Entziehung dieser besten Nahrung entkräf=
tet, und nicht selten in Krankheit gestürzet werden!
Der Faden meiner Gedanken ziehet mich aber auf eine
weit wichtigere Betrachtung bey diesen Leuten. Der
verehlichte Theil von ihnen hat wenigstens 8 oder 10

Schef=

Scheffel Saatlandes unter dem Pflug.   Er kommt zu
Martini und folglich zu einer Zeit zu Hause, da ein
rechtschaffner Ackersmann seine Wintersaat schon längst
bestellet hat;   8 bis 14 Tage ruhet der zu Hause ge=
kommene Vater aus, und fänget nunmehr sein Land zu
bearbeiten an, und wird nach Neujahr, auch wohl öf=
ters um Lichtmessen, mit seiner Rockensaat fertig. - An=
statt, daß Körner sollen eingeerndtet werden, so hat er
Gras und Stroh, und wenigstens 3 Scheffel Rocken
von jedem Scheffelsaat weniger, als er bey gehörigem
Fleiß und rechter Zeit ohnfehlbar erhalten hätte.   Die
Zeit der Abreise stellet sich wieder ein.   Er schnüret sei=
nen Bündel, er gehet und lässet der Frau den trost=
reichen Seegen: Siehe zu, wie du mit Acker, Viehe,
Haushaltung und Kindern fertig wirst.   Mein Gott!
wie muß das arme Weib rennen und laufen, daß sie
Wagen und Pflug erhält, um ihren Haber und Buch=
weitzen in die Erde zu kriegen.   Da liegen die kleinen
Kinder um den Heerd oder hinter den Kühen, um sel=
bige zu hüten, herum; sie schreyen nach der Mutter und
nach Brod, aber die ist nicht da, weil sie nicht zugleich
bey den Ihrigen und auf dem Acker seyn kann.   Sie
ist dennoch bey der größten Unordnung im Hause wohl
zufrieden, wenn die Kinder nur des Viehes gut hüten;
denn das wäre Schade, wenn der mehrste Bauer nicht
glauben sollte, daß seine Kinder nur um seines Viehes
willen allein in der Welt wären! Sollte der abwesende
Mann wohl den Schaden in der Fremde durch seinen
Fleiß wieder ersetzen können, der in seiner Abwesenheit
in der Haushaltung verursachet wird? Dieses alles le=
ge ich folgendergestalt in eine Waage:

An Speck und Butter wird mitgenommen und
     nachgesendet   ,   ,   15 Fl.

An

An 8 Schfl. Saat-Landes, hat er wegen Ver-
  säumung und schlechter Bestellung Schaden   24 Fl.
An Kleidung wird zerrissen   :   10 :
An Versäumungen in der Haushaltung   :   10 :
Bey seinem zu Hause bleiben hätte er in 9 Monaten mit Spinnen und Taglohn verdienen
  können, wenigstens   30 :
                                          ─────────────
                                      Summa   89 Fl.

Aus dieser billigmäßigen Vergleichung entstehet mit
Recht die Frage: Was hat denn ein so abgematteter
Mann für alle seine Mühe, Arbeit und lange Reise?
In der That nichts als einen glänzenden Betrug; denn
der schlaue Holländer kriegt seine Arbeiten verrichtet
und steckt den Vortheil in die Tasche. Und sind denn
auch die etwan noch überschießende eilf Gulden zu des
Vaters Beruhigung hinreichend, daß er seine Kinder
so gewissenlos versäumet, selbige der Erkenntniß Gottes und der Schule entzogen, und seine eigene Haushaltung so schändlich vernachläßiget hat?

Ich gehe weiter. Nicht selten geschiehet es, daß
ein seine Kräfte so vergeudender Mensch vor der Zeit
ein Raub des Grabes wird. Der Bauer, in dessen
Behausung der Erblaßte gewohnet, nimmt sich der zu-
rückgebliebenen Waysen an. Die Knaben macht er zu
seinen Schäfern, lehret sie mit Pferden umgehen, und
sie werden seine Knechte. Was gewinnet er aber dadurch? Er muß es nur allzu spät erfahren, daß er
Schlangen in seinem eignen Busen genähret hat. Der
Knecht ist kaum der Kinderlehre entlaufen; so fängt er
an, trotzig gegen seinen Brod-Herrn zu werden. Er
spricht im hohen Tone: Wollet ihr mir nicht 20 bis
24 Thlr. Lohn, so viele Ellen Hemde- und Wollenlaken
nebst ein paar Schuhe jährlich geben: adieu patrie! ich

gehe

gehe nach Holland. Vermiethet sich ein auswärtiger
Knecht bey einem hiesigen Bauren, so fodert er obigen
Lohn, und bedinget sich dabey einen jährl. Holländischen Gang ausdrücklich mit aus. Und eben da ich dieses schreibe, hat kein Bauer seinen Knecht zu Hause,
sondern er mähet das wasserländische Gras ab. Die
Mägde fangen es jetzt eben so an. Können sie nicht
10 bis 12 Thlr. Lohn, so viel Lein gesäet und so viel
Stock Linnen jährlich erhalten, so gehen sie in die Holländischen Bleichen oder in die Salzbrennereyen.

Ein wollüstiger Jüngling gehet nach jenen Oertern,
um seine Leidenschaften zu befriedigen. Er hat sich in
seinem Geburtsorte ein Mädgen, oder auch eine junge
Wittwe ausersehn, der er aber zu schlecht ist, weil er
nicht gut genug gekleidet, und seine Umstände nicht brillant genug sind. Er läuft nach den güldnen Inseln,
und arbeitet aus allen Kräften. Alles was er verdienet, hänget er auf seinen Leib. Er kommt als ein
Stutzer wieder; ein modefärbiges Kleid von holländischem Tuch bedeckt ihn, große silberne Schnallen, womit sich leicht drey behelfen könnten, spielen an seinen
Füßen. In diesem reitzenden Gewande gehet er zu seinem vorerwähnten Schatz, wiederholet seine Anwerbung, ist glücklich und sieget. Schwiegereltern und
Verwandte glauben hier den reichen Holländer an seinem Kleide und Beutel zu erblicken, und die Ehe wird
getroffen. Aber ach! Was entstehet daraus? Die betrogene Frau bereuet ihre Thorheit ohne Erhörung,
und stirbt endlich vor Gram. Der durch Faulheit zum
Weichling gewordene Mann geräth in die größte Armuth, und die unglücklichen Kinder werden zur Last der
Gemeinde auf den Armenkasten verwiesen.

Noch mehr. Solche Art Leute, als wir bisher abgemalet haben, machen faule und üppige Bauren, die

ihren

ihren Landes- oder Gutsherrn betriegen, und ihr Erbe
in ewige Schulden setzen. In unsern wollüstigen Tagen weiß der Bauer, allen strengen Gesetzen ohngeach-
tet, eben so gut Caffee und Thee zu trinken, als der
vornehme Mann in der Stadt. Er hat bey seiner
Stätte 8 bis 12 Malter Saatlandes, und diese sind seine Goldgruben; und sie würden es auch ohnfehlbar
seyn, wenn ers nur nicht auf die verkehrteste Art an-
fienge. Anstatt sein Land gehörig zu bearbeiten, verpfändet er lieber ein Schfl. Saat nach dem andern.
Kommt ein Creditor, so spricht er ihn bis Allerheiligen
zufrieden, und ist die Schuld nicht allzugroß, so giebt
er ihm ein Gedulthuhn, sonst aber wohl gar ein Schwein
mit auf den Weg. Sein holländischer Heuermann ist
kaum zu Hause, so klopfet der Bauer schon an dessen
Tasche, und holet 80 Gulden auf 4 Schfl. Saatlandes
zu dessen Gebrauch und Unterpfand. Damit bezahlet
er nun seine wollüstigen Schulden, und machet seine
Stätte immer kleiner und drückender. Endlich nimmt
er seine Zuflucht zum 6 oder 12jährigen Stillstand, und
setzet sich, sein Erbe und Kinder in die kläglichsten Umstände, die auch der unermüdete Schweiß seiner Nachkommen eines Jahrhunderts nicht zu bessern vermögend
sind. Würde nun der Bauer diese Quelle seines Verderbens nicht kennen, so würde er auch gewiß regelmä-
ßiger leben, seine Arbeiten ununterbochen und gebüh-
render verrichten, und folglich sich und seine Stätte
glücklicher machen.

Was fängt nun aber der viertelsjährige Unterthan
in seinem Hause an? Er fühlet die Mattigkeit seiner
erschöpften Kräfte; der Zustand seiner Gesundheit wird
wankend, und er muß seine eroberten Stüber dem Apotheker, oder wozu er am meisten geneigt ist, einem
Quacksalber in die Hände geben, und wird dabey ge-
schneu-

schneutzet. Er trinket seinen mitgebrachten Thee und Caffee in stiller Ruhe; arbeitet aber nicht mehr, als was er nothwendig thun muß; und die Wohlfahrt seiner Kinder lieget ihm am wenigsten am Herzen, denn die gehört für keinen Vater, sondern allein für die Mutter. Er wird mürrisch und verdrüßlich; seine mannbaren Jahre haben ihn schon ins graue Alter versetzet; sein Grab öffnet sich ihm vor der Zeit, und er lässet eine junge seufzende Wittwe mit vielen Kindern nach, die nicht selten der Gemeinde zur größten Last werden. Würde dieses alles erfolget seyn, wenn er im Lande geblieben wäre, und sich redlich genähret hätte? Woher kommt es doch, daß wir ein so schlechtes Christenthum und Erkenntniß bey solcher Leute Kinder antreffen; daß wir einen so verdorbenen und elenden Acker haben? Woher rühret es, daß der Bauer die Arbeiten seines verwöhnten Knechts mit schwerem Gelde aufwiegen muß, oder gar keinen kriegen kann? Was ist die Ursache, daß der Linnenhandel unsers Vaterlandes nicht empor kommen kann und so sehr fällt? Wer bringet die Baurenhöfe in überwiegende Schuldenlasten? Von allen diesen und noch mehrerern Uebeln ist der nach Holland gehende Unterthan der vornehmste und eigentliche Schöpfer.

Die letztern Arbeiter sind die Grasmäher. Diese gehen zu einer Zeit zu dem Holländer, da sie ihre Haus- und Feldarbeiten hier verrichtet haben. Sie versehen sich auf ihre zwey monatliche Abwesenheit mit Speck, Brod und Butter. Kommt ein solcher nach Jakobi zu Hause, so hat er etwan aufs höchste 30 Fl. in der Tasche. Fünf davon hat er zum wenigsten an Eßwaaren mitgenommen, und drey hat er am Zenge zerrissen. Ein solcher Mann siehet bey seiner Wiederkunft aus, als wenn er schon 3 Tage im Grabe gelegen hätte,

te, und wie ist das anders möglich? der Geitzige unter
ihnen hat sich durch seine entsetzlichen Arbeiten alle Kräfte ausgepresset. Bey seinem Speck und Brodte hat er
die holländische Waddicke Eimerweise eingeschlungen,
und des Nächts ist unter blauen Himmel die Heustne
sein Bette gewesen. Kaum daß der Tag grauet, so
wadet er mit seiner Sense schon im Thaue, zapfet sich
den Schweiß ab. Diese Leute sind insgemein in ihrem
ganzen Leben unglücklich. Kommen sie zu Hause, so
finden sie schon beyde Hände voll Arbeit wieder; denn
unsre Erndte wartet ihrer schon mit Schmerzen. Sie
sind aber ganz ermüdet und können nicht zu Kräften
kommen. Gesund und wohl sind sie hingegangen, haben aber gelähmte Glieder, auch sehr öfters die
Schwind- und Wassersucht, oder eine enge Brust nebst
dem sogenannten holländischen Pipp, der in einer im-
merwährenden Schütterung oder schleichenden Frost bestehet, wieder mitgebracht. Sollten diese Leute nicht
große Schuld mit daran seyn, wenn unser Hochstift so
schlecht bevölkert ist; wenn hier und da im Lande oft
hinreißende Krankheiten sich einfinden; wenn sie selbst
so viele ungesunde Kinder in die Welt setzen, und mit
denselben vor der Zeit hinsterben?

Ein jeder wird also aus dieser wahrhaften Vorstel-
lung schon die Frage beantworten können: Ob die starken Züge nach Holland unserm Hochstifte vortheilhaft
oder schädlich seyn?

So sehr ich auch mit diesen Gründen meinem eignen Nutzen schade, und wenigstens der dritte Theil meines ohnehin geringen Einkommens schwinden würde,
wenn diesem schädlichen Hollandgehen abhelfliche Maaß
gesetzet würde; so bin ich völlig versichert, daß mein
allergnädigster König diesen Verlust auf andre Weise
reichlich ersetzen würde. Der Höchste Patriotismus be-

lebet

lebet mich, und wünsche ich nichts so sehr, als daß unsere Landesstützen diesem immer mehr und mehr ein-
reissenden Uebel durch weise und zur Kraft kommende
Gesetze vorzubeugen, gnädigst geruhen möchten.

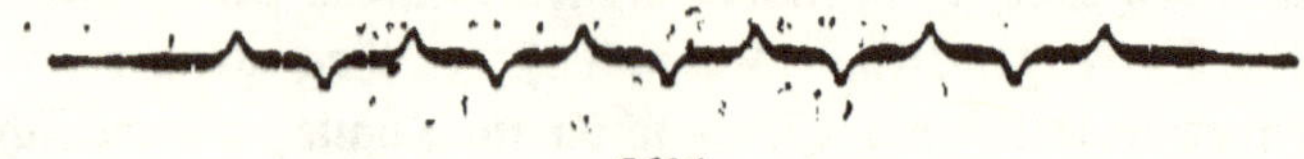

XV.

Die Frage: Ist es gut, daß die Untertha-
nen jährlich nach Holland gehen;
wird bejahet.

Es liegt alles an dem Gesichtspunkt, woraus man eine
Sache betrachtet; und Phidias lief Gefahr, von den
Atheniensern gesteiniget zu werden, wie sie die von ihm
mit aller Kunst verfertigte Statue der Minerva, welche
für einen hohen Altar bestimmet war, in der Nähe und
nicht in gehöriger ehrfurchtsvoller Entfernung kniend
betrachteten.

Eben so wahr ist es, daß große Rechnungen die
Probe nicht leicht im kleinen halten. In einer großen
Menge von Fällen kann jeder einzelne Fall vor sich unrichtig, und doch der daraus gezogene Schluß auf das
genaueste wahr seyn. Man weiß z. E. wie viel Menschen von einer gewissen gegebenen Anzahl jährlich sterben; man weiß zu seiner großen Beruhigung, daß ungefähr Knaben und Mädchen in gleichem Verhältniß
gegen einander geboren werden. Nun mögen alle Haus-
mütter auftreten, und auf ihr Gewissen bezeugen, Gott
habe ihnen Töchter und Knaben in ungleicher Anzahl
bescheret; es mögen alle Todtengräber bezeugen, sie
hätten mehr oder weniger Leute von der in ihren Dorf-
Gemeinden befindlichen Anzahl begraben, als nach je-

ner Regel hätten ſterben ſollen: ſo ſchadet dieſes der Rechnung im Großen nichts. Die große Regel bleibt wahr, wenn ſie gleich in der Anwendung auf jeden einzelnen Fall nicht zutrift.

Nach dieſer kurzen Vorerinnerung will ich alles, was wider die Holländs-Gänger aus dieſem Stifte angeführet worden, zugeſtehen. Ich will aber zeigen, daß der Geſichtspunkt, woraus man die Sache betrachtet, zu nahe an der Stätue genommen; und ein einzelner Fall von dieſen oder jenen Kirchſpielen nicht hinlänglich ſey, um darnach die Rechnung im Großen zu machen. Jedoch noch eins zum voraus.

Es gehen jährlich über zwanzig tauſend Franzoſen nach Spanien, um den Spaniern in der Erndte zu helfen. Eben ſo viel Brabänder gehen in gleicher Abſicht nach Frankreich. Eine nicht geringere Menge Weſtphälinger geht den Holländern und Brabändern zu Hülfe; und mittlerweile kommen die Schwaben, Thüringer und Baiern nach Weſtphälen, um unſre Mauren zu verfertigen; die Italiäner weiſſen unſre Kirchen und verſorgen uns mit Mauſefallen; die Tyroler reinigen unſere Teiche; die Schweizer gehen nach Paris, um den Franzoſen die Thür zu hüten oder die Schuh zu putzen; und ſo wandert eine Nation zur andern, um bey ihr des Sommers ein Stück Brod zu verdienen, was ſie des Winters zu Hauſe verzehret. Nichts iſt hier leichter als zu fragen: Warum jede Nation nicht zu Hauſe bleibe, ſo lange ſie noch Bedürfniſſe hat, welche ſie durch fremde Hände beſtellen laſſen muß? Warum nicht der Weſtphälinger ſeine Teiche ſelbſt rein mache? Warum er ſeine Kirchen nicht weiſſe, und ſeine Häuſer nicht ſelbſt maure? Und, ob es nicht weit leichter und vortheilhafter ſey, Wettergläſer zu machen, als in Holland Torf zu ſtechen, oder in England Thran zu ſieden?

Allein

Allein nichts ist auch offenbarer, als daß Landes-Einwohner, welche sich auf gewisse Dinge allein legen, und ihre Kinder von Jugend auf dazu erziehen, es darinn zu einer so vorzüglichen Fertigkeit und Geschicklichkeit bringen können, daß sie für halbes Geld mehr thun, als andre für doppeltes. Nichts ist sichtbarer, als daß auch in groben Arbeiten eben die Vortheile aus der Simplification entstehen, welche den feinern Künsten daraus zugewachsen sind; wenn nämlich ein andrer die Federn, ein andrer die Räder, und ein dritter die Zieferblätter verfertiget, so dann der Uhrmacher nur blos zusammen setzt. Nichts ist endlich gewisser, als daß sich oft in ganzen Gegenden eine Handarbeit von Vater auf Sohn und von Nachbar zu Nachbar auf das glücklichste ausbreite und sich gleichsam mit dem National-Charakter vermische.

Gesetzt nun, die Einwohner eines Landes bringen es durch das Exempel ihrer Vorfahren, durch die tägliche Uebung und andere Vortheile zu einer vorzüglichen Geschicklichkeit in einer groben Arbeit: so können sie nicht wie die feinere Handarbeiter an einem Orte wohnen; sondern müssen herumziehen; weil eine Nation, die aus lauter Maurern bestehet, keine Brücken zu Hause machen, und solche auf der Post verschicken kann. Sie müssen weiter doppelt gewinnen, und ihre Art zu arbeiten lieben; weil sie durch ihre Fertigkeit und Geschicklichkeit gar zu viel vor allen andern voraus haben. Und man könnte sich wirklich den Fall vorstellen, daß die Tyroler in Westphalen Gräben ausbrächten; die Westphälinger hingegen in Tyrol Torf grüben, und beyde mehrern Vortheil von ihren weiten Reisen hätten, als wenn sie jedes Orts ihre Sachen zu Hause verrichteten. Denn die Nerven, der Rückgrad und alle Gliedmaßen biegen sich zu einer von Jugend auf gelernten, täglich gesetzten und geübten Arbeit auf das vollkommenste, und auch der kleinste Vortheil wird zuletzt entdeckt und genutzt. Wer würde es nun aber wagen, jede Nation hierinn auf andere Gedanken zu bringen? Die alten von dreyßig, vierzig und funfzig Jahren zu bekehren, ist fast unmöglich, und allezeit gefährlich. Um die Kinder aber in ihrer Eltern Hause, unter ihrer Aufsicht und Lehre, völlig umzubilden, dazu gehören solche Anstalten, welche nicht so leicht auszuführen seyn möchten. Und so ist es eine sehr bedenkliche Sache, einem Volke seinen gewohnten Weg zu versperren, um ihn mit Unsicherheit auf einen ungewohnten zu führen.

Wahr ist es, daß die Leute, welche nach Holland und England zur Arbeit gehen, früher alt und unvermögend werden als andere, die bey ordentlicher Landund Hausarbeit ihre Kräfte nicht übernehmen; denn wenn sie etwas verdienen wollen, müssen sie alle Augenblicke nutzen, und keinen Odemzug ohne Arbeit thun. Der Gewinnst stärkt ihre Begierde; und die Begierde giebt eine größere aber kurze Stärke. Allein es ist auch nicht weniger wahr, daß die Fortpflanzung des menschlichen Geschlechts unter den Heuerleuten um ein Drittel schneller gehe, als unter den Landbesitzern. Hier muß insgemein der Anerbe warten, bis der Vater stirbt oder abzieht; ehe ist für eine junge Frau kein Platz im Hause offen. Die Mahljahre von Stiefeltern gehen insgemein so weit, bis der Anerbe sein dreyßigstes Jahr erreicht. Dreyßig Jahre machen also das gewöhnlichste Alter aus, worinn Landbesitzer heyrathen; und wenn Tacitus es der Deutschen Enthaltsamkeit zuschreibt, daß sie vor dem 25 Jahre nicht heyratheten: so bedachte er nicht, daß das frühere Heyrathen nur bey Handthierungen, wovon Bürger und Heuerleute leben, möglich sey; und die deutsche Nation, welche der schik-

derte, nicht aus Bürgern und Heuerleuten, sondern
aus Landbesitzern bestand. Die hiesigen Heuerleute hey:
rathen mit zwanzig Jahren; und mithin zehn Jahr frü:
her als Anerben. Gesetzt also, sie wären mit funfzig
Jahren alt und kümmerlich; gesetzt, ein ganzes Kirch:
spiel sähe seine besten Leute; und ein Mann alle seine
Brüder und Verwandte sterben: so wird derjenige,
der nahe am Kirchhofe wohnet, oder den dieser Verlust
hauptsächlich trift, das unglückliche Hollandsgehen leicht
beklagen. Allein die große Staatsrechnung leidet dar:
unter nichts. Es verhält sich hierinn mit den hiesigen
Hollandsgängern, wie mit den Bergleuten. Diese er:
reichen kein hohes Alter, und sind früh kümmerlich.
Ihre Anzahl vermindert sich aber dadurch nicht. Sie
werden sich doppelt vermehren, wenn hinlängliche Ar:
beit vorhanden.

Wahr ist es weiter, daß von den Leuten, welche sol:
chergestalt in die Fremde gehen, jährlich zehen von hun:
dert verlohren gehen. Einige gehen auf den Herings:
und Wallfischfang; und die Reisen zur See verführen
manchen nach Ost: und Westindien. Wie viel Einwoh:
ner in Cuirasseau sind nicht aus hiesigem Stifte? Viele,
die nach England in die Thransiedereyen, oder nach
Holland auf allerhand Arbeit ausgehen, lassen sich,
wenn sie zu Hause keine Weiber haben, leicht bereden,
gar auszubleiben. Allein es ist auch wiederum wahr,
daß wir die große Menge von Heuerleuten nicht haben
würden, wenn der Verdienst in der Fremde wegfallen
sollte. Wir würden alsdenn sicher nicht den zehnten
Theil derjenigen haben, die jetzt im Lande sind; und so
ist der gegenwärtige Verlust nichts gegen denjenigen,
welchen wir im Gegentheil leiden würden. Ein Baum,
wovon viele wurmstichige Aepfel fallen, ist insgemein
fruchtbarer, als ein andrer, worunter keiner liegt.

Wer

Wer hier blos auf die Erde und nicht in die Höhe sieht, der wird leicht unrichtig urtheilen, und nicht erkennen, daß jener mehr Früchte habe als dieser.

Es läßt sich sehr wahrscheinlich zeigen, daß in diesem Jahrhundert sich über viertausend Neubauer im hiesigen Stifte niedergelassen haben; und der unmäßige Preiß unsrer Ländereyen, welcher höher ist, als er irgendwo in Europa seyn wird, bestärket diese Vermuthung. Sechs und funfzig Quadratruthen von unserm besten Feldlande, und wahrlich unser bestes kann in Vergleichung anderer Länder kaum für mittelmäßig gelten, ist in verschiedenen Gegenden über vier Thaler jährlichen Heuergeldes ausgebracht worden; und das Gartenland doppelt so hoch als das Feldland. Es ist kein einziger sogenannter großer Haushalt im ganzen Stifte mehr, weil kein Pächter das Land so hoch bezahlen und kein Eigenthümer es so theuer nutzen kann, als es die Heuerleute bezahlen. Da diese in den öffentlichen Lasten weißlich geschonet, von aller Werbung befreyet, und an manchen Orten mit der Feurung und Weide leicht versorget werden: so verheuret der Eigenthümer der Ländereyen nicht blos sein Land, sondern auch die freye edle Luft unter einer milden Regierung; und alle die Vortheile, die ein Land ohne Truppen, ohne Accise, und ohne Cammeralisten gewähren kann; die Vortheile, welche Heiden und Mohre darbieten; und den öffentlichen Credit, worinn unsere glückliche Verfassung, sowohl die heilsame Gerechtigkeit, als die Landesherrliche Macht erhalten hat; alle diese Vortheile würden ungenutzt seyn, wenn wir die Menge von Heuerleuten nicht hätten, und diese wieder wegfallen, wenn sie ihr Brod aus dem Heid- Sand- oder Mohrlande ziehen sollten.

Viele

Viele Edelleute machen sich mit Recht ein Gewissen daraus, ihre Länder an den Meistbiethenden zu vermiethen. Die geringen Nebenwohner, da sie einmal da sind, und in benachbarten Ländern nicht gleiche Vortheile finden, können es nicht entbehren; und die Prediger in manchen Kirchspielen eifern gegen das Verheuren an den Meistbietenden auf den Canzeln als gegen eine Sünde. Wo ist aber ein Land, da man diese Art von Sünde kennt? Der vornehme Verfasser des Hausvaters, der gewiß den Haushalt von allen möglichen Seiten betrachtet hat, der Herr Landdrost von Münchhausen gesteht, daß, wenn er seine Güter in unserm Stifte hätte, sie ihm doppelt so viel als jetzt einbringen würden. Dies würden sie thun, ohne daß er nöthig hätte, sich des Jahrs mehr als einmal, wenn der Zahlungstag der Heuergelder ist, darnach umzusehen. Die Ursache, so derselbe hievon angiebt, besteht in der vorzüglichen Bevölkerung durch jene Heuerleute.

Wahr ist es, daß diese Bevölkerung den Landbesitzern auf sichere Weise zur Last falle; und die unzähligen Beschwerden, welche die Landstände ehedem über die Zunahme der Neubauer geführet haben, sind damals nicht ohne Grund gewesen. Wir haben landesherrliche Verordnungen von dem Bischoffe Phillipp Sigismund, worinn die Ansetzung eines neuen Hauses, bey einer Strafe von 10 Goldfl. verboten ist; und der Landtags-Abschied vom Jahr 1608. enthält buchstäblich, daß auf den ganzen und halben Erben, wo vorhin zwey Feuerstätten gewesen, nur die Sahlstätte und Leibzucht gestattet, auf den Kotten, wo vorhin keine gewesen, keine neue errichtet, und auf jeder Feuerstätte nur eine Partey geduldet werden sollte. Allein seitdem sich unter der Territorial-Hoheit die Grundsätze in diesem Stücke verändert haben, und die Bevölkerung in einen andern Gesichtspunkt gekommen ist;

seit-

ſeitdem der Landbeſitzer ſich nicht mehr mit ſeinem eigenen Vieh und Korne fertig machen kann, ſondern auch
Geld nöthig hat; ſeitdem die Landesherrn ihre Natu-
ralgefälle in Geld verwandelt haben, und der Edelmann
dieſem Exempel gefolget iſt; ſeitdem endlich tauſend
vorhin entbehrte Reitzungen der Wolluſt und Bequemlichkeit den Fremden baar bezahlet werden müſſen: haben ſich die Grundſätze in dieſem Stücke ſo geändert, daß
man jene Verordnung lächerlich findet. Jetzt wohnen
nicht eine, ſondern vier Parteyen in Nebenhäuſern, welche in die Quer durchgeſetzt ſind, und wovon jede Partey eine Seite hat. Man mag immerhin ſagen: Die
Heuerleute beſchweren nur die gemeinen Weiden, beſteh-
len die Holzungen, und zeugen Bettler oder Diebe. So
lange die Theurung der Landpreiſe im Ganzen ein Vortheil für Zeiten iſt, worinn alles auf Geld ankömmt: ſo
ſind jene Zufälle nur Flecken, die von der prächtigen
Höhe kaum geſehen werden müſſen, und durch gute
Verordnungen gehoben werden können.

Jedoch die wichtigſte Betrachtung verdienet Garn
und Linnen. Schwerlich kann ein Menſch ſich mit Spinnen ernähren. Spinnen iſt die armſeligſte Beſchäfti-
gung; und kann nur in ſo weit vortheilhaft ſeyn, als
es zur Ausfüllung der in einem Haushalt überſchieſſen-
den Stunden gebraucht wird. Hätten wir nun keine
Leute die im Sommer nach Holland giengen, ſo würden dieſe auch den Winter nicht ſpinnen können. Wir
würden auch ihre Weiber und Kinder nicht beym Rade
haben. Es würde alſo vielleicht nicht die Hälfte des
Linnens im Stifte gemacht werden, was aus demſelben
jetzt verführet wird.

Der ſcheinbarſte Einwurf unter allen, welcher gegen das Hollandsgehen gemacht wird, iſt die Theurung
des Geſindes. Ich will dieſen Einwurf mit den Worten

ten vortragen, womit er in der Landtags-Proposition
vom Jahr 1608. vorgetragen ist, um dabey zu erinnern,
daß unsre Vorfahren sich mit uns aus einerley Ton beklagt, und die Zeiten sich also in 160 Jahren nicht ver-
schlimmert haben. Der Bischoff Phillipp Sigsmund
erkläret sich aber folgendergestalt:

Ueberdies zum Vierten wären J. F. G. nun
eine zeither fast aus allen Aemtern vielfältige Klage
und Ueppigkeit, Muthwille und Frevel des gemeinen
Dienstvolks, Knechten und Mägden und Jungen, auch
gemeinen Arbeitsleuten und Taglöhnern vorgekommen; indem weil GOtt allmählig etliche Jahr her
wohlfeile Zeit am Getreide und andern verliehen,
daß fast alles Gesinde daher widerspenstig würde, sich
hin und wieder auf dem Lande in den Dörfern, Flek-
ken und Städten, in Backhäusern, Spiekern, Kötten,
Gaden und sonsten niederliesse und selbst erhielte,
und niemand zu dienen begehrte, und darüber die
erbgesessenen Bauern, Bürger und andre so ihrer Arbeit gebrauchen müßten und nöthig hätten, zum äus-
sersten aussögen, sonsten auch das ledige Volk seines
Gefallens wiederum davon streiche, anderer Orten sich
verhielte, auch wohl bey andern in Dienst sich wieder
einstellete und aufgenommen würde, auch wohl ganz
an andere Orte nacher Friesland und sonst ausserhalb
Stifts davon streiche, da es etwa auf eine geringe
Zeit ein mehrers verdienen könnte, hernacher seines
Gefallens wieder herein käme, und das ganze Jahr
hernach im Stifte unterhalten werden müßte, wie
denn ebenmäßig bey den Arbeitsleuten und Tagelöh-
nern die Bezahlung übermäßig wäre, und zweifelten
J. F. G. nicht, die Anwesende von den Ständen sämt-
lich würden davon gute Zeugniß geben können; stünde derowegen zu reiflichen Bedenken, ob man sich

G 5

nicht

nicht mit einer beſtändigen Policey-Ordnung, wie es
damit auf alle Fälle gehalten werden ſolle, dem gemeinen Nutzen zum Beſten ſich hierüber zu vergleichen ꝛc.

Damals hielt man es alſo dem Lande ſogar nachtheilig,
daß die Leute, welche nach Friesland, (worunter das jetzige Weſt-Friesland und Holland verſtanden iſt) giengen,
des Winters zurücke kamen, und das Korn, über deſſen
Wohlfeiligkeit doch geklagt wird, für ihr erworbenes
Geld verzehren halfen. Man ſuchte durch Erſchwerung
der Heyrathen, durch Verminderung der Anbauer, und
durch Einſchränkung des Erwerbs wohlfeiles Geſinde zu
erhalten. Jetzt aber wünſcht man viele Miteſſer zum
Korn, um gute Preiſe; viele Heuerleute, um theures
Land, und viele Menſchen, um deſto leichter Geſinde zu
haben. Schade für beyde Grundſätze, daß das Land
kein Sack iſt, worinn man die unangeſeſſene Heuerleute
nach ſeinem Gefallen ſchütteln kann. Wie weiland Jhro
Churfürſtl. Durchl. Ernſt Auguſt der Erſte das Hollandsgehen zum Vortheil der Werbung einſchränkten, be-
ſchwerten ſich unterm 19. Febr. 1671. die Stiftsſtände:

Daß wegen der Hollandsgänger, ſo vor dieſem viel
Geld ins Stift geholet, itzt dem Lande viele tauſend
abgiengen, indem ſelbige ſich erſt bey den Amthäuſern
melden müßten, weil die Leute bey vorgehendem
Zwang zur Werbung ſich befürchteten, daß ſie beym
Kopf genommen würden.

Hier war der Sack zugeknüpft; und man war auch nicht
zufrieden. Die Klage in den alten Zeiten war indeß noch
gegründeter als jetzt. Damals gieng es dem Land-Eigenthümer, wie jetzt dem Menſchen überhaupt. Dieſer
glaubt alle Sterne und Thiere ſeyn blos um ſeinetwil-
len erſchaffen; und der Land-Eigenthümer behauptete,
vielleicht gar nicht mit Unrecht, er ſey der Mann, um
des-

deſſentwillen ein Regent und Staat zuerſt errichtet wor=
den. Jetzt ſind alle Menſchen um des Regenten willen
in der Welt, und wann dieſem die Menge von Köpfen
zu ſeiner Größe dienlich iſt: ſo iſt es beſſer, daß zehn=
tauſend geringe als tauſend wohllebende Familien, im
Lande ſind. Vordem war es umgekehrt.

Jedoch um auf den Einwurf zurück zu kommen; ſo
iſt es überhaupt noch eine große Frage, ob es beſſer ſey,
daß der Handlohn hoch oder niedrig ſtehe. Zur Bequem=
lichkeit der Großen iſt vielleicht ein niedriges Lohn das
beſte; die kleine Menge aber, die den Geſetzgeber ernäh=
ret, und daher auch ſeine vorzügliche Aufmerkſamkeit
verdienet, dürfte wohl eine andere Sprache führen. So
viel aber iſt allezeit gewiß, daß ein Land, wo die Hand=
arbeit wohlfeil iſt, die wenigſten; und wo ſie theuer iſt,
die mehreſten Einwohner habe. Dieſer Satz gründet
ſich in der Erfahrung und Vernunft. Es iſt weiter ge=
wiß, daß das Handlohn, welches hier verdienet wird,
dem Staate nicht entgehe. Der Verpächter kann mehr
Geld von ſeinem Pächter ziehen, wenn dieſer ſeinen Ak=
ker mit lauter wohlfeilen Händen beſtellen kann; allein
was jener mehr ziehet, gehet vielleicht für Wein aus
dem Lande, und was dieſer mehr verdienet, wird zu
Hauſe für Korn ausgegeben. Endlich iſt es offenbar,
daß der Handlohn nicht niedrig ſeyn könne, ohne daß
das Korn und mithin auch Länderey im Preiſe falle.
Diejenigen alſo, die einen Knecht für den niedrigſten
Lohn und zugleich für ihr Land den höchſten Preis haben
wollen, fordern etwas widerſprechendes. Wie kann der
Heuermann ſeinen Sohn dem Land=Eigenthümer des
Jahrs für 8 oder 10 Thaler Lohn vermiethen, wenn
er dasjenige Land, welches er geheuret hat, ſo übermä=
ßig bezahlen muß? Er würde ſich nie geſetzt, nie ge=
heyrathet, oder doch wie die Vornehmen in Italien und

Frank=

Frankreich zur Erhaltung der Stammgüter thun, nur einen Sohn gezeuget haben, wenn er für sich und seine ungezählte Kinder keine andere Aussicht als ein so geringes Dienstlohn gehabt hätte. Der Gutsherr würde seine Pächte alle in Natur empfangen, und sie für die Hälfte des jezigen Preises verkaufen müssen, wenn der Hände so wenig; oder die Erwerbungsmittel so gering wären, daß man einen Knecht für 5 Thaler des Jahrs haben könnte. Ich könnte Exempel von Ländern beybringen, wo sich die Umstände würklich so verhalten; wo niemand nach Holland gehet, das hiesige Malter Rocken im vorigen Jahr halb so viel als hier gegolten, und dennoch der Mangel des Gesindes Klagen veranlasset hat.

Aber wie, wenn ein reiches und armes Land neben einander lägen, wovon das erstere die Handarbeit immer doppelt bezahlte: würde dann nicht endlich das letztere von Leuten völlig erschöpft werden? Dem ersten Anblick nach, ja! Allein in der That nicht. Ich berühre die großen Gründe nicht, nach welchen Hume dieses politische Problema zum Vortheil der bejahenden entschieden hat; glaube aber, daß wenn jährlich noch zehntausend Leute mehr nach Holland giengen als jetzt, die Vermehrung in dem Lande, worinn diese Leute, Freyheit und Brod finden, in gleichem Verhältniß steigen werde. Ich glaube, daß das arme Land seine in reiche Länder reisende Handwerksleute eher in ihre Heymath zurückziehe, als das reiche; weil jeder doch gern in seinem Dorfe, und vor seinen Nachbarn glänzen, und sein erworbenes Geld da am liebsten ausgeben will, wo es am mehrsten gilt. Ich schließe endlich, daß Leute von der Art, wie wir sie annehmen, nie so viel erwerben, um in dem reichen Lande bleiben zu können, und daher immer wieder zurückkehren müssen. Und alles

dies

dies ist der Erfahrung gemäs.　Westphalen müßte längst von den Holländern verschlungen, und diejenige Provinz, woraus gar keine Leute nach Holland gehen, die volkreichste seyn, wenn obiger Satz seine Richtigkeit hätte.　Es zeigt sich aber von beydem das Gegentheil.

Insgemein klagt man auch darüber, daß die Hollands-Gänger den Landbauer in die Tasche steckten, ihm leichtfertiger und unnöthiger Weise Geld vorstrekten, seine besten Ländereyen dafür unternähmen, zu den öffentlichen Lasten fast nichts entrichteten, und zur Zeit der Anfechtung den Landbauer in der Beschwerde stecken ließen.　Diese Klage hat nun zwar einigen Grund, in so fern man sich beklagen darf, daß die Braut zu schön sey.　Allein seit dem man in den neuern Zeiten sich keine Mühe verdriessen lassen, den Landbauer um allen Credit zu bringen, indem man dem Leibeigenen, ja sogar den Freyen, wie doch ohne gehörige Untersuchung und Bewilligung der Gläubiger nie geschehen sollte, einen Stillestand fast nach Willkühr gegeben, und sonst dafür gesorgt hat, den leichtfertigen Gläubigern Ziel zu setzen: so ist zu glauben, daß diese Klage in den nächsten funfzig Jahren nicht gemacht, und in solcher Zeit ein Gutsherr nicht den vierten Theil an ausserordentlichen Gefällen erhalten werde, die er vorhin erhalten hat, als der Leibeigene noch tapfer borgen, und die Bauerleute in dieses schöne Spiel ziehen konnte.　Wer borgt jetzt noch einem Leibeigenen? Um zehn Thaler willen muß er sich pfänden und zum Concurs bringen lassen.　Und wenn es mit Verheurung der Stätten nur erst recht zur Ordnung ist, und die Abäusserungs-Ursachen völlig bestimmt sind: so sind hundert gegen eins zu wetten, daß jene Klage nie wieder vorkommen werde.　Denn die Welt wird immer besser und klüger.

Die Urſache, warum man die Heuerleute in den öffentlichen Laſten ſo ſehr ſchonet, iſt aber gewiß der feinſten Politik gemäß. Wir haben keine beſſere Rekruten
für den Leibeigenthum, als die Heuerleute; dieſe allein
ſind im Stande, ihren Kindern etwas erhebliches mit-
zugeben, oder ein erledigtes Erbe mit voller Hand zu
beweinkaufen; und ſo ſchimpflich es ehedem der leibeigene Landbauer hielt, ſeine Kinder unter ihrem Stande
unangeſeſſenen freyen Leuten zu geben: ſo anſtändig iſt
es doch in den neuern Zeiten geworden; und wenn die
Gutsherrn, ſo wie der Eingang gemacht iſt, fortfah-
ren, den Stand des Leibeigenthums immermehr einzu-
ſchränken, zu erniedrigen und zu beſchimpfen: ſo dürfte ſich bald der freye Heuersmann zu vornehm halten,
ſich oder ſein Kind auf ein Erbe zu bringen. Was iſt
aber der erſte Grund des Vermögens der Heuerleute?
Sicher das Hollandsgehen, als wodurch ſie zur Ein-
ſicht, Unternehmung und Handlung gelangen. Wie
manches Vermögen, wie manche Erbſchaft iſt nicht
überdem aus Holland und Oſtindien in hieſiges Stift-
gekommen? Und wie mancher, der ſich in Holland
glücklich niedergelaſſen, hat von dorther ſeine arme
Verwandte unterſtützt, oder ihnen Mittel und Wege
zum Erwerbe geöffnet?

Daß in hieſigem Stifte überhaupt der Ackerbau
vernachläßiget werde, glaube ich nicht, und daß das
Hollandsgehen daran Schuld ſey, noch weniger. Fremde geben den hieſigen Einwohnern, welche gute Wirthe ſind, das Zeugniß einer guten Acker-Beſtellung;
und da die Länderey im höchſten Preiße ſtehet: ſo darf
man eine beſſere Vermuthung faſſen. Ich habe 56
Quadratruthen, worauf noch erſt einige hundert Fuder
Plaggen gebracht werden mußten, ehe ſie urbar gemacht
werden konnten, und welche die Markgenoſſen nicht an-
den

den Meistbietenden, sondern an die unter ihnen wohnende geringe Kötter aus der Gemeinheit überließen, mit hundert Thaler freudig bezahlen sehen; und fasse daher gute Gedanken von ihrem Fleiße, ohne mich durch die schlechte Wirthschaft einiger der Fäulheit und der Ueppigkeit ergebenen andern irren zu lassen. Wenn der Landbauer selbst nach Holland gienge: so würde es zum Schaden des Ackerbaues gereichen. Dies aber geschiehet hier im Stifte nicht, außer wenn der Landbauer, um sich aus seinen Schulden zu retten, sein Erbe Meistbietend verheuret, und immittelst eine Handarbeit in der Fremde sucht, um nicht eben bey seinen Nachbarn zu dienen. Die Klage über den Mängel und die Theurung des Gesindes, kann auch wohl einen Neid der Landbauer gegen die mit freudigem Gesange nach Holland tänzenden und auf lustige Ebentheuer irrende Heuerleute zum Grunde haben; die bey ihrer Wiederkunft ein petit air étranger zeigen und sich vom Besten einschenken lassen. Wenigstens finde ich die Klage über die Theurung des Gesindes, wenn ich scharf nachfrage, nicht so gegründet, als es uns der Mund mancher Redner bereden will, und ich habe die Klagen andrer Länder über diese Theurung, woraus niemand nach Holland gehet, noch bitterer als die unsrigen gefunden. ... Einer Treulosigkeit gegen ihr Vaterland kann man die Hollandsgänger mit Billigkeit nicht beschuldigen. Die Freyheit, nach ihrem Gefallen zu reisen, ist die erste Bedingung gewesen, worunter sie sich bey uns niedergelassen, und worauf sie geheyrathet haben. Diese Freyheit macht sie eben so getreu, daß sie wieder kommen; und sie zu zwingen, auf einem Boden zu bleiben, der ihnen nicht zum Erbtheil übergeben, sondern für baar Geld verheuret ist, würde so schädlich als unbillig seyn. In den strengsten Ländern geht der Zwang nicht

weiter,

weiter, als den treuloſen Unterthanen ihr Erbtheil zu
entziehen. Eigentlich ſollte dieſe Entziehung ſich nur
auf das Erbtheil an liegenden Gründen erſtrecken, welches der Beſitzer unter der Bedingung empfangen hat,
es zu vertheidigen, oder zu verlaſſen. Dergleichen Erbtheil aber hat das Vaterland jenen Flüchtlingen nicht
angewieſen.

Der Einwurf, daß die Hollandsgänger nichts als
Gras oder elendes Korn von ihren gehenerten Ländereyen erndten ſollten, kömmt mit der hohen Landmiethe
nicht überein. Wenn er ſeine Richtigkeit hätte: ſo
würden dieſe Leute lieber das Korn kaufen, als Land
zum Bau miethen; und überhaupt bleibt allemal der
Schluß wahrſcheinlich, daß keiner auf die Dauer etwas
unternehme, wovon er keinen Vortheil hat. Es verdient übrigens bemerkt zu werden, daß vom Lande daher kein Korn zur Stadt oder zu Markte gebracht werde. Die Urſache davon iſt, daß jeder ſein Korn aus
dem Hauſe los werden kann. Eine Bequemlichkeit,
welche der Landbauer ſicher denjenigen zu verdanken hat,
die den Sommer über in Holland liegen, und des Winters ihr Brod zu Hauſe kaufen. Wie gern würden
unſere Nachbaren an der Weſer, die von zehn Meilen
her uns ihr Korn zuführen, ſich die weite Reiſe erſparen, wenn einige tauſend Hollandsgänger bey ihnen
überwintern wollten. Sie würden ſie als ehrliche und
nicht als treuloſe Zugvögel behandeln.

Die Rechnung von demjenigen, was die Hollandsgänger mitnehmen, verreiſſen und verſäumen ſollen,
ſcheinet mir übertrieben zu ſeyn; und wenigſtens noch
eine nähere Unterſuchung zu erfordern, wozu ich einen
erfahrnen Landwirth hiemit aufgefordert haben will.
Im voraus aber glaube ich, daß die Familie, wovon
der Vater die Schinken, den Speck, das Garn, die
Wolle

Wolle und das Linnen in Holland verzehrt und verreißt, den besten Markt habe, und ihre Waare am theuersten ausbringe. Meiner Meynung nach wäre es gut, wenn all unser Linnen so glücklich verrissen würde. Das Schwein der Heuerleute würde nicht gemästet, und das Garn nicht gesponnen seyn, wenn der Weg nach Holland nicht die Ursach gewesen, daß diese Leute sich unter uns gesetzt hätten. In andern Ländern wohnen die Heuerleute, welche Taglohn verdienen, in Barracken, und werden nie so reich, eine eigne Kuh oder ein Schwein unterhalten zu können. Ihre Weiber und Kinder tragen keine Modefarbige Kleider, und keine breite Schuhschnallen. Versäuerte Schafmilch ist ihr Futter; und ihre Gesichtsfarbe nichts röther als die unsrige. Wenn dort der Wirth seinem Knechte nicht den Lohn geben will was er fordert, so wird er Soldat; und hier geht er nach Holland.

Uebrigens bleibt es allemal eine ewige Wahrheit, daß es besser seyn würde, wenn alle Landeseinwohner zu Hause blieben, und dort eben so viel, oder doch nicht viel weniger verdienten. Biß dahin aber den Leuten diese Mittel zum Erwerb verschaffet werden, ist es am sichersten, sie nicht zu stören. Kein einziger wird so unvernünftig seyn, in Holland auf der Heusime unterm blauen Himmel zu schlafen, und sein schwarzes Brod mit Waddike zu essen, wenn er zu Hause nur Dach und Stroh, und Brod und Milch haben, und eben so viel als in Holland verdienen kann. Wie stark müssen die Bewegungsgründe dieser Leute seyn, wenn sie bey solchem Ungemach Gesundheit und Leben wagen? Und darf der Gesetzgeber hoffen, sie auf andre Art als durch ein besseres Auskommen davon zurück zu bringen?

XVI.

Von dem moralischen Gesichtspunkt.

Können Sie mir ein einziges schönes Stück aus der physikalischen Welt nennen, welches unter dem Microscopio seine vorige Schönheit behielte? Bekömmt nicht die schönste Haut Hügel und Furchen: die feinste Wange einen fürchterlichen Schimmel; und die Rose eine ganz falsche Farbe? Es hat also jede Sache ihren Gesichtspunkt, worinn sie allein schön ist; und so bald sie diesen verändern; so bald sie mit dem anatomischen Messer in das Eingeweide schneiden: so verflieget mit dem veränderten Gesichtspunkt die vorige Schönheit. Das, was ihnen durch das Vergrößerungsglas ein rauhes Ding; eine fürchterliche Borke; ein häßlicher Quark scheinet: wird dem ungewaffneten Auge eine süsse und liebliche Gestalt. Der Berg in der Nähe ist voller Hölen; und der Herkules auf dem Weissenstein ein ungeheures Geschöpfe: aber unten — in der Ferne — wie prächtig ist beydes?

Wenn dieses in der physikalischen Welt wahr ist: warum wollen wir denn diese Analogie in der moralischen verkennen? Setzen sie ihren Helden einmal auf die Nadelspitze, und lassen ihn diesesmal unter ihrem moralischen Mikroscopio einige Männchen machen! Nicht wahr, Sie finden ihn recht schwarz, grausam, geizig und seinem Bruder ungetreu. . . . Aber treten Sie zurück; wie groß, wie wundernswürdig wieder?

Wer heißt Ihnen nun die Schönheit dieses großen Eindrucks um deswillen anfechten, weil die dazu würkende Theile bey einer schärfern Untersuchung so häßlich sind? Gehöret nicht ein guter Theil Grausamkeit eben so gut zur wahren Tapferkeit, als Kienruß zur

gräu-

grauen Farbe? Muß nicht ein Strich von Geiz durch den Charakter des Haushalters gehen, um ihn sparsam zu machen? Ist nicht Falschheit zum Mißtrauen, und Mißtrauen zur Vorsicht nöthig?

Die Leute, welche von der Falschheit der menschlichen Tugenden schreiben, wollen immer Fumet ohne Fäulung; und Blitze haben, die nicht zünden. Sie werden zwar sagen, die Grausamkeit sey alsdann nur Strenge; der Geiz nur Härte, und die Fäulung eine natürliche Auflösung. Allein, daß Sie die Pest unter den Wölfen zu einem Erhaltungsmittel ihrer Schäfe machen, verändert die Sache nicht. Wir wollen also aufrichtig zu Werke gehen, und die Tugend blos für die Taugsamkeit oder die innere Güte eines jedweden Dinges nehmen. So hat ein Pferd, so hat das Eisen seine Tugenden, und der Held auch, der seinen gehörigen Antheil Stahl, Härte, Kälte und Hitze besitzt. Die Anwendung soll sein Verdienst, und die Menge der Wirkungen, welche das menschliche Geschlecht davon zieht, die Größe seines Verdienstes bestimmen.

<hr>

XVII.

Antwort an den Hrn. Pastor Gildehaus,*) die Holländsgänger betreffend.

.... Ihr Holländsgänger hätte also, wenn man

für mitgenommene Speisen,	15 Fl.
für Schaden am Lande,	24 :
für Versäumung in der Haushaltung,	10 :

H 2

für

*) Der Verfasser des 14ten Stücks.

für Abgang an Kleidung,   10 Fl.
die er zu Hause hätte gewinnen können,   30 :

Summa 89 Fl.

abrechnet; noch immer in vierzig Wochen eilf Gulden übrig.

Laßt uns nun aber auch einmal sehen, wie immittelst der Heuermann, der sein gemästetes Schwein mit seiner lieben Frau zu Hause verzehrt, bestanden sey? Wir wollen setzen, er habe in eben der Zeit 20 Wochen gesponnen, und 20 mit Taglohn zugebracht. Gegessen hat er wenigstens dreymal des Tages, jedesmal verzehrt 1 Stüber thut in 20 Wochen.   21 Fl. : St.

In den übrigen 20 Wochen soll er die Kost mit verdienet, die Sonn- und Festage aber à 3 St. wie vorher verzehret haben :   5 :

Wie er auf Tagelohn, besonders bey Holz und Steinen gearbeitet, hat er leicht so viel und mehr als in den Holländischen Lustgarten zerrissen. Es bleiben also obige :   10 :

Wenn ich ihm hienächst volles Spinn- und Taglohn in der Rechnung gut thue: so muß er ebenfalls im Haushalt versäumen   10 :

Es kostet ihm also sein Aufenthalt im Lande 46 :

Nun wollen wir sehen, was er dagegen zu Hause verdienet. „Wer gut spinnen kann, der bringt täglich hervor 1½ Stück Schiergarn oder 37½ Gebind über einen Siebenviertel Haspel, oder 3 Stücke vom sogenannten Moltgarn. Dieses giebt etwa 6 Stüver, das Stück zu 2 Stüver gerechnet. Der hiezu nöthige Flächs kostet aufs genaueste ausgerechnet 3 St., folglich bleibt reiner Gewinn in 20 Woch., 32 Feyertage abgezogen, 16 Fl. 3 St.

Jn

In den übrigen 20 Wochen, welche 108
Werktage halten, soll er täglich nach
Abzug der nothdürftigen Kost, übrig
haben 3 Stüver, ist : : 16 Fl. 3 St.

Summa 32 Fl. 6 St.

Anstatt also wie jener, 11 Fl. übrig zu haben, kömmt er um 13 Fl. 14 Stüber zu kurz.

Sie werden mir sagen: der Mann soll sein Garn nicht roh verkaufen, sondern Linnen daraus machen. Allein wer da weiß, wie mancher Tag zum Garnkochen, Bleichen, Trocknen, Bocken, Winden, Schieren und Weben erfordert wird; wie vieles Asche und Potasche kosten; und wie manche Eßstunde der letzte Schlag der Weberin vom Haspel entfernet ist, der weiß auch, daß es zuweilen vortheilhafter sey, Garn roh zu verkaufen, als Linnen daraus zu machen, und daß diejenigen, welche letzteres erwählen, solches blos aus der Ursache thun, weil sie die Gelegenheit nicht haben, das Garn roh zu verkaufen; oder weil das Linnen auf einmal ein besser Stück Geld bringt; oder aber, weil sie nicht so viel Flachs haben, um ihre Weibsleute den Winter über mit Spinnen zu beschäftigen, und sie daher weben lassen müssen, damit sie die Kost, welche ihren Gang gehet, in etwas bezahlen. Mancher versteht es auch nicht besser; oder folgt dem Herkommen; oder gedenkt sein bischen Hede besser zu nutzen.

Dies wäre nun die erste Bilanz. Aber wie steht es jetzt um die 24 Fl., welche Sie dem Hollandsgänger für Schaden am Lande an seinem Gewinnst abziehen? Wenn der fleißige Mann zu Hause 40 Wochen am Rade gesessen, oder Taglohn verdienet hat: so kann er ebenfalls nicht auf seinem Acker gewesen seyn. Diese fallen also aus ihrer Rechnung heraus; oder wir müssen sie

dem

dem andern auch anrechnen. Wir wollen das erste thun,
und so hat der Holландsgänger 35 Fl. übrig; und
Heuermann, der zu Hause bleibt, 13 Fl. 14 Stü.
schuldig.

Ueberhaupt aber sind die 24 Fl., welche der Hollandsgänger am Ackerbau Schaden leiden soll, zu hoch
berechnet. Er selbst hat keine Pferde, und der Heuermann zu Hause auch nicht. Beyde müssen also mit ihrer Bestellung so lange warten, bis der Bauer fertig ist.
Ob der Mann am Rade oder in Holland sitzt, das ist
dem Acker einerley: An einem Orte kann er nur seyn;
und so geht die Bestellung ihren Gang. Vermuthlich
aber dienet der Bauer dem Hollandsgänger, auf dessen
vollen Beutel er rechnet, besser als dem Heuermann,
der 13 Fl. 14 Stüber weniger einnimmt, als er ausgegeben hat. Und wie viele Dienste muß der Heuermann, der zu Hause ist, seinem Bauer in der Erndte
und sonst thun, wofür ihm nur ein großer Dank zu
Theil wird?

Der einzige Vortheil des Heuermanns daheim gegen den Hollandsgänger, wäre also wohl nur der Trost
seiner Frauen, die Gesundheit, und die bessere Kinderzucht. Das erste will ich nicht beurtheilen. Meine
Anmerkungen darüber möchten satyrisch werden. Das
andre wollen wir dahin, oder auf die große Staatsrechnung stellen. Der Mann, der zu Hause Wasser
trinkt und nicht auskömmt, grämt sich vielleicht zu
Tode, indessen daß der Hollandsgänger sich zu Tode arbeitet: und also auf dem Bette der Ehre stirbt. So
viel aber die Kinderzucht betrift, haben sie sich beyde
so gar viel nicht vorzuwerfen. Des Sommers laufen
beyderley Kinder, sobald sie einen Stecken aufheben
können, hinter den Kühen; und wenn die Zeit dazu
vorüber ist, jagt sie die Mutter in die Schule; oder sie
lie-

liegen beym Heerde, und das größere wartet das klei=
nere. Die Mutter liegt im Garten oder auf dem Lande,
zu arbeiten; der Vater ist auf Taglohn; und wenn die
Kinder des Hollandsgängers oder des einheimischen
Taglöhners nach Brod schreyen: so währet dieses so
lange, bis sie von selbst wieder aufhören, oder von
der Mutter gestillet werden.

XVIII.

Schreiben einer Cammerjungfer.

Sie thun in der That recht wohl daran, daß Sie mir
den Caffee als ein sehr schädliches und schleichendes Gift
widerrathen, und ich weiß Ihnen die ernsthafte Miene
recht von Herzen Dank, womit Sie mein Gewissen in
diesem wichtigen Punkte zu rühren gesucht haben. Da
er mir schon lange nicht mehr geschmeckt hat: so habe
ich Ihren Gründen vollkommen Beyfall gegeben, und
wir sind hier zu Lande alle darinn eins, daß in den Fa=
milien, worinn seit funfzig Jahren Caffee getrunken
worden, keiner mehr sey, der seinem Eltervater an die
Schulter reiche. Und wo sind die braunrothen Kern=
backen der vormaligen Großtanten geblieben? Sind
unsre jungen Herrn nicht lauter Marionetten? und unsre
allerliebsten Puppen, Dinger, die sich in verschlossenen
Sänften herum tragen lassen müssen, damit der Früh=
lingswind sie nicht austrockne? Indessen glauben Sie
ja nicht, daß wir hier noch so altfränkisch sind, um
funfzig Jahr bey einem Getränke zu bleiben. Mich
dünkt, die Mode, eine schwarze Lauge zu trinken, hat
lange genug gewähret; und es ist wohl hohe Zeit, daß
man endlich einmal etwas anders genieße. Ich und
H 4

meine

meine gnädige Frau haben die letzte Zeit schon das abgeschmackte Zeug nicht mehr herunter bringen können, und immer auf jedes Loth Caffee einen Theelöffel voll Senfsaat zugesetzt, um ihm nur noch einigen haut gout zu geben. Ich wollte aber, daß wir vor zehn Jahren so klug gewesen wären, wie jetzt, so würde unser gnädiges Fräulein nicht so manches Herzklopfen gefühlt, und mich nicht durch so manchen Schwindel erschreckt haben. Und wer weiß wo es herkömmt, daß wir seit zwanzig Jahren einen solchen abscheulichen Mangel an Freyern haben, und einem Leibarzt Jahrgeld geben müssen?" Es ist dieses gerade zu der Zeit aufgekommen, wie man angefangen hat Caffee zu trinken. Meine Großmutter hatte nichts als Rhabarber und Hollunderbeerensaft im Hause, damit erhielt sie 12 Kinder so gesund als wie die Fische. Aber damals wußte man nichts von Caffee, von Blähungen, von Koliken, von Hypochondrie und von den verzweifelten Magenkrämpfen. Meine gnädige Frau hat ihren noch übrigen Caffee den Waschweibern vermacht. Diese können ihn bey der Waschmulde wieder ausdünsten; oder ein Schluck Seifenwasser darauf nehmen, damit keine Steine davon wachsen. Neulich kam ein junger Herr aus Frankreich, der erzählte uns, wie sich bey einer angestellten Untersuchung gefunden hätte, daß kein einziger in Paris sey, dessen Großvater nicht vom Lande in die Stadt gezogen wäre. Die dortigen Familien, sagte er, gehen alle im dritten Gliede aus. Und woher kann dieses anders kommen, als vom Caffee?

Wir armen Cammerjungfern sind dabey am übelsten daran; keiner getrauet sich in allen Ehren an uns, weil wir leider in dem Rufe sind, als wenn wir nichts wie Caffee und Wein trinken, und nichts als vergebliche Arbeit machen könnten. Dies soll mir aber keiner nachsagen

sagen können. Ich esse ein Stück hausbacken Brod
mit wahrem Vergnügen, und spinne alle Abend heimlich mein Stück Garn, um nicht in jenen bösen Ruf zu
kommen. Wenn es doch die Leute nur wissen möchten!

Unser Gärtner hat Süßholz-Weiden setzen lassen,
und hoft, die Leute sollen davon zu dem neuen Zichorien-
Caffee, welcher jetzt so sehr getrunken wird, gebrauchen. Allein ich fürchte, unsre Aerzte werden sich bald
dagegen setzen, weil bey diesem Getränke kein Mensch
krank werden wird. Es wird damit wie mit den Kartoffeln gehen, welchen die Bäcker und Müller anfangs
Schuld gaben, daß sie die Wassersucht beförderten.
Wo wollten auch unsre vielen Krämer bleiben, wenn
kein Caffee und Zucker mehr gebraucht, und die liebli-
chen jungen Pfirschenblätter anstatt des schaalen Thees
getrunken würden?

Unlängst hatte unser junger Herr eine Rechnung gemacht, worinn er zeigte, daß, wenn jede Familie in
hiesigem Stifte jährlich 5 Thaler für Caffe, Thee und
Zucker ausgäbe, 150000 Rthlr. alle Jahr aus dem
Lande giengen, für welche Summe 150 Mädchen aus-
gesteuert werden könnten. Der allerliebste junge Herr!
helfen Sie doch ja den Caffee verbannen, damit sein
Projekt zu Stande komme. Denn gewiß ich bin ein
recht hübsches fleißiges gutes Kind. Mir fehlt nichts
als eine gute Aussteuer. Ich bin . . . .

H 5

XIX.

XIX.

Die Schenkung unter den Lebendigen, mit Vorbehalt des Nießbrauchs, sollte verboten werden.

Klage einer Wittwe.

Ach mein guter Herr, es ist mir wunderlich in dieser Welt gegangen. Allein es hilft Ihnen und mir nichts, daß ich Ihnen solches weitläuftig klage. Nur eins will ich Ihnen doch erzählen, weil sich vielleicht andre daran spiegeln können.

Ich bin eine betagte Wittwe, aber ohne Kinder. Um Trost in meinem Alter zu haben, nahm ich meines Bruders Kinder zu mir; und um sie zu einiger Dankbarkeit zu verpflichten, gieng ich zu einem Notarius, in der Absicht, ihnen alles auf meinen Todesfall zu schenken. Dieser Mann hat mich aber, ohne daß ich es begriffen, das Meinige unter den Lebendigen verschenken lassen; und nun trotzen mir meine künftigen Erben täglich im Hause, und sagen: Sie wären Herrn meiner Kötterey, und ich könnte ihnen keinen größern Gefallen thun, als wenn ich mich zu Tode ärgerte.

Diese Undankbarkeit schneidet mich durch die Seele; und ich bin deswegen zu einem Rechtsgelahrten in die Stadt gegangen, um mich bey demselben Raths zu erholen; ob ich nicht noch mit dem Meinigen thun könnte was ich wollte? Allein er hat mir schlechten Trost gegeben.

Der Beweiß, sagte er, daß ich eine Schenkung auf den Todesfall und keine Schenkung unter den Lebendi=

gen

gen hätte machen wollen, würde mir schwer fallen, in:
dem der Notarius mit zween Zeugen das Gegentheil
bekräftigte.   Mit dem Beweise der Undankbarkeit würs
de ich so leicht nicht auslangen, weil meines Bruders
Kinder keine Zeugen dabey gerufen haben würden,
wenn sie mich für eine alte Hexe gescholten, und mir
den Tod gewünschet hätten.   Endlich beliefe sich auch
mein verschenktes Vermögen nicht über 500 Dukaten,
und so wäre diese Schenkung, ob sie gleich außer Ge:
richt geschehen, zu Recht beständig.

Wie kann aber eine geringe Kötters Frau den Un:
terschied zwischen schenken auf den Todesfall
und schenken unter den Lebendigen wissen,
wenn sie in beyden Fällen das verschenkte Zeit Lebens
in Besitz behält? Wer hütet sich für solche verzweifelte
Quinten? Und haben die Gesetzgeber, welche eine außer:
gerichtliche Schenkung alsdenn, wenn sie unter 500
Dukaten ist, für gültig erkennen, auch wohl an eine
Kötters Frau in Westphalen gedacht? Sind dieser ihre
fünf hundert Pfennige nicht eben so lieb und wichtig,
als einem Edelmann 500 Dukaten? Und sollten die
Gesetze nicht eher die Armen und Einfältigen als die
Reichen und Klugen gegen dergleichen Uebereilung
schützen?

Ach mein Herr? wenn es möglich ist: so bewegen
Sie doch unsere Obrigkeit, daß sie alle Schenkungen
unter den Lebendigen, welche mit Vorbehalt des Nies:
brauchs auf Lebenszeit geschehen (denn durch diese ver:
zweifelte Maske werden wir einfältige Leute am ersten
verführt), ein für allemal wiederruflich machen, und
ihnen keine mehrere Kraft, als einer Schenkung auf
den Todesfall oder einem Testamente beylegen. Stel:
len Sie ihr doch auf das lebhafteste vor, wie unglück:
lich wir alten Leute sind, wenn wir in den Jahren, wo

wir

wir schwächlicher, leichtgläubiger und hülfsbedürftiger
sind, durch einige Liebkosungen um Freyheit und Eigenthum gebracht, und der bittern Gnade undankbarer Erben unterworfen werden können. Sagen Sie ihr doch,
wie gefährlich unser Zustand sey, wenn es uns frey gelassen ist, eine solche Thorheit zu begehen, und wir den
Künsten und Listen schmeichelnder Erben nichts als ein:
ich will nicht, entgegen zu setzen haben, und darüber, bey unserm Leben von ihnen angefeindet werden.
Hat man doch für die Ehefrauen gesorgt, und ihnen die
Bürgschaften für ihre Männer aus der Ursache verboten; weil sie in täglicher Gefahr sind, durch List oder
Gewalt dazu gebracht oder verführt zu werden. Ist
aber der Zustand einer betagten Wittwe, welche ihre
Erben zunächst um Trost, Hülfe und Beystand anspre-
chen, und dieselben oft zu sich ins Haus nehmen muß,
minder gefährlich? Und da die Gesetze einmal die übermäßigen Schenkungen, welche sich über 500 Dukaten
belaufen, auf eine vernünftige Weise eingeschränkt haben; sollten sie denn nicht auch zum Vortheil der Aer-
mern verordnen, daß sie nicht über ein Drittel ihres
Vermögens, mit Vorbehalt des Nießbrauchs, verschenken dürften? Sollten sie nicht eben wie beym Eyde,
eine Warnung vor größern Schenkun-
gen, den Partheyen vorlesen, und ihnen ihre eigne
Noth und den Undank der Erben recht nachdrücklich
vorhalten lassen, ehe eine solche Schenkung zum Ge-
richtsprotokoll genommen werden dürfte? Sollten sie
nicht wenigstens eine Jahresfrist setzen, worinn eine
solche Schenkung noch widerrufen werden könnte?
Könnten sie nicht überhaupt, wie es bereits in verschiedenen Ländern geschehen seyn soll, verordnen, daß alle
Schenkungen, welche entweder über 500 Dukaten,
oder wenn darunter, mehr als ein Drittel des Vermö-

gens

gens enthielten, nicht anders als gerichtlich geschehen sollten?

Ich bitte Sie inständigst, stellen Sie doch meine Noth vor: Denn da ich meine Kötterey verschenkt habe, so kann ich kein Geld zu Prozessen darauf borgen, und ich bin von allen Menschen verlassen; ich arme Frau!

***

XX.

Die gute selige Frau.

Ich habe meine Frau im vierzigsten Jahre verlohren, und meine Umstände erfordern, daß ich mich wieder verheyrathe: Allein, so viele Mühe ich mir auch dieserhalb bereits gegeben: so kann ich doch keine finden, die mir ansteht, und der lieben Seligen einigermaßen gleich ist. Ich höre von keiner, oder man sagt mir sogleich: diese Person hat sehr vielen Verstand, eine schöne Lektüre, und ein überaus zärtliches Herz. Sie spricht französisch, auch wohl englisch und italiänisch, spielt, singt und tanzt vortrefflich, und ist die artigste Person von der Welt.

Zu meinem Unglück ist mir aber mit allen diesen Vollkommenheiten gar nichts gedient. Ich wünsche eine rechtschaffene christliche Frau, von gutem Herzen, gesunder Vernunft, einem bequemen häuslichen Umgange und lebhaftem doch eingezogenem Wesen; eine fleißige und emsige Haushälterin; eine reinliche verständige Köchin, und eine aufmerksame Gärtnerin. Und diese ist es, welche ich jetzt nirgends mehr finde.

Der Himmel weiß, daß ich es nie verlangt habe; allein meine Selige stand alle Morgen um fünf Uhr auf, und ehe es sechse schlug, war das ganze Haus aufge=

aufgeräumt, jedes Kind angezogen und bey der Arbeit, das Gesinde in seinem Beruf, und des Winters an manchem Morgen oft schon mehr Garn gesponnen, als jetzt in manchen Haushaltungen binnen einem ganzen Jahr gewonnen wird. Das Frühstück ward nur beyläufig eingenommen; jedes nahm das seinige in die Hand, und arbeitete seinen Gang fort. Mein Tisch war zu rechter Zeit gedeckt, und mit zween guten Gerichten, welche sie selbst mit Wahl und Reinlichkeit simpel aber gut zubereitet hatte, besetzt.

Käse und Butter, Aepfel, Birn und Pflaumen, frisch oder trocken, waren von ihrer Zubereitung. Kam ein guter Freund zu uns: so wurden einige Gläser mit Eingemachtem aufgesetzt, und sie verstand alle Künste, so dazu gehörten, ohne es eben mit einer Menge von Zucker verschwenderisch zu zwingen: was nicht davon genossen wurde, blieb in dem sorgfältig bewahrten Glase. Ihre Pickels *) übertrafen alles, was ich jemals gegessen habe; und ich weiß nicht, wie sie den Eßig so unvergleichlich machen konnte. Sie machte alle Jahr ein Bitters für den Magen, wogegen Dr. Hills und Stoughtons Tropfen nichts sind. Ihren Hollundersaft kochte sie selbst; und in keinem Nonnenkloster fand man bessers Krausemünzen-Wasser, als das ihrige. In unserm ganzen Ehestande hat keins aus dem Hause dem Apotheker einen Groschen gebracht, und wenn sie etwas lächerliches nennen wollte: so war es ein Kräuterthee aus der Apotheke. Auf jedes Stück Holz, das ins Feuer kam, hatte sie Acht. Nie ward ein großes Feuer gemacht, ohne mehrere Absichten auf einmal zu erfüllen. Sie wußte, wie viel Stunden das Gesinde von einem Pfund Thran brennen mußte. Ihre Lichte

*) Er versteht vermuthlich Sachen, so in Salz oder Eßig gelegt werden.

zog sie selbst, und mußte des Morgens an den Enden
genau, ob jedes sich zu rechter Zeit des Abends nieder:
gelegt hatte. Das Bier ward im Hause gebraut, das
Malz selbst gemacht, und der Hopfen daheim besser ge:
zogen, als er von Braunschweig eingeführet wird.
Der Schlüssel zum Keller kam nicht aus ihrer Tasche.
Sie wußte genau, wie lange ein Faß laufen und wie
viel ein Brod wiegen mußte. Butter und Speck gäb
sie selbst aus, und ohne geizig zu seyn, bemerkte sie
das Gesinde so genau, daß nichts davon verbracht wer:
den konnte. Eben so machte sie es mit der Milch.
Sie kannte jedes Huhn das legte, und fütterte nach
der Jahrszeit so, daß kein Korn zu viel oder zu wenig
gegeben wurde. Das Holz kaufte sie zu rechter Jahres:
zeit, und ließ die Mägde des Winters alle Tage zwey
Stunden sägen, um sie bey einer heilsamen Bewegung
zu bewahren. Im Sommer ward des Abends nie warm
gegessen. Die warmen Suppen schienen ihr eine lä:
cherliche Erfindung der Franzosen; und bey dem kalten
Essen konnte das Geschirr auch mit kaltem Wasser ge:
waschen werden. Man brauchte alsdenn kein Feuer,
und bey Winter:Abenden ward bey dem letzten Feuer
im Ofen gekocht. Was in der Dämmerung geschehen
konnte, geschahe nicht bey Lichte, und die Arbeit war
darnach abgepaßt. Ihre schmutzige Wäsche untersuchte
sie alle Sonnabende, und hieng solche des Winters eini:
ge Tage auf Linien, damit sie nicht zu feucht weggelegt
und stockigt werden möchte. Wenn die Bettücher in
der Mitte zu sehr abgenutzt schienen, schnitt sie solche
los, und kehrte die außen Seite gegen die Mitte. Auch
die Hemde mußte sie auf eine ähnliche Art umzukehren
und die Strümpfe zwey bis dreymal anzuknütten. Al:
les, was sie und ihre Kinder trugen, ward im Hause
gemacht; und sie verstand sich auch sehr gut auf einen
Manns:

Mannsschlafrock. Sie konnte ihn in einem Tage mit
eigner Hand fertig machen. Im Stopfen gieng ihr
keine Frau vor; alle Jahre wurden einige Stücken Linnen in der Haushaltung gemacht, und einige Greis zu-
gekauft, welche sie hernach zusammen bleichen ließ.
Sie bückete solches selbst, und bewahrte es soviel möglich vor der gewaltsamen Behandlung des Bleichers.
Das Garn zu einem Stücke mußte von einer Hand und
von einer Art Flachs gesponnen seyn. Von dem Besten ward gezwirnet; und keine Nadel oder Nähnadel
konnte verlohren gehen, weil nicht ausgefegt werden
durfte, ohne daß sie zugegen war.

Ihr Garten war zu rechter Zeit, und mit selbst ge-
zogenen Saamen bestellt. Im Frühjahr erholte sie sich
in demselben von der langen Winterarbeit, indem sie
säete und jätete. Die Früchte lachten dem Auge entgegen, ob sie gleich kaum den halben Dünger gebrauchte, den ihre Nachbaren ohne Verstand untergruben.
Da sie allem Unkraut zeitig widerstand: so hatte sie
nicht die halbe Arbeit. Alles was sie pflanzte, gerieth
recht wunderbarlich, und ihr Vieh gab bey kluger Fütterung bessere und mehr Milch, als andre mit doppel-
tem Futter erhalten konnten. Keine Feder wurde verlohren, und kein Brocken fiel auf die Erde.

Das Bewußtseyn ihrer guten Eigenschaften gab ihr
einen ganz vortrefflichen Anstand. Alles was bey Tische mit Appetit gegessen wurde, war die schmeichelhaf-
teste Lobrede für sie. Das Tischzeug konnte nicht bewundert werden, ohne daß nicht der Ruhm davon auf
sie fiel. Ihre emsigen, reinlichen und muntern Kinder
verkündigten der Mutter Lob vor allen Augen; und die
Ordnung im Hause, die Fertigkeit, womit alles von
statten gieng, und die Zufriedenheit, womit sie vieles
ohne Beschwerde geben konnte, erheiterten ihre Blicke
                                                    der-

dergestalt, daß alle Gäste davon entzückt wurden. Keiner Frau ist mehr geschmeichelt, und keiner weniger schmeichelhaftes gesagt worden. Ihr Blick breitete Lust und Zufriedenheit über alles aus, und ich kann es nicht genug sagen, wie artig sie jede Gesellschaft mit in den Plan ihrer Arbeiten ziehen konnte. In der Dämmerung schäleten wir Aepfel mit ihr, oder pflückten Hopfen, und wer sein ihm zugetheiltes Werk zuerst fertig hatte, bekam von ihr einen Kuß. Man glaube es oder nicht, der eine hielt den Zwirn; der andre wickelte ihn auf, der dritte laß Erbsen oder andere Saamen aus; der vierte machte Dochte zu Lichtern; und ich glaube, wir hätten ihr zu Gefallen gern mit gesponnen, wenn wir es verstanden hätten. Spinnen, sagte sie uns oft, giebt allezeit warme Füße, und würde sehr gut gegen die Hypochondrie seyn. Wenn wir unsre Arbeit gut gemacht hatten, setzten wir uns, nachdem die Jahrszeit war, an das Darrenfeuer, und tranken ein Glas September-Bier, welches damals noch nicht so schwach gebrauet wurde, daß es in dem ersten Monat sauer werden mußte; oder wir thaten uns sonst mit Plaudern etwas zu gute.

Nach ihrem Tode, ach ich kann ohne Thränen nicht daran gedenken, fand ich die Brautwagen für unsre vier Töchter fertig; und wie ich alles, was sie während unserm 16jährigen Ehestande in der Haushaltung gezeugt hatte, überschlug, belief es sich höher als das Geld, was sie in aller Zeit von mir empfangen hatte. So vieles hatte sie durch Fleiß, Ordnung und Haushaltung gewonnen.

Jetzt will ich Ihnen sagen, wie es mir dermalen mit meiner allerliebsten Braut gehet.

      XXI. Die

XXI.

Die allerliebſte Braut.

Wir haben zwar in unſerm Letztern verſprochen, die Abbildung der allerliebſten Braut, welche dem Wittwer von allen Menſchen empfohlen worden, von ſeiner Hand zu geben. Allein er iſt ſo unerfahren in der feinen Sprache und der zarten Manier, worinn dergleichen Abbildungen gezeichnet werden müſſen; er hat ſo wenig Empfindung und Kenntniß von dem jetzt üblichen Schönen; und die Art, womit er das Ding angreift, iſt ſo unbehülfſam, daß wir Bedenken tragen, unſre Leſer mit ſeiner extra kuriöſen Relation zu unterhalten. Die jetzigen Schönheiten ſind ohnehin ſo fein, ſo zart und ſo geiſtig, ſie verfliegen ſo leicht; und ſind ſo changeant, daß man es faſt nicht wagen kann, mit dem Pinſel oder der Feder daran zu kommen, ohne etwas davon zu zerſtören. Was dem guten Manne am ſeltſamſten vorgekommen iſt, iſt dieſes, daß er keine einzige geſund angetroffen hat. Alle haben ſich über eine Schwäche der Nerven, und einige über Migraine und Wallungen beklagt. Zwey haben ihre Sinnen dergeſtalt verfeinert gehabt, daß die eine von dem Schnurren eines Rades, und die andre von dem Geruch eines kurzen Kohls in Ohnmacht gefallen ſind. Die mehrſten haben franzöſiſch und immer die Worte, tant pis und tant mieux überaus zierlich geſprochen. Alles iſt Empfindung an ihnen geweſen. Weswegen auch keine das Herz gehabt, ſich zum Säen und Pflanzen in die Merzen- und Aprillenluft zu wagen. Einmal iſt ihm eingefallen, mit ihnen von Kartoffeln mit Senf zu reden; er hat ſich aber dadurch dergeſtalt lächerlich gemacht, daß man mit ihm eine geſchlagene Stunde von nichts als dem Beliſaire des

Mar-

Marmontels geſprochen. Die Farbe der Nachtmütze,
womit Voltaire zu Ferney bisweilen aufs Theater ſpringt, wenn der Kutſcher den Orosmann nicht
recht ſpielt, iſt keiner unbekannt geweſen. Allein,
kaum eine hat einen Tiſſot auch nur dem Namen nach
gekannt, oder ihm zu ſagen gewußt, wie lange ein Rof-
fenbrey kochen müßte, ehe er gar würde. Seine Beſchreibung von ihrem Anzuge iſt vollends eine außerordentliche Karrikatur. Die Worte haben ihm hier ſchlech-
terdings gefehlt, und ſeine Abſicht iſt, ſie zur Warnung
aller Freyer mit Anmerkungen in Kupfer ſtechen zu laſſen.
Am Ende ſagt er blos, daß eine Cammerjungfer mit
einem Cacadou en Colere auf dem Kopfe, ihm die
Thüre gewieſen habe, nachdem er ſich bey ihr erkundiget, ob ihre Jungfer im vorigen Sommer auch Kohl-
ſaamen aufgenommen habe.

Die Vollkommenheit in der franzöſiſchen Sprache
muß ihm beſonders anſtößig geweſen ſeyn, denn er thut
auf dieſelbe einen recht ernſthaften Ausfall. Iſt, ſagt
er, wenn es uns erlaubt iſt, ſeine Gründe recht zu ver-
deutſchen, der allermindeſte Gebrauch in der Haushaltung, in Küchen und Kellern davon zu machen? Iſt irgend ein Nutzen anzugeben, welcher unſre Kinder für
den Zeitverluſt ſchadlos hält, den ſie in ihrem lehrbe-
gierigen Alter darauf verwenden müſſen? Zugegeben,
daß ſie ihre Erkenntniſſe dadurch erweitern, die Sphäre ihrer Zeitkürzungen dadurch ausdehnen und in allen
Geſellſchaften erſcheinen können, ſind darum dieſe Erkenntniſſe nützlich? Haben wir bey einer guten Haushaltung nöthig, unſre Zeitkürzungen aus franzöſiſchen
Romanen zu betteln? Und iſt die Kunſt, in allen Geſellſchaften erſcheinen zu können, nicht die abſcheulichſte
Verrätherin ihrer Beſitzer? Wer erſcheinet in Geſellſchaften anſtändiger, der redliche, fleißige, beſcheidene

 Mann,

Mann, der ſeinen Beruf würdig erfüllt, und ſein Gutes in der Welt mit Freuden thut; oder der Unbeſon-
nene, der nicht einſieht, daß ihm ſeine glänzendſten Vorzüge zum größten Verbrechen angerechnet werden? Der
Mann, der dem Kayſer einen guten Tag wünſchet,
ſpricht freyer und anſtändiger mit ihm, als alle unter-
thänigſte Bücklinge.

Und wie groß ſind denn die Wahrheiten, womit ſie
durch Hülfe der franzöſiſchen Sprache ihre Erkenntniß
erweitern? Ich habe eines der gelehrteſten Mädchen,
das ich ſonſt wohl leiden mochte, befraget: Wie viel
Pfund Mehl aus einem Scheffel Rocken kämen? Wie
viel Garn auf ein Stück Linnen von 60 Ellen zu Schie-
rung und Einſchlag gehörte? Und welches die beſte Art
ſey, einen Monatlang das Geſinde gut und wohlfeil zu
unterhalten? Allein ſo wahr ich ehrlich bin, ſie hat mir
nichts als dreymal comment? geantwortet, und mich
Spottweiſe gefragt, ob ich wohl eine Sauce de diable
zum wilden Schweinskopf verſtünde, und müßte, wie
man die Citronen am feinſten dazu ſchälen könnte?

Vermehrung unſers Vergnügens... Das müßte
erſchrecklich ſeyn, wenn ſich meine Mädchen nicht mehr
in einer Comödie ergötzen ſollten, als alle, die ſich daran müde und krank geleſen hätten. Dieſer Luſt genießen ſie ſehr leicht und wohlfeil, und brauchen darum
das Magazin der Frau Beaumont nicht zu leſen. Sie
genießen ihrer beſſer, als diejenigen, die in der Comödie nicht lachen dürfen, als wenn ihnen von dem bel
eſprit du jour die Erlaubniß darzu ertheilet wird.

Die ganze ſogenannte ſchöne Erziehung iſt höchſtens
die Friſur der geſunden Vernunft, und es iſt eine lächerliche Thorheit, ehender an die Friſur als an das
Linnen zum Hemde zu gedenken. Wenn der Luxus den
Ueberfluß zum Grunde hat: ſo iſt er anſtändig; und

er

er kann auch dem Staate nützlich seyn. Allein da, wo er auf Kosten des Nothwendigen gesucht wird; wo die Seele noch Mangel an den nothdürftigsten Wahrheiten leidet, und sich dennoch mit einem ohnmächtigen Schwunge zur Tafel der höhern Weisheit erheben will; wo unsre Töchter französisch und englisch plaudern sollen, ohne die geringste Theorie oder Praxis von der Haushaltung zu haben: Da ist dieser Luxus der Seelen nichts als ein prächtiges Elend, und die Folge davon ist für die Seele eben so erschrecklich, als die übermäßige Wollust für den Körper ist. Sie verzärtelt, schwächt und verwöhnt den Geist von den alten ehrlichen Tugenden, womit unsre Mütter wie in einer samtnen Mütze umher giengen; sie bringt der Empfindung einen Eckel gegen die alltäglichen häuslichen Pflichten bey; sie verführt die Einbildung gutherziger und leichtgläubiger Kinder zu Hoffnungen, die kaum der Romanschreiber mit aller seiner Zauberey kunstmäßig erfüllen kann, und so wie der durch den Genuß der Wollust geschwächte Gaumen mit der Zeit Liqueurs und übertriebene Speise zu seiner Kitzelung haben muß: eben so muß die Seele zuletzt sich an allerhand moralisches Tollkraut, an schwärmerische und beissende Schriften halten, um sich des Eckels und der tödtenden Langenweile zu erwehren. Und der Himmel sey demjenigen gnädig, der alsdenn nicht ohne Schwindel lesen, und ohne Migraine denken oder verdauen kann: ja der Himmel erbarme sich des Mädchens, das sich aus Büchern und philosophischen Gründen beruhigen soll! Die Philosophie ist eine abgefeimte Kupplerin; und die beste Sittenlehre eine barmherzige Schwester: zur Zeit der Trübsale und Anfechtung hilft nichts besser, als ein Rad für die Schiene, und ein: Wer nur den lieben Gott läßt walten.

Die

Die ſchönen Wiſſenſchaften, ſchließt unſer Wittwer
weiter, vertreten beym Frauenzimmer jetzt höchſtens die
Stelle der Keberreime. Sie dienen ihnen blos zur
Zeitkürzung; und in dieſem Falle ſey es beſſer, das
nützliche dem unnützlichen vorzuziehen. Bey den erſtern
komme nichts heraus. Eine Franzöſin werde mit Hülfe
des Rollins und der Frau Beaumont keine Genies aus
ihren Untergebenen ziehen. Sie ſey nur eine Putzma-
cherinn für den Geiſt, und alles was ſie die Mädchen
lehre, ſey ein bischen gelehrte Entoillage; und höchſtens laufe alles auf einen kleinen Schleichhandel der
Eigenliebe beyderley Geſchlechter hinaus; indem die
weiblichen Thoren ſo viel lernten als ſie gebrauchten,
um ſich von den männlichen Narren bewundern zu laſſen; und umgekehrt. Beyde hätten ſich ganz unbeſon-
nen verglichen, alle Tage von einem Dützend Kerls,
von Shakeſpear, Young, Voltairen, Leßingen und andern zu ſprechen. Man wäre vor funfzig Jahren, ehe
Talander und Menantes auf den Nachttiſchen erſchie-
nen, glücklicher und vergnügter geweſen. Das menſchliche Herz habe ſich bey allen guten Büchern eher ver-
ſchlimmert als verbeſſert, und die Treuherzigkeit, womit ſeine gute ſelige Frau ihre Knipptaſche den Armen
geöffnet, wäre eine ganz andre Tugend geweſen, als
das zärtliche Mitleid, womit man jetzt die Noth der
Unglückſeligen empfände. Er ſiehet es als einen Reſt
der ehemaligen Galanterie des franzöſiſchen Hofes unter Ludwig dem XIV. an, der ſich aus der Garderobe
auf den Trödelmarkt geſchlichen hätte, daß ein Frauenzimmer viele Bücher geleſen haben müßte; gerade als
ob ſie nicht zehnmal ſo viel Vernunft, Geſchicklichkeit,
Würde und Anſtand aus eigner Erfahrung und von
guten Leuten lernen könnte.

End-

Endlich kommt er in das Haus, wo er seine jetzige Braut findet. Die Mutter sitzt bey ihrer Arbeit, und sagt ihm, ohne aufzustehen, er möge sich setzen wenn er wolle. Dieser Empfang reizt ihn gleich, verführt ihn aber auch zu einer abermaligen bittern Ausschweifung über die Verneigungen und Complimente. Was ist erschrecklicher, will er ungefähr sagen, als die lächerliche Nachahmung des französischen Verneigens? Wie edel ist der Stolz einer Frau, die fest im Knie, ihren Gast mit einem freundlichen Blicke bewillkommt, gegen die beschämte Verlegenheit einer knicksenden Aeffin? Erstere ist in ihrer Art vollkommen: sie ist Original; sie ist dreist mit Anstand; sie behauptet ihre Würde gegen eine Fürstin, und sagt ihr einen großen Dank, wenn ihr diese einen guten Tag bietet. Man sieht, daß sie sich fühlt; und glücklich ist das Land, wo das Mädchen, das das beste Garn gesponnen hat, auf ihr Werk so stolz ist, als Voltaire auf sein Marquisat. Es war eine Zeit, wo die Hofdame sich räuchern ließ, wenn sie mit einer Handwerksfrau gesprochen hatte. Allein diese Zeit ist nicht mehr. Jezt verachtet man nur, und verachtet mit Recht die Thörinnen, die ihren eignen Stand verachten; und ehret die Frau, die ihren Sitten und ihrem Stande getreu, dasjenige rechtschaffen ist, was sie seyn muß. Der Minister besucht den Handwerker, aber nicht den lächerlichen Stutzer; und die ganze Welt erkennet, daß eine unüberlegte Geringschätzung der niedrigen aber ehrlichen arbeitsamen und bescheidenen Stände, uns beynahe in die Gefahr gesetzt habe, anstatt einer guten tüchtigen Hausehre hundert Modeprinzeßinnen zu erhalten. In England verändert die größte Frau, nach dem dreyßigsten Jahre ihre Moden nicht mehr; sie geht damit stolz dem ganzen Hofe unter Augen; bey uns hingehen will man auch noch im Sar-

ge coquettiren, und die Würmer in einem frisirten Tod-
ten-hemde empfangen. Bey uns soll jedes Knie, wenn
es auch mit Ruhm und Ehre steif geworden ist, einen
Knicks machen, und die falsche Schamhaftigkeit bettelt
um Verzeihung für den ungelenken Rückgrad, daß sie
kühn ihre beyden runden Arme in die Seite setzen, und
ungebeugt den Muth ausdrücken könnte, womit Arbeit
und Redlichkeit ihre Freunde erfüllet. Hat der Mensch
denn keine Würde mehr, als in so fern er ein Affe des
Hofes ist? Ist da Freyheit und Eigenthum, wo das
väterliche Erbe der Mode verpfändet, der Geist ein
sklavischer Nachahmer, und unser edles Selbst eine ent-
lehnte Rolle ist?

Jedoch wir dürfen unserm Wittwer in seiner alt-
deutschen Laune nicht zu weit folgen. Zu seiner Entschuldigung muß ich aber noch sagen, daß er den vornehmen Damen einiges Klapperwerk erlaubet, um einigen vornehmeren Kindern die Langeweile zu vertreiben.
Er bedauret sie aber von Herzen, und bemerkt nicht unrecht, daß sehr viele unter ihnen heimlich seufzeten und
arbeiteten, und nichts mit den Affen gemein hätten,
die ihre Manieren copirten, ohne sich an ihre Werke
wagen zu dürfen.

Endlich kommt er auf seine Braut. Wir wollen
ihn hier selbst reden lassen. Meine gute Catharine,
sagte er, saß hinterm Webestuhl und webte den Dreß
zu ihrem Brautbette. Der Webestuhl war hübsch, und
vielleicht eben so schön als derjenige, welchen die Fürstin von Ithaca in ihrem Visitenzimmer hatte. Ich
fragte sie, ob es nicht vortheilhafter wäre, ausser
Hauses weben zu lassen? Ich glaube wohl, war ihre
Antwort; allein wann wir auch nichts dabey gewinnen,
so sind wir doch sicher, daß unser gutes Garn vom Leinweber nicht vertauscht, nicht halb untergeschlagen und

nicht

nicht verdorben wird. Ich habe, ſagte die Mutter
hinzu, allen meinen Töchtern das Weben gelehrt. Es
dient zu ihrer Veränderung; ſie lernen eine gute Ar=
beit kennen, und wiſſen bis auf einen Faden, was der
Leinweber gebraucht. Vordem war in jedem Hauſe,
und unſer Paſtor ſagt, es wäre bey den Hebräern,
Griechen und Römern auch ſo geweſen, ein Webeſtuhl;
und das Weben iſt leichter gelernt, als das Clavier=
ſpielen. Wenn man es recht kann: ſo iſt es auch
würklich angenehmer, und unſre Nachbarinnen können
ſich nicht ſo ſehr an einem Concert ergötzen, als meine
Töchter an einem neuen Muſter. Was ihre Augen
ſehen, können ihre Hände machen, und der Nutzen da=
von iſt merklich größer als der verſchwindende Schall
des ſchönſten Concerts. Meiner Meynung nach, iſt es
gut, daß die Kinder allerhand Arbeit lernen. Die
meinigen knütten alle ihre Strümpfe ſelbſt; ſie machen
ihre Kanten, ihr Linnen, und weben ſich bunte Zeuge,
von Baumwolle und allerley Garn. Sie zeigte mir ein
Bette, wozu der Umhang wie die Schnüre von ihrer Arbeit
waren. Ich bewunderte die ſchöne Zeichnung an verſchie=
denen Stücken, und hörte mit Vergnügen, daß alle Mäd=
chen auch zeichnen und malen könnten. Die Mutter mach=
te hier wieder eine Anmerkung, die nicht uneben war.
Wenn man, ſagte ſie, in meiner Jugend, wie das
Frauenzimmer noch keine Bücher las, auf ein fürſtli=
ches, gräfliches oder adeliches Schloß kam: ſo wurden
einem in jedem Zimmer Tapeten, Stühle, Bettgeſtelle
und andere hübſche Meubles gezeigt; und dabey er=
zählt, daß dieſes Stück von der Großmutter, jenes
von der Großtante, und ein andres von der Ururtante
höchſt eigenhändig wäre gemacht worden. Man er=
ſtaunte denn über die ſchöne Stickerey, über den gro=
ßen Fleiß, über die artigen Erfindungen, und über den

J 5

Witz,

Wiß, womit jedes Läppchen Zeuges, was hundert andre weggeworfen hätten, genutzt und angebracht war,
und gieng mit dem heimlichen Wunsche nach Hause,
daß man doch auch so geschickt seyn möchte. Die lieben
Ehemänner, welche nichts als die Jagd verstanden,
waren entzückt über die vorzügliche Geschicklichkeit
ihrer Weiber und Töchter, und bliesen sich von dem
Lobe auf, welches diese erhielten und verdienten. Diese
Umstände bewogen mich, da ich noch klein war, meine
Eltern zu bitten, mich doch auch so etwas lernen zu
lassen, und in einigen Jahren brachte ich es so weit,
daß ich mein Brod auf zehnerley Art hätte verdienen
wollen. Und so habe ich auch meine Mädchen erzogen.
Sollte ihnen Gott ein Unglück zuschicken: so sind sie
gewiß im Stande sich mit ihrer Hände Arbeit zu ernähren. Wenn ich ihnen das Werkzeug dazu gäbe: so
solten sie mir Uhren machen. So kunstmäßig ist ihr
Gefühl durch eine beständige Uebung in allerley Arbeiten geworden.

Ich bewunderte die alte Frau, die, ob sie gleich den
Kopf nicht gerade, und den Leib nicht so einwärts hielt,
wie es der französische Tanzmeister den guten Deutschen
ohne Unterschied befiehlt, meine ganze Hochachtung erhielt; und ich versprach mir von ihrer Tochter, die
während dieser Rede immer fortwebte, daß sie eine eben
so gute Mutter für meine Kinder seyn würde. Die
Mutter befahl ihr aufzustehen, und mir das letzte Stück
Damast zu zeigen, was sie von ihrem eigenen Garn
gewirkt hätte. Flugs war sie bey der Hand, und
brachte es ihrer Mutter mit einer Zuversicht, die meines Beyfalls gewiß war. Erstere zeigte mir zugleich
die Spitze, die ihre Tochter vor der Mütze hatte, mit
dem Beyfügen, daß Muster und Arbeit von ihr wären. Allein, fügte sie hinzu, dergleichen Arbeit erlaube

be ich ihnen nur zu ihrer Veränderung in den Feyer-
stunden. Durch die Größe der Ordnung, durch ihre
Fertigkeit, und durch die Aufmerksamkeit, womit sie
jedes kleine Uebel in der Geburt ersticken, gewinnen
sie sich Zeit genug. Sie dürfen mir kein Wurmloch
ins Holz kommen lassen, oder ich schmäle, und erlaube
ihnen den ganzen Tag keine Feyerstunde zu ihrer eigenen Arbeit. Eben so halte ich es, wann sie einen
Schlüssel verlegt haben, oder ich ein Stück von ihnen
auf der unrechten Stelle finde. Diejenige, welche des
Tages das Hauswesen und die Küche zu besorgen hat,
darf mir in den Zwischenzeiten nichts thun als Spinnen,
weil dieses eine Arbeit ist, wobey man ab- und zugehen
kann, und keinen Augenblick verlieret. Mit Ordnung
und Fleiß kann einer mehr beschicken als zehn andre;
und es ist unglaublich, wie reichlich sich beydes belohne.
Ich erstaune oft über die künstlichen Sachen, welche
wir aus der Türkey erhalten, und gleichwohl soll dort
alles von Frauensleuten im Hause gezeugt werden. . . .

Wir können das übrige aus der Erzählung unsers
Wittwers weglassen, weil er mit seiner Catharine keinen Roman spielt, und an ihr eine würdige Tochter
ihrer Mutter findet.

XXII.

Schreiben eines alten Rechtsgelehrten über das sogenannte Allegiren.

Sie kommen von einer Akademie zurück, deren Mitglieder sich mehrentheils zu groß dürfen, um ihre Entscheidung mit Anführung andrer Rechtsgelehrten zu un-
ter-

terstützen; und vermuthlich werden Sie als Advokat
einem so großen Exempel folgen, mithin lauter Gründe
und keine Doktores anführen wollen. Wie kindisch,
wie pedantisch sieht es nicht aus, sagten Sie jüngst, einen jeden Rechtsgrund mit einem solchen juristischen
Zaunpfahl zu unterstützen? Haben Faber und Mevius mehr Verstand gehabt, als andre ehrliche Leute?
Und kann die Wahrheit durch den Beyfall eines solchen
alten Knasterbarts, etwas gewinnen oder verlieren?
Die gesunde Vernunft ist uns gegeben, um selbst zu prüfen, nicht aber um andern nachzuschreiben; und der
ganze Schwarm von Rechtsgelehrten vermag nichts gegen die Wahrheit.

Allein, wissen Sie auch wohl, in welchen Staaten
man zuerst einen Haß auf die alte Methode geworfen?
Es waren diejenigen, welche sich dem Despotismus nä-
herten. Haben Sie auch bemerkt, welches diejenigen
sind, die sich lieber nach der gesunden Vernunft, als
nach der Lehre eines ehrbaren alten Rechtsgelehrten
richten? Es sind die fürstlichen Cammerräthe. Erinnern Sie sich eines Krieges, worinn Grotius und Puf-
fendorf wenig allegirt, und lauter Vernunftschlüsse gebraucht sind? Es war der letzte, worinn ein jeder that,
was er konnte. Haben Sie endlich auch wohl bemerkt,
daß in England, Holland, in den Stiftern und den
Reichsstädten die Gewohnheit zu allegiren und die Ehre
der Advokaten sich am längsten erhalten hat?

Mich dünkt, diese allgemeinen Betrachtungen sollten uns schon bewegen, der Sache weiter nachzudenken;
und wenn wir den großen Haß dazu nehmen, welcher
in allen despotischen Staaten den von der Familie des
Bartolus und Baldus bewiesen wird, indem man sie
von allen Beförderungen so viel möglich entfernt, und
mit Verachtung drückt: so sollten wir billig schließen,

die gesunde Vernunft, nach welcher jetzt alles behandelt und entschieden werden soll, müsse eine gefällige
Schmeichlerin der Mächtigen, und jene Pedanterie eine
ziemliche Stütze der Freyheit seyn; Ja, wir sollen
schließen, die Verachtung solcher Rechtsgelehrten sey ein
Versuch, um die Vertheidigung der Freyheit mit der Zeit
in lauter schlüpfrige oder verachtete Hände zu bringen.

Die Frage: Was ist Wahrheit? ist sehr alt; und
nachdem man einige tausend Jahr sich darüber gezankt
hat; ist man endlich in den neuern Zeiten auf den alten Grundsatz zurückgekommen: der sicherste Probierstein
sey die Mehrheit der Stimmen in der größten Versammlung sachverständiger Männer. Diesen Grundsatz hatte
die erste Kirche. Ihn wählte Grotius, indem er aus
der Geschichte das Betragen der kriegenden Mächte in
allen vorgekommenen Fällen sammlete, und daraus die
Folge zog, was man zu thun habe. Ihn haben die
größten Männer, die alten fürstlichen Canzler mit dem
Stutzbarte befolgt. Und wir thun für uns und unsre
Kinder wohl, wenn wir ihn nicht verlassen, mithin so
oft wir einen streitigen Satz zu beurtheilen haben, die
Stimmen solcher Rechtsgelehrten mitzählen, die ohne Par-
theylichkeit die Sache angesehen und entschieden haben.

Folgen Sie also der neuen Mode, eine Sache durch
Raisonnements auszuführen, nicht. Sie führt gewiß
zur Sclaverey; und es ist in vielen Fällen weit sicherer,
sich auf einen Mevius und Faber, als auf seine
eigne Logik, die selten so demonstrativisch als die Cabi-
netslogik ist, zu verlassen. Ich bin ꝛc.

———

XXII.

XXIII.

Gedanken über die Mittel, den übermäßigen Schulden der Unterthanen zu wehren.

Die Frage: ist es gut, daß der Mann, der die gemeinen Lasten des Staats tragen muß, Eigenthum habe? ist überaus wichtig. Man hat in Petersburg einen Preis auf ihre Beantwortung gesetzt; und vielleicht wird ihre Verneinung jetzt das erste Grundgesetz der rußischen Nation.

Um ihre Wichtigkeit völlig einzusehen, muß man sich auf die beyden Spitzen stellen. Hat der schatzbare Unterthan ein unumschränktes Eigenthum: so kann er sich einem Herrn zum Leibeignen übergeben, und sein Gut mit Zinsen, Pächten und Diensten erschöpfen, mithin sowohl seine Person, als sein Vermögen völlig aus der gemeinen Reihe bringen.

Hat er gar keines, so wenig an seiner Person als an seinen Gründen: so ist er eben so arm, und ohne Mittel, wie ohne Credit, zur Zeit der Noth seine Last zu tragen.

Der Punkt, wohin der Gesetzgeber winkt, ist dieser: Der Reichsunterthan muß so viel Eigenthum haben, als er gebraucht, um sich in allen gewöhnlichen und wahrscheinlichen Fällen zu retten, aber nicht so viel, um sich selbst aus Reih und Gliedern bringen, seinen Hof zu Grunde richten und seinen Theil der gemeinen Last andern zuwälzen zu können. Der Gesetzgeber behauptet: so bald hundert Menschen zusammen treten, um sich mit ihrem rechten Arm zu wehren: so gehöre dieser Arm dem gemeinen Wesen, und keiner von ihnen

sey

sey befugt, seinen Daumen zu zerbrechen um hinterm Ofen bleiben zu dürfen.

Die Kunst ist aber, diesen Mittelweg zu finden und zwischen beyden Klippen ohne Anstoß durchzukommen, und noch ist kein sterblicher Mensch hierinn mit mehrerer Weißheit und Vorsicht zu Werke gegangen, als Moses. Es verlohnt sich der Mühe, einen Blick auf seinen Plan zu werfen.

Bey den mehrsten bekannten alten Nationen hieß es: So mancher Hof oder eigner Heerd, so mancher Degen. Moses aber forderte so manchen Degen, als streitbare Hände vorhanden waren. Bey jenen war die gemeine Vertheidigung eine Grundsteuer; bey den Israeliten sollte es, um die Kriegsmacht auf den höchsten Gipfel zu bringen, eine Kopfsteuer seyn. Jene vertheidigten ihr Eigenthum; diese blos die Ehre ihres Geschlechts. Das Recht vom Saamen Abrahams zu seyn, war der Grund ihrer Kriegsrolle, und das Geschlechtsregister, woraus man sogleich ersehen mochte, welche Knaben die streitbaren Jahre erreicht und welche Väter ihre Dienstjahre überlebt hatten, ihr erstes Kataster.

Nach dieser Einrichtung konnte kein Israelit, so lange er die Ehre seines Geschlechts oder sein Bürgerrecht behalten wollte, sich für Knecht verkaufen, weil er sich dadurch der Kriegsrolle entzogen haben würde. Ein Israelit hatte also kein Eigenthum an seiner Person.

Allein auf der andern Seite hatte nun auch ein Mann, der außer seinen gesunden Gliedern nichts eigenes besaß, gar keinen Credit für irgend ein Kapital. Um den üblen Folgen, welche daher entstehen konnten, vorzubeugen, erlaubte Moses jedem Israeliten, sich ohne Nachtheil seiner bürgerlichen Ehre, auf 6 Jahr verkaufen, oder welches einerley ist, so viel Geld auf

seine

seine Person borgen zu können, als er in 6 Jahren wie=
der abverdienen konnte. Damit aber hievon kein Miß=
brauch gemacht, und kein Israelit sich durch Verschwen=
dung, Trägheit oder Feigheit auf mehrere Jahre dem
Kataster entziehen möchte: so verordnete er zugleich,
daß man demjenigen, welcher länger in der Knecht=
schaft bleiben würde, öffentlich und feyerlich ein Loch
durch die Ohren bohren und ihn ewig für einen Knecht=
halten sollte; ohne Zweifel verlohr ein solcher dadurch
zugleich sein Erbrecht, und sein Name ward im Ge=
schlechtsregister getilgt. Mächtige Bewegungsgründe
für eine empfindliche Nation, um sie auf der einen
Seite von einer muthwilligen Verschwendung ihres per=
sönlichen Eigenthums abzuhalten, und auf der andern
Seite der Trägheit und Niederträchtigkeit zu steuren,
womit mancher eine ruhige Dienstbarkeit den öffentli=
chen Kriegslasten vorgezogen haben würde.

So glücklich Moses auf diese Weise das Recht, was
jeder Mensch in seinem natürlichen Zustande auf seine
eigne Person hat, zum Vortheil der gemeinen Freyheit
und der Landesvertheidigung eingeschränkt hatte, ohne
dem Credit zu nahe zu treten; eben so glücklich war er
auch in der Einschränkung desjenigen Eigenthums, was
ein Israelit an seinem ihm zugetheilten Grunde haben
sollte.

Sein erster Grundsatz war: Die Erde ist des Herrn,
oder nach unsrer Art zu reden: alles Land gehöret der
Krone, und die Landesunterthanen haben nur in so fern
die Abnutzung davon, als es ihnen diese gestattet. Ein
Israelit erhielt also kein vollkommenes Eigenthum an
seinem Acker, sondern nur die Erbnutzung davon. Mo=
ses gieng weiter, und verordnete, daß ein jeder auch
sein Theil oder seine Erbnutzung nur zum ewigen Lehn
oder Fideicommiß besitzen sollte. Die Leviten mußten

ein

ein Lagerbuch von allen Aeckern machen, welche einem
jeden zugetheilt wurden, und das Geschlechtsregister
zeigte allezeit den nächsten Lehns= oder Fideicommißfol=
ger sicher an. Keiner mochte also sein Land verkaufen,
und keiner hatte auf diese Weise Credit; besonders da
Moses, seinem Hauptplan zufolge beständig eine
große Menge von freyen Köpfen und Eigenthümern zu
erhalten, (die sonst in einer Reihe von hundert Jahren
allemal in die Dienstbarkeit und Abhängigkeit des rei=
chern Theils der Nation gerathen,) alle Zinsen verboten,
und solchergestalt den Reichen die erste Versuchung be=
nommen hatte; sich ihres Geldes zur Unterdrückung
der Geringern zu bedienen.

Allein um ihnen nun auch wieder auf der andern
Seite den nöthigen Credit zu verschaffen, erlaubte er
ihnen die Nutzung ihrer Ländereyen auf sichere Jahre zu
verkaufen, und setzte ein Jahr fest, worinn mit Ver=
werfung aller Hypotheken, Verschreibungen, Privilegien
und andern Ausreden, ein jeder wieder zu seinem Erb=
theil kommen mußte. In diesem Jahre ward jeder Is=
raelit zu einem freyen und freudigen Eigenthümer wie=
der gebohren; dabey wurde durch das öffentliche Pro=
tocoll, welches die Leviten von allen Erbtheilen und
Geschlechtern hielten, allen Processen vorgebeuget. Keine
Verdunkelung eines Grundstückes, keine Verjährung
und kein Zwist über den rechten Eigenthümer oder Lehns=
folger konnte die Sache verwirren; und da das Jahr
mit Posaunen verkündiget und in der ganzen Nation ge=
feyert werden mußte: so war es dadurch dergestalt be=
zeichnet und bekannt, daß keiner sich sein Recht durch
heimliche Contracte vergeben, und vom Richter ein
Urtheil gegen das Erlaßjahr erwarten konnte.

Auf diese Weise sorgte der große Gesetzgeber sowohl
für die Erhaltung des nöthigen Credits als des Natio=

naleigenthums. Nach seinem Plan konnte und sollte
in dem Geschlechte Abrahams kein einziger beständiger
Leibeigner, kein Erbpächter und kein Erbzinßmeyer,
kein Vasall und kein Lehnsherr und überhaupt nichts
entstehen, was die Unmittelbarkeit des freyen Eigen-
thümers unter der Krone auf irgend eine gefährliche
Weise unterbrechen, den gemeinen Krieger in einen
Privat-Dienstmann und die israelitische Theokratie in
eine Aristokratie verwandeln konnte. Keiner war im
Stande, auch nur zwey Erbtheile auf ewig zu verei-
gen, ein Schloß darauf zu bauen, und seines Nachbarn Erbtheil in einen Park oder Thiergarten zu verwandeln, oder ein hundert Erbtheile mit Erbpächtern
und Erbzinßmeyern zu besetzen.

Moses hatte vorhergesehen, und jetzt sind wir im
Stande, es ihm nachzurechnen, daß alle bürgerlichen
Verfassungen zuletzt alle dahin auslaufen, daß die
Menge ein Opfer weniger Mächtigen wird. Diesem
fehlerhaften aber unwiderstehlichen Hange setzte er sein
großes Erlaßjahr entgegen; und er ist der einzige unter allen Gesetzgebern geblieben, der eine so große Idee
in seinen Plan gebracht hat. Die Bürger zu Rom wi-
chen zu zweenmalen aus der Stadt, und brachten sich
durch Aufruhr ein Erlaßjahr zuwege. Allein kein Gesetzgeber hat dergleichen mit Ueberlegung und Ordnung
zu einem eignen Mittel gebraucht, Freyheit und Eigenthum zu versichern, und gewisse feyerliche Perioden zur
jedesmaligen Wiederherstellung der ursprünglichen Verfassung einzuführen.

Es würde einen wunderbaren Auftritt geben, wenn
jetzt im Gefolge eines großen Erlaßjahrs alles Lehn in
Erbe, aller Erbpacht und Erbzinsgut in Eigenthum,
und folgends jeder Leibeigner in einen freyen Mann
verwandelt werden müßte. Wir dürfen es auch nicht
ein-

einmal wünschen, indem außer einer solchen Verfassung, wie die Israelitische war, die erschrecklichste Sclaverey daraus erwachsen würde, wenn zwischen dem Landes: herrn und so vielen geringen Eigenthümern gar keine selbstständige mittlere Gewalt in einem Staate vorhan: den wäre. Indessen verdienet der Plan doch allemal bewundert, und wenn er sich durch menschliche Kräfte erhalten könnte, allen übrigen vorgezogen zu werden, weil er die größte Summe von Freyheit und Eigenthum enthält.

Ich soll nun jetzt auf die Mittel zurück kommen, wodurch den übermäßigen Schulden schatzbarer Unter: thanen vorgebeugt werden könnte. Das hauptsäch: lichste, was ich dieserhalb vorzuschlagen habe, ist auch ein Erlaßjahr; und zwar also:

Daß ein Leibeigner oder freyer Erbpächter, sobald seine Gläubiger einen Concurs über ihn erregen oder er solchen zu veranlassen gezwungen ist, binnen 8 Jahren von allen seinen unbewilligten Schulden gänzlich befreyet seyn soll.

Acht Jahre sollen seine Gläubiger den Ueberschuß seiner Güter unter sich theilen, und sich daraus bezahlt ma: chen mögen. Allein nach Verlauf derselben soll er wie: derum frey seyn, und unter keinem Scheine Rechtens wegen einer vergangenen Schuld belanget werden mö: gen. Sobald ein Concurs entsteht, sollen sämmtliche unbewilligte Gläubiger zu einem solchen Nachlaß ange: wiesen werden, mögen, daß die Stätte binnen acht Jah: ren völlig befreyet seyn kann; und keiner von ihnen soll sein Geld empfangen können, ohne zugleich auf das bündigste zu bekennen, daß er eine aufrichtige und voll: kommene Verlassung thue, und mit dem Schuldner solcher zuwider keine heimliche Abrede genommen habe. Der Schuldner aber soll ohne alle Gnade seines Erb:

pacht:

pachtrechts verlustig seyn, wenn er nach geendigtem Stillestande Schulden zu Abfindung einiger alten macht.

Dieser Plan scheinet mir überaus billig zu seyn. Denn

1) Hat der Erbpächter dadurch einen ziemlichen Credit; und man kann ihm fast nicht mehr geben, ohne ihn zum völligen Eigenthümer zu machen.

2) Müssen die Gläubiger wissen, wem sie trauen; und da sie dem Pächter eigentlich auf sein Gut, ohne Bewilligung des Herrn gar nichts leihen sollten, können sie zufrieden seyn, daß ihnen aus dem Gute noch einiger- und billigermaßen geholfen wird.

3) Vereiniget sich ihr Vortheil mit dem Vortheil des Schuldners; und sie werden zusammen dahin sehen, daß die 8jährige Verwaltung der Stätte mit möglichster Ersparung der Kosten geschehe.

4) Muß es einen unglücklichen Schuldner zu neuem Fleiße aufmuntern, wenn er endlich noch ein Ende seiner Noth sieht; anstatt daß unsere jetzigen Verheurungen insgemein eine unendliche Aussicht haben, und den Gläubigern fast so wenig als dem Schuldner helfen.

5) Fordert der Staat mit Recht, daß jedes Erbe gehörig besetzet seyn solle. Ein ausgeheuretes Erbe ist aber in der That nicht gehörig besetzt; und der gemeinen Reihe ist es nicht wohl zuzumuthen, jede vorkommende Last für das verschuldete Erbe auszurichten, und sich dafür einen willkührlichen Lohn auf längere Zeiten zuwerfen zu lassen.

6) Verliert der Gutsherr ohnedem genug dadurch, daß er 8 Jahrlang sein Erbe in fremden Händen, und sich während solcher Zeit aller außerordentlichen Gefälle beraubet sehen, auch seine Dienste

und

und Pächte entweder in Gelde, oder von einer ärgern Hand, als die Hand eines guten Wirths ist, annehmen muß. Endlich und

7) Ist in allen Westphälischen Hofrechten, worinn durchgehends die schatzbaren Höfe durch ganz Westphalen für freye Reichsgründe, oder für Kroneigenthum erkannt sind, aufs nachdrücklichste versehen, daß kein Besitzer, er sey nun freyen oder leibeigenen Standes, sein unterhabendes Gut mit mehrern Schulden beschweren solle, als höchstens durch die Abnutzung von drey oder vier Jahren getilget werden könne. Was dort zur Zeit, ehe die Territorialhoheit jeden Staat vom Reiche gleichsam abgeschnitten hat, Reichseigenthum genannt wird, ist jetzt Staatseigenthum. Und so wie letzteres den Gutsherren noch bis auf die heutige Stunde es verwehret, einen schatzbaren Hof mit neuen Diensten und Pflichten zu beschweren; eben so verwehret es auch jedem freyen und leibeignen Besitzer solcher Gründe, sich selbst außer Stand zu setzen, seinen Hof in allen gewöhnlichen und wahrscheinlichen Fällen vertheidigen und Nachbarn gleich thun zu können.

Ein solches Erlaßjahr würde aber dem Schuldner nicht genug fruchten, wenn er nach dessen Verlauf mit leerer Hand wieder aufs Erbe ziehen sollte. Er würde sich sofort, um das nöthige Vieh- und Feldgeräthe anzuschaffen, in neue Schulden stürzen müssen, und bey dem annoch frischen Andenken seines vorigen Verfalls schwerlich den nöthigen Credit dazu finden, mithin zu falschen Umschlägen schreiten müssen. Es soll also die Verheurung noch vier Jahre dauren, und das darinn aufkommende Geld zur Haus- und Feldrüstung wieder verwendet werden.

Ich

Ich folge hierinn abermals dem mosaischen Plan. Dieser große Gesetzgeber besorgte, die mehrsten Israeliten, welche nach Verlauf von 6 Jahren ihr Bürgerrecht wieder erhielten, würden aus Noth, und weil ihnen alle Mittel zur neuen Anlage fehlten, die fortdaurende Knechtschaft der Freyheit vorziehen, und folglich die Kriegsrolle ganz verlassen; dieserwegen verordnete er, daß alle Israeliten, worunter aber nach dem Costume und dem Charakter aller alten Gesetze, (welche von dem heutigen Unterthan, eine Benennung, wodurch alles, was zur Menschheit gehöret, in eine Classe geworfen wird, nichts wissen,) bloß die wirklichen Rechtsgenossen, oder diejenigen, so das israelitische Bürgerrecht wirklich hatten, zu verstehen sind, im siebenten Jahre ihre Länderey, ihre Wiesen, ihre Weinberge und ihr Vieh, dem Herrn eine große Feyer halten lassen sollten. Sie durften also weder säen noch erndten, und brauchten auch beydes nicht, weil die Erndte vom sechsten Jahr, da sie für den gewöhnlichen Haushalt gemacht war, ein Jahr weiter reichte, wenn dieser Haushalt sich durch die Freylassung aller Knechte um die Hälfte vermindert, und diese sich selbst fertig machen, auch was sie an Vorschuß empfangen, von ihrer Erndte wieder erstatten mußten. Da das siebente Jahr den jetzt befreyeten Knechten, den Armen und Fremdlingen zu statten kommen sollte: so säeten und erndteten diese in demselben umsonst. Der Eigenthümer durfte sich nicht unterstehen, einen Apfel von seinem Baume, oder eine Traube von seinem Weinstocke zu nehmen; auch selbst nicht einmal, um allen Chicanen vorzubengen, alsdann, wenn kein Knecht es nehmen wollte. Denn in diesem Falle sollte es den wilden Thieren Preis gegeben seyn. Alles Ackergeräthe, Wagen, Pflug und Zugvieh stand seinen Eigenthü-

thümern im siebenden Jahre lahm, und folglich den
Knechten gern zu Dienst. Der Dünger würde jenen
nur zur Last gefallen seyn: sie mußten ihn also nur
verschenken. Scheuren und Tennen waren natürlicher
Weise leer und offen. Und auf diese Weise gab das
siebende Jahr, welches vermuthlich auch zugleich nur
das letztere in der gewöhnlichen Bestellzeit war, den
neuen Bürgern nicht allein die Bequemlichkeit, sondern
auch die Mittel, sich ungefähr so viel zu erwerben, als
sie gebrauchten, um sich als freye Leute und Anfänger
noch fertig zu machen, und um nicht nöthig zu haben,
selbst ferner mit ihrer streitbaren Hand knechtische Dienste zu verrichten.

Sobald es einer hiernächst so weit gebracht hätte,
daß seine Gläubiger sich zu einem solchen Erlaßjahr
nicht vereinigen könnten und wollten, müßte der bloße
Mangel dieser Vereinigung, als ein hinlänglicher Grund
zur Abmeyerung oder Abäusserung, angesehen werden.

Ueberhaupt sollte jedes Unvermögen dem
Hofe vorzustehen die Entsetzung oder Abäusserung nach sich führen. Der Hof ist eine Pfründe oder
Vikarey des Staats, wovon dem Gutsherrn die Beset-
zung nebst gewissen hergebrachten Diensten und Pächten
zustehen. Der Gutsherr vergiebt die Pfründe unbeschwert, unvermindert und ohne alle Nebenbedingun-
gen. Und der darauf gesetzte Mann, oder der
Wehrfester, muß sie unbeschwert und unverändert erhalten; dem Gutsherrn wie dem Staate das seinige
davon geben; und wenn er solches nicht mehr thun
kann, wenn es durch Unglück ist, auf die Leibzucht, und
wenn es durch sein Verschulden geschieht, ganz herunter gesetzt werden. Die deutschen Rechte sind in diesem Stücke klar und allgemein gewesen. Die fürstlichen Vormundschaften sind mit der völligen Abnutzung

                              ver-

verknüpft, so lange der Erbfolger zu schwach ist, sein Reichslehn zu vertheidigen. Ein gleiches hat bey allen Gütern, welche jemals im Reichs = Lehns = und Landes= kataster gestanden, Statt gehabt; und der Grund uns= rer Mahljahre oder einer auf sichere Jahre bestimmten Verwaltung mit der völligen Abnutzung des Hofes liegt darinn. Wer an Jahren, Verstande, Vernunft, Ver= mögen, guten Willen und Kräften zu schwach ist, sein Land, sein Lehn oder sein schatzbares Erbe zu vertheidi= gen, der ist ohne Rücksicht auf Schuld oder Unschuld sei= ner Pfründe auf ewig oder so lange sein Unvermögen dauert, zu entsetzen.

Wir haben diese klaren Begriffe selbst dadurch ver= wirret, daß wir theils den Contrakt zwischen dem Guts= herrn und seinem pachtpflichtigen Mann, als eine ge= meine aber mit der Zeit erblich gewordene Verpachtung betrachtet und solche nach den römischen Rechten beur= theilt; sodann aber zu den Abmeyerungsursachen ein Verbrechen, oder doch so etwas ähnliches, erfordert haben, wozu uns dasjenige, was in der Eigenthums= ordnung vom Ehebruch und Hurerey gesagt ist, verfüh= ret haben kann. Allein das erstere ist irrig, wie mit unwiderleglichen Gründen gezeigt werden kann, und das letztere ein offenbares Mißverständniß. Es ist nicht der Ehebruch, nicht die Hurerey, sondern die dar= aus erwachsende schwere Last, als Gefängniß, Landes= verweisung, schwere Geld = oder Leibesstrafe, wodurch der Pachtpflichtige unvermögend werden kann, seinen Hof zu vertheidigen, so die Abmeyerung nach der Ei= genthumsordnung nach sich ziehen soll.

Es kann also meines Ermessens mit allem Rechte geschehen, daß ein Pachtpflichtiger, sobald sich die Gläu= biger mit einer 8jährigen Abnutzung nicht befriedigen wollen, als ein Knecht seinem Gläubiger übergeben,

oder

oder als unvermögend dem Erbe vorzustehen, abge-
meyert werde; und sollte der Fall, da ihm sein Hofge-
wehr gepfändet würde, sofort als ein selbst redendes
Zeugniß seiner Unfähigkeit länger auf dem Hofe zu bleiben, angesehen werden. Wird doch der beste Soldat
aus Reih und Gliedern gesetzt, wenn er durch die
rühmlichsten Wunden außer Stand geräth, sein Gewehr
gegen den Feind zu führen.

Wenn wir aber diese nützliche und in den deutschen
Rechten gegründete Strenge auf der einen Seite einführen wollen: so müssen wir auch auf der andern einen nothwendigen Schritt thun. Moses hob mit dem
siebenden Jahr alle personal Aktion auf; und dies
müssen wir nach obigem Vorschlag mit dem zwölften
auch thun.

Die Meynung, daß die Gläubiger gegen den abgemeyerten Schuldner eine ewige personal Aktion behalten, ist bisher ausgenommen, und selbst durch die
Landesgesetze, welche hierinn zu sehr nach dem römischen Fuß abgemessen sind, begünstiget worden. Sie
ist aber ursprünglich bürgerlichen, nicht aber
ländlichen Rechtens, und verdienet offenbar, in
Ansehung der letztern, eingeschränkt zu werden.

Wenn der Schuldner stirbt, und sich keiner zu seinem Erben angiebt: so müssen die Gläubiger zufrieden
seyn, wenn sie auch nichts erhalten. Warum sollte
man also nicht durch ein Gesetz verordnen können, daß
der Schuldner alles, was er in 12 Jahren erwerben
könnte, seinen Gläubigern hingeben, und ihnen allenfalls für Knecht dienen, hiernächst aber seine völlige
persönliche Freyheit von allen Ansprüchen wieder erlangen sollte? Vernunft, Billigkeit, Menschlichkeit, Religion und Landeswohlfahrt scheinen ein solches Gesetz
zu fordern, damit ein Mitglied der Gesellschaft nicht

 auf

auf seine ganze Lebenszeit ein Sklave seiner Gläubiger
bleibe. Und wenn ein solches Gesetz für Landbesitzer
gemacht würde: so könnte der Gutsherr seinen Hof,
wenn die Gläubiger sich nicht bequemen wollen, auf 12
Mahljahre austhun, und hernach das Geblüt wieder
aufs Erbe und zu Gnaden annehmen, ohne die Perso-
nalverfolgung der Gläubiger zu fürchten. Ein Land-
besitzender Schuldner ist von dem Handelnden sehr unterschieden. Dieser braucht viel Credit, und kann,
nachdem er eine große Idee von seinem unsichtbaren
Vermögen erweckt hat, einen großen Banquerott machen. Um diesen zu zwingen, läßt man die personal
Aktion gegen ihn ewig dauren, wenn er sich nicht vergleichen kann. Allein die Gründe und Umstände eines
Pachtpflichtigen Ackermannes sind so verdeckt, kritisch
und bedenklich nicht, und die Ewigkeit der personal Aktion ist gegen ihn eine unbillige und nicht genug überlegte Sache. Dem freyen Schuldner wird, wenn er
sich und das Seinige den Gläubigern übergiebt, auf
sichere Weise geholfen, dem abgemeyerten aber keine
Leibzucht zur Competenz gelassen. Die Befreyung von
allen personellen Ansprüchen nach einer gewissen Zeit
wäre also gleichsam seine Competenz. Und was gewinnt der Gläubiger durch die Fortdauer seiner Forderung an der Person des Schuldners? Nichts als ein
unnützes Recht; der Schuldner verliert den Muth, und
der Staat eine arbeitsame Hand.

Ein jeder wird zu diesem Vorschlage noch vieles
hinzu denken können, welches ich mit Fleiß nicht anfüh-
re, um nicht zu lange bey einer Sache zu verweilen.
Indessen will ich doch noch beym Schluß eines Neben-
vortheils gedenken, welchen der mosaische Plan gewähr-
te. Da alle Länderepen in Israel im siebenden Jahre
auf einen Tag Wihn- und Pachtlos, und als völlig ge-

mein

mein angesehen wurden: so hatten die Eigenthümer
den Vortheil davon, daß sie mit dem 8ten Jahr alle
ihre Ländereyen aus freyer Hand besser verheuren konnten, als wenn die letzten Pächter noch wären darauf gewesen, und sie unter dem Vorwand der Besserungen
oder durch Bitten und Betteln bewogen hätten, ihnen
die Ländereyen von neuem zu dem vorigen Preise zu lassen; wie wir denn in Westphalen täglich sehen und erfahren, daß ein Pächter oder Heuermann den andern
nicht überbieten will. Und wie vielen unendlichen Prozessen wurde nicht dadurch vorgebogen, daß alle Win-
nen und Pachtungen mit dem sechsten Jahre abgeschnitten, verändert und erneuert, und ein reines petito-
rium oder possessorium für Pächter und Verpächter gesetzt, besonders aber das verzweifelte Jus retentionis
aufgehoben wurde?

XXIV.

Antwort auf verschiedene Vorschläge, wegen
einer Kleiderordnung.

Seitdem man unlängst den Gedanken geäussert, daß
eine Kleiderordnung so gar leicht nicht zu machen sey,
wie sich manche wohl einbildeten, sind über zwanzig
Vorschläge dazu eingelaufen, deren Verfasser nicht allein zu erwarten, sondern auch zu erfordern scheinen,
daß man ihre Gedanken öffentlich mittheile, und ihnen
den darauf gesetzten Preis zuerkenne.

Um allen diesen Forderungen auf einmal abzuhelfen, will man nur mit wenigem erklären, wie keiner
unter allen die Sache auf der rechten Seite getroffen

und den versprochenen Preis verdienet habe. Einige Proben werden hoffentlich hinreichen, sie davon selbst zu überzeugen.

Alle sprechen von Bauern, als der untersten Klasse der Menschen; vermischen unter diesem Namen alles, was einen schatzbaren Acker bauet; unterscheiden weder Freye noch Leibeigene, und wenn sie ja recht genau gehen wollen: so setzen sie Vollerbe, Halberbe und Kötter von einander, ohne zu untersuchen, ob einer sein eigen Erbgut oder einen fremden Acker baue: oder unter welchen Bedingungen er einen Hof bewohne. Und dann ist es bey ihnen keinem Zweifel unterworfen, daß nicht der Bürger den Rang vor dem besten . . . (leider hat unsre verrätherische Sprache kein Wort mehr, den ruricolam vom colono zu unterscheiden) den Vorzug habe. Allein seit wann, möchte man wohl fragen, ist es denn ein Schimpf, seinen väterlichen Acker zu bauen? Seit wann hat die Vernunft dem Hochmuthe das Recht bestätiget, das Wort Bauer so unschicklich gebrauchen zu dürfen? Was kann einen Landesherrn bewegen, denjenigen Mann für den schlechtesten zu halten, der monatlich seinen Schatz richtig bezahlt, und die erste Stütze des Staats ist? In Spanien ist das Pflügen so schimpflich, als in Deutschland das Abdecken. Sollten wir es etwan auch dahin bringen? die Hummeln ehren und die Bienen beschimpfen? Warum soll der schatzbare Landeigenthümer, der sein angestammtes Gut mit eignen Hengsten bauet, und der seinen Pudding so oft essen kann als er will, bey Thurm- und Leibesstrafe ein braunes Kleid tragen? weil er es aus Bescheidenheit bishero gern getragen hat, und es aus freyer Wahl allezeit als ein Ehrenzeichen tragen wird?

Alle sind ferner geneigt, den fürstlichen Dienern überall große Vorzüge einzuräumen. Sollte aber der

Mann,

Mann, der seinen Ellbogen auf seinen eigenen Tisch stützt und von seinem Fleiße oder von seinem Vermögen wohl lebt und andern gutes that, nicht eben so gut seyn, als der sich im Dienste krümmet? Soll man den Hunger nach Bedienungen, der jetzt überhand nimmt, und so manchen tapfern Kerl dem Fleiße und der Handlung entzieht, noch durch Vorzüge und Ehre reizen? Ist denn das deutsche Herz so tief herabgesunken, daß es schlechterdings den Dienst über die Freyheit setzt? Und sehen diese Leute nicht, daß, da sie solchergestalt allen Vorzug dem Dienste geben, kein Mann von Ehre und Empfindung der ungeehrten Freyheit getreu bleiben werde?

Alle sprechen von vornehmen und geringen Bürgern. Wer ist aber der vornehme und geringe? Der Mann, der aus seinem Comtoir der halben Welt Gesetze und Königen Credit giebt; oder der Pflastertreter, der in einem langen Mantel zu Rathe geht? Der Handwerker, der Tausende dem Staate gewinnt, oder der Krämer der sie herausschickt? Der Mann, der von seinen Zinsen oder der so von Besoldung lebt, und dem gemeinen Wesen in die Futterung gegeben ist? Der Taugenichts, der seines Wohledlen Großvaters Rang noch mit geerbtem Stock und Degen behauptet, oder der Meister, der die beste Arbeit macht?

Keiner denkt an die Gefahr, die dem Lande bevorsteht, das dem Fleiße die Ehre raubt, von seinen wohlerworbenen Reichthümern zu glänzen. Wird denn auch wohl nur ein Hollandsgänger, wenn er etwas erworben hat, in sein undankbares Vaterland zurückkehren, wenn es ihm nicht erlaubt, seine silbernen Knöpfe zu zeigen? Werden wir nicht die Leute, so Mittel haben, ohne sich ein bischen hervorthun zu dürfen, durch eine gar zu genaue Einschränkung zwingen, sich in solche

Läm

Länder zu begeben, wo sie unter dem Schutze eines lee-
ren Titels ihre Thorheit und ihren Reichthum nach Gefallen zeigen können? Werden wir diejenigen, so wir
mit Gewalt in eine niedrige Klasse setzen, auch abhalten können, sich einen Adelsbrief oder einen Titel und
mit diesem das Recht geben zu laffen, sich in derjenigen
Farbe zu zeigen, die ihnen am besten gefällt? Oder
werden etwa die Gesetze blos für kluge Leute gegeben?

Es ist kein einziger unter ihnen, der nicht den Adel
in Eine Klasse werfe, und ihnen alt oder neu, bewiesen
oder unbewiesen, reich oder arm, im Dienst oder auffer
Dienst, unter Eine Rubrik setze. Glauben die Verfaf-
ser demselben durch diese Vermischung zu schmeicheln?
Oder meynen sie, daß es etwas sehr vernünftiges sey,
ein Oberheroldsamt aufzurichten, vor demselben alle
Stammtafeln zu prüfen, und um zwey fehlender Ahnen
willen, dem bemittelten Mann, der sich auf diese Art
beschimpft halten würde, aus dem Lande zu weisen?
Glauben sie, daß die gemeine Ehre und der gemeine
Vorzug sich eben so gut als der Hofrang und die Hof-
kleidung ausmachen laffe? Ein Fürst darf nur sein
Hausrecht gebrauchen um zu befehlen, daß dieser in dieser und jener in jener Kleidung an Hof kommen solle.
Wer keine Luft dazu hat, der setzt sich in seinen Lehn-
stuhl und pfeift. Allein um die Kleider im ganzen
Staat zu reguliren, ohne hier wider die Billigkeit, dort
gegen die Klugheit, und dann gegen sein eigenes und
des Landes Intreffe anzustoßen, dazu gehöret sehr viel.
Ich erwähne nichts von der Tyranney, welche darinn
steckt, wenn Vornehmere sich alles erlauben, und den
Geringern alles untersagen wollen; nichts davon, woher sie die Befugniß nehmen wollen, zehn freyen Eigenthümern das, und zehn andern das zu verbieten, und
die Bürger eines Staats in willführliche Klassen abzu-
theí-

theilen; und endlich nichts davon, wie gefährlich ein
solcher Eingang für die allgemeine Freyheit seyn würde,
wenn ein Landesherr die gemeine Ehre wie die Hof-
ehre bestimmen, und allein, die sich wegerten, täglich
Brod und Löhnungen von ihm anzunehmen, in die
niedrigsten Klassen zu verweisen. Was heute dem geringen Eigenthümer wiederfährt, das wird dem großen
auf die Zukunft, unmerklich, zubereitet; und schon in
Frankreich gilt keiner mehr, oder er muß gedienet
haben; die Heerstraße zum Despotismus. In Holland
und England weis man von keinen Kleiderordnungen;
und um dergleichen Dinge vernünftig zu bestimmen,
werden große Exempel, edle Selbstverläugnungen und
tapfere Lehrer, und Prediger erfordert; der Zwang
schimpft, und macht aus muthigen, fleißigen und lebhaften Bürgern, eine träge, verzagte und kriechende
Heerde.

XXV.

Der selige Vogt.

Es ist längst angemerkt worden, daß es nicht undien-
lich seyn würde, jedem Landesbedienten nach seinem
Tode ein Denkmal aufzurichten. Ein Denkmal, wodurch die Treue oder Untreue seiner Amtsverrichtung
öffentlich bekannt gemacht; der Redliche von dem Un-
redlichen unterschieden; und jeder, der ihm in Dienste
folgte, ermuntert oder gewarnet werden möchte. Vermuthlich hat die Besorgniß, daß dieses Denkmal bald
nur ein Werk der Schmeicheley werden möchte, eine
solche öffentliche Anstalt verhindert. Indessen könnte
es unter gehöriger Aufsicht seinen großen Nutzen ha-

ben.

ben. Wenigstens sehen wir nicht ab, was uns verhindern sollte, das Lob eines Vogtes in hiesigen Landen mitzutheilen, welcher zwar vor vielen Jahren bereits verstorben, aber doch auch bey den ältesten Männern in seiner Vogtey in so gutem und lebhaften Andenken steht, daß man ihn aus ihrer Erzählung mit
allen Zügen aufs genaueste beschreiben kann. Der Ort,
wo er gestanden, thut nichts zur Sache. Diejenigen,
so ihn gekannt haben, werden seinen Namen leicht er-
rathen; und die ihn nicht gekannt haben, doch allezeit
wünschen, daß er der Ihrige gewesen seyn möchte.

Wir brauchen nicht anzuführen, daß er ein christlicher, redlicher und gewissenhafter Mann gewesen.
Dergleichen allgemeine Tugenden gehören nicht hieher.
Seine Amtstreue und die Art und Weise, wie er sich in
den ihm obliegenden vornehmsten Pflichten verhalten,
ist dasjenige, was wir aus der Abschilderung, die man
uns von ihm gemacht, mit wenigem bemerken wollen.

Wenn eine neue Landesordnung erlassen, und von
einigen übertreten wurde, setzte er solche nicht sogleich
zur Strafe. Er ließ erst die Uebertreter zu sich kommen, erklärete ihnen den Inhalt und die Absicht der
Verordnung, ermahnte sie, solche in Zukunft zu beobachten, und übersah für dasmal ihren Ungehorsam, in
dem richtigen Vertrauen, es sey dem Landesherrn mehr
an einem gebesserten Unterthan als an einigen Thalern
Strafgeldern gelegen. Hörte er von ihnen Gründe,
welche die Verordnung beschwerlich machten, oder eine
Einlenkung und Abänderung zu erfordern schienen: so
untersuchte er die Sache gründlich, berichtete darüber
an die höhere Obrigkeit vollständig, und zeigte die Mittel an, wodurch die löbliche Absicht der Landesobrigkeit
mit der mindesten Beschwerde der Unterthanen fügli-
cher erreicht werden könnte.

Hat-

Hatte einer eine Schuldforderung an dem andern; so mandte der Gläubiger, ehe er ans Gericht gieng, sich aus blossem Vertrauen allemal erst zu ihm; er ließ dann hierauf den Schuldner rufen, fragte ihn, ob er der Schuld geständig, und warum er nicht bezahle; und vermittelte dann insgemein die Sache zwischen beyden so, daß beyde nach Möglichkeit und Gelegenheit zufrieden seyn konnten.

Erhob sich ein Streit zwischen seinen Leuten über Gerechtigkeiten: so gieng er mit den ältesten und vernünftigsten Männern aus seiner Vogtey nach dem Orte wo der Streit war; hörte beyde Theile mit Gelassenheit, und berieth sich dann mit jenen erfahrnen Männern über die Art und Weise, wie der Stein des Anstosses am besten gehoben werden könnte. Fand er dann, daß der eine oder der andre Theil sich nicht nach ihren billigen Vorschlägen bequemen wollte: so sezte er den Streitpunkt deutlich auseinander, und die gutachtliche Meinung der zugezogenen Männer darunter, und gab solche dem unschuldigen Theile zu seiner Vertheidigung ans Gerichte mit, da denn nicht selten der Richter seine Entscheidung darnach einrichtete.

Die Auflagen, welche seine Untergebene zu zahlen hätten, forderte er nie zur unbequemen Zeit. Er borgte ihnen aber auch nicht 3 Tage über die Stunde, worinn sie ihrer Gelegenheit nach bezahlen konnten und mußten. Hier hielte er die größte Strenge nothwendig, weil er wohl wußte, daß aller Aufschub in solchen Fällen nur denen zum Schaden gereicht, die ihn nehmen. Er kannte eines jeden Vermögen und Gelegenheit, und richtete allemal seine Maaßregeln so ein, daß der Faule angestrengt und der Fleißige nicht unterdrücket wurde.

War ein Erbe in Schulden so tief versunken, daß es sich ohne Stillestand nicht retten konnte: so machte er mit Zuziehung einiger vernünftigen Nachbaren, und nach Gelegenheit der vornehmsten Gläubiger, einen standhaften Anschlag vom Gute und dessen Schulden; zeigte ihnen die Unmöglich-

keit ihrer Befriedigung; und ihren Nachtheil, wenn sie den
Schuldner ins Gericht ziehen würden; bediente sich sodann
der Gläubiger eigner redlichen Ueberzeugung, dem Schuldner hinlänglichen Nachlaß und billige Zahlungsfristen in
Güte zu erwerben; und hielt den Schuldner, der durch ein
solches Verfahren zu neuem Fleiß ermuntert ward, zur genauesten Erfüllung des verglichenen an; und die Gläubiger
wären von seiner Redlichkeit dergestalt versichert, daß sie
auf sein Versprechen mehr als auf alles übrige baueten.
Wo er von einem neuen Mittel zur Verbesserung des
Ackerbaues und der Landnahrung hörte oder las, da war er
der erste, der Versuche anstellte. Jeder Hauswirth kam zu
ihm, sah was eine glückliche Erfahrung bestätigte, und lernte von ihm was Nachahmungswürdig war. Der Ackerbau
in seiner Vogtey unterschied sich von allen Benachbarten
durch die Schönheit der Früchte, die Reinlichkeit des Ak-
kers, und die Ordnung der Felder.

Mit dem Pfarrer seines Kirchspiels lebte er in dem vollkommensten und angenehmsten Vertrauen. So oft er in
Erfahrung brachte, daß jemand in heimlichen Lastern und
Ausschweifungen lebte, meldete er es dem Pfarrer im Vertrauen, und ersuchte ihn, dem angezeigten nachdrücklich zu-
zureden, und ihn von seinem bösen Wandel zurückzuziehen.
Insgemein glauben dergleichen heimliche Diebe und Verbrecher ihre Bosheit sey der ganzen Welt unbekannt. Wie
sehr erschraken sie aber, und wie oft besserten sie sich nicht,
wenn der Pfarrer ihnen auf einer Seite ihrer Unthaten
halber rührende Vorstellungen that, der Vogt ihnen aber
auf der andern mit einer väterlichen Stimme in die Ohren donnerte, und beyde ihnen solchergestalt auf das empfindlichste zu erkennen gaben, daß das Gerüchte ihrer
Bosheit bereits zu ihren Ohren gekommen sey? Wie manchen hat er nicht auf solche Weise Leibes- und Geldstrafen
erspart? Und wie viele hat er nicht blos dadurch, daß sie
wußten, er kenne sie, von bösen Unternehmungen abge-
halten. Bey

Bey seinen Oberbeamten stand er in einem solchen Ansehen, daß sie ohne ihn nicht leicht in seinem Kirchspiele
etwas vornahmen; Sie wußten wie er dachte, und um
seinetwillen getrauete sich niemand dem Kirchspiel bey
Einquartierungen oder Fuhren ein mehrers zuzuschieben,
als die Ordnung erforderte. Seine Redlichkeit und Geschicklichkeit gaben ihm Dreistigkeit genug, die Wahrheit
zur gehörigen Zeit und am gehörigen Orte zu reden; und
wo es auf die Rechte seines Kirchspiels oder dessen Eingesessene ankam, sprach er wie ein Mann, der auch das Unrecht des Kleinsten vor Gott zu verantworten hat. Nie
verleitete ihn auch ein gerechter Eifer, jemanden seine
Pflichten zu erschweren, oder ihm ein mehrers aufzubürden, als die Ordnung mit sich brachte.

Um alles mit wenigem zu sagen: er war der Vater und
der Friedensrichter seines Kirchspiels; der Freund seiner
Untergebenen, und der Rathgeber in allen Wirthschaften:
Er starb im 76. Jahr seines Alters am Schlage, und
würde unstreitig sein Leben höher gebracht haben, wenn
zu seiner Zeit der Rockencaffe bereits wäre eingeführt gewesen. Denn es ist gewiß, daß er ihn als Patriot getrunken, und auch dieses Exempel seinem Kirchspiele gegeben haben würde.

XXVI.

Schreiben einer Hofdame an ihre Freundin auf dem Lande.

Das heißt einmal auf dem Lande gewesen, und nun auch
in meinem Leben nicht wieder. Bin ich doch beynahe erstickt von dem Dufte Ihrer groben Schüsseln! Welcher
Mensch setzt einem denn noch Schinken und Kalbsbraten

vor? Hatten Sie nicht auch noch einen Rinderbraten oder
Markpudding? Es war ein Glück für mich, daß die Fenster offen waren, sonst wäre ich nicht lebendig aus dem
Speisezimmer gekommen, so kräftig, so sättigend war alles
bey Ihnen angerichtet. Ich glaube, Sie kennen bey Ihnen den Hunger, wie der geringste Taglöhner. Gottlob!
ich habe in zehn Jahren nicht gewußt, was Hunger sey,
und setze mich nicht zu Tische, um zu essen, sondern blos
um die unnütze Zeit zwischen dem Nachttische bis zur Cour
zu vertreiben. Allein Sie .... mit Augen voller Lust sehen sie die Schüsseln. Und die Lichter? Himmel, waren
doch in jedem so starke Dochte, wie unsre Großmut.ter
machten? Und sahen die Bediente nicht aus, als wenn sie
die Wohlfahrt des Hauses einem jeden unter die Nase reiben sollten? In meinem Leben habe ich solche Physiono-
mien nicht gesehen. Die Leute müssen, deucht mich, in
ihrem Leben nichts gethan haben, als essen. Ich mußte
Ihrem Cammermädchen drey Schritte aus dem Wege gehen, um nicht in ihrer Atmosphäre die Lust zu verlieren.

Gestehen Sie es nur aufrichtig, es ist eine besondre
Dummheit, welche Ihnen und den Landleuten überhaupt
allezeit eigen bleibt, daß sie es nicht zu derjenigen feinen
Vollkommenheit bringen, welche wir am Hofe haben.
Wenn sie einen Garten recht schön machen wollen: so suchen sie die besten Früchte darinn zu ziehen. Wollen sie
sich gut kleiden: so nehmen sie vom besten Zeuge. Und
zur Speise? Nun das versteht sich. Friesisches Rindfleisch, holländisches Kalbfleisch, Karpfen von dreyßig
Pfunden und welsche Hahnen so groß, wie sie für eine
Bürgerhochzeit gemästet werden können, oder der Lord
Anson sie auf der Insel Tinian fand. Je nun, von solcher Atzung kann auch wohl eben kein feiner Geist in die
Dickköpfe kommen. Und es ist kein Wunder, wenn sie
sich immer wie die Kugeln zum Ziel werfen lassen.

Wie

Wie allerliebst sieht es dagegen nicht bey uns aus! Gärten haben wir da, ich will nur allein derer von Porzellain gedenken, worinn alle Bäume und Blumen von einer schöpferischen Hand auf das ähnlichste nachgeahmet, und alle Jahreszeiten zu unserm Befehle sind. Fordert man Frühling: so ist alles in der Blüthe, und diese Blüthe hat sogar den ihr eignen Geruch. Will man Sommer: so schafft der Gärtner, daß alle Bäume mit den schönsten Früchten prangen; die nun freylich nicht zu essen, aber eben deswegen um so viel schöner sind, weil sie der gemeine Mann nicht sogleich herunter schlucken kann.

Unsre Tafeln geben den schönsten Gärten in der Pracht des Anblicks gewiß nichts nach, und auf den Anblick kommt doch alles an, weil man bey einer hohen Tafel mehr für ein göttliches Auge, als für einen gemeinen niederträchtigen Magen sorget. Jeder Tag, ja selbst jeder Gang, hat seine eigne Farbe. Zur maygrünen Suppe sind die Nebengerichte ganz anders, als zum himmelblauen Hecht schattirt; und ich wollte keinem Koche rathen, eine Brühe couleur de procureur general zu einer grünen mit Silber inkrustirten Pastete zu geben, oder mosaique auf dem Schinken aus andern Farben zusammen zu setzen, als wovon die Frisur an der Hammelkeule oder der Email andrer Krusten gemacht ist. Ich wollte keinem rathen, im Frühlinge, wo die Natur und die Tafel mit Blumen besetzt seyn muß, einfarbige oder wohl gar rothe und gelbe Gallerte zu geben und die Tafel mit modernen Dormans zu grouppiren, wenn der ganze Aufsatz a la Romaine ist. Der Kayser, der sich durch die Erfindung der Farcen *) einen unsterblichen Namen gemacht, und zuerst Fische **) von

Schwei-

---

*) Heliogabulus primus de piscibus istia fecit. Lamprid. in Heliog.

**) Dulciarios (confituriers) et lactarios (Milchköche) tales habuit u quaecunque coqui de diversis edulibus exhibuissent, illi modo de dulciis, modo de lacteriis exhiberent. ib.

Schweinefleisch und Schinken von Käse, erfunden hat,
würde gegen unsre heutigen Köche eine schlechte Figur machen, und seine Tafel, worauf er oft zur Pracht alle Spei-
sen in petit point, oder künstlich gestickter Arbeit nachahmen ließ, gegen die unsrigen, wenn sie mit Gerichten von
Porzellain oder Email besetzt sind, sehr verlieren. *) Unsre Köche sind in der Mythologie, der Geschichte, der
Dichtkunst, der Malerey, der Heraldik, und überhaupt
in allen nur möglichen Künsten und Wissenschaften weit
erfahrner, als mancher Hofmeister, der doch sonst auch
alles wissen muß, und es müßte Schade seyn, wenn sie
nicht eine Belagerung besser ausbacken könnten, als der
größte Feldmarschall.

Urtheilen Sie also, was ich bey Ihnen auf dem Lande gelitten habe, wo Ihre Krebse nichts als Krebs, und
Ihre großen Karpfen nichts als Karpfen waren. Wie ist
es aber möglich, daß Sie Ihre Zeit so abgeschmackt zubringen, und Ihren Verstand so wenig üben können!
Noch ist es Zeit sich zu bekehren. Sie haben erst zwanzig Jahr, und eine Figur, die wenigstens etwas verspricht.
Kommen Sie also zu uns. Ich will Ihnen die Manier
und den Weg zur Bewunderung in einem Monate zeigen,
und so können Sie vielleicht noch eine kleine Rolle am
Hofe mitspielen.

*) Hieran ist wohl noch zu zweifeln. Denn der Kayser ließ auch ganze Ti-
sche de Vitteis, worauf alle Gerichte in gefärbtem Glase nachgeahmt waren, aufsetzen; und er hatte Deserts von Wachs, Elfenbein, Porzellain,
Marmor und Stein, so gut wie wir. In secunda poena saepe ceream,
saepe eburneam aliquando fictilem non nunquam vel marmoream vel
lapideam exhibuit. ib. In der gestickten Schaubühne übertraf er aber uns
neuere. Tyt picta mantilla in mensam mittebat, his eduliibus pictis,
quae apponerentur, quot missus esset habiturus ita ut de acu aut de
textili pictura exhiberentur.

————————

XXVIII.

XXVII.

Gedanken über die vielen Lotterien. Bey dem Anfange der Osnabrückischen Lotterie.

Sie haben recht, mein guter Crito, die vielen Lotterien, und der große Beyfall, den sie überall finden, ist ein Merkmal unsrer höchstverdorbenen Sitten. Die Menschen, und sogar auch diejenigen unter ihnen, denen die weise Vorsehung nichts ohne Mühe zugedacht hat, wollen alle plötzlich reich werden, und fallen in Versuchung und Stricke; und viel reizendere Stricke als die Lotterien giebt es, den Stein der Weisen ausgenommen, gewiß nicht. Die Neigung zu leichtfertigen Gewinnsten hat sich über ganz Deutschland ausgebreitet, und kaum ist noch hie und da ein alter ehrlicher Vater, dem die saure Frucht des Fleißes schmeckt, und der sich an dem Abende seiner Tage durch die süße Erinnerung seiner überstandenen Mühseligkeiten erquickt. Wenn ehedem eine Gesellschaft junger Waghälse dem Glücke mit stärkern als gewöhnlichen Schritten nacheilen wollte: so übernahm sie, Bergwerke zu bauen, Canäle zu graben, Schiffe auszurüsten, und sich neue Quellen des Erwerbs und der Handlung zu eröfnen. Allein jetzt will jeder plötzlich und leichtfertig reich werden. Die Kriegslieferung und die glänzenden Halbmetalle unsrer verwundenen Münzen liegen den mehrsten noch in Gedanken, und stören ihre Ruhe. Der Handwerksmann kann noch nicht wieder zu dem kleinen, öftern und dauerhaften Gewinnst zurückkehren; er will doppelt und dreyfach gewinnen. Der Landmann vertrinkt die Pfennige, so er für Butter und Eyer einnimmt, und will sich noch nicht wieder gewöhnen, aus vielen Hellern einen Thaler zu sammlen. Und so scheinet ein allgemeiner Schwindelgeist alle Stände der Menschen zu beherrschen.

Allein

Allein was thut ein Vater, wenn seine Töchter nicht mehr ruhig schlafen wollen? Er giebt den lüsternen Mädchen gute Männer, und macht sie zu fruchtbaren Müttern. Was thut ein Landesvater, wenn seine Kinder zur Verschwendung geneigt sind? Er leitet ihre Neigungen auf einheimische Produkte; verwandelt die Verschwender in Patrioten, und legt selbst Lotterien an, wenn sie durchaus ihr Glück auf eine plötzliche und schwärmerische Art machen wollen. Laßt uns also auch die Sache von dieser Seite betrachten. Laßt uns annehmen, der Strom der Thorheit wolle sich in seinem starken Laufe nicht aufhalten lassen; und so sey es der weisen und aufmerksamen Politik gemäß, ihm diejenige Richtung zu geben, wo er in seinem Laufe annoch einige Wiesen wässern, und dem Staate nützlich werden kann. Sollten denn eben die Lotterien mehr als andre Nothmittel zu tadeln seyn?

Könnte man sie alle verbieten, und dabey verhindern, daß die Menschen nicht in heimliche Versuchungen und Stricke fielen: so möchte man es immerhin thun. Könnte man durch ein solches Verbot vollends allen verwöhnten Bürgern, die Bürgerinnen nicht ausgeschlossen, wieder einen Geschmack an den zu ihrer Gesundheit sowohl als zu ihrem wahren Vergnügen dienenden sauren Früchten des Fleißes beybringen: so würde es noch besser seyn. Denn tausend Thaler, so in einer auswärtigen Lotterie oder in Peru gewonnen werden, bezeichnen den wahren Reichthum eines Landes nicht so sehr, als hundert Thaler, die mit der schwersten Arbeit daheim erworben werden. Erstere können dem leichtfertigsten Müßiggänger zufallen: aber letztere setzen voraus, daß ein Land viele fleißige Hände, wehrhafte Männer, und eigne Nerven habe.

Allein, da ein solches Verbot dem herrschenden Geist der Thorheit nicht angemessen ist, und die Versuchung zum plötzlichen Reichwerden vielleicht gar nur noch verstärſtärken würde: ſo iſt nichts übrig, als nachzugeben, und aus einem ſchlimmen Wurf den beſten Vortheil zu ziehen.

Die Lotterien haben, von einer andern Seite betrachtet, auch noch einen wichtigen Vortheil für den Staat. Denn ſeitdem unſre römiſchgelehrten Richter den Geiſt der deutſchen Verfaſſung verlohren haben, und daher bey allen vorkommenden Streitigkeiten den Beſitzſtand zur Richtſchnur ihrer vorläufigen Entſcheidungen nehmen müſſen; ſo darf es ein ehrlicher Mann faſt nicht mehr wagen, ein gutes Werk zu thun, ohne ſich der Gefahr auszuſetzen, ſich auch für die Zukunft dazu pflichtig zu machen. Wie mancher chriſtlicher Bauer würde ſeinem Gutsherrn gern dieſe oder jene Gefälligkeit erweiſen; wie mancher freyer Mann würde mit Vergnügen zu dieſer oder jener gemeinen Unternehmung einen Beytrag thun; wie mancher Edelmann würde den Weg zu ſeiner Kirche in den vortreflichſten Stand ſetzen laſſen, wenn er nicht befürchten müßte, dazu in der Folge als zu einer Schuldigkeit angehalten zu werden? Der Richter frägt in einem zweifelhaften Falle gleich, wer den Weg das letztemal gebeſſert habe, und ſo verdammet er ihn ſofort mit Vorbehalt ſeines Rechtes, ihn auch für dasmal zu beſſern; und dieſer Vorbehalt nützt ihm zu nichts, weil die Hauptſache ſelten zu Ende kömmt.

2. Dergleichen Unbequemlichkeiten kann durch Lotterien vorgebeuget werden, ſo lange dieſer Name ein redendes Zeugniß bleibt, daß dasjenige, was einer darinn ſetzt, ein freywilliger Beytrag ſey. Man öfnet alſo durch dieſelbe allen freyen Perſonen einen Weg, ihre Großmuth und ihren Eifer für das gemeine Beſte ohne alle Gefahr für ihre Freyheit, zu zeigen. Man öfnet ihnen durch dieſelbe einen Weg, ungezwungen, ungeſchätzt und nach eignem Gefallen dem gemeinen Weſen zu Hülfe zu kommen. Man gelangt durch dieſelbe an den Geldbeutel, welcher ſich ſonſt noch bis hiezu der Steueranlage einiger

germaßen entzogen hat; und da die Begierde, plötzlich
reich zu werden, wirklich alle Menschen mehr oder weniger in Versuchung führet: so lockt man sie dadurch gerade auf den Heerd, wo sie sich am liebsten zum gemeinen Besten fangen lassen. Was jene römische Rechts-
gelehrsamkeit dadurch verderben, daß sie das Wohlthun,
das Mitleid, die Gastfreyheit und andre Tugenden furcht-
sam und zurückhaltend gemacht hat, das kann durch diesen Weg einigermaßen wieder ersetzt und vergütet werden.
Die Tugend hat keine eifrigere Verehrerin als die Thorheit, wenn diese ihre Rechnung dabey findet; und wenn
es aufs Bezahlen geht, so hat die letztere ihren Beutel
allezeit geschwinder offen als die erste.

Beynahe möchte ich sagen, es sey die Schuldigkeit
einer Obrigkeit, dafür zu sorgen, daß eine einheimische
Lotterie beständig im Gange sey. Denn ist es einmal durch
die Erfahrung bewährt, daß das heutige Menschengeschlecht
durchaus Glücksspiele haben wolle: so ist es besser, daß die
einheimische Obrigkeit für ein redliches Spiel sorge, als
daß die Unterthanen den Schlingen fremder Lotteriepächter
blosgestellet werden. Sorget doch die Polizey in großen
Städten dafür, daß gewisse nun einmal herrschende Laster
mit der mindesten Unordnung und Unsicherheit ausgeübet
werden können; und fordert man nicht von einem Vater,
daß er seinen Sohn ins Spielhaus begleiten solle, damit
er nicht in unsichere Hände gerathen möge?

Ich weiß wohl, vordem war es nicht also. Vordem
reichte der Fluch einer Mutter und die Macht einiger andern
dunklen Ideen hin, die Jugend in mancher Versuchung zu
bewahren. Das Mädchen zitterte wie Espenlaub, und mußte
oft nicht eigentlich warum, wenn es auch nur in aller Unschuld einen verbotenen Weg betreten wollte. Allein seitdem wir die Jugend mit lauter deutlichen Wahrheiten und
klaren Ideen erziehen wollen, müssen wir, um die Reinig-
keit ihrer Sitten und die Gesundheit ihres Körpers zu erhal-

ten,

ten, ganz andre Vertheidigungsanstalten machen; und seitdem die Kunst, ohne Mühe reich zu werden, der Wunsch
aller Menschen ist, müssen Obrigkeiten ebenfalls neue
Wege versuchen, diesen Wunsch mit der unschädlichsten
Nahrung zu unterhalten.

Sie sehen hieraus, mein lieber Crito, daß es noch einige höhere und wichtigere Ursachen giebt, als diejenigen
sind, welche Sie nicht gelten lassen wollen, warum man
billig eine Lotterie im Lande haben müsse. Sie sehen es
mit ihren sterblichen Augen, wie sehr sich die fremden Lotterien vervielfältigen, und wie sie in jedem freyen Lande, in
jedem kleinen Flecken und in jedem Dorfe bereits ihre Schil-
der ausgehänget und ihre Werbhäuser aufgerichtet haben.
Sie sehen, wie sich die ansteckende Begierde, ohne Mühe
reich zu werden, in die kleinsten Köttereyen ausbreitet, und
wo nicht den Mann, wenn er seinen Branntwein trinket,
doch gewiß die Frau, wenn sie ihren Caffee holet, mit
einem Billet erhaschet. Sollte denn nicht ein jeder Patriot
wünschen, daß dieser allgemeine Hang zum gemeinen Besten
genutzt werden möchte? Verwandelt sich nicht das Geld,
was die Unterthanen auf solche Weise verschwenden, in einen nützlichen Beytrag, wenn es zur allgemeinen Wegebesserung verwendet, und denjenigen, die es ausgeben, gleichsam wieder für die Thüre gebracht wird? Gewiß Sie
werden noch selbst hundert Billets nehmen, und an dem
Beschlag ihrer Wagen und Pferde jährlich so viel ersparen, als Sie dafür ausgeben. Sie werden dieses Geld
mit so viel mehrerm Vergnügen ausgeben, je öfterer Sie
schon gewünscht haben, etwas zur Wegebesserung ohne
Nachtheil ihrer Freyheit beytragen zu können. Dies werden Sie gewiß thun. Denn ihre Devise ist: Freyheit, und ihre Seele: Patriotismus 2c.

N. C

N. S.

"Ich übersende Ihnen hiebey einen Plan von der hiesigen Lotterie, welchen Ihro Königl. Majestät als Vater
genehmiget, und löbl. StiftsStände garantiret haben. An
der Sicherheit fehlt ihr also gewiß nichts." Daß sie mit
aller möglichen Treue und Aufrichtigkeit werde gezogen
werden, daran zweifeln Sie gar nicht; und daß sie eben
so vortheilhaft als irgend eine andre Lotterie sey, können
Sie leicht daher schließen, weil man nicht mehr und vielleicht noch weniger davon nimmt, als anderwärts geschieht, und keine andre Nebenabsicht dabey hat, als
mit einem redlichen Spiele die Gauner zu vertreiben.

XXVIII.

Trostgründe bey dem zunehmenden Mangel des Geldes.

Geld! entsetzliche Erfindung! du bist das wahre Uebel
in der Welt. Ohne deine Zauberey wär kein Räuber oder
Held vermögend, das Mark zahlreicher Provinzen in eine
Hauptstadt zusammen zu ziehen, und unzählbare Heere
zum Fluch seiner Nachbaren zu erhalten. Du warst es,
wodurch er zuerst die Heerden seiner getreuen Nachbárn,
ihre Erndten und ihre Kinder sich eigen machte, und zum
Unglück einer künftigen Welt, den Schweiß von Millionen armer Unterthanen in tiefen Gewölben bewachen
ließ. Ehe du erfunden wurdest, waren keine Schatzungen
und keine stehende Heere. Der Hirte gab ein Böcklein von
seiner Heerde, der Weinbauer von seinem Stocke einen Ey-
mer Weins, und der Ackersmann den Zehnten gern von
allem was er bauete: denn er hatte genug für sich, und
genoß des Opfers mit, welches er von seinem Ueberflusse

brachte.

prachte. Der Herr war froh, seinen Acker zu verleihen, und so viel Korn dafür zu empfangen, als er für sich und seine Freunde gebrauchte. Er würde erstaunt seyn, wenn ihm sein Knecht, durch die Zauberkraft des Geldes, die ganze Erndte von funfzig Jahren zum Antrittsgelde oder zum Weinkaufe hätte opfern wollen.

Welch ein grausames und lächerliches Geschöpf würde ein Geizhals zu der Zeit gewesen seyn, da man deine Zauberey, die Kunst das Vermögen von hundert Mitbürgern in einer papiernen Verschreibung zu besitzen, noch nicht kannte! Berge von Korn, unzählbare Heerden hätten seinen Schatz ausmachen müssen. Zwischen diesen Reichthümern hätte er verhungern, hätte er den Armen nichts mitgeben, hätte er die Bedürfnisse des Staats dem Geringern zuwälzen sollen? Auf seinem Kornhaufen würde man den Bösewicht verbrannt haben; und wer hätte seinen Vorrath vor Würmern, seine Heerden vor Seuchen und ihn selbst wider die Rache seiner Nachbarn sicher stellen wollen?

Ehe du kamst, war die Wohltätigkeit die gemeinste Tugend; wenn man es eine Tugend nennen kann, was die natürliche Folge verderblicher Güter war. Komm zu mir, sprach der Reiche zum Armen, und labe dich von meinem Biere, und iß von meinem Brodte. Es verdirbt ja doch, und die Erndte ist wieder vor der Thür. Soll ich für die Würmer sparen, und dich darben lassen? So sprach der Deutsche, wie er noch dem römischen Gelde fluchte; und in der Wohlthätigkeit besaß er alle Tugenden.

Ehe du kamst, war der Unterschied der Stände und die Begierde, sich zu erheben, nicht groß unter den Menschen. Jetzt hat der Himmel oft Mühe, ohne Wunder einen Reichen arm zu machen, da er seine Früchte in hartes Metall verwandelt, und bey unzähligen Schuldnern verwahrt. Damals aber lebte er mit seiner Heerde und mit seinen Scheunen unter der unmittelbaren Furcht von jedem Wetterstrahle; und dankbar und gefühlvoll betete er er die göttliche Vorsehung bey jeder Landplage gleich den geringsten unter seinen Flurgenossen an.

Ehe du kamst, war noch Freyheit in der Welt. Keine Macht konnte unbemerkt und sicher den Schwächern zu Haupte steigen, kein Richter konnte heimlich bestochen werden, und brauchte sich bestechen zu lassen, kein Zanksüchtiger konnte eine Rechtssache weiter bringen, als seine Fütterung reichte, kein Thor mit einem Fuder Korns nach dem Cammergerichte reisen, und kein Kluger in die Versuchung gerathen, mehr Prozesse für andre zu führen, als er zu seiner täglichen Nothdurft und Nahrung gebrauchte. Größere Feindschaften währeten nicht länger als bis der Kriegsvorrath verzehret war; und der Hunger war ein sicherer Friedensbote.

Ehe du kamst, wußte man nichts von fremden Thorheiten und Lästern. Deutschland konnte weder in Frankreich verzehret, noch die Erndten aus Westphalen für Wein und Caffee versandt werden. Wer satt hatte, konnte nichts mehr verlangen, und satt hatten alle Länder, denen der Himmel Vieh und Futter gab. Jeder liebte seinen eignen Acker und sein Vaterland, weil er nicht anders reisen könnte als ein Bettler, auf die Rechnung der allgemeinen Gastfreyheit, und wo er mit einer stolzen Begleitung reisen wollte, als ein Feind zurück gewiesen wurde.

Ehe du kamst, war der Landbesitzer allein ein Mitglied der Nation: Man kannte eines jeden Vermögen, und die Anwendung der Strafgesetze geschah nach einem sichtbaren Verhältniß. Die Gerechtigkeit konnte einem jeden das seinige mit dem Maaßstabe in der Hand zumessen; die Gleichheit der Menschen durch eine sichere Anweisung der Ackerzahl bestimmen, und ewig verhindern, daß keiner zwey Erbtheile zusammen brachte. Man kannte keine geldreiche Leute, diese Verräther der menschlichen Freyheit; das Mittel, Schulden zu machen, und tausend Schuldner zu heimlichen Sklaven zu haben, war den Menschen unerhört. Die

Kinder

Kinder konnten den väterlichen Acker nicht schätzen laſſen, und von dem geſetzmäßigen Erben nicht fordern, daß er ihnen den Werth deſſelben zu gleichen Theilen herausgeben ſollte. Er gab ihnen Pferde und Rinder; der Richter oder Gutsherr beurtheilte die Billigkeit in dieſem Stücke leicht, weil ſie auf ſichtbaren Gründen beruhete, und der Staat duldete es nicht, daß der Acker mit jährlichen Abgiften zum Vortheil der abgehenden Kinder, beſchweret wurde.

Ehe du kamſt, entſchieden Klugheit und Stärke, dieſe wahren Vorzüge der Thiere und Menſchen, das Schickſal der Völker. Die Krämer herrſchten nicht mit ihrem Gelde über die Tapferſten; und der Zugang zu den geheimſten Staatsräthen konnte für eine Tonne Pöckelfleiſch nicht ſo leiſe als für eine Tonne Goldes in Wechſeln eröffnet werden.

Glückſelige Zeiten! denen wir uns nunmehr wieder nähern können, da die mächtige Zauberin zuſehends verſchwindet! Wie mäßig, wie ruhig, wie ſicher werden wir leben, wenn wir ohne Geld alles mit Korn wieder bezahlen können; wenn der Steuereinnehmer, der Gutsherr, der Richter und der Gläubiger nicht mehr nehmen mögen, als ſie mit Gewalt verzehren und vor Würmern bewahren können! wenn der Bettler mit ſeinem täglichen Brodte zufrieden ſeyn muß, und keine Pfänder mehr verkaufet werden können!

Bedauret demnach, edle Mitbürger, den Mangel des Geldes nicht. Bemühet euch vielmehr, den Reſt dieſes Uebels vollends los zu werden! Werft eure Reichthümer ins Meer, oder ſchickt ſie den böſen Nationen zur Strafe zu, die euch mit Wein, Caffee und neuen Moden verſorgen. Hungert die Einwohner der Städte, die ohne Akkerbau, blos von einer Thorheit leben, völlig aus, und zwingt ſie, euch bey eurer Mäßigkeit zu laſſen. Ihr braucht alsdenn nichts wie Mauſefällen, um euch vor der
gefähr-

gefährlichsten Art von Feinden und Dieben sicher zu
stellen.

Johann Jakob . . .

N. S.

Ich hoffe, meine geneigten Leser, werden dem Sophi-
sten zu gefallen, wenn sie auch dessen Gründe nicht beantworten können, keinen Kreutzer wegwerfen. Ich wünsche aber auch, daß sie die Deklamationes der Freygeister
unsrer Zeiten gegen die Grundwahrheiten der Religion und
Moral mit einer gleichen Würkung lesen mögen.

XXIX.

Johann konnte nicht leben.

Eine alltägliche Geschichte.

Hast du es dem Thorschreiber gesagt, Johann, daß er
künftig seine schläfrigen Augen besser aufsperren, und die
Lügen, unter Gottes Geleite, ich meyne die Frachtbriefe
der Kaufleute, nicht so blindlings für Wahrheiten halten
solle?

Ja, Herr Kriegesrath, aber die Leute müssen auch leben, und nach dem bekannten Sprüchwort . . . . .

Kein aber, mein guter Kerl! das bitte ich mir aus;
und noch weniger Sprüchwörter, wenn sie auch aus deinem gestempelten A B C-Buche seyn sollten. Sie sind
mir verhaßter, als die Rechtsregeln, und du weißt schon
aus der Erfahrung, daß dergleichen im Cammeretat nicht
gut gethan werden.

Je nun, ich sage ja weiter nichts, als der Mann
kann von den hundert Thalern, die er des Jahrs hat,
nicht leben, und wenn er die Augen zu weit aufthut: so
thun die Kaufleute den Beutel zu.

Schon

Schon wieder eine Sentenz. Aber weißt du auch wohl Johann, was Leben sey? Leben ist, ja Leben ist, daß man lebt. Aber wie? das ist die Sache. Der Fürst klagt, daß er nicht leben kann; der Feldmarschall kann nicht leben, der Kriegsrath kann nicht leben, der Thorschreiber kann nicht leben, und vielleicht kannst du auch von den zehn Thalern, die ich dir des Jahrs gebe, nicht leben. Das ist mir ein Leben, wovon der Schluß allezeit ist, wir müssen Betrüger werden. Wenn ich dich zum Thorschreiber beförderte, und dies ist doch dein größter Wunsch: so würdest du ja auch nicht leben können?

Freylich nicht, Herr Kriegesrath; aber ich hätte denn doch bessere Gelegenheit, als jetzt bey Ihnen, meine fünf Sinne zu gebrauchen. Wenn ich alsdann nur meine Augen des Tages einmal zuthue: so stehe ich weit besser, als wenn ich sie bey Ihnen Nacht und Tag aufsperre.

Und dennoch, du magst es mir nur auf mein Wort glauben, wirst du nicht leben können. Der König hörte einmal, daß ein Gartenjunge sich beschwerte, er könnte nicht leben. Er machte ihn darauf zu seinem Hofgärtner; allein, er konnte wieder nicht leben. Er kam als Sekretair bey der Gartenkanzley; noch konnte er nicht leben. Er wurde endlich Oberintendant aller Gärten und Lustschlösser; und nun glaubte der Fürst, er würde gewiß leben können. Aber nein; Bob, so hieß er, hielt jetzt Kutschen und Pferde; er hatte Bediente; hielt Tafel und spielte, als wenn er große Lieferungen gehabt hätte; und wie ihn sein Herr fragte, ob er nun leben könnte: so gab er ihm zur Antwort: Ach, gnädigster Herr! der Stat erfordert heutiges Tages so viel; es gehört so vieler Ueberfluß zum Nothwendigen; man wird so wenig geachtet, wenn man nicht seinem Range gemäß lebt; die Frauen sind solche kostbare Puppen; und die Kinder, wenn ich sie Standesmäßig erziehen soll, erfordern so viel, daß es unmöglich, ja unmöglich ist, als Intendant des Jahrs mit

zweytausend Thalern auszukommen . . . . Ich wette,
Johann, du würdest auch Bob, oder wohl gar Herr
von Bob werden, wenn du erst ein paar Jahr Thorschreiber gewesen wärest.

Das käme auf die Probe an, Herr Kriegsrath. Indessen ist es doch so gut, als eine gestempelte Wahrheit,
daß wenn die Frau Visitatorin eine schwarze Saloppe
trägt, meine künftige Liebste als Thorschreiberin doch wenigstens eine von grosse-Beaute haben müsse.

Just so philosophirte Bob auch. Weißt du aber
auch wohl was er sagte, als er im Zuchthause von seiner
Hände Arbeit leben mußte? Bin ich nicht ein erzdummer
Narr gewesen, sagte er, daß ich mir gerade die größten
Narren zu Mustern gewählt habe! Ich dächte also, mein
lieber Johann, wenn die Frau Visitatorin kollerte: so
müßte die Frau Thorschreiberin dermaleinst Verstand genug besitzen, sich nach ihrer Decke zu strecken. Du thust
aber wohl am besten, daß du das Heyrathen noch eine
Zeitlang aufschiebst. Denn würklich, die Weiber sind es
jetzt, welche die Männer ins Zuchthaus bringen; und du
könntest ohne das leicht dahin kommen, wenn du die Augen so oft verschlössest.

Ach Herr Kriegsrath, das hat gute Wege. Wem
der König ein Amt giebt, dem giebt er auch zu leben; dies
erfordert die Billigkeit, die Gerechtigkeit, und was das
vornehmste ist, sein eignes Interesse. Denn wer nicht
gut lohnt, wird auch nicht gut bedient.

Nun kein Wort mehr, ich mag das Gewäsche gar nicht
mehr hören. Dein Bruder ist Küster, und zieht dreymal
in der Woche an die Glocke. Er hat also ein Amt; und
nun soll ihn das Amt auch ernähren? Das wäre eine er-
schreckliche Sache. Wenn Bediente, die alle Stunden des
Tages, und noch manche des Nachts ihrem Herrn aufopfern müssen, von ihrem Herrn fordern, daß er ihnen
nach dem Stande, worein er sie setzt, zu leben gebe: so

ist

ist ihre Forderung gerecht. Allein, daß der Mann, der ihm alle Monat ein paar Schuh macht, sogleich von diesen zwölf paar Schuhen leben will, das ist unerträglich.

Hören Sie, Herr Kriegsrath, mein voriger Herr, ein Burgemeister, sprach eben so. Wovon, sagte er zu dem vorigen Präsidenten, muß ich, wovon müssen so viele Rathsherrn leben? Wir sind nicht, gleich so vielen besoldeten Dienern, dem gemeinen Wesen in die Futterung gegeben. Nein, die Bürgerschaften haben von jeher ganz andre Grundsätze gehabt. Sie wählen bemittelte Leute zu Bürgemeistern, und fordern von dem Rathsherrn, daß er von seinem Fleiße leben solle. Sie belohnen sie mit Ehre, mit Achtung und mit Liebe. Dies ist ihre Besoldung; das eine Jahr wie das andre: und die beste Besoldung von jenem rechtschaffenen Manne. Die großen Herrn haben übel gethan, daß sie zu allen gemeinen Verwaltungen lauter besoldete Diener angenommen haben, die alle klagen, daß sie nicht leben können; und nicht wissen, wie sie leben wollen. Eine Zeitlang haben ihnen diese Diener plus über plus gebracht, aber am Ende nehmen sie plus über plus wieder weg; und der Herr hat nicht mehr übrig, als er vorher übrig hatte. Es schadet ihnen aber nichts; indem sie oft die schlechtesten Leute zu ihren Dienern annehmen, und dann ihre Diener über alle andre erheben, und diejenigen, welche keine andre Besoldungen, als die Liebe und den Seegen ihrer Mitbürger haben, unbillig heruntersetzen. In unserm Bürgerrath werden keine andre, als angesessene und angesehene Leute zugelassen. Die Bedienungen der Stadt werden als Reihelasten betrachtet, die jeder nach seiner Ordnung mit übernehmen muß. Keiner wird besoldet. Besoldungen sind für die Unterbediente, die keinen Theil an unsrer Ehre haben. Und die Unterbediente, insbesondre aber den Untervogt und den Visitator besolden wir kärglich, damit diese Leute nicht zu viel Zeit zum spintisiren haben, sondern beym graben, spinnen und arbeiten vergessen

 mögen,

mögen, wie sehr sie die Bürger scheren können, wenn sie alles aufs schärfste suchen und Knötchen zu Knoten machen wollen. Wenn dergleichen Leute so viel Besoldung hätten, daß sie davon leben könnten: so würden sie müßige Spionen abgeben, und nicht fürs gemeine Beste, sondern blos für die Casse sorgen. So sprach mein voriger Herr, der Bürgemeister, zum seligen Präsidenten. Und ich habe seitdem allezeit gewünscht, ein bemittelter Mann zu seyn; das weis der liebe Himmel.

Ist deine Predigt aus, Johann? Nun so gehe hin, und sage dem Thorschreiber, daß ihn der König seines Dienstes in Gnaden entlassen, und dich wieder an seine Stelle gesetzt habe.

Wer war vergnügter als Johann? Er ward Thorschreiber und konnte nicht leben. Er heyrathete die Cammerjungfer der Frau Kriegsräthin, und konnte noch nicht leben. Er that alle Tage zweymal die Augen zu, und konnte doch alle die Saloppen von grosse-Beaute, welche die junge Frau Thorschreiberin gebrauchte, nicht bezahlen. Sie machte ihn zum Hahnrey, und dem allen ungeachtet, konnte auch sie nicht leben. Sie kamen beyde ins Zuchthaus. Nun konnten sie leben.

XXX.

Von Verbesserung der Brauanstalten.

In den mehresten Provinzen Deutschlands giebt es auf dem Lande Zwangbrauereyen und Zwangkrüge. Die Städte, welche sich von diesem Zwange losgemacht, haben ihre besondern Ordnungen, und sie werden entweder durch eine eigne Bierprobe oder aber durch beeidete Braumeister und andre Anstalten zur Beobachtung einer sichern Regel im

Brauen

Brauen angehalten. Gleichwohl sagt man, daß daselbst das Bier immer schlechter und bey weitem nicht so gut als ehedem gemacht werde.

Hier im Stifte, weis man von keinem Zwange; die Bierprobe ist längst in Vergessenheit gerathen, und beeidete Braumeister sind wohl niemals vorhanden gewesen. Auf dem Lande braut und schenkt, wer Lust und Mittel dazu hat. In den Städten ist kein Reihebrauen, kein Brauhaus und keine eigentliche Braugerechtigkeit. Man genießt also einer uneingeschränkten Freyheit. Dennoch sagt und sieht man, daß das Bier überall schlechter und lange nicht so gut als in den vorigen Zeiten gebrauet werde.

Es haben also so wenig Zwang als Freyheit den Verfall der Braunahrung verhindern können. Indessen scheinet es doch das sicherste zu seyn, das Brauwesen eher mit als ohne Ordnung fortgehen zu lassen.

Unstreitig sind ehedem und zwar zur Zeit als jedes Kirchspiel noch ein eignes Amt unter seinem Kaspelherrn ausmachte, gute Anstalten vorhanden gewesen; die aber mit einander verlohren gegangen, als man jene kleine Kaspelämter und Niedergerichtsbarkeiten gesprengt, und lauter große Aemter gemacht hat. Es würde also eben nichts neues seyn, wenn die allzugroße Freyheit ohne Probe, ohne Aufsicht und ohne Ordnung zu brauen, einigermaßen eingeschränket würde. Wir befinden uns in den glücklichen Umständen, daß wir so wenig von dem Malze und Hopfen, als von der Pfanne und dem Gebräude das allergeringste zu entrichten haben. Desto eher müßten wir im Stande seyn, mittelst einer guten Ordnung, ein gutes und gesundes Bier zu haben.

Die beste Ordnung, welche ich noch kenne, findet sich bey dem Reichshofe Westenhof, in dessen Rechten *) es also lautet:

M 3

„Jn

---

*) Beym von Steinen in seiner Westphäl. Gesch. N. VI. S. 1565.

„In deser Baronie binnen den Ryksvredepaelen ist de
„alde Parochiekerke de älste und höchste Erve, de dat
„Recht hefft, dat die dieses Rykshafes Saete und Maet
„bewahret und uytdelet, und mag ook niemand
„Beer to koepe brouwen dann in de-
„ser Kerken Brouwpanne, und der
„Kerken daervan geven.

Hier gehöret die Braupfanne ins Kirchspiel der Kirche.
Die Gildemeister oder Bauerrichter, sind beeidigt, daraus
zu sehen, daß die Wirthe, welche zum feilen Kauf brauen,
das gehörige Malz dazu nehmen, und nicht mehr davon
ziehen, als die Ordnung erlaubt; der Küster holet die
Probe, ehe es verzapft werden darf; und der Pastor urtheilet, ob es gut sey oder nicht. Ist es ist nicht gut:
so läßt er die sechs ältesten der Gemeine zusammen rufen,
welche nach einem abermaligen Versuch, und wenn ihr Urtheil mit jenem gleich ausfällt, sofort das Bier um die
Hälfte, oder nachdem es ist, noch weiter herunter setzen.

Sie haben bey dieser Anstalt noch einen andern Vortheil. Die Kirche bekommt von jedem Gebräude ein Gewisses, welches zu ihrer Unterhaltung dienet; und die
Eingesessenen merken es nicht, wenn sie auf eine so leichte Art das ihrige zum Bau und zur Besserung der Kirchen, beytragen können.

Wie wäre es also, wenn wir diesem alten Exempel
folgten? Dadurch, daß die Pfanne der Kirche gehört und
jedermann in dieser Pfanne brauen muß, wird keine wahre Zwanggerechtigkeit eingeführet. Von der Freyheit geht
dabey auch nichts verlohren. Die Kirche ist kein Finanz-
kollegium, welches mit jeder guten Ordnung neue Auslagen verknüpfet. Sie hat auch keine Brüchten von den
Uebertretern zu empfangen. Sie wird auf diese Art unmerklich, und hauptsächlich von Brauern, die das meiste
verdienen und das wenigste zur Kirchenkollekte beytragen,
unterhalten. Und da die ganze Direktion zwischen dem

Pastor,

Paſtor, dem Küſter und der Gemeine bleibt: ſo iſt auch nicht zu befürchten, daß die Pfanne in eines Pächters oder Erbpächters Hand werde gegeben werden. Zu bewundern iſt es übrigens allemal, daß die Eingeſeſſenen der Freyheit Weſthofen ihre Braupfanne wie die Wroge ihrer Kirchen übergeben haben. Man erkennet in dieſer Einrichtung den Geiſt der alten deutſchen Freyheit, der weit voraus ſah, daß aus ſolchen Rechten, wenn ſie in die Hand der Obrigkeit kämen, leicht Regalien werden würden, und ſie daher lieber ihrer Kirche, als dem Kirchſpielsamte beylegen wollten.

XXXI.

Etwas zur Verbeſſerung der Intelligenzblätter.

Man muß immer lernen; ſollte es auch von den Wilden ſeyn. Die deutſchen Coloniſten, welche ſich in Amerika befinden, können zwar mit Recht nicht unter die Wilden gezählt werden. Indeſſen hält ein Europäer doch insgemein dafür, daß er nicht nöthig habe, bey ihnen in die Schule zu gehen. Diesmal aber wollen wir ihn doch dahin ſchicken, und zwar, um die europäiſchen Intelligenzblätter aus den Amerikaniſchen verbeſſern zu lernen.

Die Germantowner Zeitung oder Sammlung wahrſcheinlicher Nachrichten aus dem Natur- und Kirchenreiche, welche bey Chriſtoph Sauer zu Germantown herauskommen, und bey Däſchler in Philadelphia, bey Lauman in Lankaſter, bey Billmayer in Yorkraum, und bey Hofmann in Neuyork zu haben iſt, hat das vorzügliche, daß bey jedem Intelligenzartikel gleich vor dem erſten Buchſtaben ein

 kleiner

kleiner Buchdruckerstock oder Holzschnitt angebracht ist,
wodurch der Inhalt des Artikels angezeigt wird.

Vor dem Artikel, worinn z. E. einem verlohrnen oder
verlaufenen Pferde nachgefragt wird, steht ein Pferd mit
dem Kopfe nach der Aussenseite gewandt. Ist von einem
aufgefangenen oder zugelaufenen Pferde darinn die Rede:
so hält ein Pferd den Kopf einwärts nach dem Artikel.
Auf gleiche Weise stehen Ochsen, Kühe und Schaafe vor
solchen Artikeln, worinn von diesem Viehe geredet wird.
Ist von einem gestohlnen Pferde die Frage: so sitzt ein
Reiter darauf, der es wegreitet; und wenn ein andrer
Diebstahl angezeigt wird: so steht ein Mann, der einen
Bündel wegträgt, an der Spitze. Vor einer Citation
gegen eine verlaufene Frau, steht eine Dame im Reise-
hute; und ein wilder Mann mit einer Keule bedeutet, daß
in dem Artikel von einem verlohrnen oder verloffenen
Menschen die Rede sey. Ist ein Haus zu verkaufen: so
ist auch ein Haus vorangedruckt; und eine Plantage,
wenn diese zu verkaufen ist.

Auf solche Art läßt man in den amerikanischen Zeitun-
gen alle Rubriken, deren wir uns in Europa bedienen,
ganz weg; ersparet dadurch vielen Raum, und ist im
Stande, den Inhalt des ganzen Intelligenzblattes sogleich
aus den Ochsen, Pferden, Häusern, Bouteillen, Medi-
zingläsern und andern ähnlichen Zeichen mit einem Blicke
zu übersehen. Die Zeichen sind fast nicht größer und künst-
licher, als die so auf der letzten Tafel in unsern gewöhnlichen ABC-Büchern zu stehen pflegen. Allein sie sind
kenntbar und charakteristisch, und gleich zu verstehen.

Verdiente diese Mode nun nicht auch von uns angenommen zu werden? Ich meyne ja. Allein ließen sich
auch zu unsern Artikeln eben so bedeutende Zeichen erfin-
den? Nun das käme auf die Probe an; und wir wollen
gleich einen Versuch dazu machen.

Unsre

Unsre mehrsten Artikel bestehen aus Ladungen gegen Gläubiger, welche kommen, hören und sehen, und nichts empfangen sollen. Die könnten nun wohl, wenn sie nichts besonders enthielten, mit einer großen Nulle, worinn eine Schelle aufgehänget wäre, bezeichnet werden. Würden die Gläubiger zur Einwilligung eines Stillestandes beru=fen, so könnte man das Zeichen zwoer ins Kreuz gelegter Ruthen, als eine für den Schuldner und eine für den Gläubiger davor setzen, indem insgemein beyde dadurch gezüchtiget werden. Ein Schuldner, der bonis cedirt, kündigte sich am besten durch einen Baum mit Vögeln an; und ein muthwilliger Bankerottier durch einen Pfahl mit dem Halseisen.

Die Lotterieartikel könnten durch ein vorgesetztes Per=spektiv; Leute, so ihre Dienste anbieten, durch ein gesattel=teltes Pferd mit drey Beinen; Capitalien so gesucht wer=den, durch einen ausgeleerten Beutel, und Capitalien so zu verleihen sind, durch einen erfülleten angezeigt werden. Zur Anzeige neuer Bücher schickten sich allerley Thiere, um den Inhalt anzuzeigen; und wenn die Intelligenzblätter vollends zu der Vollkommenheit gelangten, daß auch die Personen so zu heyrathen suchen, oder zu heyrathen ver=langt werden, sich darinn anzeigen ließen: so würde man auch mehrere artige Zeichen gebrauchen können.

Die ganze Kunst der Allegorie würde zugleich auf diese Art zur Vollkommenheit gebracht werden können, und wer weis, was ein Genie dabey leisten würde, wenn nur erst ein Anfang gemacht wäre?

—◦○◦—

N 5   XXXII.

XXXII.

Von dem Verfall des Handwerks in kleinen Städten.

Die Handwerker in kleinen und mäßigen Städten nehmen immer mehr und mehr ab; ihre Aussicht wird täglich trauriger, und die natürliche Folge davon ist, daß sie sich zuletzt in lauter Pfuscher verwandeln müssen. Die Ursache hievon ist zwar so schwer nicht zu finden. Indessen wenn man die Mittel angeben will, wie einem Uebel abzuhelfen: so ist doch allemal gut, sie noch einmal aufzusuchen und mit Aufmerksamkeit zu betrachten. Erst müssen wir aber sehen, wodurch die großen Städte den kleinen so vieles abgewonnen haben, und noch abgewinnen. Der erste Meister, der es in einer großen Stadt so hoch brachte, daß er dreyßig, vierzig und mehr Gesellen halten konnte, verfiel ganz natürlicher Weise auf den Gedanken, jedem Jungen oder Gesellen sein eignes Fach anzuweisen, und denselben dazu ganz allein zu gebrauchen. So unterrichtete ein Uhrmacher zuerst einen Gesellen blos in der Kunst die Uhrfedern zu machen. Ein andrer durfte nichts als Stifte; und ein andrer nichts als Räder arbeiten. Dieser verfertigte Zifferblätter, jener emaillirte sie, und ein andrer machte Gehäuse dazu, die wiederum ein andrer gravirte oder durch getriebene Arbeit verschönerte. Wie alle diese Gesellen ausgelernet hatten, verstand keiner eine ganze Uhr zu machen. Sie blieben also, wie sie sich besonders setzten und heyratheten, von dem Hauptuhrmacher abhängig und gezwungen sich unter ihm an dem großen Orte aufzuhalten, wo er seinen Markt aufschlug. Eben so machte es der Tischler. Er hatte funfzig und mehr Gesellen; der eine lernte nichts als Stuhlbeine schneiden; der andre lernte sie ausarbeiten, und der dritte poliren. Nach einer nothwendigen Folge behielt er diese seine Gesellen, wie sie alle Haarklauber in ihrer Art, und Meister für sich

wa-

waren, als Taglöhner neben sich; oder wo sie sich verändern wollten, mußten sie an einen eben so großen Ort
gehen, wo sie andern Hauptmeistern in die Hand arbeiten konnten.

Dies ist die kurze Geschichte von dem Ursprung der sogenannten Simplification; und noch jetzt der Gebrauch in
Londen wie in Paris. Die großen Meister genießen außer
der Hülfe ihrer Gesellen, den Vortheil, einige hundert solcher in einzelnen Stücken vorzüglich geschickter und ums
Taglohn arbeitender Meister, in ihrer Abhängigkeit zu haben, und gelingt es nur reichen Gesellen, die etwas zuzu-
setzen haben, daß der Hauptmeister sie zu allen Arten von
Arbeiten des Handwerks anführet. Sonst braucht er sie
nur in einzelnen Verrichtungen, und wenige Gesellen verlangen es besser, weil sie nicht Mittel genug haben, selbst
Hauptmeister zu werden, und wenn sie alle Theile des
Handwerks lernen wollten, damit, so bald sie nicht
Hauptmeister sind, nichts anfangen können. Denn wozu sollte es ihnen nutzen, alle Theile einer Uhr verfertigen zu können, da gar keine Uhr auf die alte Art oder
von einer Hand mehr verfertigt werden kann, ohne höher
im Preise zu kommen; und sie die Mittel nicht haben,
als Hauptmeister sich die Arbeit von hundert Untermei-
stern zu Nutze zu machen?

Es konnte also erstlich nicht fehlen, oder in großen
Städten muste besser und wohlfeiler gearbeitet werden
können, als in kleinen.

Ein Maler, Modelleur, Vergolder, Bildhauer, Ver-
nisseur und Graveur gehören unstreitig mit dazu, um
allen Arten von Handwerkern ihre wahre Vollkommenheit zu geben; der Tischler braucht sie wie der Schmidt,
und der Zeugmacher wie der Goldarbeiter. Allein ein
kleiner Ort ist keine Schaubühne für so große Acteurs,
und schwerlich wird ein mäßiges Städtchen vortreffliche
Maler, Bildhauer und andre Künstler unterhalten können.

Die

Die Folge ist hievon z w e i t e n s, daß in großen Städten der Handwerker die größten Künstler zu seiner Führung und Hülfe haben kann; und da er sich derselben nur beyläufig bedient, dafür nicht mehr als den wahren Werth bezahlt.

In einer großen Stadt ist insgemein der Geschmack, oder wenigstens die Mode, welche dessen Stelle vertritt, neuer, glänzender und verführerischer als in einer Landstadt. Die Werke, so daselbst gemacht werden, zeichnen sich dadurch vorzüglich aus; und so muß d r i t t e n s der beste Meister in einer Landstadt in einigen Jahren seinen Markt verliehren, weil ihm der Meister der großen Stadt solchen mit Hülfe des Geschmacks und der Mode, ehe er es noch einmal merkt, abgewonnen hat.

Ein Meister in der großen Stadt hält dreyßig, vierzig und mehr Gesellen, wenn der in einer kleinen, deren nur zwey oder drey hat. Dort wird also dasjenige in einer Haushaltung gemacht, was hier in zwanzigen verfertiget wird; und weil zwanzig Haushaltungen mehr Beschwerden und Abgiften haben als eine; so arbeitet v i e r t e n s die eine mit vierzig Gesellen wohlfeiler, als die zwanzig Haushaltungen mit zween.

In großen Städten sind insgemein Niederlägen von rohen Materialien, die der große Materialist für eine Menge von Abnehmer hält. In der kleinen Stadt hingegen fehlt es entweder an solchen Niederlagen; oder der Handwerker muß sich solche selbst anschäffen; oder aber sie sind nicht so gut als in den großen Niederlagen, wo die Menge des Absatzes immer frischen Vorrath, häufigere Umschläge und bessere Preise aus der ersten Hand zuwege bringt. Der Handwerker hat dort nicht nöthig, ein Capital in die rohen Materialien zu stecken, weil ihm ein andrer das Magazin hält; und so hat f ü n f t e n s das Handwerk in großen Städten auch hierinn vieles zum voraus.

Sech=

Sechstens sind insgemein an großen Orten bereits einige Fabriken vorhanden, wobey sich Presser, Tuchschee= rer, Schönfärber und andere Professionisten befinden. Nun hält es schwerer an einem Orte, wo gar keine Fa= brik vorhanden, eine einzige, als an andern, wo bereits fünfe vorhanden, noch zehen zu errichten. Hier ist der Esprit de Fabrique bereits zu Hause. Der geringe Tuch= macher, der einen Webestuhl zuwege bringt, findet so= gleich Gelegenheit, dasjenige, was er gemacht hat, wal= ken, scheeren, färben und pressen zu lassen, ohne daß es mehr kostet, als er tragen kann. In einer kleinen Stadt hingegen können zehn Tuchmacher nichts anfangen. Sie sind nicht im Stande, die Kosten einer eignen Walk= mühle, einer Schönfärberey und andere Erfordernisse zu übertragen: Sie können folglich ihre Arbeit zu keiner Vollkommenheit bringen; und wenn sie ja so glücklich sind, einmal einen Färber zu erhaschen: so ist es ein Pfuscher, der ihre Sachen noch dazu verdirbt; und wenn sie solche zur Apretur in große Städte tragen, werden sie leicht übernommen, angeführt und in falsche Unko= sten gestürzt.

Endlich und siebendens sind große Fabriken im Stande, kostbare Erfindungen, und Maschienen und Wind und Wasser zu nutzen. Sie können auf deren Entdek= kung und Anlegung vieles verwenden. Sie können eigne Leute zum Absaße, und zur Entdeckung fremder Natio= nen Geheimnisse, reisen lassen, und eine Fabrik durch die andre unterstützen. Alles dieses fehlt in kleinen Städ= ten. Hier kommt alles auf die kostbare Hand an; der Verdienst ist zu schwach, um die Anschaffung großer Maschienen und die Anlegung von Wasserwerken zu nuz= zen, und so ist alles hier theurer, als an großen Orten.

Wenn man dieses überdenkt: so wird man leicht einse= hen, daß das Handwerk in kleinen Städten, wo die Simplification nicht statt hat, sondern der Handwerker
ein

ein Tausendkünstler seyn muß, wo ihm die Hülfe des Geschmacks, der Moden und der schönen Künste fehlt; wo
ihm keine Niederlagen, Maschienen und große Erfindungen helfen, und wo insgemein der Esprit de Fabrique
mangelt, nothwendig versinken müsse. Man wird leicht
einsehen, daß die Krämer, welche bessere und wohlfeilere Waare aus jenen großen Orten anschaffen können,
sich in der Geschwindigkeit vermehren und den Handwerker platt niederdrücken müssen. Man wird endlich bemerken, daß ein Ort, der einmal auf diese Art zu sinken
anfängt, seine edelsten Bürger verlieren, und da für jede
zehn Thaler, die der Krämer gewinnet, hundert zum
Lande hinaus gehen, seinen sichern Untergang befürchten
müssen, wofern er nicht einen übermäßigen Reichthum
von rohen Materialien zur Ausfuhr besitzt.

Von dem großen Vortheil, welchen die Handwerker
in großen Städten dadurch erlangen, daß sie gleichsam
eine tägliche Messe vor der Thür haben, will ich nichts
erwähnen; weil er eigentlich nur den Virtuosen und
Marktschreyern zu statten kömmt. Indessen ist er doch
zum Vortheil neuer Erfindungen, von ungemeinem Werthe. Churchil konnte zu London binnen acht Tagen
leicht funfzig tausend Stück von seinen Satyren absetzen;
Deon de Beaumont mit seinen Briefen alle seine
Schulden bezahlen, und noch ein ziemliches erübrigen.
Ein Mann, der die Mondfinsterniß vom 1 April 1764. in
Kupfer stechen ließ, und solche nebst einem kleinen Glase
verkaufte, fand gewiß gleich hunderttausend Käufer. Einer, der lederne Dinteflaschen von besonderer Art; ein
anderer, der einen neuen Korkzieher, welcher den Kork
heraushebt indem man ihn einschraubt; und noch ein
anderer, der ein Federmesser, das auf einer Seite rund
geschliffen war, erfand; verdiente in der Geschwindigkeit
mehr, als alle Handwerker in einer kleinen Stadt das
Jahr durch zusammen verdienen. Und wem sind die

Lectures on Heads oder die Vorlesungen über 91 Stück von Pappe verfertigte Köpfe unbekannt, womit der Erfinder, Herr Steevens in London, in den 298 malen, daß er seine Vorlesungen darüber vor einer zahlreichen Gesellschaft wiederholte, sich mehr erwarb, als alle Comödianten und Operisten in ganz Deutschland? Ich schweige von den Caffee= und Theeconversations des Herrn Foote. Dergleichen Unternehmungen werden dem besten Genie in einer mäßigen Stadt kaum Beyfall, vielweniger einen Thaler einbringen. Er eilt also heraus in den großen Ort, wo er sich für besser Geld zeigen kann, wenn er anders Lunge genug hat, den großen Markt zu überschreyen. Und so verlieret die kleine Stadt ein Genie nach dem andern, weil sie demselben nicht alle Tage einige tausend Zuschauer, Bewundrer und Käufer verschaffen kann.

Doch es ist hohe Zeit, daß wir die kleinen Städte auch einmal ohne Hinsicht auf die großen betrachten, und die Urkunden, warum in ihnen das Handwerk immer mehr und mehr abnimmt, in ihrem eignen Archive aufsuchen.

Es finden sich hier wichtige Stücke; nur schade, daß man sie nicht recht beurtheilen kann, ohne die ganze städtische Anlage und Verfassung zu kennen. Und diese ist bey manchen so verdunkelt; man hat die wahren Begriffe davon dergestalt vernachläßiget und verlohren, daß es Mühe hat sich einem jeden, dessen Sache es eben nicht ist, sogleich einige Folianten nachzuschlagen, verständlich zu machen. Doch ich weis noch einen Rath, und den wollen wir befolgen, bis man mir einen bessern angiebt.

Wir wollen hier, um die Anlage und Verfassung der Städte mit hinlänglicher Deutlichkeit zu übersehen, eine nagelneue Stadt auf dem Papier anlegen. Hier sey das Dorf, und dort der Landesherr, der ihm in einem gnädigen Briefe bekannt macht, daß es, nach reiflicher Ueberlegung, in eine Stadt verwandelt und mit Wall und Mauren

ren umgeben werden solle. Was werden die Eingesessene dieses Dorfs dagegen vorstellen.

„Ach gnädigster Herr! werden sie unterthänigst sagen, „verschonen sie uns doch mit dieser Gnade. Unser sind fünf „hundert geringe Markkötter, die nichts als eine Haußstätte „und ein klein Gärtchen dabey besitzen. Wir haben bis hie„zu als arme geringe Leute, die keinen Acker bauen und keine „Pferde halten, unsre Fuß- und Handdienste so oft wir zur „gemeinen Vertheidigung aufgeboten worden, schuldigst „verrichtet; unsre Wachen am Amthause alle 6 Wochen „willig gethan, unsern Rauchschatz bezahlt, und unser „Pfund-Wachs dem Kirchspielsheiligen reichlich abgeführet. „Womit haben wir es denn in aller Welt verbrochen, daß „wir jetzt Wall und Graben anlegen, Thore bauen, und „unsre Mistgrube vor der Hausthür, wo unser einziger be„ster Raum ist, kostbarlich zufüllen, und mit Steinen be„flastern sollen? Womit haben wir es verbrochen, daß „wir unsere geringe Markkotten, wobey wir kaum eine „Austrift für unser Vieh haben, ewig mit der Last, alle „diese kostbaren Anlagen zu unterhalten, beschweren sol„len? Es gehen fünf Wege durch unsern kleinen Ort; „wir werden also auch fünf Thore und fünf Brücken anle„gen und um den dritten Tag auf die Wache ziehen müs„sen, um solche zu bewachen. Wir werden uns Kanonen „und Doppelhaken, und Gott weis, was alles zur Ver„theidigung dieser Wälle, anschaffen; mit unsern Söhnen „und Knechten auf dem Musterplatze liegen; und wenn „ein großer Herr durch unsre Mauren zieht, ihm zu Eh„ren mehr Pulver verschiessen müssen, als wir mit demje„nigen, was wir in einem Monat erübrigen, bezahlen kön„nen. Kommt ein Feind, dem wir nicht widerstehen kön„nen: so wird er sich in unsern Mauren festsetzen, und „Geld, Quartier, Essen und Trinken satt fordern. Kom„men Sie uns, gnädigster Herr, mit Ihrer Mannschaft zu „Hülfe: so werden Sie solche in unsre Häuser legen, und

„von

„von uns fordern, daß wir Ihnen unser einziges Bette
„und unsre beste Kammer einräumen sollen. Und was
„werden uns nicht unsre eigne Vorsteher, unsre Bürger=
„capitains, unsre Bürgerobersten und unzählige andre Be=
„diente, die zu einer solchen Anstalt nothwendig erfordert
„werden, kosten? Jetzt bringen wir unsern Rauchschatz an
„den Vogt, und haben ausser einem Bauerrichter keinen
„Vorsteher zu besolden. Dann aber werden wir deren
„wenigstens funfzig, und Rathhäuser, und Arsenale, und
„Pulverthürme, und mehr Steinpflaster zu unterhalten
„haben, als sich im ganzen Lande befindet. Wie kann
„man aber uns geringen Leuten dieses der Billigkeit nach
„aufbürden? Von unserm Acker kann man dieses nicht
„fordern; denn wir haben keinen. Auf unsere Köpfe
„kann man es nicht legen, da jedermann in hiesigem Lan=
„de seinen Kopf frey hat; und da sonst niemand eine Ver=
„mögensteuer bezahlt: so wird man das wenige, was wir
„mit unsrer Hand erwerben, so lange Recht noch Recht
„bleibt, auch nicht damit belegen können.‟

Dieses werden ihre Gründe seyn, dem sich noch hundert
andre von gleichem Gewicht hinzufügen lassen. Was wird
aber der Landesherr auf diese Beschwerden versetzen?

„Lieben Leute, wird er sagen, es ist wahr, ihr seyd
„nicht schuldig diese Last für das ganze Land zu überneh=
„men. Allein es ist kaiserlicher Befehl, und die Reichs=
„so wie die gemeine Landesnoth erfordert es, daß euer
„Dorf in eine Stadt verwandelt werde. Wir haben sonst
„in Kriegszeiten keine Zuflucht, und ein streifender Feind
„kann sonst alles auf einmal ausplündern, wenn wir nicht
„unsre beste Sachen hinter eure Mauren flüchten können.
„Damit es euch aber nicht zu hart falle; so soll das gan=
„ze Land zur Errichtung der Wälle und Graben helfen.
„Wir wollen solche auf gemeinsame Kosten in guten
„Stand setzen, und euch eine kleine Accise von allem was
„durch euren Ort geht, erlauben, damit ihr solche unter=

„halten könnt. Ihr sollet den bisherigen Rauchschatz dazu
„einbehalten; und von den Wachen an den Amthäusern
„befreyet seyn. Die Bruchfälle so in eurem Orte vorfal-
„len, sollen zum Unterhalt eurer Bürgercapitains dienen.
„Sie sollen die Fischerey in den Graben zu ihrer Ergötz-
„lichkeit und für die Räumung behalten. Ihr sollet, da
„ihr keinen Acker habt, und alle diese Lasten einzig und
„allein von eurer Handarbeit bestreiten müsset; nach Vor-
„schrift der vom Kaiser ausgegangenen Befehle, das Hand
„werk und den Handel durchs ganze Land allein treiben dür-
„fen, und dabey von allen Zöllen befreyet seyn. Es soll kein
„Jude oder andrer reisender Krämer gegen euch gedultet
„werden. Und wir wollen ohne die höchste Noth keinen
„Krieg anfangen, ohne euch zu Rathe zu ziehen, damit
„wir euch nicht zu oft mit den Kosten einer ausserordent-
„lichen Vertheidigung überladen.„

So sieht der Originalcontrakt zwischen dem Lande und
seinen Städten durch ganz Deutschland aus; und man wird
leicht von selbst einsehen, daß derselbe nicht anders angenommen werden könne: er ist auch würklich dem Plane vieler orientalischen Städte vorzuziehen, worinn man oft
tausend Ackerhöfe zusammen gezogen hat, weil man sich
nicht getrauete, eine solche schwere Anlage blos dem Fleiße,
oder dem Handel und Handwerke allein aufzubürden.

Ehe wir aber die Folgen, so wir hieraus zu unsrer Absicht gebrauchen, ziehen wollen, wird es nöthig seyn, einige
scheinbare Einwürfe zu heben, welche man jetzt einer solchen,
ehedem unter obigen Bedingungen angelegten Stadt, machen könnte. Man kann sagen, es sey erstlich dieser Originalcontrakt von den Markköttern selbst gebrochen, da sie
anfänglich ihre Baunkreuze zunächst an ihrem Kohlgarten
gehabt, jetzt aber eine weitläuftige Feldmark und Aecker
in Menge hätten. Allein man kann dreiste annehmen,
daß kein Weichbild einen Morgen Landes erhalten habe,
ohne von jedem jährlich einen Scheffel Korns zu über-
neh-

nehmen,*) womit insgemein ein Mann beliehen wurde, der dafür die auf diesen Aeckern haftende gemeine Reichs- und Landesvertheidigung ausrichtete: Wo sie nun dieses Korn nicht mehr entrichten, da haben sie solches mit baarem Gelde ausgekauft; und sie geniessen dieses ihres Kaufs mit Rechte. Hiernächst sind nach geschlossenem Originalcontrackt für jede Stadt weitläufige Landwehren und Wahrthürme hinzugekommen, deren Unterhaltung und Besatzung die Stelle derjenigen gemeinen Vertheidigung vertritt, welche aus der Feldmark, ehe sie der Stadt zugestanden wurde, erfolgte. Allenfalls aber muß man ihr den Acker nehmen und sie auf ihre ursprüngliche Verfassung von neuem einschränken.

Man wird zweytens sagen: die Städte könnten jetzt Wälle und Mauren, Landwehren und Wahrthürme eingehen lassen, auch ihre Wachen abschaffen, da man jetzt das eine so wenig als das andere zur gemeinen Vertheidigung weiter gebrauche; und so wäre es nicht unbillig, wenn die alten Markkötter wieder zu den Amtswachten, zum Rauchschatze und zu andern gemeinen Auflagen gezogen, oder aber

N 2

die

---

*) Dies ist der Ursprung des sogenannten Morgenkorns, welches noch jetzt aus der Wiedenbrücker, Liibker, Beckummer und andrer Städte Feldmarken entrichtet wird. Die Formel der Verleihung, wenn einem Weichbilde Ackerland zugestanden wurde, war insgemein diese: Nos Ludolfus Dei gratia Monasteriensis Episcopus — civibus in Beckheim curtem Beckem ac duos mansos Moderich et agros eis attinentes ad firmam locavimus, concedentes eos perpetuo dictis civibus et eorum successoribus, titulo Juris, quod in teutonico Wichbelete Rechte dicitur sub annua pensione ut videlicet centum pullos et de unoquoque Jugere quod Morgen, sonat, unum modium tritici annuatim exvolvant. Nunning in monum. Monast. p. 117. Von dem Oßnabrückischen Morgenkorn heißt es z. E. Wedekindus D. G. Osn. eccl. Ep. - - Merleam (die Mark) inter novam civitatem nostram et villam quae vocatur Hetlage iuxta communem viam - - de consensu eorum qui vulgariter Ervezen nunc dicuntur, et de consensu antiquae civitatis nostrae Osnab. et novae per certa iugera inter Burgenses ita distribuendam decrevimus, ut de unoquoque iugere unus modius siliginis et upus ordei per dimidiam mensuram singulis annis in Festo S. Martini persolvantur. Docum. d. 1265.

die ihnen zugestandene Accisegelder zur gemeinen Landesvertheidigung verwendet würden. Allein nicht zu gedenken, daß das letztere in vielen Ländern, wiewohl nicht durch einen philosophischen Schluß, würklich geschehen; und daß man mit diesem Einwurfe alle Lehngüter, da die Lehnleute auch nicht mehr dienen, aufheben; und viele andere geist- und weltliche Privilegien, die unter andern Umständen und Bedingungen gegeben sind, wieder einziehen könnte: so stehen die den Städten von Reichswegen obliegenden Quartier- und Winterquartierslasten, so wie die von ihnen für das Land übernommenen Einquartierungen und viele andre mit ihrer Verfassung verknüpften Lasten, noch immer mit ihren Gründen in keiner Verhältniß; und so lange der Landmann so wenig seinen Kopf als sein Vermögen zur gemeinen Vertheidigung versteuret, muß auch der Einwohner einer Stadt beydes frey haben. Wenn sie also nicht Handwerk und Handel zum voraus behalten: wofür soll denn der Kötter zwischen den Mauren mehr tragen als derjenige, so ausser den Mauren wohnet? Warum soll ein Bürger, der vom Staate nichts steuerbares als sein Haus und sein Gärtchen besißt, einem Soldaten Quartier geben, da der Besißer eines Hauses und Gärtchens auf dem Lande, Himmel und Erde bewegen würde, wenn man ihn damit belegen wollte? Warum sollen die Kötter hinter den Mauren zur gemeinen Vertheidigung Accisegelder entrichten, so lange im ganzen Lande keine Accise eingeführet ist? Man setze sie wieder in ihren alten Zustand: so bezahlen sie hier von ihren Häusern Rauchschatz; und von ihrem Handel einen traficanten Thaler. Weiter aber in solchen Ländern nichts, wo keine andere gemeine Auflagen insgemein bewilliget sind.

Man wird endlich und drittens richtig bemerken, daß das Land, welchem zum Besten das Dorf in eine Stadt verwandelt worden, nicht die ganze Provinz gewesen sey. Ganz gut; man nehme das Land kleiner an; man setze

nach

nach dem Sinn der Reichsgesetze, daß das Land, mit welchem der Originalcontrakt geschlossen worden, vier Meilen
lang und vier breit gewesen; so wird man der Stadt doch
auf allen Seiten zwey Bannmeilen geben müssen, binnen
welchen ihr der Handel und das Handwerk ganz allein zu-
steht, wofern anders jener Originalcontrakt nicht gebrochen werden soll.

Jetzt zur Sache. Die erste Ursache des Verfalls der
kleinen und mäßigen Städte, ist der Bruch dieses Origi-
nalcontrakts, da man demselben zuwider, Handel und Handwerker binnen den Bannmeilen (banlieues) dieser Orte gedultet hat. Ich weiß wohl, diese Bannmeile ist nicht überall von gleicher Länge gewesen, indem ein Ort, der viele
Graben, Wälle, Bollwerke, Thoren und Brücken zu unterhalten hat, ganz andre Bannmeilen bekommen hat, als
ein Weichbild, das höchstens eine steinerne Mauer und
zwey Thore zur Landesvertheidigung unterhält, oder etwa
mit einer Compagnie belegt wird, wenn in dem größern
Orte viele Regimenter liegen. Allein das hindert nicht, daß
nicht eine Bannmeile, sie sey nun so groß oder so klein wie
sie wolle, sollte sie auch für ein kleines Fleckchen nicht über
eine halbe Stunde betragen, aus der ursprünglichen Anlage hervorgehe, und durch keine Verjährung geschmälert
werden könne, weil diese Verjährung das Städtchen mit der
Zeit von selbst aufheben, und in einen Ackerhof verwandeln würde.

In Sachsen, wo die Städte noch im ziemlichen Flor
sind, wird auf die Bannmeile ganz genau gesehen, und auf
den Dörfern kein Handel und kein Handwerk gestattet.
Man findet auf denselben zwar wohl einige Höker, die mit
Theer, Thran, Wagenstricken und Schwefelhölzern handeln;
auch wohl einen Hufschmied und Rademacher; und endlich
von den Handwerkern einen Altflicker. Allein außer diesen
wird kein Gewerbe außerhalb den Städten und Weichbil-
dern gedultet. In den mehrsten westphälischen Provinzen

hingegen, und besonders in unserin Stifte, ist seit hundert Jahren sowohl der Handel als das Handwerk aus den Städten auf das Land gezogen. In allen Dörfern sind Apotheken, Weinschenken und Krämer in Menge; und es ist noch nicht gar lange, daß sich aus einem einzigen Kirch: spiele dreyßig Schneider meldeten, und Gilderecht verlang: ten. Wir wollen nun annehmen, daß sich hier tausend Krämer und Handwerker auf den platten Lande befinden und ernähren: so ist dieses ein Abgang von tausend Bürgern für die Städte, die sich ehedem daselbst ernährten, nun aber auf dem Lande frey sitzen, und ihre zurückgebliebene Mitbürger unter der Last der beständigen Wachen, Ein: quartirungen und Auflagen zur Unterhaltung von Wällen, Thoren und Mauren seufzen lassen. Diese Last dauert un: vermindert fort; die Zahl der Bürger hingegen nimmt ab; und wenn es so weit gediehen, daß sie bis auf zwey oder drey hundert zusammenschmelzen: so muß die Stadt ganz eingehen, weil in diesem Falle die Last für jeden bis auf hundert Thaler des Jahrs steigen muß, wogegen derjenige, so außer den Mauren sitzt, höchstens einen Thaler bezahlt.

Diesem gänzlichen Verfalle vorzukommen, ist kein ander Mittel, als daß ein Landesherr mit seinen Ständen sowohl den Handel als das Handwerk von dem Lande wieder in die Städte ziehe, und da wo diese zu entlegen sind, das Dorf, was dazu am bequemsten liegt, zum Weichbilde erhebe.

Die zweyte Ursache des Verfalls der Landstädte ist der Mangel einer genauen Bilanz zwischen dem Ackerbau und dem Fleiße. So bald der Handel und das Handwerk den Städten vorabgelassen und ihnen gleichsam ein Monopo: lium im Lande eingeräumet wird; so müssen die Bürger in gleichem Verhältnisse mit dem Landmann die öffentlichen Lasten tragen. Dies ist der erste Grund ihrer Verfassung gewesen. Ihnen ist die Unterhaltung von Thoren, Wällen, Graben, Pulverthürmern und Zeughäusern nebst deren Vertheidigung als ihr Antheil der gemeinen

Land:

Landesvertheidigung auferlegt worden; währender Zeit der Landmann entweder selbst fürs Vaterland
focht, oder einen Lehnmann unterhielt, oder eine Steuer
zu Bezahlung der Söldner entrichtete. Wollten nun die
Städte den Handel und das Handwerk vorab behalten,
und gleichwohl sich auf keine Bilanz mit dem umliegenden
Lande einlassen: so werden sie leicht zu viel oder zu wenig beytragen. Hiernächst und da jede Landschaft insgemein aus dreyen Ständen bestehet, wovon zween mehr
Antheil an der Wohlfahrt des platten Landes als der
Städte haben: so würde in der Beurtheilung und Bewilligung der gemeinen Vertheidigung ein verschiedenes
und den Städten schädliches Interesse herrschen. Daher
ist es billig und nothwendig, daß eine Bilanz gemacht,
und dazu ein Satz von der Art, wie er sich vieler Orten
findet, angenommen werde; nämlich:

Wenn einer Stadt zwey Bannmeilen zugestanden sind,
und diese zwey Bannmeilen zehntausend Thaler aufzubringen haben, sollen 9 Theile vom Acker und der Zehn-
te von dem städtischen Fleiße entrichtet werden.
Durch diesen Satz vereiniget sich das Interesse der Stände; und die schädliche Vermuthung fällt weg, daß ein
Stand dem andern die Lasten zuzuwelzen gedenke.

Ein solcher Satz, welcher blos nach den Bannmeilen
abgemessen wird, drückt den Großhandel der Städte nicht.
Dieser wird, weil er sonst nicht bestehen kann, nicht dadurch
beschweret, sondern denselben zur mehrern Ermunterung
des Fleißes, und des daher in die Wohlfarth des ganzen
Landes fließenden Vortheils billig freygelassen. Ein solcher
Satz würde auch zuglrich dazu dienen, die Last, welche
die Städte jetzt noch durch die Einquartierung vor dem
Lande voraus haben, in richtige Abrechnung zu bringen.
Denn gesetzt, daß eine Stadt sodann mit tausend Mann
belegt würde: so wäre nichts billigers und leichters, als
ihr für jeden Mann ein sichers an ihrem Beytrage abzie-

hen zu lassen, oder aber derselben dasjenige zu vergüten, was sie über ihren Antheil an den öffentlichen Lasten solchergestalt tragen müßte.

Zur dritten Ursache rechne ich den Abfall der gemeinen Ehre. Zur Zeit, wie der Krieg noch mit Lehnleuten geführet wurde, verhielten sich die Bürger zu den Lehnleuten, wie ein Garnisonbataillon zum Feldbataillon; und mancher trefflicher Lehnmann trug gar kein Bedenken, eine Compagnie unter dem Garnisonbataillon anzunehmen. Aber durch die große Veränderung im Militairwesen hat der Bürger als Bürger sehr vieles von seiner alten Ehre verlohren. Dies verursacht, daß die besten Genies und die bemitteltsten Leute unter ihnen, Glück und Ehre im Herrndienste, der gemeinen bürgerlichen Ehre vorziehen. Und da der Herrndienst sich nicht wie der alte Bürgerdienst mit dem Handel und dem Handwerke vertragen will: so macht dieses einen entsetzlichen Ausfall aus der Zahl der Bürger. Der römische Soldat gieng lange Zeit vom Pfluge zu Felde, und vom Siege zum Pfluge. Dies erhob und erhielt die gemeine Ehre. Sobald aber Schwerdt und Pflug getrennt wurden: so wurde dieser schimpflich und verlassen, jenes aber geehrt und gesucht.

Hiegegen ist kein ander Mittel, als den Bürger in Uniforme zu setzen, und ihn auf eine vernünftige Weise zu seiner vormaligen Ehre wieder zu erheben. In der That ist auch gar kein hinlänglicher Grund anzugeben, warum der Bürger und Landwirth, zwischen zwanzig und funfzig Jahren, nicht sowohl einen rothen oder blauen, als einen braunen Rock tragen könne? Warum unsre Kinder auf Schulen und Universitäten nicht eben so gut das Exerciren als Reiten, Tanzen und Fechten lernen sollten? Warum Uebung und Mannszucht nicht eben das aus ihnen sollte machen können, was aus ihren Söhnen gemacht wird? Und warum ein Doktor der Rechte nicht eben so gut mit dem Degen, als mit der Feder fechten sollte? Es liegt einzig

zig und allein an dem Grade der Ehre, welcher damit verknüpft wird. Ein Fürst sey nur so unvorsichtig, und gebe
einem Land- oder Garnisonbataillon nicht den gehörigen
und zärtlichen Grad der Ehre, der ihm zukommt; sogleich
wird es seine besten Leute, und seinen ganzen Ton verlieren. Er beehre seine Bürger, sobald sie in Uniform gesetzt und gleich andern geübt sind, mit seinem Beyfalle und
mit der nöthigen Achtung! sogleich werden sich die reich-
sten und bemitteltsten Leute um die Wette bestreben, einen
Platz darunter zu erhalten. So war die alte Verfassung.
Durch diese kluge Vertheilung der Ehre erhielt man alle
Stände in ihrer glücklichsten Gradation, und man brauchte nicht nach dem Exempel des jetzigen Königs von Frankreich jährlich zwey Kaufleute zu adeln (ein Ausweg, der
allein die Schwäche unsrer neuern Politik zeigt), um den
Handel empor zu bringen.

Der Gedanke, daß alle Bürger in Uniforme gesetzt
werden sollen, wird manchem seltsam vorkommen. Ich be-
haupte aber, daß dieses der erste und vornehmste Schritt
zur Wiederherstellung der städtischen Wohlfarth seyn werde.
Wenn der Soldat ein Handwerk treibt: so sieht der Officier
dieses gern. Er betrachtet ihn als einen tüchtigen guten
und sichern Mann; und wenn er heyrathen will: so ist das
Handwerk die beste Empfehlung bey seiner Braut. Sie
sieht darauf als auf seine sicherste Pension im Alter. Wenn
hingegen ein bürgerlicher Handwerker den Degen ergreift:
so lacht man darüber. So närrisch ist unsre Einbildung.
Der Grund ist und bleibt aber unstreitig, daß die nordischen Völker und besonders die Deutschen die Ehre hauptsächlich mit den Waffen verknüpfen, und diejenigen auf die
Dauer verachten, die solche zu tragen und zu brauchen nicht
berechtiget sind. Und so ist kein ander Mittel, als den
Degen mit dem Handwerke wieder zu verbinden, um diesem Stande die nöthige Ehre zu verschaffen. Die hartnäk-
kigsten Belagerungen, wovon wir in der Geschichte lesen,

sind

sind von Bürgern ausgehalten worden, die für ihren Heerd,
für Weiber und Kinder gefochten. Man lieset, daß diese
mit zu Walle gegangen, und ihren Männern geholfen, sie
verbunden und begraben haben. Warum sollte ihnen denn
nicht nach den Feldregimentern die Ehre von Garnisonregi-
mentern eingeräumt werden können? Warum sollte ein
kluger Fürst, solche Leute, die ihre Pflicht ohne Sold thun,
die ihre Uniforme selbst bezahlen; ihre Pension selbst erwerben, ihre Officiere, Feldprediger, Feldärzte und Commissa-
rien selbst unterhalten; Pulver, Bley und Waffen selbst
anschaffen, und ihre ganze Bezahlung allein in der nöthigen Ehre finden würden, warum, sage ich, sollte ein kluger Fürst diese nicht wieder zu ihrem alten Range, und
durch denselben dahin bringen können, daß sie ihr Handwerk mit Eifer, Muth und Freude fortsetzten? und solches
allezeit in Verbindung mit der Ehre betrachteten? Ich will
nichts davon erwähnen, daß die Uniforme zugleich ein
Mittel seyn würde, der Kleiderpracht abzuhelfen und dem
Staate unendliche Summen zu ersparen; nichts davon,
wie sehr der Wetteifer dadurch angeflammet werden könnte, wenn keinem Taglöhner, keinem Bewohner, und keinem andern, als würklichen Bürgern und Meistern die
Ehre der Uniforme und andere Ehrenzeichen zugestanden
würde. Und endlich nichts davon, wie reich und man-
nichfaltig die Quelle der bürgerlichen Belohnungen werden
würde, welche man jetzt aus Noth, aber zum Verderben
des Staats, in Adelsbriefen und Titeln suchen muß. Es
ist genug, daß vor drey hundert Jahren die bürgerliche
Verfassung so gewesen, daß sie damals in großem Flor
war; und daß in London die Bürger den Titel Livreemen,
als ihren eigentlichen Ehrennamen betrachteten, wodurch
sie sich von Beywohnern und Einliegern, die nicht zur
Fahne und Farbe gehören, unterschieden.

Mancher, wird zwar gedenken, es sey gefährlich, so
vielen Leuten das Recht der Waffen zu erlauben, und sel-
biae

bige den regulairen Truppen gleich zu üben. Allein dies
ist die Politik der Despoten, die ihren freyen Unterthanen
das Recht zu klagen, nicht aber das Recht ihren Worten
Nachdruck zu geben, verstatten wollen. Fürsten, welche
anders denken, tragen kein Bedenken, eine wohlgeübte
Nationalmiliz zu unterhalten; und nichts ist gewisser, als
daß nach der Wendung, welche die Sachen nehmen, in
hundert Jahren die Nationalmiliz überall das Hauptwe-
sen ausmachen, und Freyheit und Eigenthum, welche
sonst bey der Fortdauer unsrer jetzigen Verfassung, zu
Grunde gehen muß, von neuem befestigen werde.

Die vierte Ursache des städtischen Verfalls ist, daß das
beschwerliche der alten Einrichtungen, beybehalten und das
nützliche davon verlohren ist. — Das Regiment ist durch
den Verlust seiner Ehre auseinander gejagt und die Officiers sind geblieben. Eine Stadt hat ehedem leicht drey
tausend wehrhafte Bürger gehabt; jetzt sind deren an
manchen Orten keine fünfhundert vorhanden; und doch
sollen diese den Generalstab oder den Magistrat nach dem
ersten Plan unterhalten. Dies ist nicht möglich; und so
verläuft ein Bürger nach dem andern das Regiment, und
setzt sich in Freyheit aufs Land.

Es muß daher entweder die alte Verfassung durch Mit-
theilung der nöthigen Ehre wieder hergestellet oder aber
auch dasjenige, was davon zurück geblieben, völlig aufgehoben, und für den ganzen Generalstab ein einziger Amtmann mit einem tüchtigen Schreiber eingeführet werden,
wofern anders die noch übrigen Bürger unter der Last nicht
erliegen sollen. Alsdann aber sind die Bürger, wofern
man sie nicht willkührlich behandeln will, keiner andern
Steuer, als den allgemeinen Landsteuren unterworfen, und
das ganze Land ist schuldig, ihnen für jeden einquartirten
Soldaten die Miethe, für jede Wache, so sie außer der gemeinen Reihe thun, den Lohn, und für jedes Bollwerk die
Unterhaltungskosten zu bezahlen. Geschieht dieses nicht:

so zieht sich jeder aus einem so beschwerlichen Käfigt heraus; und die Stadt höret allmählig auf, Stadt zu seyn.

Eine andre Frage ist es jedoch, ob eine Stadt unter einem Amtmann solchergestalt bestehen könne? Hievon findet sich kein Exempel in der Geschichte; und es ist auch gar nicht glaublich oder wahrscheinlich, daß irgend eine beträchtliche Anzahl von geschickten, fleißigen und unternehmenden Handwerkern oder Kaufleuten sich jemals auf andre Art vereinigen könne und werde, als eine bürgerliche Obrigkeit ihres Mittels zu haben. Eben deswegen aber ist es um so viel nöthiger, auf die Wiederherstellung der gemeinen Ehre zu denken. Die Mittel, Städte in Flor zu bringen, jedem Bürger Patriotismus einzuflößen und ihn zu großen Unternehmungen zu begeistern, waren in den alten Zeiten Ehre, Ruhm, Freyheit und Privilegien. In den neuern Zeiten glaubt man sich zu versündigen, wenn man ihnen einen Ehrentitel mehr giebt, als sie vor drey hundert Jahren gehabt. Treffliche Politik, deren Ungrund nicht deutlicher, als aus dem elenden Anblicke der Städte selbst erhellet. Der Abfall jener Ehre hat aber nicht allein die besten und bemitteltesten Leute in den Herrndienst gejagt; ihre Söhne zu Titteln, und ihre Töchter zu unbürgerlichen Ehen verführet; sondern auch auf die niedrigste Classe der Einwohner gewirket. Sie ist an manchen Orten Schuld daran, daß der Taglöhner dem Bürger gleich auf die Wache ziehen, und solchergestalt den vierten Pfennig von seinem Erwerb steuern muß. Denn da er des Jahrs gewiß 50 Wachen thun muß, und nach der von den französischen Generalpächtern jetzt gemachten Rechnung, welche jedoch das Parlament noch viel zu stark findet, nur zweyhundert Arbeitstage im Jahr, sonst aber kein Vermögen hat: so steuret der Taglöhner, der funfzigmal des Jahrs auf die Wache zieht, den vierten von allem was er hat. Dies ist eine übermäßige Steuer, die ihm nie

wirde

würde aufgebürdet seyn, wenn der wahre Bürger die
alte Ehre eines Garnisonsoldaten behalten, und man es
für einen Schimpf geachtet hätte, diese Ehre mit einem
Taglöhner zu theilen. Die sicherste Folge davon ist, daß
Taglöhner, Beywohner und alle Arten geringer Leute,
welche doch zum Flor der Manufakturen und zur wohlfeilen Hand so unentbehrlich sind, schlechterdings unter
der Bürgerschaft nicht bestehen, und entweder auf be-
freyten Plätzen oder auf dem Lande wohnen, mithin solchergestalt dem städtischen Wesen nicht zum Vortheil kommen können. Die bürgerliche Ehre erwächst aus dem
Vermögen, viele Beschwerden freudig überstehen zu können. Und will ein Taglöhner diese Ehre haben: so muß
er Bürger werden, und seinen Antheil der Beschwerde
übernehmen. Allein es muß erst wieder eine Ehre werden, das Bürgerrecht zu haben; und das kann allein
durch eine allgemeine Vereinigung der Reichsfürsten geschehen, wodurch sie dem Bürger wieder zu seiner ehemaligen kriegerischen Ehre verhelfen.

Die Menge von kleinen Territorien, und ihr beständiger heimlicher Krieg gegen einander, mag füglich zur
fünften Ursache ihres Verfalls gezählet werden, besonders
da so wenig an Reichs- als Kreistagen die gemeine deutsche Wohlfarth in Handel und Wandel in einige Betrachtung gezogen wird.

Man muß erschrecken und lachen, wenn man an manche Kreistagsgeschäfte gedenkt. Vorzeiten, wie erfahrne
Canzler und Bürgemeister und Syndici aus den Städten als Gesandten auf den allgemeinen Reichstag geschickt
wurden, so las man in den Reichsabschieden noch wohl,
daß kein ungefärbter Ingwer verkauft, kein ungenetzt
und ungeschornes Tuch ausgeschnitten, keines mit Teu-
felsfarbe gefärbt, keine Häute ungesalzen verführt, keine Wolle ausserhalb Reichs gebracht, und keinem Wand-
schnei-

schneider ein dunkles Vordach verstattet werden solle *).
Seitdem aber solche Herrn, denen man es eben nicht
zum Schimpf anrechnen kann, wenn sie von Wollen = und
Lederarbeiten nichts verstehen, zum Reichstage abge=
schickt worden, hat man zwar von vielen wichtigen Din=
gen, aber nichts von solchen gehört, welche auf den Han=
del der Nationen und eine gute allgemeine Policey die ge=
ringste Beziehung hätte. Aber desto fleißiger und reifli=
cher sollten dergleichen Sachen auf denen Kreistagen,
und besonders auf denen Kreistagen, welche von einer
Menge kleiner Reichsstände beschickt werden, und dazu in
der Reichs = Policeyordnung eigentlich angewiesen sind,
überleget werden. Die Landstädte sollten hier, ohne Nach=
theil ihrer Mittelbarkeit, ihre eigne Handelstage, ihre
Kreisbörse, und ihre Vereinigungen haben. Sie sollten
die Handels= und Handwerks=Polizeysachen für sich ab=
thun mögen, und von ihrem Landesherrn mit dem Ver=
trauen beehret werden, daß sie solche besser als seine
Krieges = und Cammerräthe beurtheilen und einrichten
würden.

Die heutige Politik der einander nacheifernden Natio=
nen bestehet darinn, daß die eine vor der andern schönere,
bessere und wohlfeilere Waaren zu verfertigen, und damit
den auswärtigen Markt zu gewinnen und zu erhalten
sich bemühet. Die Politik der Kreisstädte und der klei=
nen Staaten hingegen geht einzig und allein dahin, sich
einander durch schlechte, betrügliche und wohlfeilere Waa=
ren den Vortheil abzujagen. Wenn die Stadt Cölln es
wagt, zwölflöthig Silber zu verarbeiten, um den Augs=
burgern den Preis abzugewinnen: so wagt es . . . .
eilflöthig Silber zu verarbeiten; und kaum hat diese da=
mit den Anfang gemacht: so macht die Stadt . . . ihre
Probe zehnlöthig; und damit diese nicht zu viel gewinne:

so

<hr />

*) S. die Policeyordnung von 1577. Tit. 20. 21. 22.

so ist die Probe der Stadt ... achtlöthig; und der Jude hat seine Hausirwaare aus sechslöthigem verfertigen lassen. Der arme Unterthan, der von allem diesen nichts verstehet, und das neue Silber immer glänzend genug findet, wird indeß betrogen; und denkt, der Markt, worauf er ein Loth Silber für 12 Mgr. kaufen kann, sey ungleich schöner, als ein andrer, der es zu 24 Mgr. ausbietet. Sollte aber einem solchen Unwesen nicht durch Kreisschlüsse abgeholfen, einerley Silberprobe eingeführt, und der Preis desselben auf dem Kreistage so gesetzt werden, wie es die auswärtige Correspondenz mit sich brächte.

Der westphälische Kreis muß sich schämen, wenn er an die Art und Weise gedenkt, wie er sich von einigen Frankfurter Kaufleuten mit dem Zinn behandeln läßt. Die Wilden in Amerika werden nicht so arg mit gläsernen Corallen, Spiegeln und Puppenzeug, als wir mit dem Zinne um unser gutes Geld betrogen. Die Italiäner, Tyroler, Bayern, Schwaben und Franken, welche unsre Gegenden mit allerhand ungeprobten Waaren belaufen, versorgen sich alle in Frankfurt, und dort arbeitet man für das platte Land im westphälischen Kreise, wie für die Hottentotten. Das Pfund Zinn, was die Tyroler den Landleuten aufhängen, hält über drey Viertel Bley; und da ist es kein Wunder, daß die Zinngießer in den Städten, die Gewissen und Ehre haben, gegen eine solche Waare keinen Markt halten können. Der Engländer ist noch großmüthig mit uns umgegangen, da er uns die englische Zinnarbeit entzogen. Er hat das rohe feine Zinn fast so hoch im Preiße, als das verarbeitete gehalten, und uns dadurch außer Stand gesetzt, es so wohlfeil zu verarbeiten, als er es uns durch die allzeit fertigen Bremer zuschickt. Allein die Frankfurter — — doch warum sind wir so sorglos, oder vielmehr so uneinig im westphä phälischen Kreise, daß wir uns dergleichen Handlungen nicht gemeinschaftlich widersetzen?

Wie schwach sind unsre Maaßregeln, die wir gegen solche Mißbräuche ergreifen? Wir sehen mit den einheimischen Handwerkern durch die Finger, und erlauben ihnen erst ein bißgen und dann wieder ein bißgen, und noch ein bißgen von der alten wahren Reichsgesetzmäßigen Silber= oder Zinnprobe herunter zu gehen, damit sie gegen die Betrüger doch noch einigermaßen den Markt halten können. Wir werfen ein Auge auf die angränzende Länder, und haben auf jeder Gränze eine besondre Probe, sinken immer nach dem Maaße, als unser Nachbar sinkt, und bringen es durch diesen landverderblichen Wetteifer dahin, daß zuletzt alle Handwerker Betrüger und allerseits Unterthanen betrogen werden müssen. Dieses würde nicht geschehen, wenn die gesammten Städte im Kreise sich vereinigten; die fremden Hausirer ausschafften, und ihre Landesherrn dahin vermögten, die Schlüsse der Kreisstädte mit seiner Macht zu unterstützen.

Die Vereinigung aller westphälischen Städte; eine Kreis=Handlungsversammlung; und ein gutes Einverständniß zwischen dieser Versammlung und einer gleichen im niedersächsischen Kreise, würde überdem gewiß für die Wiederaufnahme der Städte von unendlichem Vortheil seyn. Es ist eine ganz irrige Meynung, wenn man glaubt, daß die Verschiedenheit der Länder und ihrer Landesherrn solches gar nicht zulasse. Wir haben zu Bremen und Emden alle Freyheit zur Handlung, die wir nöthig haben. Wir haben sogar einen Vergleich mit England, daß die Bremer nicht blos ihre eigne Produkte, sondern auch die nachbarlichen mit Bremischen Schiffen ins Großbrittannische Reich fahren dürfen. Es ist an beyden Orten kein Landesherr, der sich der Aufnahme des Handels widersetzt. Wir können uns vielmehr von ihnen alle nur mögliche Begünstigung versprechen. Warum

um sollten sie also nicht gemeinschaftlich eine Schiffsfracht
von ihren Produkten und verfertigten Waaren zusammen
bringen, und einen offnen Hafen besuchen; gemeinschaftlich sich der Einfuhr dieser oder jener fremden Produkten
widersetzen; und eine einförmige Handelsordnung behaupten können? Der Schiffer liegt auf der Rhede, läuft
ganze Monate, um einige Fracht zu erhalten, und segelt
endlich mit halber Fracht ab; da doch, wenn eine richtige
Correspondenz unter den Kreisstädten fürwaltete, wenn
man zeitige Nachricht von den Produkten und Waaren
hätte, welche auswärts abzusetzen sind, und überhaupt
die auswärtige Handlung hinlänglich kennete, eine der
andern die Hand bieten, die Abseglung der Schiffe sicher
und zeitig wissen, sich darnach einrichten, und solchergestalt mit Nachdruck und Vortheil handeln könnte.

Eine solche Versammlung müßte sich leicht selbst erhalten können. Von einzelnen Kreisständen können die
fremden Waaren, die der Aufnahme unserer einheimischen
Fabriken entgegen sind, mit keinem Impost belegt werden.
Was man in Bremen damit beschweren würde, das würde
über Emden frey kommen; und was man auch hier mit
neuem Impost belegen wollte, das würde man über Holland kommen lassen. Allein wenn alle Kreisstände eins
sind: so kann die Spekulation höher gehen, und die schönste Bilanz erhalten werden. Man kann aus einigen zum
besten des Kreises ger chenden Imposten eine eigne Kreis-
kasse errichten, Leute daraus besolden, und auf neue Unternehmungen in der Handlung denken, deren Möglichkeit
wir jetzt zwar einsehen, aber gewiß einzeln nie zu Stande
bringen werden. Es steht sodann bey uns, Frankreich zu
nöthigen, uns billige Vortheile in der Handlung einzuräumen, oder uns nicht zu verdenken, wenn wir, wie die Engländer, für alle französischen Weine und Branteweine,
rheinische, portugiesische und italiänische trinken. Es steht
bey uns, mit allen nordischen Reichen Handlungsverbin-

dungen zu errichten, uns Vortheile zu bedingen, und doch
einige Figur in der Welt zu machen, anstatt daß wir jetzt
annehmen, was jede Nation uns zuschickt, und uns auf
die schimpflichste Art von allen Vortheilen verdringen lassen müssen. In der ganzen Welt ist kein Reich von der
Größe und Lage, als der niedersächsische und westphälische Kreis ist, das eine erbärmlichere Figur in der Seehandlung mache, als wir. Und warum? Weil jedes
Dorf auf sein Privatinteresse sieht, und kein großes Ganze vorhanden ist, das sich zur Handlung vereinigt.

Alle Bemühungen einzelner kleiner Kreisstände in
Handlungs- und Polizeysachen bedeuten nichts; so lange
man das Werk nicht mit gesamter Hand angreift. Ja es
sind Handwerkssachen, die selbst der Kreis nicht zwingen
kann, und die durchaus von dem gesamten Reiche verbessert werden müssen. Sachen, die ihrer Nation und Eigen-
schaft nach, eben so gut als Reichs- Lehn- und Adelssachen
einzig und allein von dem allerhöchsten Reichsoberhaupt *)
beurtheilet und verordnet werden können und müssen.

Zum Exempel wollen wir blos der Freymeisterey gedenken. Alle Rechtsgelehrte geben den Landesherrn das Recht,
wofern die Handwerker ausspürig werden, denselben einen
oder mehrere Freymeister entgegen setzen zu dürfen. Allein
sie bedenken nicht, daß dieses Recht beynahe von gar keinem Nutzen sey, weil sich kein Bursche bey dem Freymeister in die Lehre giebt; und wo er ja einen erhält, solcher
hernach in Deutschland nicht reisen kann, und so vieler
Vortheile beraubt ist, daß es fast kein einziger wagen mag,
seinen Sohn einem Freymeister zu übergeben. Was hilft
also dem angenommenen Freymeister das Landesherrliche
Privilegium, wenn er den Vortheil, Lehrbursche zu haben,
entbeh-

---

*) Si lites oriantur inter opifices cujuscunque generis — discordiae
hac deferri debent, ad Caesarem sive ad ejus electos scabinos. S. Jus
Caesar. §. 43. beym SENKENB. in Corp. Jur. Germ. T. 1. p. 41.

entbehren, und wofern er einen Gesellen haben will, sol=
chen kostbarlich aus fremden außerhalb Reichs gelegenen
Orten kommen lassen muß.

Wie aber, wenn Ihro Kayserl. Majestät, nach dem
Beyspiele des jetzigen Königes von Frankreich, in allen
großen deutschen Städten vier Freymeister in jeder Kunst
privilegirten, die miteinander eben wie die zünftigen Mei=
ster korrespondirten; ihre Lehrburschen zu Freygesellen
machten; ihre Logen oder Krüge zu deren Aufnahme hiel=
ten, und in allem eben so aneinander hiengen, als die ge=
schlossenen Zünfte? Wie, wenn es Ihro Kayserl. Majestät
gefiele, sich mit England, Frankreich und Holland darüber
zu vereinigen, daß die Haupt=Freymeisterlogen in jedem
Reiche eine gemeine Kundschaft zusammen errichteten, und
die Freygesellen wechselsweise von einander annähmen?
Sollte alsdann nicht das Recht eines jeden Landesherrn,
nach Gefallen einen Freymeister anzuordnen, von ganz an=
drer Würkung seyn? Jetzt ist es ein Schatten; alsdann
aber würde es das allerkräftigste Mittel werden, auf einmal
den größten Wetteifer in ganz Deutschland zu erregen.

In den alten Zeiten waren viele Gesellschaften, und be=
sonders die von der sogenannten runden Tafel, worinn nie=
mand zugelassen wurde, als der gewisse Ahnen beweisen
konnte. Diese Gesellschaften hießen Maffoneyen,
welches mit dem holländischen Maetschapy und dem deut=
schen Mascopey übereinkömmt. Gegen diese Gesellschaf=
ten wurden freye Maffoneyen errichtet, worinn jeder ehrli=
cher Mann, ohne Rücksicht auf seine Geburt, aufgenommen
wurde. Ihre Mitglieder nennten sich freye Maffous, wel=
ches lächerlich genung durch Freymäurer *) übersetzt ist,
und in der That nur einen Freygesellen bedeutet, wie

D 2			denn

*) Die Erbauung der Paulskirche in London, welche die jetzt sogenannten
Freymäurer, durch Beyschüsse an Gelde, zu Stande brachten, hat zu jener
Mißdeutung und auch dazu Gelegenheit gegeben, daß jene Freygesellschaft
die Maurer=Werkzeuge, als Ordenszeichen, angenommen haben.

denn Mate im holländischen, und Masson im alten engli=
schen, noch einen Gesellen bezeichnet. So wie nun diese
Freygesellen sich gegen jene adliche Zünfte empor gebracht
haben; eben so sollte sich auch die Freymeisterey in allen
Künsten gegen die Zünfte ausbreiten. Frankreich hat
uns in diesem Stücke vor zweyen Jahren ein Exempel
gegeben. Woran liegts also, daß wir ihm nicht nach=
folgen? An dem Willen der Landesfürsten? Nein! diese
sind dazu längst bereit, aber nicht im Stande, ein sol=
ches Werk auszuführen. Es gehöret für den Kayser,
und die Reichsstände müssen es gemeinschaftlich beför=
dern. Ein solches Werk würde das größte seyn, was in
diesem Jahrhundert am Reichstage vorgenommen wor=
den; und die Einrichtung der Freymäurer könnte in al=
len Stücken dabey zum Muster dienen. Doch wir wol=
len hier schließen.

<div style="text-align:center">~~~~~~~~~~~~~~~~~~~~~~~~~</div>

XXXIII.

Die Klagen eines Edelmanns im Stifte Osnabrück.

Wenn das so fort gehet, so will ich meinen Hof nur
daran geben; kein Stockholz ist mehr zu verkaufen, seit=
dem die Berge getheilet sind. Vordem konnte man noch
einen Noth= und Ehrenpfennig daraus machen, und je=
dermann glaubte, die Verwüstungen des Krieges würden
eine glückliche Theurung im Holze bringen. Aber es
geht gerade umgekehrt. Für einen Schlag, welcher mir
vor dem Kriege mit fünfhundert Thalern zu allem Danke
bezahlet wurde, erhalte ich jetzt kaum die Hälfte, und
wenn sich das nicht ändert, mag ich nur eine Glashütte
anlegen und Pottasche brennen. Und dennoch schreiben
die

die Gelehrten immer von der Holzsparkunst: die Narren! möchten sie doch auf den Wink der Vorsehung achten, die uns bereits mit Wölfen und wilden Schweinen straft, seitdem unsre Berge mit Holze wieder bewachsen sind! ich hoffe den Tag noch zu erleben, daß man alles niederhauet, um sich von dieser Strafe wieder zu erretten.

Eben so geht es uns mit allen den Zuschlägen *), die man nun seit etlichen Jahren gemacht hat. Kein Henker will mehr eine Wiese heuren. Jeder hat nun selbst Wiesen, und macht so viel Heu, als er braucht. Ich glaube, daß seit dem Kriege hier im Stifte über sechs tausend und in dem benachbarten Münsterlande über dreyßig tausend Morgen Acker= und Wieseland neu gemacht sind. Die Tecklenburger und Lingischen geben den andern darinn nichts nach; und die westphälischen Gemeinen um ihre Kriegesschulden zu bezahlen, verkaufen ihre schönen Plaggengründe um die Wette, und denken nicht, daß die Heuerleute und Kötter, welche ihnen vordem für ein Scheffel Saatland so viel Geld, als sie wollten, und die schönsten Worte dazu geben mußten, bey diesem Verkaufe allein gewinnen. Ich will eben kein Prophet seyn; aber Gott lasse nur noch einen solchen Krieg kommen, wie der vorige war: so wollen wir sehen, ob die Marken nicht ganz darauf gehen werden.

Es ist überhaupt jetzt eine sehr wunderliche Welt. Die großen Herren, diese Zerstörer des menschlichen Geschlechts, denken auf nichts, als auf Bevölkerung; und wir werden sicher nächstens ein philosophisches System erhalten, worinn die möglichste Vermehrung der Menschen, als die größte Verherrlichung Gottes, angepriesen wird, blos um eine Menge menschliches Vieh anzuziehen, welches sie auf die Schlachtbank liefern können. Allein die Bevölkerung

D 3 will

ö) Zuschläge nennt man im Stifte Osnabrück, was aus der gemeinen Heide und Weide zugeschlagen und urbar gemacht, oder im Zaune genutzt wird.

will es wahrlich nicht ausmachen.   Wir ziehen Bettler
und Diebe damit an; das ist es alles, die Voll= und
Halberbe bleiben in der Last stecken; und das Vieh der
vielen Neubauer nimmt ihrem Viehe die beste Weide vor
dem Maule weg.   Die Weideländer sind klüger, als wir
Schlucker auf der Heide.   In Ostfrießland werden mehr
Kälber gebohren als Kinder; und sie stehen sich wohl da=
bey.   Wir hingegen wollen alle Sandhügel bebauen und
bepflanzen, und meynen Wunder was wir gethan haben;
wenn wir zum größten Nachtheil unsrer Erbländereyen
ein Stück Heide urbar gemacht haben.

Die Gutsherrn sollten sich mit gesammter Hand allem
fernern Anbau widersetzen.   In England darf keiner sich
unterstehen, ein neues Haus zu bauen, wenn er nicht
drey Morgen Erbland besitzt.   Diesem Exempel sollten
wir folgen: so müßte die Menge von Markköttern, die
sich, sobald sie ein Kohlgärtgen erhaschen können, sogleich
eine Hütte bauen, wohl unterbleiben.   Unsre Vorfahren
sind hierinn klüger gewesen.   Sie erlaubten zum höch=
sten nur zwey Gezimmer auf jedem Erbe; und eiferten
gegen die Menge von Heuerleuten ja so stark, als die
Cammeralphilosophen jetzt für die Bevölkerungen strei=
ten.   Die Markkötter sind wie der Krebs, der rund um
sich frißt, und man würde erstaunen, wenn man eine
Nachmessung anstellen wollte, wie vieles diese Leute in
funfzig Jahren von der Mark eingezäunet haben.

Und wie viele Prozesse entstehen nicht darüber? Alle
unsre Markprotokolle weisen deutlich nach, daß keiner als
ein wahrer Erbmann in der Mark etwas zu sagen hat.
Ihre Einwilligung wurde allein erfordert, wenn etwas zu=
geschlagen oder verkaufet werden sollte.   Jetzt aber wol=
len alle Einkömmlinge mit sprechen.   Unter dem Vor=
wande, daß ihr Vieh keine Weide behalte, widersetzen sie
sich den nützlichsten Anstalten; und man kann keinen Fuß=
breit verkaufen, ohne von diesen Leuten, die doch nur aus

Gna=

Gnaden eingenommen sind, einen Widerspruch zu befürch:
ten. Das gute Geld wird darüber den Gerichten zu Theil:
und selten wird mehr ein Zuschlag verkauft, dessen ganzer
Werth nicht der lieben Justitz aufgeopfert wird.

Die Prozesse sind überhaupt der wahre Verderb unsers
Landes, und die einzige Ursache, warum so viele Landleute
einen Stillestand nehmen müssen. Der Himmel weis, wie
es unsre Vorfahren angefangen, ob sie friedfertiger oder
vernünftiger gewesen, daß sie so wenig Prozesse geführet ha:
ben. Allein wahr ist es, daß zu ihrer Zeit kein Bauer die
Reichsgerichte kannte. Die Reichsfürsten haben es dem
Kayser wohl abgesessen, und ihm in seiner Capitulation vor:
geschrieben, daß er die Unterthanen gegen ihre Landesherrn
nicht leicht hören solle. Wir sollten ein gleiches Gesetz im
Lande haben, wodurch den Gerichten geboten würde, die
Markgenossen gegen ihren Holzgrafen, und die Leibeigene
gegen ihre Gutsherren nicht zu hören, oder wenigstens vor:
her einen Bericht zu fordern, ehe sie mit Befehlen hervorzu:
schnellen sich unterstünden. Die Reichsstände sind jeder:
zeit ein Vorbild der Landstände gewesen; und was jenen
Recht ist, müßte auch billig diesen Recht seyn.

Das baare Geld nimmt täglich ab; und doch erhält
man noch nicht mehr für einen Thaler, als vor zwanzig Jah:
ren. Vielmehr konnte man damals mit tausend Thaler
weiter kommen, als jetzt mit zweytausend. Der Himmel
weis, wie das zugeht; und was es endlich für ein Ende
nehmen wird. Aber alles wird schlimmer in der Welt.
Sogar die Sommer sind lange so heiß nicht mehr, als
in meiner Jugend, und wer hat so viele nasse Frühjah:
re erlebt, als wir seit zwanzig Jahren gehabt ha:
ben? — — —

 XXXIV.

XXXIV.

Die Politik der Freundschaft.

Zu ihr hin will ich gehen; ihr sagen, daß sie die niederträchtigste Creatur von der Welt sey: daß sie das edelste und zärtlichste Vertrauen gemißbraucht, und mich auf eine recht schändliche Art hintergangen habe. Ja dies will ich thun, diese Genugthuung will ich haben. Ich will sie in ihren eignen Augen erniedrigen, ihr den verrätherischen Brief vorlegen, und sie dann ihrer Schaam und den Bissen ihres Gewissens überlassen . . . . .

Und wenn Sie das denn nun gethan haben, Madame?

So bin ich gerochen.

Gerochen? und wodurch? Dadurch, daß Sie ihre ganze Schwäche zeigen? Das ist in der That eine sonderbare Rache. O meine liebe Ißmene; sollten Sie mich je beleidigen; so glauben Sie nicht, daß ich es Ihnen so leicht machen werde, mich zu vergessen und sich zu beruhigen.

Also sollte ich es mir wohl gar nicht einmal merken lassen, Arist, daß ich so schändlich hintergangen bin?

Nein, Ißmene. Ihr Eyfer mag noch so gerecht; das Ihnen wiederfahrne Unrecht mag noch so klar seyn: so muß es der letzte Schritt unter allen seyn, seinen Freund wissen zu lassen, daß man von seiner uns zugefügten Beleidigung unterrichtet sey. Nie kann dieser uns hernach wieder unter die Augen treten, ohne sich zu schämen; und wer sich vor uns zu schämen hat, der flieht uns erst, haßt uns leicht, und verfolgt uns zuletzt, um sich eines beschwerlichen Zeugens seiner Unwürdigkeit zu entledigen.

Aber wenn mir nun der Haß und die größte Feindschaft einer solchen Person als diejenige ist, worüber ich mich beklage, angenehmer wäre, als alle die Freundschaft, welche sie mir ehedem gezeigt hat?

Das

Das ist nicht möglich. Eine Person, welche Sie einmal
werthgeschätzt haben, kann nicht ohne alle Verdienste seyn.
Sie muß werth seyn, gebessert und wiedergewonnen zu werden; und das können Sie nie hoffen, wenn Sie ihr einmal
gerechte Vorwürfe gemacht haben. Falsche Vorwürfe treffen flach; aber wahre fassen tief, und man vergißt sie um
so viel weniger, je mehr man sie verdient hat. Sie be-
nehmen dem Schuldigen seinen Werth; und diejenige redliche Zuversicht, welche doch zum wahren Vertrauen und
zu einer aufrichtigen Freundschaft unentbehrlich ist. Erinnern Sie sich nur einmal ihrer Geschichte mit Cephisen.
Diese Ihnen jetzt so werthe Freundin hatte Ihnen fälsch-
lich ein Verbrechen schuld gegeben, welches man niemals
erweiset, und allezeit ohne Beweis glaubt. Sie hörten es und beruhigten sich damit, daß es aus Eifersucht geschehen seyn könnte. Sie veränderten nichts
in ihrem Betragen gegen sie. Sie bezeigten ihr immer
das zärtliche Vertrauen; die nämliche Achtung und eben
die Gefälligkeiten, welche Sie allezeit gegen sie gehabt
hatten. Keine Zurückhaltung, kein Ernst im Blicke ver-
rieth die mindeste Empfindlichkeit. Kaum waren einige
Wochen verflossen; so gereuete Cephisen ihre Verläum-
dung. Sie ward unruhig, und das Bekenntniß ihres
Verbrechens schwebte ihr hundertmal auf der Zunge, ohne
daß sie es wagen mochte um Verzeihung zu bitten. Von
der edelsten Reue gerührt, kam sie endlich in Gesellschaft
derjenigen Personen, gegen welche sie mit der falschen Beschuldigung herausgegangen war, zu Ihnen, und that Ihnen unter tausend Thränen gleichsam eine öffentliche Erklärung. Damals gestanden Sie mir, Ißmene, daß
Sie sich keinen Begriff von einer edlern Genugthuung
machen könnten, als diese gewesen wäre. Ihre Zärtlichkeit für Cephisen verdoppelte sich, und dasjenige, was
unter andern die größte Feindschaft veranlasset haben
würde, ist der Grund einer der dauerhaftesten Freund-

O 5

schaf-

schaften geworden. Würde aber der Erfolg eben so angenehm gewesen seyn, wenn Sie Ihre Freundin gleich zur Rede gestellet; derselben ihre Verläumdungen vorgeworfen; und sie damit auf ewig ihrer Schande überlassen hätten? Würde die Reue Cephisens jemals zugereicht haben, eine völlige Versöhnung unter ihnen herzustellen? Und war nicht gleichsam Ihr heroischer und freywilliger Entschluß nöthig, um ihr ein Vertrauen zu sich selbst, und mit diesem die Würde wieder zu geben, sich als eine Freundin in Ihre Arme werfen zu können?

Es ist wahr, Arist, ich fühle die Wahrheit dessen was Sie sagen: und bin nun zu groß, um in Vorwürfe auszubrechen.

Glauben Sie nur, liebenswürdigste Freundin, der Unschuldige verzeihet leicht. Aber der Schuldige kann nie wieder ein Herz zu uns gewinnen, wofern wir ihm nicht helfen, sich vor dem Richterstuhl seines eignen Gewissens zu rechtfertigen, und erst wiederum ein Vertrauen zu sich selbst zu gewinnen. Die Gelegenheit dazu können wir ihm nicht besser unterlegen, als wenn wir ihn zuerst in der guten Meinung lassen, daß wir sein Verbrechen nicht wissen. Hierdurch wird er allmählig sicher; bemüht sich erst etwas wieder gut zu machen, wird immer eifriger, und zuletzt, nachdem er uns viele neue Beweise von seiner Redlichkeit gegeben, wagt er es, Verzeihung für das vergangene zu erwarten und zu bitten. Ehender kann er es nicht thun, ohne sich in seinen eignen Gedanken zu erniedrigen. Es fehlt ihm auch die Gelegenheit zu jener Rechtfertigung, wofern wir ihn gleich durch verdiente Vorwürfe beschämen und entfernen.

Dies wird aber doch wohl nur die Pflicht gegen solche schuldige Freunde seyn, die würklich Verdienste haben?

Freylich; aber selten ist ein Mensch ohne einige Verdienste; und man kann auch oft einen Bösewicht auf kurze Zeit oder in einzelnen Geschäften ehrlich machen, wenn

man

man ihn für ehrlich hält, und Vertrauen auf ihn setzt.
Es gereicht der Tugend zur Ehre, daß auch der böseste
Mensch denjenigen ungern hintergehet, der ihn für einen
rechtschaffenen Mann hält. Glauben Sie, Ismene, daß
ich nicht bisweilen in die Versuchung gerathen würde,
Ihnen ungetreu zu werden, wenn ich versichert wäre,
daß Sie ein Mißtrauen in mich setzten?

O schweigen Sie, Arist; oder Ihre Gründe fangen an
bey mir allen ihren Werth zu verlieren.

XXXV.

Es bleibt beym Alten.

Es geht doch auch jetzt sehr weit in der Welt. Bisher
sind es nur die Gelehrten gewesen, welche uns Landleuten
den Vorwurf gemacht haben, daß wir so fest am Alten,
als der Rost am Eisen, klebten; und gar nichts neues versuchen wollten; und diesen Gelehrten, unter deren Nacht-
mützen nichts wie Projekte zur Verbesserung der Landes-
ökonomie ausgeheckt werden, hat man das zu güte gehalten, und es ihnen als ein Mittel ohne viel Arbeit ihr täg-
liches Brod zu erwerben, gegönnet, daß sie uns solche Vorwürfe in gedruckten Büchern, die eben nicht viele von uns
lesen, gemacht haben. Sie müssen doch von etwas
schreiben, da sie leben und schreiben müssen, und sonst
nichts zu verdienen wissen.

Allein nun fängt auch sogar unser Küster an, unsern
Kindern die bey ihm dann und wann in die Schule gehen,
von einem schrecklichen Gespenste, welches er das Vorurtheil des Alterthums nennet, etwas vorzuplaudern, und
verlangt, sie sollen ihren väterlichen Acker dermaleinst
ganz anders pflügen, als wir, unsre Väter, Großväter

und

und Eltervåter ihn gepflüget haben. Er verlangt, sie
sollen die Bestellung desselben aus großen Büchern lernen,
bald bey den Engländern, bald bey den Franzosen und
bald bey den Schweden in die Schule gehen; und spricht
von Projekten, wogegen die Erfahrung von zehn Menschen-
altern nicht das allermindeste erheben soll.

Dies ist in Wahrheit, von einem Manne, der kaum
den Sonnenzeiger an unsrer Kirche recht zu stellen weis,
unerträglich, und die ganze Gemeinde hat mir aufgetra-
gen, ihm hiemit öffentlich zu sagen, daß wir für dasjenige, was unsre Vorfahren, die ihren Acker lange gekannt,
und ihn früh und spät betreten haben, eingeführt, mehrere Ehrfurcht haben, als für alle Projekte der neuern.

Wie würde es uns armen Leuten gegangen seyn, wenn
wir alle die Vorschläge, die nun seit zehn Jahren zur Verbesserung des Ackers gemacht sind, befolgt hätten? Wenn
wir alle die Säemaschinen, und alle die Arten von Pflügen
angeschaffet hätten, welche in dieser Zeit angepriesen und
vergessen sind? Wenn wir alle die Futterkräuter gesäet
und alle die Ackerbestellungen nachgeahmet hätten, wovon
man uns ein so herrliches Bild gemalet hat? Sollte der
Gutsherr seine Pächte, der Zehntherr seinen Zehnten und
der Vogt seine Schatzungen wohl nachgegeben haben,
wenn wir ihnen erzählet hätten, daß wir neue Versuche
gemacht und damit verunglücket wären?

Eine hundertjährige Erfahrung ist eine erstaunende
Probe; hundert, ja tausend Jahr haben wir mit Plaggen
gedüngt, im sauren Schweisse unsers Angesichts damit gedüngt, und uns wohl dabey befunden. Warum sollen
wir denn davon ablassen? Meinen Sie nicht, daß wir
alle Jahr mit den Plaggen auf einigen Feldern zu kurz
kommen, und also auch hundertjährige Erfahrungen von
solchen Feldern haben, die nicht damit gedüngt sind? Da
wir verschiedene Kirchspiele und Gegenden haben, die
keine Plaggen gebrauchen, und einen Grund bauen, der
die-

dieses Düngers entbehren kann: meynen Sie denn nicht, daß unsre Vorfahren auch wohl bisweilen auf den Gedanken gerathen sind, zu versuchen, ob sie dieses mühseligen Düngers entrathen könnten? Und glauben Sie nicht, daß wir gute, durch die Erfahrung bestätigte Gründe haben, warum wir dabey beharren?

Man beschuldige uns keines Eigensinns. Die Kartoffeln sind noch nicht viel über dreyßig Jahre in Westphalen bekannt; und gleichwohl baut sie schon ein jeder. Die Feldmauern sind erst vor 40 Jahren aufgekommen, dennoch sind sie nunmehro fast durchgehends, wo Steine zu haben und Feldmauern nützlich sind, anstatt der Zäune und Hecken eingeführt. Der Hanfbau ist funfzig Jahr in hiesigen Gegenden alt, und gleichwohl jetzt schon überall, wo es nur möglich ist, gemein; vor sechzig Jahren säete noch niemand Buchwaizen ins Moor; und jetzt wird er überall gesäet. Der Waizenbau vermehrt sich täglich in Gegenden, wo man ihn vorhin gar nicht möglich glaubte. Wir sind also folgsam — — aber gegen Erfahrungen, und nicht gegen Projekte und unsichere Proben.

Proben und Versuche sind für den Edelmann, der etwas verlieren kann; nicht für den Landmann, der jedes Handbreite Land zu Rathe halten muß. Dies mag sich der Küster merken.

⸺⸺⚬⚬⚬⚬⚬〇〇〇⚬⚬⚬⚬⚬⸺⸺

XXXVI.

Klage wider die Packenträger.

Die Packenträger sind der Verderb des ganzen Landes. Wie mancher Viehmagd kroch ehedem ihr braunes Haar unter einer mit Schraubschnur eingefaßten Mütze hervor; die der Packenträger erst zu Lioner-Golde, darauf zu Kanten

ten, und zuletzt wohl gar zu Spitzen verführt hat? Nur stolz, wenn ihre Kühe nach einem harten und langen Winter dick und glatt waren, dachte sie noch nicht an sich selbst, und wünschte blos durch die Zierde ihrer Kühe, sich als eine gute Haußhälterin dem Großknechte zu empfehlen. Sie schämte sich nicht in Holzschuhen, diesem den Bewohnern nasser Gegenden von der Vorsehung angewiesenen Fuß- werke*) zu Dorfe und barfuß zur Kirche, deren Boden noch nicht mit Teppichen belegt war, zu kommen. Ihr Hals zeigte seine wohlerworbene braune Farbe; und der einzige Staat war eine runde silberne Schnalle, womit sie ihr selbst gezeugtes Hemd befestigte; und zwey Röcke, wo- von sich nur einer sehen lassen durfte. Der Knecht hatte die Hälfte seines Garns, welches er bey Feyerabend ge- sponnen, in einer Grube mit Eichenlaub gefärbt; und die Webemagd ihm ein buntes Zeug zum Wamms daraus ge- macht, zur Belohnung, daß er ihr Flachs in die Röthe**) und wieder heraus gebracht hatte. Sie wußten mit ein- ander nichts von fremdem Putze und bewunderten den Staat der Frau Pastorin als etwas Fürstliches, ohne sich den Wunsch beyfallen zu lassen, so etwas nachahmen zu dürfen.

Wer hat aber diese guten Sitten verderbt? Gewiß nie- mand mehr als der Packenträger, der mit seinen Galante- rie-

*) Die Holzschuhe sind den nassen Weidegegenden, und denjenigen so darauf ge- hen oder arbeiten, unentbehrlich, weil die ledernen Sohlen theils schwam- migt werden, theils mit der Feuchtigkeit eine beständige Kälte bewahren. In den Berggegenden werden sie wenig gebraucht. Wo ein schwerer Acker und die Erde klebrig ist, kennt man sie gar nicht; weil man nicht darum fortkommen kann. Sie sind nichts weniger als ein Zeichen der Armuth, in- dem wir Bauernfrauen sehen, die zwanzig Thaler auf eine Mütze, und zehn Thaler auf ein Halstuch wenden, aber doch, aus angeführten Ursachen, bis zur Stadt in Holzschuhen kommen müssen.

**) Man schreibt jetzt vielfältig: Rotten. Allein das französische rouir und couissage lehret, daß es beym alten Röthen verbleiben müsse.

ziewaaren nicht auf den Heerstraffen, sondern auf allen
Bauerwegen wandelt, die kleinsten Hütten besucht, mit
seinem Geschwätz Mutter und Tochter horchend macht, ih=
nen vorlügt, was diese und jene Nachbarin bereits gekauft;
ihnen den Staat, welche diese am nächsten Christfeste da=
mit machen werde, mit verführerischen Farben malt; der
entzückten Tochter ein Stück Zitz auf die Schulter hängt,
ihr eine sanfte Röthe über ihren künftigen Staat ablockt,
und der gefälligen Mutter selbst eine neue Spitze auf=
schwatzt, damit sie sich vor ihrer Tochter im zizenen Cami=
sole, beym nächsten Kirchgange nicht schämen dürfe. Dem
Knechte gefallen die schönen seidenen Halstücher, die gro=
ßen silbernen Schnallen, der hübsch beschlagene Pfeifen=
kopf; und andre entbehrliche Kleinigkeiten; welche ihm die
Wirthin aus Höflichkeit gegen den Packenträger anpreiset;
und dieser, der gern eine Zeitlang borget, wenn er nur
die Hälfte, als den wahren Werth, bezahlt erhält, geht
freudig weiter, um eine andre Frau Nachbarin zur Nach=
folge zu ermuntern.   Er hat von allem was sich für je=
den Stand paßt, und weis einer jeden gerade das anzu=
preisen, was sich am besten für sie schickt.   Das Vermö=
gen aller Familien ist ihm bekannt; er weis wie die Frau
mit dem Manne steht, und nimmt die Zeit wahr, jene
heimlich zu bereden, wenn der grämliche Wirth nicht zu
Hause ist.   Kurz, der Packenträger ist der Modekrämer
der Landwirthinnen, und verführt sie zu Dingen, woran
sie ohne ihn niemals gedacht haben würden.

Solche gefährliche Leute sollten in einem Staate um
so viel weniger geduldet werden, da es mehrentheils Aus=
länder sind, die unsre Thorheit in Contribution setzen;
und keine funfzig Jahr hingehen werden, daß nicht die
Franzosen, welche seit dem letzten Kriege die offne Han=
delsfreyheit der Stifter bemerkt haben, in dem Besitze die=
ses ganzen Handels seyn werden.   Wir sehen schon wie sie
sich täglich vermehren; und wie Leute, die im Jahr 1763
noch

noch mit einigen Stücken Cammertuche aus Champagne
und dem Lütrichschen herunter schlichen, jetzt mit Pariser
Nippes auf den Posten reisen, und ganze Ballen nachkom:
men lassen.　Knaben die zuerst mit Chansons handelten,
sind große Libraires Ambulans geworden, und versorgen
uns mit den Fabrik-Romans, die vorhin nach Canada
zu gehen pflegten.　Wie häufig kommen nicht die Mützen:
prinzeßinnen? Und wie leicht ist es möglich, daß sie auch
mit der Zeit einige allerliebste Baurenmützen mitbringen
und die Dörfer bereisen? Man darf an nichts mehr zwei:
feln; und es ist nicht unmöglich, daß wir in funfzig Jah:
ren eine Bande von französischen Comödianten auf jedem
Dorfe haben werden.　Es ist ein leichter und lustiger
Erwerb; und ich sehe es als etwas sehr wahrscheinliches
an, daß während der Zeit die Westphälinger in Holland
Torf stechen, die Franzosen ihren Weibern ein Ballet vor:
tanzen, und eine Opera im Kasten zeigen.

　Die Alten dulteten keinen Krämer auf dem platten
Lande; sie waren sparsam in Ertheilung der Marktfreyhei:
ten; sie verbanneten die Juden aus unserm Stifte; und
warum diese Strenge? Sicher aus der Ursache, damit
der Landmann nicht täglich gereizt, versucht, verführt
und betrogen werden sollte.　Sie baueten auf die practi:
sche Regel: Was man nicht siehet, das verführt einen
auch nicht.

　Der Packenträger ist ein wichtiger Mann für solche
Fabriken, denen es an einem großen Verleger mangelt.
Da er zu Fuße geht; sein Essen von der guten Mutter,
die sich etwas von seiner Waare aufschwatzen läßt, in
Kauf erhält, und des Nachts bey frommen Leuten zu Ga:
ste schläft: so verzehrt er nichts, nimmt auch mit einem
kleinen Gewinnst vorlieb, und dient den Fabriken, welche
keinen Haber für Pferde abwerfen, statt des Packesels.
Die Bielefeldischen Linnenhändler würden ohne solche Pa:
ckenträger längst den wichtigsten Theil ihres Handels ver:

loh:

lohren haben. So groß aber diese Wohlthat ist; so lange
sie uns mit nützlichen und unentbehrlichen Dingen versorgen; so gereicht es zu unserm und der einheimischen Manufacturen Nachtheil, wenn durch den wohlfeilen Preis
reitzender Kleinigkeiten, und sofort durch den geringsten
Vortheil, welchen eine fremde Manufactur über die einheimische giebt; das baare Geld aus dem Lande und dessen kleinsten Quellen gezogen, und der einheimische Fleiß
gestürzet wird.

Von Markt zu Markt mag er reisen; das ist nothwendig, um die einheimischen Krämer und Fabrikanten vom
übertheuern abzuhalten. Auf den Märkten ist er auch so
gefährlich nicht, weil der Mann seine Frau dahin begleitet; und wenn sie dort etwas kauft, seinen unmaßgeblichen
Rath dazu ertheilet. Allein außer dieser Zeit, und von
Hütte zu Hütte solte er nicht geduldet werden. Vordem,
da aller Handel in den Städten war, mußte sich ein solcher
Packenträger nothwendig an diese wenden; und hier erhielt
er, nach vorgängiger Untersuchung der Frage: ob seine
Waare den Einwohnern nützlich und nöthig sey, die Erlaubniß zu haussren. Seitdem sich aber die Handelsfreyheit aufs Land ausgebreitet hat, und es fast schwer ist,
Handlungs-Policeygesetze außerhalb einer Ringmauer beobachten zu lassen, hat sich dieser Theil der obrigkeitlichen
Vorsorge nothwendig verlieren müssen.

XXXVII.

Schutzrede der Packenträger.

Da die Policey fast in allen benachbarten Ländern gegen
die sogenannten Bund- oder Packenträger aufwacht, und
selbige entweder gänzlich verbannet, oder doch sehr ein-

schränkt: so verdient es allerdings einer Untersuchung, in wie fern diese Bemühung zum Besten eines Staats gereichen oder nicht?

Wenn man die handelnden Partheien eines jeden Landes fragt: so haben dieselbe insgesammt nur eine Stimme gegen diese armen Leute. Die kleinen Städte sehen sie als ihre geschwornen Feinde an; die Cameralisten sagen, daß sie das Geld aus dem Lande schleppten. Die Moralisten rufen mit lauter Stimme, daß sie Ueppigkeit und Eitelkeit in die kleinsten Hütten verbreiten; und die Männer schreyen, daß sie ihre Weiber und Töchter zu allerhand Thorheiten verführten.

Was sagen aber die armen Packenträger dazu? Bis dato nichts; so oft wir sie auch dazu aufgefordert haben. Vielleicht ist ihnen die in diesen Blättern wider sie eingeführte Klage nicht einmal zu Gesichte gekommen. Vielleicht verlassen sie sich auch auf ihre gute Sache. Es sey aber diese oder eine andre Ursache ihres Stillschweigens; so ist es unsre Pflicht, sie nicht ungehört zu verdammen. Wir müssen sie, da sich kein Advocat für sie gefunden, selbst reden lassen; damit sie aber nicht zu weitläuftig werden, sollen sie blos zu uns reden. Denn jeder Staat hat in diesem Stücke sein eignes Interesse; und wir bekümmern uns billig zuerst um das unsrige.

„Was bewegt euch, könnten sie zu uns Oßnabrückern sagen, uns das freye Hausiren zu verbieten? Ihr wohnet in einem Lande, wo die Auflagen gering sind, wo ihr gar keine Rekruten zu stellen, keine Cavallerie zu ernähren und keine Accise zu entrichten habet; in einem Lande, wo die Zinsen gering, Hände genug, und die Lebensmittel in einem billigen Preise sind. Wenn ihr wollt, so müsset ihr alles was ihr macht, eben so wohlfeil geben können, als wir es euch auf unsern Rücken zutragen; und wenn ihr dieses thut; so müssen wir von selbst zu Hause bleiben. Daß in solchen Ländern, wo die Landesschulden hoch, und die Auf-

lagen

lagen stark, der Hände aber, aus Furcht vor der Werbung
wenig sind, der Landesherr alles Gewerbe und alle Handlung im Lande zu erhalten sucht; damit dessen Einwohner
für so viele Beschwerden, einigen Vortheil haben, und demselben gewachsen bleiben mögen, das lassen wir gelten.
Allein bey euch ist dieses glücklicher Weise nicht nöthig; und
man würde nur eure Faulheit oder die Gewinnsucht eurer
Krämer zum Schaden des Ganzen unterhalten, wenn man
uns verbannen und diesen die Willkühr lassen wollte, euch
nach Gefallen zu behandeln. Ihr seht es ja an euren Bek-
kern und Brauern, wie reich diese Leute werden, da niemand mit Bier und Brodte hausiren darf. Daß wir umsonst bey euch schlafen und essen, wo wir für Geld leben
müssen, nichts als Wasser trinken, und unsern Weg zu
Fuße machen, ist euer Vortheil. Ihr habt die Waare, die
wir euch zubringen, dagegen so viel wohlfeiler. Machen
es doch eure Kaufleute in vielen Stücken auch so, die ihre
Waare aus eben der Hand nehmen, woraus sie der Hamburger, Bremer und Holländer nimmt, und solche hernach
wohlfeiler geben, als diese, welche aus ihrer Handlungs-
kasse Kutschen und Pferde, Lustgarten und Maitressen unterhalten. Unsrer geringen Meynung nach, sind in eurem
Lande hundert Ackersleute gegen einen Krämer; wenn nur
jene ein Scheermesser für 2 Gr. von uns erhalten: so steht
sich unfehlbar der größere und wichtigere Theil des Landes
besser, als wenn er einem Krämer dafür einen halben Gulden bezahlt, den sie hernach nur in Wein vertrinken, oder
auf andre leichtfertige Art verspielen. Ueberdem müssen wir
euch sagen, daß ihr mit vielen Sachen gar nicht handeln
könnet, womit ein Hausirer handelt. Dieser besucht des
Jahrs fünfhundert Dörfer, und wenn er in deren zehn
jährlich von gewissen Waaren nur ein Stück absetzt: so
kann er schon ein Lager von hundert Stücken darauf halten, und euch eine jedem Käufer angenehme Wahl verschaffen, wohingegen ein Kaufmann, der diese zehn Dörfer ver-

sorgen will, deren jedesmal nur ein oder zwey vorräthig
haben kann, weil ihm der Absatz von mehrern mangelt.
Hätte er mehr auf dem Lager: so müßten die Zinsen des Ca-
pitals, welches darinn steckt, auf das eine Stück geschlagen und dieses um so viel theurer verkauft werden, wo der
Mann nicht zu Grunde gehen will. Wir hingegen, die
wir immer von einem Lande ins andre reisen, und täglich
Markt haben, verkaufen immer, und können um so viel
wohlfeiler verkaufen, je geschwinder wir unser Capital um-
setzen. Wenn wir 1 pro C. verdienen, und unser Capital
alle Monat von neuem anlegen: so gewinnen wir mehr, als
ein Kaufmann, der 10 pr. C. hat, und kaum alle Jahr um-
setzet. Denket aber nicht, daß es damit genug sey, wenn
ihr uns blos den freyen Markt lasset. Ja, wenn eure alten Kreisstände so klug gewesen wären, daß sie alle Jahrmärkte in geographischer Ordnung angelegt hätten: so daß
wir um Lichtmessen von einem Punkt aus, in einer Kette,
immer von einem Jahrmarkt auf den andern ziehen, und
sodann gegen Martini zu Hause seyn könnten, so ließe sich
das noch hören. So aber gehen die Jahrmärkte zick zack,
zehn Meilen hin, zehn Meilen her; und bald müssen wir 14
Tage bald achte in der Schenke liegen und unser Geld verzehren, wenn wir in der Zwischenzeit nichts verdienen, oder
von jedem Jahrmarkte nach Hause, und sodann wieder auf
einen andern reisen sollten. Und würden wir diese Unkosten
nicht auf die Waare legen, und folglich euch zur Last bringen müssen? Was ihr nun von euren Weibern und Töchtern sagt, daß diese sich so leicht von uns beschwatzen lies-
sen, ist eure Schuld. Warum haltet ihr sie nicht in besse-
rer Zucht? Und gesetzt, wir sagten ihnen bisweilen ein Wort
mehr, als sie von andern hören, sind wir denn allein Diebe
unserer Nahrung? Werdet ihr euch nicht in Ewigkeit Ader-
lassen und den Bart scheeren lassen müssen, so lange ihr Bar-
bierer im Lande duldet? Sind eure Weinschenken auf den
Dörfern nicht ärger als die falschen Spieler? Ihr duldet
sie

sie aber doch, damit der Reisende und der Kranke sich bey
ihnen erquicke. Je nun; so duldet auch von uns um des
größern Vortheils willen, ein geringeres Uebel, und werft
es euren Weibern und Töchtern nicht so hämisch vor, wenn
wir ihnen bisweilen ein paar Nähenadeln in Kauf dafür geben, daß wir bey ihnen oder bey euch zu Gaste schlafen.
Was will endlich daraus werden, wenn jeder kleiner Reichsstand seinen kleinen Bezirk so zuschließen will? Ihr habt in
eurem Lande gewiß fünfhundert Packenträger, welche die
benachbarten Länder beziehen? Warum wollt ihr uns denn
nicht die Freyheit gönnen, die ihr selbst nöthig habt? Sind
nicht unter uns viele, die ihre Waare von euren eignen
Kaufleuten nehmen? Und würden wir nicht noch gern ein
mehreres von euren Fabriken nehmen, wenn diese uns
ihre Waaren nur eben so wohlfeil gäben, als wir sie anderwärts haben können? Verbietet uns allenfalls den
Handel mit solchen Sachen, die ihr im Lande selbst zieht
oder macht; aber lasset es nicht zu, daß eure Kaufleute
den Kohlsaamen mit schweren Kosten von der Braun-
schweiger Messe holen, den wir euch aus unsern Kohlgär-
ten ohne alle Unkosten zutragen.

Wie wir das letztemal in Leipzig waren, fragte uns
der Kaufmann, woher wir die gestickten Tücher und andre
hübschen Sachen für eure jungen Weiber nähmen; wohin
wir alle diese Waaren brächten, und wie es möglich wäre, daß wir zehntausend Stück dergleichen Tücher im Jahre absetzen könnten; und auf unsre Antwort, daß wir
solche mehrentheils in den westphälischen Stiftern vertrie-
ben, und die Menschen aus allen vier Welttheilen und mit
allerley Waaren daselbst freyen Aus- und Eingang hätten,
wollte er sich zu Tode wundern. Mein Gott, rief er aus,
was muß da für eine Polizey seyn; das arme Land muß
ja bis auf den Grund ausgesogen werden. Es hat ja keine
Fabriken und nichts. Die Leute müssen ja ärmer seyn,
als die Wilden; und man hat mir gar dabey gesagt: sie

hätten

hätten keine Justiz, und ein Prozeß käme nie zu Ende. Da möchte der Henker Kaufmann seyn und borgen.

Wisset ihr, was einer von uns darauf antwortete? Ich kann Ihnen, sagte er, von der dortigen Polizey und Justiz nichts sagen; ich habe wenigstens nie von einem Gesetzbuche *), von Hypothekenbuche, von Prozeßordnung dort gehört. Aber das weiß ich, daß die Zinsen dort vor dem Kriege nicht höher, als zu 3 p. C. gewesen, und jetzt zum Theil zu vieren gestiegen sind; daß man dort hundertmal mehr auf eine Privathandschrift oder auf ein Wort borge, als anderwärts auf gerichtliche Briefe; daß die liegenden Gründe dort höher im Preise sind, als sonst irgendwo; daß man seine Bezahlung dort richtig erhalte, und der Richter gegen die Schuldner nicht säumig sey; daß die Leute dort zufriedner sind, als bey euch, und daß ohne Polizey- und Justizverordnungen, ein jeder so ziemlich weiß, was er zu thun hat. Dagegen hören wir in den Ländern, worinn von nichts als Justiz und Polizey gesprochen wird, daß die Zinsen ohne Handel allemal um 1 bis 2 pr. C. höher gewesen; daß man dort adeliche und freye Güter um ein Drittheil, wo nicht um die Hälfte wohlfeiler verkaufe; und daß man alle Mühe in der Welt habe, auf große prächtige und kostbare Verschreibungen ein tausend Thaler zu borgen. Es muß also doch, wenn der Erfahrung zu trauen, dort so übel nicht seyn, als ihr meynet; und es muß eine wunderliche Beschaffenheit mit der Klugheit aller Polizeyanstalten haben, daß sie das Geld seltener, den Credit schwächer und die liegenden Gründe wohlfeiler machen.

Der Kaufmann gab uns seine Waare und schüttelte den Kopf. Was wir aber damals zu ihm sagten, das sagen wir jetzt zu euch. Wenn es nach allen politischen Rechnungen gienge: so müßtet ihr längst keinen baaren Schilling mehr im Lande haben; und gleichwohl ist es in

diesem

*) In pessima quavis republica plurimae sunt leges. TACIT.

diesem Stücke bey euch jetzt nicht schlimmer, als in den so
gepriesenen wohl eingerichteten Staaten; und ihr habt
das Vergnügen zu sehen, daß sogar die komischen Packen=
träger, welche eine Oper im Kopfe und kein Geld in der
Tasche haben, aus der Mitte von Frankreich der Quelle
aller Polizey, zu euch kommen. Ihr habt miteinander
Menschenverstand; und wenn ihr euren Beutel selbst nicht
flicken könnt: so werden ihn wahrlich alle Polizeyanstalten
nicht vor Löchern bewahren. Fegen können sie ihn, das
ist gewiß. Sie können euch auch so arm machen, daß
ihr nichts von uns kaufen könnt. Allein dasjenige, was
ihr darinnen habt, wird nie nach Verordnung, sondern al=
lezeit nach eurem freyen Willen gebraucht werden: Das
glaubt mir gewiß: wir kriegen Jahr aus Jahr ein viele
Menschen und viele Städte zu sehen, wir kennen sie, und
der große Mogul selbst wird dieses nicht ändern.

Was ihr übrigens davon sagt, daß sich unter uns
Packenträgern viele Diebe und Spitzbuben fänden, ist
ein falscher Gedanke. Habt ihr je gehöret, daß ein Mäu=
sefallen= oder Barometerkrämer zu einer Diebesbande ge=
höret habe? Und warum dieses nicht? Sind die Italiä=
ner weniger diebisch als die Deutschen? Nein. Die Ur=
sache ist, daß ein einzelner Mensch, der weder Freunde noch
Verwandte hat, sich in einem fremden Lande doppelt in
Acht nehmen muß. Kein Franzose wird daher leicht in
Deutschland, und kein Deutscher in Frankreich stehlen.
Ist diese Ursache wahr: so werdet ihr auch bekennen müs=
sen, daß wir Packenträger nach einer ganz richtigen Po=
litik minder diebisch sind, als andre Menschen. Demje=
nigen unter uns, der sich damit abgäbe, würde es gewiß
an aller Fürsprache mangeln. Seinen Packen behielte
man erst, und ihn fütterte man gewiß so lange in Ketten,
bis man es müde würde.

XXXVIII.

Urtheil über die Packenträger.

Die Packenträger laſſen ſich überhaupt in zwey Klaſſen theilen, wovon die eine mit Waaren, welche in ihrer Heymath fallen oder gemacht werden, handelt; die andre aber eine Art von zweyter Hand iſt, welche die Waare, ſo ſie führet, auf den Meſſen oder von Großhändlern nimmt und zum Verkauf umher trägt. Die erſte von dieſen Klaſſen verdienet eine ganz andre Aufnahme, als die zweyte; und ich glaube nicht zu fehlen, wenn ich mit ihnen nach dem großen Grundſatze verfahre, welchen die engliſche Nation in der weltberühmten Act of Navigation vom 23. Sept. 1660, in Anſehung der Seehandlung, feſtſetzte. In derſelben heißt es:

Daß jedes Land ſeine eignen Produkten und ſeine eignen Fabriken mit eignen Schiffen nach England bringen könnte.

Und die Abſicht dabey iſt, auf einer Seite zu verhindern, daß die Holländer, welche aller Welt Waaren führen, oder die Schweden, welche aller Welt Fuhrleute abgeben, oder andre Nationen, die eine gute und bequeme Ladung nach England bringen könnten, keine Verkäufer abgeben und ihnen fremde Waaren zubringen ſollen; auf der andern Seite aber ihren eignen Kaufleuten, welche ſolchergeſtalt den Einkauf fremder Waaren, die aus der Quelle nicht hergeführet werden, allein haben, und die engliſchen Waaren wieder in die Länder verführen, woher ſie fremde holen, dieſen Vortheil mit Ausſchluß aller andern zuzuwenden.

Nach dieſem von der ganzen handelnden Welt bewunderten Grundſatze, müſſen wir es zum erſten Hauptgeſetze machen, daß

Jeder

Jeder Fremder mit den Waaren, die in seiner Heymath fallen oder gemacht werden, zu uns kommen und hausiren könne; das Recht aber, mit andern Waaren zu handeln und zu hausiren, keinen, als ein heimischen im Lande wohnenden Unterthanen verstattet werden solle.

Auf diese Art bliebe den Franzosen der Handel mit Cammertuch, Nesseltuch und andern dergleichen in Frankreich fallenden Waaren; den Leuten von den Glas- und Eisenhütten, der Handel mit Gläsern, Schneidemessern, Sensen, Nägeln und dergleichen Eisenwaaren; den Sieb- und Korbmachern, der Handel mit Sieben und Körben; den Ravensbergern, der Handel mit klarem und feinen Linnen; verschiedenen Nachbaren, der Handel mit Drelsen, Kannefassen, wollenen Decken, wollenen und leinenen Strümpfen, mit Mausefallen und Barometern ungehindert; und da dieser Sachen, welche aus der Quelle, von Leuten so an derselben wohnen, hergebracht werden, so gar viel nicht sind: so ließe sich dieses bey weiter Ueberlegung leicht auf das genaueste bestimmen; indem doch überhaupt keinem das Hausiren im Lande, ohne vorherige Untersuchung und Vergeleitung, gestattet wird. Dagegen wäre es aber blos Einheimischen erlaubt, mit andern Waaren, als Messern, Scheeren, metallenen Knöpfen, Schnallen, Spiegeln, Bohrern, Pfeifenköpfen, Handschuhen, baumwollenen Mützen und Strümpfen rc. zu hausiren.

Gleichwie aber jene Act of Navigation die den fremden Nationen erlaubte Einfuhr eigner Waaren nur in so fern zuläßt, als diese Waaren nicht kontrebande sind: also muß es ein zweytes Hauptgesetz seyn, ein gleiches auch dahier zu beobachten, und sowohl den fremden als einheimischen Packenträgern das Hausiren mit sichern Waaren gänzlich zu untersagen; als nämlich mit allen Spitzen, allen gestickten Sachen, allen Seiden-

waa-

waaren, allen Zitzen oder Cattunen, allen wollenen
Stoffen und dergleichen Sachen, als welche entweder
in den Städten, oder auf Jahrmärkten, gekaufet werden können.

Ich rede hier blos von dem Hausiren außerhalb Jahr-
markts. Denn dieser muß vor wie nach frey bleiben;
und ist es nicht meine Meynung jetzt nicht, solchen gleichfalls
auf jene Grundsätze einzuschränken. Damit aber diese-
nigen, welche zu Markte kommen, diese ihnen zugestandene Freyheit nicht mißbrauchen, und unter Weges aus-
packen mögen: so ist

Drittens nöthig, die Heerstraßen zu bezeichnen,
und das Urtheil dahin zu fassen, daß wer sich mit denen
blos auf Jahrmärkten zugelassenen Waaren außerhalb
der Heerstraße betreten lassen wird, sofort aller seiner
bey sich führenden Waare verlustig seyn solle. Die Lage der westphälischen Länder begünstiget diese Anstalt
ungemein. In andern Gegenden gehen die Heerwege
von Dorf zu Dorf; und die Landleute wohnen alle im
Dörfe. In Westphalen hingegen wohnet in den Dörfern und an der Heerstraße fast kein einziger Landmann,
sondern blos Wirthe, Krämer und Handwerker; und
diese sind nur schlechte Kunden für die Packenträger.
Der wahre Bauer liegt in Hölzern zerstreuet, und man
kann nicht zu ihm kommen, ohne die Heerstraße zu verlassen. Es wäre also sowohl in dieser, als in mancher
andern Absicht nöthig, die Heerstraßen zu bezeichnen, als
wodurch zugleich die nach der Lage andrer Länder nöthige und beschwerliche Versiegelung der Packen völlig hin-
wegfallen würde.

Ich denke nicht, daß durch dieses Urtheil über die
Packenträger sich jemand mit Recht beschwert erachten
könne; denn daß man darinn

1) Diejenigen begünstiget, die uns ihre eignen Waaren, welche wir nöthig haben, mit der ersten Hand zu-

bringen,

bringen, hat in sofern seinen guten Grund, als wir sonst der zweyten und dritten Hand unnöthig zinsbar werden würden; daß man

2) den Vortheil der zweyten Hand, wenn eine Waare aus der ersten nicht zu haben ist, selbst zu gewinnen, und solchen einheimischen Unterthanen zuzuwenden suchet, ist der Klugheit gemäß; daß man

3) alles Haussiren mit Spitzen, gestickten Sachen :c. wobey die einfältigen Unterthanen überlistet und übervortheilet werden, verbiete, ist um so nothwendiger, weil der Werth dieser Sachen nicht so gut als der Werth eines Schneidemessers beurtheilet werden kann, und das Geld, was für wahre Bedürfnisse aus dem Lande gehet, nicht den zehnten Theil von demjenigen ausmacht, was auf Thorheiten verwandt wird! Endlich und

4) wird ein mäßiger Ueberschlag zeigen, daß von hundert fremden Packenträgern, welche das Land bekaufen, neunzig die nichts als fremde zusammengekaufte Waaren führen, zu Hause bleiben müssen. Die Leute, so von einer Quelle kommen, führen insgemein nur einerley Waare, und es ist gar nicht schwer, sie zu unterscheiden, und dem Befinden nach, mit einem beständigen Geleitsbriefe zu versehen.

Man will indessen doch die Gründe derjenigen, welche gegen dieses Urtheil etwas einzuwenden haben, gern vernehmen, und ihnen in der fernern Appellations-Instanz nicht allein Gehör, sondern auch Gerechtigkeit wiederfahren lassen.

XXXIX.

XXXIX.

Von der Steuer-Freyheit in Städten, Flecken und Weichbilden.

Es ist nicht leicht eine Sache, worüber in den Städten und Flecken mehr gestritten wird, als über die Frage: ob diese oder jene Person einer Freyheit von bürgerlichen Lasten genieße oder nicht? und nichts ist dabey gewöhnlicher, als daß man sich auf seinen geistlichen Stand, seinen Adel, oder seine Bedienung beruft, und dem Magistrate solcher Städte und Flecken es sehr übel nimmt, daß er es sich nur einmal einfallen lasse, befreyeten Personen dergleichen anzumuthen. Ich gestehe, daß mich die Gründe der Befreyeten mehrmalen geblendet haben; und daß ich es sehr unanständig gefunden, wenn der Fleckensdiener einen Reichsfreyen Mann zu Stadtpflichten verablaben wollen. Allein, nachdem ich die Sache in aller Einfalt erwogen und von allem falschen Schein entblößet habe; so bin ich davon völlig zurückgekommen.

Ich hoffe, ein jeder wird mit mir darinn einstimmen, wenn ich ihm die Sache so vortrage, wie sie mir vorgekommen ist. Ehe ich aber solches thun kann, muß ich bemerken, worinn die Freyheit in offnen Dörfern und auf dem platten Lande, sich von der Freyheit in geschlossenen Orten, dergleichen Städte, Weichbilder und Flecken sind, unterscheide. Eine Befreyung im Reiche oder im Lande geht dem Ganzen ab; und folglich kann sie von demjenigen, der über das Ganze zu sagen hat, ertheilet werden. Eine Befreyung in einer Stadt oder in einem Flecken, geht aber blos einem Theile ab, und da dieser nicht schuldig ist, für das Ganze zu leiden: so kann derjenige, der über das Ganze zu sagen hat, solche nicht ertheilen. Z. E. ein Landesherr mit seinen Städten kann einen Hof schatzfrey machen; aber kein Haus in einem

Flecken,

Flecken, ohne diesem solches an seinem Ausschlage abzu-
sehen. Jetzt wollen wir die Anwendung machen.

Der Kayser, ohnerachtet er das allerhöchste Reichsoberhaupt ist, mag kein Haus in irgend einem Flecken
befreyen. Denn da das Haupt vom ganzen Körper getragen werden muß, so würde es ungerecht seyn, solches
einem einzelnen Flecken aufzubürden; und vermuthlich
war dieses auch der wahre Grund, warum Kayser und
Könige ehedem immer von einem Orte des Reichs zum
andern reisen mußten, damit eine Provinz und eine
Stadt die Last nicht allein zu tragen hatte.

Ein Landesherr ist in keinem Städtchen oder Flecken
seines Landes frey, weil seine Freyheit dem ganzen Lande,
nicht aber einem einzelnen Theile desselben berechnet werden muß. Es hindert aber nichts, daß nicht der Kayser
wie der Landesherr einen freyen Pallast neben oder
an einem Flecken habe, dessen Befreyung dem Ganzen
nicht aber einem Theile zur Last fällt.

Landesherrliche Bediente sind aus einem gleichen
Grunde, zwar im Ganzen, aber in keinem einzelnen Flek-
ken frey. Eben so kann des Adels Freyheit zwar wohl
dem Reiche oder dem Reichslande, dem er dienet oder gedienet hat, keinesweges aber einem einzelnen Flecken aufgebürdet werden. Der geringste Edelmann würde es
nicht leiden, daß ihm der Kayser einen Burgfestendienst
aus der Reihe nähme, und ihm dafür einen Reichsgrafen, wenn er auch den Erbfeind des christlichen Namens zur See und zu Lande geschlagen hätte, einschöbe.
Und eben die Bewandniß hat es mit den Städten und
Flecken.

Die Beamte, welche mehrere Kirchspiele unter sich haben, die Richter, Gerichtschreiber, Vögte, Pedellen und
Amtsdiener, ja selbst der Pfarrer und der Küster, wenn
Bauerschaften in dem Flecken eingepfarret sind, können
demselben mit ihren Freyheiten nicht zur Last fallen, weil

die

dieselbe von dem ganzen Amte, dem Gerichtssprengel, der Vogtey oder dem Pfarrsprengel, der offenbarsten Billigkeit und Gerechtigkeit nach, mit gemeinsamen Schultern übertragen werden müssen. Das ist die Regel der Vernunft; eine Folge des Originalkontrakts, und der Grundsatz, worauf das Alterthum gebauet hat. Nun wollen wir aber auch die Ausnahmen betrachten.

Die erste giebt uns das Wehdum, welches seinen Namen von geweihtem Gute hat. Dieses wurde zwar in der sächsischen Anlage von Carln dem Großen nicht Dienstfrey erkläret. Allein der gemeine Dienst, so davon kommen mußte, wurde ans Altar gelegt; und auf diese Art wurde es in der weltlichen Dienstleistung frey. Das Wehdum ist fast durchgehends älter als Städte und Flecken, und diese haben folglich nie ein Recht gehabt, solches zum Weichbildsgute zu rechnen, und eine Beyhülfe davon zu fordern. Eben das gilt von allen geistlichen Gründen, deren besitzlich hergebrachte Freyheit einen gleichen Ursprung rechtlich vermuthen läßt.

Die zweyte Ausnahme macht Reichs- oder Amtsgut. Lange vorher, ehe Städte und Flecken sich schlossen, waren Amts- und Vogtshöfe vorhanden; und jene entstanden insgemein an und neben einem Amtshöfe oder einer Burg; und ob sie gleich, nachdem die sich daneben anbauende Handwerker und Krämer eine Mauer oder einen Bannkreis erhielten, mit darinn zu liegen kamen; so läßt sich doch leicht gedenken, daß das Amtsgut seine vollkommenste Freyheit behalten habe.

Die dritte Ausnahme macht Burgmannsgut. Dieses ist theils aus alten Reichs- oder Amtsgute entstanden, und folglich zwar wohl in den städtischen Bannkreis gekommen, aber nicht zum Weichbilde pflichtig geworden; theils hat es die Sicherheit der Städte und Flecken erfordert, Burgleute an sich zu ziehen;

hen; da sie denn denselben dafür, daß sie den Flecken
und die Stadt beschützet, eine Freyheit zugestanden haben. Hierauf gründen sich die Freyheiten adelicher Häuser in Städten.

Die vierte Ausnahme gründet sich auf alte
Vergleichen. So sehen wir, daß in den neuern Zeiten,
wie in hiesigem Stifte die Städte und Flecken zum Schatze
angeschlagen sind, denenselben für diejenigen Landesbediente, welche sich darinn aufhielten, so viel nachgelassen
worden, als ihr Antheil der Schatzung betragen konnte;
und so wird noch verschiedenen Landesbedienten ein siche-
res für ihre Wohnung aus der Landeskasse bezahlet, damit sie dem Orte, wo sie wohnen, nicht allein zur Last fallen mögen. Man hat also immer den Grundsatz befolgt,
daß die Landesfreyheit der Landeskasse, nicht aber der
Cämmerey des Städchens obliegt; und es erhellet aus
den jetzt angeführten beyden Umständen, daß man nach
der von mir oben festgesetzten Regel verfahren, und keinem Städchen oder Flecken anmuthen wollen, die den
landesherrlichen Bedienten von dem ganzen Lande zu
verschaffende Freyheit, ganz allein zu stehen. Was wir
in den neuern Zeiten sehen, das kann in den alten geschehen seyn, und wo landesherrliche Bediente an einzelnen
Orten einer Freyheit genießen, da muß man ebenfalls
einen alten Vergleich zum Grunde dieser Freyheit annehmen.

Ich sollte noch der fünften Ausnahme, nämlich der kayserlichen Befreyungen, gedenken.
Allein da solche eigentlich zu der Zeit ihren Ursprung nahmen, wo alles noch zum Reiche steuerte; da sie hiernächst
insgemein nur dem Amtsgute, was an dem Flecken
oder Städchen lag, und nicht eigentlich bürgerlicher Grund
war, ob er gleich mit in der Mauer befasset wurde, zu
statten kamen; und da sie endlich die Regel offenbar befestigen, indem sie nicht mehr statt haben, seitdem die

Länder geschlossen sind: folglich auch schwerlich statt hatten, sobald ein Flecken oder Städtchen sich mit kayserlicher Bewilligung geschlossen hatte: so ist es eben nicht nöthig, daraus eine besondere Ausnahme zu machen: indem fast alles kayserlich freye Gut unter Wehdum, Amtsgut, und Burgmannsgut verstanden ist.

Dies sind meines Ermessens überaus begreifliche Wahrheiten, woraus man zugleich abnimmt, warum der Thorschreiber eines Fleckens mehrere Freyheit zur Stelle haben könne, als der erste Minister eines Landesherrn. Denn jener ist der Bediente dem das Flecken die Freyheit zur Besoldung reicht; dieser hingegen ist der Landesbediente, dem das Flecken keine Besoldung schuldig ist. Es verdienen diese Wahrheiten um so vielmehr in Betracht gezogen zu werden, da die Freyheiten durch ein offenbares Mißverständniß gar zu weit ausgedehnt, und auch viele Städte dadurch außer Stand gesetzt werden, nur eine mäßige Einquartierung zu tragen, und man es oft dem Landesherrn glaubend machen will, daß seine Ehre daran liege, wenn seine Bedienten nicht überall im Lande frey gelassen werden wollen.

Ich läugne nicht, daß es überaus billig sey, diejenigen, welche für des Landes Beste streiten, arbeiten oder beten, von allen Auflagen und Beschwerden frey zu machen. Es kann ihnen diese Freyheit zur Aufmunterung und zur Belohnung dienen. So seltsam es aber einem Privatmann vorkommen würde, wenn man ihm anmuthen wollte, seines Fürsten Bedienten allein zu bezahlen; eben so seltsam ist es auch von einem Reichsflecken oder von einer Landstadt zu fordern, dem Kayser oder dem Fürsten mit seinem ganzen Hofstaat eben die Freyheit in ihren Mauren zu geben, welche sie ihren eignen städtischen Bedienten statt der Besoldung giebt.

XL.

XL.

Schreiben eines westphälischen Schulmeisters, über die Bevölkerung seines Vaterlandes.

Eure Intelligenzien erlauben mir großgünstig, daß ich mir durch den Canal ihrer Blätter von Sr. Wohlweis: heiten dem Herrn Publiko etwas Erläuterung über einen Punkt ausbitte, den ich in meinem einfältigen Kopfe nicht recht begreifen kann. Ich höre und lese nämlich oft, daß unser dunkles Westphalen unter allen Ländern am schlechte: sten bevölkert und angebauet sey; und man will daher schließen, daß wir faule, ungeschickte und ungezähmte Leute wären, die sich aller guten Polizey schlechterdings wider: setzten und lieber auf Ebentheuer in die weite Welt giengen, als zu Hause den ihnen von Gott verliehenen Acker baue: ten. Nun will ich nicht läugnen, daß unsre Kinder sehr häufig in die Fremde ziehen, und manches ehrlichen Man: nes Sohn in den benachbarten Handelsorten hangen bleibe, auch wohl auf der See sein junges Leben einbüße. Allein es kommt mir doch immer so vor, als wenn wir auch etwas mehrers verlieren könnten, als andre Länder; und daß der undankbare Boden, worauf uns die Vorsehung so hinge: worfen, wohl so gut besetzt sey, als die reichen und geseg: neten Fluren, welche glücklichere Nationen zu ihrem Erbtheil erhalten haben. Ich kann solches Eurer Intelligenzien nicht besser bedeuten, als wenn ich Ihnen den Streit vorlege, welchen ich mit meinem Sohne, den ich ohne Ruhm zu melden, selbst im Rechnen und Schreiben unterwiesen ha: be, bey Feyerabend mehrmalen gehabt habe.

Gedachter, mein Sohn, der mit einem Herrn aus un: serm Lande nur als Bedienter gereiset ist, aber doch auf al: les gute Acht gegeben hat, erzählte mir, daß die Franzo: sen, diese volkreiche Nation, ihr Land auf 10000 geogra: phische Quadratmeilen rechneten, und daß auf diesem gro:

ßen Boden zur Zeit Ludewigs XIV. zwanzig; nachwärts unter der Minderjährigkeit Ludewig des XV. achtzehn, und im Jahr 1764. sechzehn Millionen gezählet und gerechnet worden. Gut, dachte ich, nun wollen wir bald sehen, wer der beste sey. Unser Stift hält nach der von dem Herrn Obristlieutenant von dem Bussche verfertigten Charte 28 Quadratmeilen, und folglich beträgt unser Land den 350sten Theil von Frankreich. Wie viel Einwohner müßten wir also haben, wenn unser Land eben so volkreich als Frankreich seyn sollte? Die Antwort war leicht, höchstens 50000. Wie viel haben wir aber würklich? An gezählten Köpfen, hundert sechzehntausend sechshundert vier und sechzig *).

Das ist nicht möglich, sagte mein Sohn; in Frankreich sind so viele Hauptstädte, so viele Seehäfen, und allein über achtmal hundert tausend Bediente; denket nur einmal an 12000 Equipagen in Paris... Das kann alles wohl seyn, war meine Antwort; und ich freue mich, daß wir nicht den 350sten Theil von Bedienten und Kutschen haben. Allein es ist klar, daß unser Land mehr als doppelt so stark bevölkert sey, als Frankreich; und aller ihrer Hauptstädte und Seehäfen ungeachtet, den Vorzug behalte. Doch wir wollen der Sache näher treten. Wie viel Feuerstätten haben die Franzosen im Lande?

Man rechnete sie ehedem, sagte er, auf vier Millionen; Andre sagen nur von $3\frac{1}{2}$ Millionen, oder 3713563. Noch andre setzen sie auf $2\frac{1}{2}$; und zu meiner Zeit (1764) nahm man sie zu zwey Millionen an. Gut, erwiederte ich, wir wollen ihnen die 4 Millionen lassen; es kömmt hier auf ein paar Millionen nicht an; und so müßten in unserm Stifte nur etwa 11000 Wohnungen seyn. Es sind ihrer

aber,

*) Die Zählung geschahe erst bey der Theurung im Jahr 1772, und wurden damals 19634 Wohnungen gezählet; mithin kommen auf jedes Haus über 5 Menschen.

aber, wie du weißt, vom Herzoge Ferdinand 18000 gezäh=
let worden; und man kann wohl annehmen, daß man
diesem großen bösen General zweytausend weniger gesagt
habe, als würklich vorhanden sind.   Du siehst also, daß
nach dem angenommenen Verhältnisse in unserm Lande
doppelt so viel Feuerstätte als in Frankreich sind.

 . Es sey darum wie es wolle, versetzte er: so hat Frank=
reich 38000 Kirchspiele; und hier im Stifte sind deren
nicht viel über funfzig. In Frankreich wird das Säeland
auf 150 Millionen, und das Wiesen=, Garten= und Wein=
bergsland auf 50 Millionen Arpens, den Arpent zu 150
Quadratruthen gerechnet, angeschlagen.   So viel wird
von unsern Heyden und Mooren doch jährlich nicht genutzt.
Und wie schön ist dort nicht der Acker gebanet, seitdem
man eigne Akademien dafür errichtet? Wie herrlich ist nicht
ihre Viehzucht? Und wie fleißig sind nicht alle Menschen?

 Höre einmal, sagte ich zu ihm, ein westphälisches Kirch=
spiel, worunter einige 1500 bis 2000 Feuerstätten haben,
ist gewiß dreymal so stark, als ein französisches. Ich habe
in meiner Schule 373 Kirchspielskinder; diejenige, so in
die katholische Schule und in die vorhandene Nebenschule
gehen, ungerechnet.   So viel wirst du schwerlich in ei=
ner französischen Dorfschule gefunden haben. Und was
den Acker betrift: so besitzen wir an Heyden, Mooren und
Gebürgen 948672 Morgen, jeden zu 120 Calenb. Ru=
then gerechnet, hierauf leben 116664 Menschen; und
nach diesem Verhältniß müssen in Frankreich über 40 Mil=
lionen Menschen seyn, ohne daß wir einmal untersuchen
wollen, ob unter den 200 Millionen Arpens lauter ur=
bares, oder auch Heyde und Moorland mit begriffen sey.
Ueberdem glaube ich dir, lieber Fritz,

 Erstens dieses, daß so viel gebautes Land in
Frankreich sey, auf dein Wort noch gerade nicht zu. Denn
der Landschatz in Frankreich beträgt nur, wie du wohl eher
gesagt hast, 75 Millionen Livres; und wenn ich den vier=

             ten

ten Theil deiner 200,000,000 Arpens für die Geistlich-
keit und den Adel abrechne, als welche zum Landschatze
nichts beytragen: so müßte jeder Arpent nur zu $\frac{1}{4}$ Livre
angeschlagen seyn, folglich in Frankreich von jeden funfzig Quadratruthen nur 1 ggl. an Schatzung jährlich bezahlet werden. Das glaube ich nicht. Denn du hast
mir von einem französischen Pächter gesagt, der von 550
Arpens oder von 1500 Scheffelsaat 1800 Livres im
Landschatze bezahlt hätte.

Fürs andre, machen sie in Frankreich ein Geschrey über die 400 Millionen Livres, die jährlich aufzubringen sind, als wenn Himmel und Erde vergehen sollte.
Dies wäre nicht möglich, wenn die Bevölkerung und der
Ackerbau mit den westphälischen Landen in Vergleichung
stünde. Denn im Verhältniß mit ihnen müßten wir
800,000 Livres oder 200,000 Thaler jährlich aufzubringen haben; und diese werden wir mehrentheils, mit
Einschluß der Domainen aufbringen, ohne daß wir alle
die Auflagen kennen, die in Frankreich ein eignes Wör-
terbuch erfordern, ohne einen Pfennig von allem, was
wir essen, trinken, rauchen, schnupfen und am Leibe tragen, zu bezahlen, ohne von Stempel-, Accise-, Licent- und
Kopfgeld etwas zu wissen.

Fürs dritte, hast du mir gesagt, daß dein Herr
sich bey einem Edelmann zu Brie aufgehalten hätte, der
von 550 Arpens, oder 1500 hiesigen Scheffelsaat des
besten Landes jährlich 4800 Livers oder 1200 Rthlr. an
Pachtgelde erhalten hätte. Daneben hätte der Pächter
450 Thaler Landschatz und 150 Thaler Kopfschatz jährlich
entrichten müssen. Die 1500 Scheffelsaat haben also
überhaupt zur Heuer gethan 1800 Thaler. Hier im
Stifte hätten solche über 3000 Thaler zur Heuer oder
Pacht thun müssen, ohnerachtet zu Brie das Land weit
besser ist, als hier. Du siehst also, daß wir unsre Heyden und Moore eben wohl nutzen.

Fürs

Fürs vierte, mußt du wissen, daß man in Frank=
reich Brache, und in Westphalen keine habe; weil wir
die Heydeplaggen anstatt der Brache gebrauchen. Es
bauet also Frankreich jährlich ein drittel Land weniger,
als du angegeben hast, wohingegen wir solches jährlich
nutzen, und im Ackerbau den Franzosen gleich seyn wür=
den, wenn wir von unsern 28 Quadratmeilen $\frac{1}{7}$ schlech=
terdings ungenutzt, und noch ein Drittel des genutzten
anstatt der Brache in der Heyde liegen hätten.

Fürs fünfte, zähltest du zu Brie bey dem Päch=
ter 40 Stück Hornvieh auf 1500 Scheffelsaat genutztes
Land; wenn du aber die westphälische Wirthschaft an=
siehst, und aus diesen 1500 Scheffelsaat 12$\frac{1}{2}$ Bauerhö=
fe, jeden von 10 Maltersaat machest: so kommen auf
jeden Hof etwa 3 Stück Hornvieh; und ich glaube doch,
daß Höfe von 10 Maltersaat nicht unter 8, viele aber
wohl 16 haben werden; besonders wenn ich das Vieh
der Heuerleute mit einrechne.

Fürs sechste, hatte der Pächter zu Brie 48 Leute,
an Knechten und Mägden im Dienste; welches mit ihm,
seiner Frau und 4 Kindern, 56 Personen auf 1500 Scheffel=
saat ausmachte. Wenn du aber hier dafür 12$\frac{1}{2}$ Bauer=
höfe nimmst; auf jeden Hof die Leibzucht und nur ei=
nen einzigen Kotten rechnest, deren doch jeder insgemein
2 oder 4 hat: so kommen 37$\frac{1}{2}$ Häuser heraus, und diese
enthalten, auf jedes Haus 5 Menschen gerechnet, 187
Menschen.

Du magst mir also sagen was du willst, mein Sohn:
so sehe ich noch nicht, daß die Franzosen Ursache haben,
unser Land la vuide Westphalie zu nennen. Denn was
von unserm Stifte gilt, das gilt höchstens mit einem
fünftel Absatz von ganz Westphalen.

Euer Intelligenzien dürfen aber nicht denken, daß
ich unsere Moore und Heyden allein mit dem galanten
französischen Boden verglichen habe. Nein, ich habe

Q 3

auch

auch meine beyden Augen, womit ich noch zur Zeit ohne Brillen sehe, auf andre Länder gewandt. So hält zum Exempel England 2916 geographische Quadratmeilen, und 5,340,000 Einwohner. Dies macht auf jede Quadratmeile 1831 Einwohner, wovon man noch ⅓ abrechnen sollte, weil London nicht mit zum Anschlag bey der gegenwärtigen Vergleichung kommen kann. Dagegen aber hält unser Stift 28 dergleichen Quadratmeilen, und hat folglich, bey der sicher als richtig angenommenen Zahl von 116664 Einwohner, über 4000 Köpfe auf jede Quadratmeile, und lauter Köpfe, die lesen und schreiben lernen.

Dies übertrifft auch noch die schlesischen Lande, als welche nach Herrn Büschings Angabe (wenn der Multiplikator gehörig verbessert wird), 2552 Seelen auf jede Quadratmeile haben; und die Königl. Preußischen Lande überhaupt, worinn im Jahr 1756. 4,512,528, auf 2940 Quadratmeilen, folglich auf jede derselben nur 1534 gerechnet wurden.

Nach gedachter Hrn. Büschings Rechnung hat auch Deutschland im Durchschnitt nur 2135 Menschen auf jeder Quadratmeile. Das Elsaß, das für ziemlich bevölkert gehalten wird, und wo gewiß alle Lebensmittel im Ueberfluß und wohlfeil sind, ernährt nach Süßmilch nur 1835 auf einer dergleichen; und um wieder auf Frankreich zu kommen: so zählt solches nach Süßmilch 1900; nach Büsching 2000, und nach dem Schmeichler d'Expilly 2201 Menschen auf einer Quadratmeile. Aus welchem allen denn meiner unterdienstlichen Meynung nach zur Gnüge erscheinet, daß ich Recht, die ganze übrige Welt aber Unrecht habe.

Dieselben werden mir zwar vermuthlich erwiedern, daß man in Westphalen an der Heerstraße kaum ein Haus, und noch seltener ein Dorf sehe; wohingegen man

in

in den blühenden Gegenden Deutschlands oft 70 bis 80 Dörfer aus einem nur einigermaßen erhobenen Fenster erblicken kann. Allein ich kann ihnen hierauf weiter nichts antworten, als daß eins von den obgedachten Dörfern insgemein 80 bis hundert Ziegeldächer halte, deren sich eine Menge in einem ebnen Felde leicht übersehen läßt; wohingegen sich schwerlich ein Standort finden lassen wird, woraus man die in einem westphälischen Kirchspiel auseinander gestreute 1000 bis 2000 Wohnungen übersehen kann; weil das Land uneben und mehrentheils jedes Haus mit Bäumen umgeben ist. Daneben findet man, daß sich alles von der Heerstraße entfernt, in Winkeln versteckt, und die Aussicht, wo es die bare Heyde nicht verhindert, so viel immer möglich unterbrochen habe; eine Politik, die im Kriege nicht ohne Nutzen und vermuthlich eine Folge desselben ist. Soll ich ihnen aber auch meine Meynung von der vorzüglichen Bevölkerung der westphälischen Länder sagen: Don Geronimo de Ustariz, erschrecken Sie nicht, es ist ein Spanier, hat bemerkt, daß die spanischen Provinzen, welche die mehrsten Leute nach Indien schicken, die volkreichsten sind, und man kann, verzeihen Sie mir das Gleichniß, das menschliche Geschlecht mit einer Waare vergleichen, die, wenn sie stark abgeht, auch stark verarbeitet wird *).

Q 4

---

*) Der Herr Stiftsamtmann Oeder hat in dem sechsten Stück des Museums von 1776. einigen Zweifel gegen diesen Aufsatz erregt, und nach seiner Theorie gefunden, daß die angegebene Bevölkerung höchst unwahrscheinlich sey. Ihm und der Wahrheit zu Ehren bekenne ich, daß der Schulmeister sich geirret, und unser Stift nach der von dem Herrn Oberstlieutenant von dem Bussche verfertigten Charte 45 Quadratmeilen halte. Ich würde also das ganze Werk verworfen haben, wenn es nicht für das Publikum auch interessant wäre, zu sehen, daß die Theorien philosophischer Köpfe oft sehr genau zum Ziel führen. Man konnte nicht glücklicher und genauer schließen, als der Hr. Oeder geschlossen hat.

Vollständige Berechnung der Menschen im Stifte
Osnabrück, wie solche im Jahr 1771. gezäh=
let wurden:

Hausväter	21308
Hausmütter	44481
Söhne über 14 Jahr	5197
unter 14 Jahr	19668
Töchter über 14 Jahr	5228
unter 14 Jahr	19647
Männliche Angehörige bey ihren Verwand= ten im Hause	1552
Weibliche	1949
Gesellen und Bursche	549
Knechte	5062
Mägde	5910
Ohne Unterschied der Jahre und des Ge= schlechts angegebene	6113

Summa 116664

XLI.

Schreiben eines reisenden Gasconiers an den Herrn Schulmeister.

Eure Wohlerwürden mögen mir noch so viel zum Lo=
be ihres Vaterlandes sagen: so kann ich es Ihnen doch
nicht verheelen, daß ich noch zur Zeit, ohnerachtet ich zu
Lande und zur See gereiset bin, kein Land angetroffen
habe, worinn es weniger Originalnarren giebt, als in
dem Ihrigen. Ich bin meines Handwerks ein Comödien=
schreiber, und in der Absicht zu Ihnen gereiset, um eini=
ge besondre lächerliche Charaktere für meine Bühne bey

Ihnen

Ihnen aufzusuchen; so wie mancher in die Fremde reiset,
um Löwen und Meerkatzen oder andre seltne Thiere zu
erhandeln. Allein es ist mir in Dero Heymath kein
Narr vorgekommen, wovon ich es der Mühe werth geachtet hätte, eine Schilderung mitzunehmen. Dies beweiset denn doch wohl unstreitig, daß Sie auch keine
große Genies unter sich haben.

Ich will Ihnen den Ruhm von guten, ehrlichen und
fleißigen Leuten nicht absprechen. Allein dergleichen findet man überall; und wenn man einen gesehen hat, so
hat man sie alle gesehen. Es liegt mir auch nichts daran, wie viel Menschengesichter sich in ihrem Lande befinden, wenn sie alle die Nasen auf einer Stelle haben.
Die Hauptsache ist jetzt, Wunder der Natur zu sehen,
und bey mir kommt hinzu, sie für Geld sehen zu lassen.

Anfangs glaubte ich, der Fehler dieser Einförmig-
keit wäre blos den gemeinen Leuten in ihrem Lande eigen;
und ich hoffte noch immer unter den Vornehmen, oder
doch wenigstens unter den Damen etwas zu finden, was
sich in meine Sammlung von seltenen Thieren schicken
würde. Allein auch hier schlug meine Vermuthung fehl.
Ich traf einen vornehmen Edelmann an, der mit seinen
Leibeignen als mit vernünftigen Menschen umgieng; der
ihre Bedürfnisse fühlte; ihnen mit Rath an die Hand
gieng; ihnen in der Noth Vorschuß that; und sich um ihr
ganzes Hauswesen mit einer väterlichen Sorgfalt bekümmerte. Die Frau vom Hause verließ mich mitten in
einer interessanten Erzählung, um mit einer armen Frau
zu sprechen. Und was ich beynahe für etwas originales
gehalten hätte: so gieng das gnädige Fräulein aus dem
Zimmer in den Keller um den Wein auszulangen: ohnerachtet ich ihr eben eine neumodische Caricaturhaube
vorzeichnete. In dem Zimmer fand sich nichts als Ordnung und Reinlichkeit, und wie wir nach Tische in den
Garten giengen, fanden sich, erzittern Sie doch, keine

 Oran-

Orangeriebäume mehr. Der Herr vom Hause erzählte mir dabey, daß zu seines Großvaters Zeiten kein Edelmann ohne eine Orangerie gewesen wäre, und jeder sein bestes Gehölze dazu verbraucht hätte, um diese fremden Puppen zu unterhalten. Jetzt aber hielt man mehr auf eine Eiche, als auf einen Lorbeerbaum. Der gute Mann, daß er seine Orangerie nicht behalten hat! Wer vordem zu ihm kam, erzählte ihm allemal, wo er dieselbe besser gesehen; und das mußte er für ein Compliment aufnehmen. Jetzt wird man ihn fragen müssen: Ob es dieses Jahr auch Mast geben werde? Und dann wird die Rede wohl gar auf die Schweine fallen. Was für eine Erniedrigung!

Ich dachte endlich: auf dem Lande ist es schlecht; aber in den Städten wird es doch Merkwürdigkeit für mich geben. Aber nein, auch hier fand ich einige verunglückte Copeyen, wovon ich die Originale unendlich schöner gesehen hatte, ausgenommen, nichts als gesunde Leute, die emsig und zufrieden vor sich hin arbeiteten, und mir nichts zu malen gaben; nicht eine menschliche Figur, welche werth gewesen wäre, in einem Kunstsaale aufbehalten zu werden. Eine Dame, der ich meine Verwunderung hierüber bezeugte, versprach mir jedoch, eine Seltenheit zu zeigen, welche ich in andern Ländern nicht gesehen haben würde: und hierauf führte sie mich in ihre Kinderstube, wo der Mann sich die Mühe gab, seinen Kindern die Gründe des Christenthums beyzubringen; wo er dem Hofmeister Lehren gab; und sich, nachdem die ersten Höflichkeiten vorüber waren, in meiner Gegenwart nicht scheuete, in seiner Arbeit fortzufahren. Die Dame setzte sich, wie ich glaube, mir zum Possen, bey Ihrer Tochter nieder, und drückte ihr die Hand, wann sie dem Vater wohl antwortete, und das Mädchen war entzückter über diesen Beyfall, als über mich; ohnerachtet ich doch glaube, kein alltäglicher Kerl zu seyn.

Him=

Himmel, dachte ich bey mir, wie willst du aus dieser verwünschten Kinderstube kommen! Ich sah es dem Herrn an, daß er es nach Dero Landesart für eine Grobheit aufgenommen haben würde, wenn ich ihm nicht mit Aufmerksamkeit zugehöret hätte; und die Frau vom Hause, ohnerachtet sie mich anfangs auf eine lose Art dahin geführet hatte, schien nunmehro ebenfalls bey dem Vergnügen ihre Kinder zu sehen, auf meine Ungeduld keine Acht zu haben. Zum Glück für mich nahm die zu dieser Arbeit bestimmte Zeit von selbst ein Ende; und ich hatte warlich kein Verlangen, mehrere Originalien in einem Hause aufzusuchen, wo man nichts als die Erfüllung solcher Pflichten sah, die jeder Pfarrer seiner Gemeinde alle Sonntage ohne Unterlaß vorpredigt. Ich glaube gar, daß die Leute mit dem gemeinsten Mann zur Kirche gehen, und sich nicht einmal davon träumen lassen, daß die zehn Gebote mehr als hundert Jahr aus der Mode sind.

Bey einer solchen Lebensart, und in einem Lande, worinn, wie ich vermuthe, Mann und Frau noch in einem Bette schlafen, ist es wohl kein Wunder, daß aus langer Weile des Jahres viele Kinder erzeugt werden. Mich wundert nur, daß Eure Wohlehrwürden nicht auf jeder Quadrätmeile eine ganze Million gefunden haben. Allein, Ihre Kirchspielsschule mag sich so gut dabey stehen, als sie immer will: so danke ich für ein Land, worinn man nichts als Gesundheit und Arbeit kennet, und ohne Cedras verdauen muß. Ich nehme aus demselben nichts als einen rohen Schinken und ein Stück Pumpernickel mit, um es die Pariser für Geld sehen zu lassen.

Ich will Ihnen nächstens eine Rechnung schicken, wie viel Thoren sich in andern Ländern auf jeder Quadratmeile finden; und da sollen Sie sehen, wie sehr Sie die Bilanz gegen sich haben. Bis dahin begnügen Sie sich;

der

der einzige in Ihrem Kirchspiel zu seyn, den ich auf meiner Wanderreise einiger Aufmerksamkeit gewürdiget habe.

Geschrieben auf der Reise.

N. S.

Apropos, noch eins! In ganz Westphalen habe ich keine Obstbäume an der Heerstraße gefunden; und ich habe mich wirklich oft darnach umgesehen, weil ich hungrig war. Wie ist es aber möglich, in einem so wesentlichen Stücke zu fehlen? Sollten sie nicht überall Datteln= Pignolen= Capern= Oliven= und Feigenbäume stehen haben? Sollte jedes Dorf nicht angewiesen seyn, einen Zuschlag für Melonen zu machen? Wahr ist es zwar, in manchen niedersächsischen Gegenden sehen die Obstbäume an der Heerstraße ziemlich verfroren, krüpplicht und bemooset aus; und es hat das Ansehen, als wenn der erste Nordwestwind dieser herrlichen Policeyanstalt bald ein Ende machen und den Cameralisten sagen werde, daß die Natur das für 30 Winde offne Feld nicht eigentlich zum Obstbau bestimmet habe. Indessen ist es doch ein Beweiß von dem Genie einer Nation, wenn sie den Kirchthurm mit zur Windmühle gebraucht. Sie kann sodann allemal deren Flügel nach dem Hahne stellen.

XLII.

Gründe, warum sich die alten Sachsen der Bevölkerung widersetzt haben.

Indem jetzt die Bevölkerung eines Staats als dessen vornehmste Glückseligkeit angesehen wird: so verlohnt es sich wohl der Mühe, die Gründe zu untersuchen, warum unsre Vorfahren, die Sachsen, sich derselben von den älte-

sten

sten Zeiten her widersetzet, und ihre Jugend lieber zur Ueber-
ziehung und zum Anbau fremder Länder ausgeschickt, als
zu Hause neben sich geduldet haben. Ihre Meynung war
unstreitig, wie sich aus unendlichen Spuren zeigt, daß sie
ihre Höfe und Erbe besetzt halten, und außerdem keine freye
Markkötter, Brinklieger, Heuerleute, Bürger und andre
Neubauer um und neben sich haben wollten; und es ist
höchst wahrscheinlich, daß ihre Kinder, in so fern sie keine
Hofnung hatten, einen Hof zu erben, oder nicht niederträch-
tig genug waren als Knechte zu dienen, sich dadurch genöthiget sahen auszuwandern und auf Ebentheuer zu ziehen.
Allein die Gründe, welche sie für diese ihre Meinung hatten,
sind nicht so einleuchtend; und wir können uns solche nicht
lebhafter vorstellen, als wenn wir einen dieser Alten in
öffentlicher Versammlung auftreten, und gegen die Neubauern sprechen lassen.

„Lieben Freunde und Rechtsgenossen, mochte er sagen,
„wir haben uns in dieser Mark als Männer vereiniget, wel-
„che Ehre und Gut besitzen; die Gesetze, worüber wir uns
„verglichen haben, gründen sich auf diesen Besitz; die
„höchste Strafe ist der Verlust desselben, und die mindern
„Vergehungen werden mit einem Theil unsers Vermögens
„gebüßet. Was sollen wir aber mit freyen Neubauern
„anfangen, die, wenn sie ein Verbrechen begehen, ihre
„geringe Hütte, ihr Gärtchen oder ihre anderthalb Schef-
„felsaat Landes im Stiche lassen und davon flüchten kön-
„nen? Unser einer, der einen ganzen Hof besitzt; der mit
„seinem Hofe auch seinen Stand und seine Ehre unter uns
„einbüßet; und wo er sich auf flüchtigen Fuß setzt, überall
„mit seinen Kindern nichts als die Knechtschaft oder ein
„schlechter Loos zu erwarten hat, wird sich wohl hüten
„die Gesetze zu brechen. Unser einer wird nicht gern
„sein ganzes oder halbes Vermögen daran wagen, um
„seinen Nachbaren todtzuschlagen. Wie können wir aber
„von Neubauern, die wenig oder nichts zu verlieren haben,

„ben, ein gleiches erwarten? Werden wir dadurch ge-
„bessert, wenn sie ein Verbrechen begehen, daß wir ih-
„nen ein elendes Leben nehmen, oder sie mit Ruthen peit-
„schen lassen? Können wir Leute, die unter solchen Stra-
„fen stehen, für unsere Rechtsgenossen erkennen; sie mit
„zu unsrer Versammlung ziehen, und wenn sie sich, wie
„leicht vorher zu sehen, gleich den Heuschrecken vermeh-
„ren werden, von der Mehrheit ihrer leichtfertigen Stim-
„men das Wohl unsers Staats und unser eignes abhan-
„gen lassen? Werden sie nicht mit der Zeit, wenn sie von
„dem Mächtigern geheget und geschützet werden, diesem
„ihren Schutzherrn zu gefallen, unsre Verräther und Un-
„terdrücker werden? Werden sie nicht bald den größten
„Haufen ausmachen, und eine ganz neue Gesetzgebung
„erfordern? Kann ein solches liederliches Gemengsel an-
„ders als durch Leib- und Lebensstrafen regieret werden?
„Und wird derjenige Schutzherr, der sie auf diese Art
„regiert, nicht bald zu mächtig, nicht bald unser Ober-
„herr und zuletzt unser Tyrann werden? Und warum sol-
„len wir dergleichen Leute in unsern Marken sich ansetzen
„lassen? Im Kriege kommen sie uns nicht zu statten: von
„einem elenden Kotten können sie sich so wenig Waffen
„als Unterhalt schaffen; und mit Billigkeit können wir
„auch nicht fordern, daß sie sich für einen Staat auf-
„opfern sollen, der ihnen nichts als eine elende Hütte
„erlaubt hat.   Weg also mit diesem Ungeziefer! Wollen
„sie als Knechte dienen, so mag sie derjenige annehmen,
„der für ihr Verbrechen einstehen und für sie bezahlen
„will.   Knechte haben eine ewig todte Hand; sie können
„nicht fechten, nie etwas erwerben, nichts verjähren,
„und uns mithin auf keine Art gefährlich werden. Gön-
„net man ihnen auch ein Stück Vieh auf der gemeinen
„Weide: so widerspricht ihr Stand allemal ihrer Befug-
„niß. Wir sind also sicher gegen ihre Ausdehnung. Aber
„freye Neubauer können erwerben; sie können Markge-
rech-

„rechtigkeit erhalten; sie können sich eins über das andre
„anmaßen; sie müssen nothwendig unsre Weiden und un‍
„ser Holz, es sey nun heimlich oder öffentlich, mit ge‍
„brauchen, und wenn wir nicht beständig gegen sie auf
„unsrer Hut und auf der Jagd sind: so werden sie sich
„wie Heerden zusammen ziehen, Mauren um sich aufwer‍
„fen, und uns auf die Köpfe schleudern, wenn wir sie
„in Schranken halten wollen. Und was werden unsre
„Nachbaren sagen, wenn einer von diesen Neubauern zu
„ihnen kömmt, und bey ihnen ein Verbrechen begehet?
„Werden sie nicht von uns fordern, daß wir den Um‍
„ständen nach, den Schaden *) für ihn gut machen sol‍
„len? Woher nehmen wir aber diesen, wenn der Neu‍
„bauer keinen Hof unter uns besitzt? Wollen wir es aus
„dem unsrigen bezahlen; oder werden unsere Nachbaren
„damit zufrieden seyn, daß wir ohne alle Vorsicht stößi‍
„ges Vieh oder unsichere Menschen unter uns dulden?“

Es kann niemand, der den Geist der sächsischen Frey‍
heit kennt, und den Mitteln, wodurch sie solche erhalten
haben, aufmerksam nachspüret, an der Richtigkeit dieser
Gründe zweifeln; und wenn wir uns einigermaßen wieder
in ihre Stelle setzen: so werden wir gerade eben so denken.
Wir dürfen nur z. E. in Gedanken mit einigen guten Freun‍
den und Freundinnen in eine wüste Gegend ziehen, und
dort einen kleinen Staat errichten. Keiner von uns wird
leicht auf eine Leib‍ und Lebensstrafe verfallen; keiner
wird es wagen, seinem Freunde anzumuthen, daß er des
andern Henker **) seyn solle. Wir werden es also zur er‍
sten

*) Die alten Nationen hatten alle mittelst des bekannten Wehrgeldes eine Art
   von Cartel unter sich, nach welchem sie sich einander den Schaden vergüteten
   und die Gefangenen löseten.

**) Es muß Mühe gekostet haben, in der ersten bürgerlichen Gesellschaft einen
   Henker zu finden. Sie haben ihn auch nicht gehabt; und die Schinderlehne
   sind jung. Das schönste Auskunftsmittel in einem solchen Falle hatten die
   Juden

sten Regel machen, daß derjenige, der sich wider einen andern versündiget hat, demselben genug thun, oder aber von allen Vortheilen und Nutzungen ausgeschlossen, und der Rache des Beleidigten überlassen seyn solle. Sobald wir aber von diesem Grundsatze ausgehen, werden wir keine flüchtige unangesessene Leute unter uns dulden. Wir werden keinen zum Mitbürger aufnehmen, der nicht Scha= den und Vortheil mit uns theilet, und durch den Verlust seines Antheils hinlänglich gestrafet werden kann. Man findet diesen Plan in den ältesten Verfassungen, und es gehörete schon eine ganz andre Denkungsart dazu, Staa= ten nach heutiger Art einzurichten.

Leib= und Lebensstrafen haben entweder bey ziehenden Völkern, oder aber bey einer vermischten Bevölkerung, überhand genommen. Man übte sie zuerst blos an Knech= ten aus; und die ebenbürtige Gesellschaft mußte sich erst in eine Mischung von Unterthanen verwandeln, ehe man es wagen mochte, ihr von Staupenschlägen und Tortu= ren vorzusprechen.

Die vermischte Bevölkerung nahm zuerst unter dem Schutze mächtiger Herren ihren Anfang. Diese maßeten sich des Armenschutzes an, und unter Armen sind alle Ein= wohner der Städte, Heuerleute und alle kleine Beywoh= ner verstanden. Die Hyen und Hoden, und aller= hand Gotteshaus= und Heiligen=Schutzleute wurden erfunden, um Neubauer zu decken. Diejenigen,

so

Juden mit ihrer Steinigung. Der Verbrecher ward herausgeführt, und jeder Mitbürger warf ihm sein Votum an den Kopf. Ein Volk, das außer sei= ner Haut anfänglich wenig eignes hatte, mußte nothwendig auf Lebensstra= fen verfallen; und wie es solche erwählte, war es wirklich eine schöne An= stalt, daß ein jeder durch einen Steinwurf seinen Theil an der Bestrafung des Verbrechers nehmen mußte. Wenn sie blos den processum accusato= rium hatten, was mußte der Kläger sodann nicht für ein standhafter Mann seyn, wenn er den ersten Stein auf seinen Verklagten zu werfen hatte; und was für ein Bösewicht mußte er seyn, wenn er bey völliger Ueberlegung ei= nem Unschuldigen den Hirnschädel einschmiß?

so einzeln unsicher schienen, wurden in solche Hoden zusammen geschoben, um die Sicherheit mit gesammter
Hand zu bestellen, und mit Hülfe ihrer Beschützer entstanden bald große Städte, welche die ehrbaren Grundsätze der Landeigenthümer zuletzt ganz verdunkelten. Vorher war die Menge der Knechte groß, und wer sich darunter nicht begeben wollte, gleichwohl aber nicht zum Eigenthum eines erforderlichen Landerbes gelangen konnte,
mußte nothwendig auswandern und neue Gegenden an-
bauen; ein Umstand, welcher die ersten Menschen immer
mehr nöthigte auseinander zu ziehen, und nach des Schö-
pfers Absichten den ganzen Erdkreis zu bevölkern.

Noch vor zweyhundert Jahren, wie man keine Neubauer aufnahm, war die Menge der Knechte *) in Westphalen sehr groß. Ein begüterter Edelmann hatte derselben insgemein einige hundert, welche ihre Freyheit nicht
suchten, und bey den ihrigen so hängen blieben. Seitdem
aber der Neubau überhand genommen und eine Menge von
Nebenhäusern entstanden, kauft sich jedes Kind, das nicht
zum Hofe gelangt, frey, und setzt sich auf seine eigne Hand.
Vorher mußte einer, der eine zweyte Leibzucht bauete, sich
verbinden, solche nach dem Absterben desjenigen, für welchen sie hatte gesetzt werden müssen, wieder niederzureißen;
jetzt sind wir nicht so strenge, und die Bedürfnisse von Menschen und Gelde haben dem Staate so wie den menschlichen Begriffen eine ganz andere Wendung gegeben.

*) In verschiedenen alten Rechnungen findet man daher noch eine Rubrik von
Extravaganten, worunter man die Leibeignen verstand, welche nicht Hofge-
sessen waren. Jetzt kennet man diese Rubrik nicht mehr.

XLIII.

Also sollen die deutschen Städte sich mit Genehmigung ihrer Landesherrn wiederum zur Handlung vereinigen?

Deutschland hat seine Häfen wie andre Reiche, und es ist zur Handlung so gut gelegen, als das beste. Allein, so lange seine gegenwärtige Regierungs- Verfassung dauret, wird es nie zu der Größe in der Handlung gelangen, wozu es nach seinen Kräften gelangen könnte.

Schon in der Taufe, wie unsre Vorfahren aus dem Heydenthum bekehret wurden, mußten sie nicht blos dem Teufel, sondern auch den Teufelsgilden, das ist, allen den großen Verbindungen entsagen, welche sie in Ermanglung einer vollkommenen Oberherrschaft nach dem Exempel aller freyen Völker unter dem Schutze einer irdischen Gottheit zu ihrer Vertheidigung und Aufnahme errichtet hatten. Die besorgte Eifersucht Carls des Großen verstattete ihnen kaum ihre Schiff- und Brandassecurations-Gesellschaften beyzubehalten. Alle übrigen Verbindungen wurden aufgehoben.

De Sacramentis pro GILDONIA invicem conjurantibus ut nemo facere praesumat. Alio vero modo de eorum eleemosynis aut de INCENDIO aut de NAUFRAGIIS, quamvis convenientiam faciant, nemo in hoc jurare praesumat.

CAPIT. Caroli M. de 779.

Auf dem Reichstage zu Worms von 1231 ward die Frage aufgeworfen: ob eine Stadt oder Gemeinheit mit andern Verbindungen oder Gesellschaften aufrichten könnte? Und der gute Kaiser Heinrich erkannte mit Rath der Reichsfürsten, daß ihnen dergleichen nicht erlaubt seyn könnte.

In der neuesten Wahlcapitulation heißt es endlich noch, wiewohl leider zu einem sehr großen Ueberflusse:

> Ihro Kaiserliche Majestät wollen die Commercia des Reichs zu Wasser und zu Lande nach Möglichkeit befördern — Dagegen aber die großen Gesellschaften, Kaufgewerbsleute und andre, so bisher mit ihrem Gelde regiert, gar abthun.

Und so hat zu allen Zeiten von dem ersten Augenblick an, da der deutsche Nationalgeist sich einigermaßen erheben wollen, bis auf die heutige Stunde, ein feindseliges Genie gegen uns gestritten. Man denke aber nicht, daß unsre Gesetzgeber zu schwache Augen gehabt haben. Nein, die Territorialhoheit stritt gegen die Handlung. Eine von beyden mußte erliegen; und der Untergang der letztern bezeichnet in der Geschichte den Aufgang der erstern. Wäre das Loos umgekehrt gefallen: so hätten wir jetzt zu Regensburg ein unbedeutendes Oberhaus, und die verbundenen Städte und Gemeinden würden in einem vereinigten Körper die Gesetze handhaben, welche ihre Vorfahren, mitten in dem heftigsten Kriege gegen die Territorialhoheit, der übrigen Welt auferlegt hatten. Nicht Lord Clive, sondern ein Rathsherr von Hamburg würde am Ganges Befehle ertheilen.

Noch sind es keine vierhundert Jahre, daß der Hanseatische Bund den Sund und die Handlung auf Dännemark, Schweden, Pohlen und Rußland mit Ausschluß aller übrigen Nationen behauptete; Philipp den IV von Frankreich nöthigte, den Britten alle Handlung auf den französischen Küsten zu verbieten; und endlich mit einer Flotte von hundert Schiffen Lissabon eroberte, um auch diesen großen Stapel zur Handlung für alle entdeckte und zu entdeckende Welttheile zu seinem Winke zu haben; eine Unternehmung, welche mehr Genie zeiget, als die Erfindung des Pulvers, deren die Reichsgeschichte noch wohl gedenket, wenn sie jenen großen Entwurf auf Lissabon mit Stillschweigen übergeht.

Kaum sind dreyhundert Jahre verflossen (1475) daß eben dieser Bund England nöthigte, den Frieden von ihm mit 10000 Pf. Sterling zu erkaufen, Dännemark feil bot, Liefland erobern half, und den Ausschlag in allen Kriegen mit eben dem Uebergewichte gab, womit es England seit einigen Jahren gethan hat. Keine Krone weigerte sich, die Ambassiadores dieser deutschen Kaufleute (sie hießen mercatores Romani Imperii) zu empfangen, und dergleichen an sie abzuschicken. Noch im sechszehnten Jahrhundert behauptete er die alleinige Handlung in der Ostsee mit einer Flotte von 24 Kriegsschiffen gegen die Holländer. Und dieser große Geist der Nation ist es, welchen Ihro Kaiserliche Majestät allergnädigst abzuthun geschworen haben. Dieser Geist, welcher sich gewiß von beyden Indien Meister gemacht, und den Kaiser zum Universal-Monarchen erhoben haben würde, ist es, welchen die Reichsfürsten nicht ohne Ursache verfolgt, aber allezeit übereilt erstickt haben. Was muß ein Deutscher nicht empfinden, wenn er die Nachkommen solcher Männer gleichsam in der Karre schieben, oder Austern fangen, Citronen aus Spanien holen, und Bier aus England einführen sieht?

Fünf und achtzig verbundene Städte in der untern Hälfte von Deutschland waren es indessen, welche diese Wunder verrichteten, und in der Handlung die Mittel fanden, so große Kosten zu bestreiten; währender Zeit in der obern Hälfte von Deutschland eine Südsee-Compagnie mit ihrer Handlung die Levante beherrschte, und die Schätze aus Asien und Afrika in Deutschland zurückbrachte. Beyde Compagnien, sowohl die Hanseatische oder die nordliche und westliche, als die südliche, verstanden ihr gemeinschaftliches Interesse; und man kann es nicht ohne Erstaunen betrachten, daß Englands Handlung damals durch deutschen Fleiß nach der Levante getrieben wurde. Die Größe der Venetianer und die Flotten,

ten, womit die unglücklichen Kreutzzüge unterstützet, und die wichtigen Unternehmungen auf Afrika und Asien ausgeführet wurden, sind aus dem Handel erwachsen, welchen die verbundenen Städte in Oberdeutschland aus den Italiänischen Häfen trieben.

Jedoch diese güldnen Zeiten der deutschen Handlung kommen wohl niemals wieder. Sie werden kaum mehr geglaubt; so sehr haben wir uns von ihnen entfernt. Das besonderste dabey ist, daß alle Handwerker zugleich ausgeartet und der fliehenden Handlung nachgefolgt sind. Man sehe nur auf die alten Arbeiten an Altären, Einfassungen der Reliquien, Monstranzen, Kelchen, Bechern und dergleichen, auf die Kästlein von Ebenholz, auf die Kunstwerke von Elfenbein und auf verschiedene andre getriebene, geschnizte, eingelegte und durchgearbeitete Stücke, welche sich noch hie und da in Cabinetten finden; Man betrachte nur einige Denkmäler der Malerey, Bildhauerkunst und Baukunst, so uns aus dem XIV. XV. und XVI. Jahrhundert noch übrig sind; man gedenke an das Dauerhafte, Kühne und Prächtige der gothischen Stücke, welche um deswillen, daß sie nach einem besondern Zeitgeschmack gearbeitet sind, ihren Kunstwerth nicht verlohren haben: so wird man sehen, daß zur Zeit der Hanseatischen Handlung eine Periode in Deutschland gewesen, worinn es die größten Meister in jedem Handwerke gegeben habe. Und man kann dreiste behaupten, daß die Deutschen die Handlung und den damaligen gothischen Styl der Kunst zu gleicher Zeit aufs höchste gebracht hatten. Man würde jetzt Mühe haben, einen einzigen solchen Meister in Ebenholz, Elfenbein und Silber wieder aufzubringen, dergleichen vor dreyhundert Jahren in allen Städten angetroffen wurden. Fast alle deutsche Arbeit hat zu unsrer Zeit etwas unvollendetes, dergleichen wir an keinem alten Kunststück und gegenwärtig an keinem rechten engländischen Stücke antreffen. So sehr ist das Handwerk zugleich mit der Handlung gesunken. Die einzige Auf-

mun-

munterung der Handwerke kommt jetzt noch von Höfen, und was sollen einige wenige mit Besoldungen angelockte Hofar= beiter gegen Handwerker, die während des Hanseatischen Bundes für die ganze Welt in die Wette arbeiteten?

Das Exempel der Städte in Frankreich, wovon die vornehmsten im vorigen Kriege dem Könige ein Schiff baueten; der ähnliche Entschluß des Theaters zu Paris, und der große Anschein, daß jede große Stadt und Herr= schaft in Deutschland, wenn der Landesherr wollte, ein Schiff zur See haben könnte, möchte zwar manchen auf den Einfall bringen, daß man endlich auch wohl eine deutsche Flotte in See setzen und sich damit eben die Vor= theile wieder erwerben könnte, welche unsre Vorfahren besaßen, und andre Seemächte besitzen, die ihre Commer= zientractaten mit der Kriegesmacht unterstützen. Man könnte wenigstens hoffen, die Handlung damit offen, und die Seemächte abzuhalten, sich in jedem Reiche Monopo= lien zu bedingen. Denn was sind die heutigen Commer= zientractaten anders als Monopolien? Und ermächtiget sich nicht beynahe jeder Herr, die Handlung seines Reichs den meistbietenden Seemächten zu verpachten? Allein der= gleichen süße Träume, ohne deren Erfüllung Deutschland gleichwohl niemals einen einzigen Commerzientractat mit den nordischen Reichen zu Stande bringen wird, verbietet uns die Reichsverfassung und auf sichere Weise selbst die Kaiserliche Capitulation. Beym Anfang des dreyßigjäh= rigen Krieges legten es die Schweden dem Kaiser sogar zum Uebermuth aus, daß er an eine Reichsflotte in der Ostsee, welche doch, wenn man sich nur über den Namen versteht, nichts ungewöhnliches war, gedacht hatte. Wir müssen uns also durch andere Wege helfen.

Fast alle Reiche haben sich auf sichere Weise gegen uns geschlossen, seitdem die Flotten der Gewerksleute, welche mit ihrem Gelde regierten, wie die Capitulation es zur Ehre der Nation noch ausdrückt, aller=

unter=

unterthänigst abgeschaft werden müssen. Den Lübeckern, Bremern und Hamburgern, welche einzeln zu schwach waren, den Unterhandlungen der Seemächte sich mit Nachdruck entgegen zu setzen, ist nichts weiter übrig geblieben, als dasjenige aus der Fremde abzuholen, was man daselbst gern los seyn will, und etwas wieder dahin zu bringen, was man von den Seemächten noch zur Zeit nicht erhalten kann. Man läßt ihnen blos die Almosen, welche jene verachten. Die einzige Handlung in der Levante ist noch frey, so lange bis es der Seemacht, welche gegenwärtig darüber aus ist, solche durch einen Commerzientractat zu pachten, gelingt, auch diesen Ausfluß zu sperren.

Wie ist aber die Levantische Handlung beschaffen? Gerade so, wie wir solche gebrauchen. Die dortigen Türken, Griechen, Mohren und Juden sind wie unsre Westphälischen Packenträger, oder wie die Italiänischen Hechel- und Barometerkrämer, welche so viel Waare borgen als sie tragen können, damit tief ins Land hausiren gehen, und wenn sie solche verkauft haben, das Geborgte bezahlen, und ihren Packen von neuem füllen. Dies ist die ganze Handlung; und man trift fast keinen großen türkischen Kaufmann an, welcher ein Waarenlager für solche Hausirer hielte. Dieses überlassen sie den Fremden.

Bey solchen Umständen sollte man gedenken, es würden einige hundert Bremer oder Hamburger Kaufleute dort ihre Waarenlaager haben, und für die Hausirer alles was in Niedersachsen und Westphalen nur verfertiget werden könnte, in Bereitschaft halten; besonders da die dortigen Sensali oder Mäckler die Hausirer genau kennen, und gegen eine billige Provision den ganzen Handel führen. Allein die genaueste Erkundigung zeigt, daß kein Bremisches oder Hamburgisches Comptoir in der ganzen Levante sey. Man läßt diese Vortheile den Franzosen, Engländern und Holländern über, die natürlicher Weise dasje-

 nige

nige zu Hause verfertigen lassen, was sie dort abzusetzen gedenken. Wie wichtig ist aber nicht dieser Handel? und zu welchem Reichthume erhob sich nicht damit der Herr Fremaux in Smyrna? der in einer Theurung für hundert tausend Gulden Korn unentgeldlich austheilen, und dennoch Millionen nach Amsterdam zurückbringen konnte?

Sollte es denn aber nicht möglich seyn, daß einige Landstädte nur ein oder anders gemeinschaftliches Packhaus in den Levantischen Häfen errichteten, und dort einen gemeinschaftlichen Bedienten hielten, welchem sie ihre Waaren in Commißion zuschicken könnten? Sollten alle Cämmereyen der Westphälischen Städte, wenn die Unternehmung für einen einzelnen Kaufmann im Anfange zu groß ist, nicht im Stande seyn, eine so leichte Sache zum Vortheil ihrer Bürger und Handwerker auszuführen? Sie brauchen dazu weder Schiffe noch Flotten. Der Holländer ist alle Stunde bereit, unsre Produkte dahin zu führen. Er bittet darum, und fragt nur, an wen die Ablieferung geschehen solle. Und dieses An wen? ist es, was wir nicht beantworten können: so lange wir in den Landstädten so einfältig sind, zu glauben, daß die Seestädte auf ihre Gefahr und Rechnung unsre Waaren dort absetzen, ausborgen und verhandeln werden. Wir haben die glücklichste Lage zur Handlung. Tausend und abermals tausend Schiffsböden sind in Holland für uns bereit. Wir sind der Lage nach den Holländern das, was die Engländer im Lande ihren Seehäfen sind. Aber in England sind die im Lande fleißige Handwerker, und schaffen den Seefahrern Stoff zum Absatz. Wir hingegen versorgen die Holländer mit wenigem oder nichts. Diese verlieren darüber an allen Ecken den Markt; und sie sind noch zu groß, um zugleich unsre Höker und Mäckler zu werden. Dafür müssen wir sorgen; Wir müssen Comptoirs und Waarenlager in der Fremde halten; und die Cämmereyen in den Städten könnten durch eine

Vereinigung diesen Endzweck befördern. Unsre Kauf=
mannssöhne spaziren nach Bremen und Hamburg. Nach
Cadir, nach Lissabon, nach Smirna, nach Aleppo, nach
Cairo sollten sie gehen, sich um dasjenige bekümmern,
was dort mit Vortheil abgesezt werden kann, sich dort
Bekannte und Associirte erwerben, und dann handeln.

Es sind bisher Ostindische, es sind Levantische Com=
pagnien errichtet worden. Man hat das dazu erforder=
liche Capital in Aktien vertheilet, und nicht den Innha=
bern jeder einzelen Aktie, sondern nur denjenigen, welcher
zehn oder zwanzig zusammen gehabt, als ein stimmbares
Mitglied betrachtet. Dieser Plan ist gut für Compagnien
in großen Hauptstädten, aber schlecht für eine Compag=
nie, deren Aktionairs weit auseinander zerstreuet woh=
nen. Wer will daselbst eine Aktie nehmen, sich blind=
lings der Führung einiger weniger stimmbaren vielleicht
durch besondre Absichten geleiteten Mitglieder überlassen,
und um einer Aktie willen, einen großen Briefwechsel un=
terhalten? Der Besitzer einer solchen einzelnen Aktie,
kann mit Billigkeit nicht fordern, daß ihm die Direkteurs
von allem Nachricht geben sollen; und so denken viele, es
ist besser, sein Geld zu behalten, als solches an Orte und
Leute auf guten Glauben hinzuschicken, die man nicht kennt,
und von welchen man keine Nachricht erwarten kann.

Eine ganz andre Gestalt bekömmt aber die Sache,
wenn eine Stadt zehn, zwanzig oder hundert Aktien zu=
sammen nimmt, mithin eine oder mehrere Stimmen zur
Haupthandlung erhält. Für diese ist es der Mühe werth,
einen besondern Correspondenten darauf zu halten, und
diese kann fordern, daß ihr die Direkteurs von allen Vor=
fällen, Absichten und Unternehmungen ordentliche Nach=
richt geben sollen. So hielt es die deutsche Hanse. Die
Kaufleute einer Stadt machten Eins; mehrere Städte
zusammen ein Quartier, und alle Quartiere den
Bund aus; und auf diese Weise konnte eine Corre=

R 5

spon=

spondenz bequem geführt, die Handlung wohl dirigirt, und alles zeitig beobachtet werden; anstatt daß tausend einzelne Aktionairs entweder die Direktion verwirren, oder sich wie Schafe führen lassen müssen.

Die Uebernehmung einer stimmbaren oder zusammengesetzten Aktie ist für eine Stadt leicht, und wenn es auch unglücklich geht, der Schade so empfindlich nicht, wozu viele beytragen. Es ist aber auch nicht nöthig, daß eben die Cämmerey einer Stadt die große Aktie auf ihre Gefahr nehme. Sobald die Sache nur so eingerichtet wird, daß jeder Ort eine ganze und damit, auch eine Stimme zur Direktion erhält, finden sich leicht so viel Theilnehmer, die zusammen treten und ihre Stimme durch einen gemeinschaftlichen Bevollmächtigten führen lassen. Sie sind alsdann sicher, von allem was unternommen wird, zeitige und gehörige Nachricht zu empfangen. Sie erhalten ihren Antheil an dem Einflusse; und es würde eine ganz neue Scene für die deutsche Handlung seyn, wenn die Consuls aller Niedersächsischen und Westphälischen Städte zu Hamburg, Bremen, oder Emden ihre eigne Versammlung hätten, und das Handlungs-Interesse jeder Landstadt in der Seestadt wahrnähmen.

XLIV.

Schreiben des Herrn von H...

Auf meine Ehre! Die Liebhaber der edlen Jägerey sind miteinander ausgestorben. Ich wünsche, daß ich beyde Beine zerbreche, wenn ich heute, Hubertustag, ein Horn gehöret habe. Wenn ich das in meiner Jugend erlebt hätte: so würde ich solches für ein weit böser Zeichen, als funfzig Cometen, gehalten haben. Wo will das aber

hin-

hinaus? Und was will man zuletzt auf dem Lande anfangen?

Mein Vater, der lange in Ungarn gegen die Türken gedienet und sein Lederwerk, was er auf der Jagd brauchte,
diesen Unchristen bey lebendigen Leibe aus dem Baste geris-
sen hatte, und gewiß die Welt kannte, pflegte mir oft zu
sagen: Mein Sohn, bleib der edlen Jägerey treu. Sie
erhält und vergnügt dich daheim; ehrt dich bey großen
Herrn; dienet dir im Felde, und macht dir alle Bissen
gut schmeckend. Und diese Lehre habe ich auf meine Ehre richtiger gefunden, als alles, was ich mein Lebetage
in Büchern gelesen.

Vier Jäger, ein gut Stück Rindfleisch und ein ehrlicher Trunk, darüber geht mir nichts. Was haben die für
Gesichter gegen unsre gekräuselten junge Herrn und aufge-
thürmten Pasteten? Ich komme alle Jahr für meine Sünde in die Stadt, und speise bey Hofe. Da sitzt ein jeder,
als wenn er aufs Maul geschlagen wäre. Von politischen
Dingen dürfen sie nicht sprechen. Aus Büchern schämen
sie sich zu sprechen. Lustige Histörchen sind gar aus der
Mode. Die Komplimente sind bald aus. Den Wein
trinken sie aus Fingerhüten; und ein Böf a la Mode
kömmt gar nicht mehr auf den Tisch. Wenn ich mich
dagegen erinnere, was zu meines Großvaters Zeit die
Gesellschaften waren, wie ein halb Dutzend Weidgenos-
sen, die den Tag über sich im Felde gebraten hatten,
Hände und Mäuler bey Tische gehen ließen, was da gesprochen, gelacht und getrunken wurde: so möchte ich
auf meine Ehre lieber der wilde Jäger, als ein heutiger
Landmann seyn.

Das Landleben ist jetzt nichts als die abgeschmackte-
ste Langweile, die man sich erdenken kann. Man kömmt
zusammen in der Stube; steht auf einem gewächsten Boden, daß man sich alle Augenblick den Hals zerbrechen
möchte, und geht so nüchtern auseinander, wie man zu-

sam-

sammen gekommen ist; und wenn man sich recht vergnügen will: so bringt man die verdammten Karten her.
Höchstens spatziert man, und spatziert und spatziert, bis
einem der Angstschweiß ausbricht.

Ich wundre mich gar nicht, daß manche Haushaltungen
nicht fortkommen. Wenn man vordem von der Jagd zurück kam: so besuchte man noch wohl einmal seine Hof-
diener, und sah was sie machten; und hielt sie beständig
bey der Arbeit, weil sie einen hinter allen Hecken vermuthen mußten. Aber jetzt, jetzt wissen die Faullenzer, der
Herr kommt im Thau gewiß nicht; auch nicht wenns reg-
net; auch nicht wenn die Sonne brennt; auch nicht vor
11 Uhr des Morgens; auch nicht vor 5 Uhr des Abends;
und so stehlen sie dem lieben Gott den Tag, und ihrem
Herrn das Brod. Die Engländer, das waren noch Leute.
Wie sie hier waren, jagten sie nach einem Kirchthurm über
Stock und Block, Hecken und Graben, wenn sie keinen
Fuchs auftreiben konnten; oder sie ließen des Morgens
früh eine gebratene Speckseite über den Weg schleifen, und
jagten hernach mit ihren Hunden auf der Spur dieses
Schweinewildes, blos um sich an dem Geläut der Hun-
de zu ergötzen, und ihr Roßböf im Schweiß ihres Angesichts zu verzehren. Einem solchen Exempel müssen wir
folgen, wenn wir das Landleben von dem Fluche der Langweile befreyen wollen.

Ich habe noch eine Sammlung von achtehalbhundert
Weidsprüchen, und einen dicken Band voller Fuchshisto-
rien, welche von meinen Vorfahren gesammlet sind: damit
konnte man sich Jahr aus Jahr ein auf die angenehmste
Art in Gesellschaften ergötzen. Aber jetzt ist die ewige
und allezeit fertige Karte der einzige Behelf; und ich will
einen körperlichen Eyd darauf ablegen, daß keine von unsern Frölens auch nur einmal einen rechten Leberreim zu
machen weiß. Vordem schossen sie noch wohl einmal mit
nach der Scheibe, und brachten demjenigen, der den be-

sten

sten Schuß gethan hatte, den großen Becher zu.   Aber nun, daß Gott erbarme, sinken sie in Ohnmacht, wenn sie einen Schuß hören.

Die heutige Zierlichkeit ist der Tod aller Lustbarkeiten. Kein Ellenbogen auf dem Tische, kein Glas in der Hand, kein Auge das glühet, kein Herz das lacht. . . . . Schieß mich todt Kerl, damit ich das Unglück nicht länger ansehen möge.

P. S.

A propo! wie befindet sich des Hrn. Oberjägermeisters grüne Perüke, worinn er vordem diesen Tag zu feyren pflegte? Hat er sie auch von den Mäusen auffressen lassen?

XLV.

Von den wahren Ursachen des Steigens und Fallens der Hanseatischen Handlung.

In dem ältesten bekannten Freyheitsbriefe, welchen der hanseatische Bund ums Jahr 1237. von dem Könige in England, Heinrich dem III. erhielt, und der folgenden Inhalts ist:

HENRICVS, Dei gratia Rex Angliae etc.

Sciatis, Nos concessisse, et presenti Charta nostra confirmasse, pro Nobis et Heredibus nostris, omnibus Mercatoribus de Gutlandia, quod ipsi, et heredes corum in perpetuum, salvo et secure veniant in Angliam, cum rebus et Mercandisis suis, quas emerint in terra nostra Angliae, ducendas versus partes suas.

Et quod praedicti Mercatores et Heredes sui, in perpetuum sint quieti, per totam potestatem nostram Angliae, ad quascunque partes venerint, de omni thelonio, et consuetudine, ad Mercatores pertinente, tam

de

de rebus et mercandisis suis, quas ducent de partibus
suis in Angliam, quam de illis, quas emerint in Anglia,
ducendas versus partes suas.

Quare volumus, et firmiter praecipimus, pro Nobis
et Heredibus nostris, quod predicti Mercatores de Gutlandia, et heredes sui, in perpetuum salvo, et secure
veniant in Angliam, cum rebus et Mercandisis suis, quas
ducant de partibus suis Gutlandic, et quot salvo ibi mo-
rentur, et quot salvo inde recedant, cum rebus, et mercandisis suis, quas emerint in terrâ nostra Angliae, ducendas versus Partes suas.

Et quod predicti Mercatores, et Heredes sui imper-
petuum quieti sint, per totam potestatem nostram Ang-
lie, ad quascunque partes venerint, de omni Thelonio, et consuetudine, ad Mercatores pertinente, tam de
rebus, et Mercandisis sujs, quas ducant de partibus suis
in Angliam, quam de illis, quas emerint in Anglia, ducendas versus partes suas.

His Testibus: Venerabilibus Patribus: P. Winton
R. Dunelium. et W. Coreolum Episcopis. W. Com.
WARANN. SYME. de MONTE SANCTO AMAN-
DO. BARTRAMO de CRVOIL. HENRICO de CA-
PELLA. Et aliis.

Data, per manum Venerabilis Patris R. Cyster. Episcopi, Cancellarii nostri.

Apud Westmonasterium. (Vicesimo die Martii). Anno regni nostri Vicesimo primo *).

wird

*) Diese wichtige Urkunde hat vor einigen Jahren der Hr. Hofrath Häberlin
in seinen Analectis medii aevi p. 3. zuerst bekannt gemacht. Sie erwähnt zwar nur der Gothlandischen Kaufleute. Allein unter diesen ist gewiß eine Ostsee-Compagnie, die zu Wißby auf der Insel Gothland ihr
Hauptkomtoir gehabt haben mag, verstanden; welche Compagnie nachge-
hends die deutsche Hanse genannt worden. Wenn eben dieser König in
dem Privilegio, was er im Jahr 1257. der deutschen Hanse namentlich ertheilet, der libertatum! quas Teutonici mercatores ab ipso et pro-
genitoribus suis obtinuerunt, gedenket: so scheint er auf obiges Pri-
vile-

wird es viermal wiederholt, daß sie sicher kommen und
gehen mögen, mit allen Waaren, die sie aus ihrer
Heymath bringen und aus England in
ihre Heymath wieder zurückführen; und
man mag daraus wohl schließen, daß schon damals der
Geist, welcher im Jahr 1660 die Schiffahrtsakte ein-
gab, für die englische Handlung gewacht habe. Denn
hier wird es ebenfalls ausdrücklich festgesetzt, daß keiner
mit fremder Waare in England Markt halten; und
keiner englische Waare auf fremde Märkte verführen
sollte. Beydes wollten die Engländer zur Beförderung
ihrer Schiffahrt selbst thun, oder sie giengen von dem
damals in ganz Europa hergebrachten Satz aus: Daß
dasjenige, was einer von seinen Gütern nach der Stadt
und von dieser wieder nach seinen Gütern bringt, Zollfrey sey; gleich es sich denn noch auch wohl erweisen ließe, daß in diesen Fällen alle Bauren Zollfrey gewesen,
und der Zoll blos die Handlung mit fremder Waare rühren sollen.

Indessen giengen die Engländer von diesem großen
Grundsatze bald hernach selbst ab, und Eduard der erste
war derjenige, der 1303 ganz England gleichsam zu einem Freyhafen machte *), und allen Nationen gegen
sichere schwere Abgaben erlaubte, sowohl ihre
eigne, als fremde Waaren dahin zu bringen und en Gros
zu verhandeln, mithin auch allerley Waaren von dort
wieder mitzunehmen, und hinzufahren wohin sie wollten,
selbst von einem englischen Hafen zum andern. Jedoch
wurde dadurch das besondre Privilegium der deutschen
Hanse nicht aufgehoben, indem diese mit allen Waaren,

wel-

vilegium vom Jahr 1237. zu zielen, und es würde dieses in einem diplo-
matario Hansae-Teutonicae nicht voranstehen, wenn diese Vermuthung
nicht ihre Richtigkeit hätte.

*) Ibid. pag. 12. n. 4.

welche sie aus ihrer Heymath nach England, und von dorther wieder dahin zurück brachten, nach wie vor ohne jene neuen Abgaben zu entrich: ten, auf den vorigen Fuß handeln konnten *). Na: türlicher Weise mißbrauchten die Hansischen Kaufleute diese Freyheit, welche sich blos aus der Heymath und dahin erstreckte, dergestalt, daß sie unter die: sem Vorwande alle fremde Waare ein: und aller: ley englische Waare wohin sie wollten, ausführ: ten **), ohne den neuen Impost zu entrichten, welchen alle übrige Nationen, denen Eduard der erste die Hand: lung eröffnet hatte, entrichten mußten; und auf diese Weise bemächtigten sie sich des ganzen Seehandels.

Unter Richard dem zweyten wurden sie dieserhalb mächtig angefochten; und die Einnehmer der Gefälle wollten sie schlechterdings zu allen den Abgaben anhalten, welche die Kaufleute andrer Nationen, und selbst die Deut: schen, so nicht zur Hanse gehörten, entrichten mußten. Sie gewannen aber doch ihren Prozeß, und Richard der Zweyte bestätigte ihnen ihr altes Recht, ohne es deutlich auszudrücken, worinn solches bestanden hätte. Sie stie: gen also in ihrer Handlung immer höher, und ohnerach:

tet

---

*) Ibid. pag. 48.

**) Unter andern Waaren kommten auch panni lanosi vor, welche Hr. Häber: lin für wöllene Tücher ansieht. Allein es sind wollichte, oder wie wir jetzt sprechen, ungeschorne und ungepreßte Tücher, welche denen Lectis et pannis de Worstede, als einer völlig bereiteten und besiegelten Waare ent: gegen gesetzt worden. Man erkennet dieses aus der ganzen Handelsgeschich: te, und das Recht, ungeschornes Tuch auszuführen, welches nach dem Han: seatischen statuto: ubi confectus pannus ibi et tingatur, nicht erlaubt war, wurde von den Engländern, die an ihren Tüchern das Appreturlohn selbst verdienen wollten, ungern zugestanden. Die Königin Maria sagt in ihrem Privilegio vom Jahr 1534, beym Willebrand in der Hansischen Chronik, in app. p. 94.: Daß ihr Vater Heinrich der achte es verboten hätte, unrowed unborded and unshorne, Tücher bey einer gewissen Stra: se auszuführen, sie aber solches der deutschen Hanse auf 3 Jahr erlauben wollte. Dies sind panni lanosi.

tet es wegen jenes Schleichhandels, welcher beynahe
unmöglich zu verhindern war, mancherley Beschwerden,
Kriege, Arresten und Confiskationes setzte, erhielten sie
sich doch durch ihr Geld und ihre Macht sowohl dagegen,
als gegen die Plackereyen der Zolleinnehmer und den
Neid der englischen Kaufleute.

Endlich aber, und wie sie es zu arg machen mochten,
ließ ihnen der König im Jahr 1411. einige Schiffe mit
Arrest, unter der Erklärung, belegen, daß er solche nicht
eher losgeben würde, bis sie von allen Waaren, welche
ad partes transmarinas geschifft werden sollten, subsidia,
coltumas und deverias (dies waren alle neue Imposten),
bezahlet haben würden; und dies ist die erste bekannte
und deutliche Erklärung, wodurch sie auf den Inhalt ihres ersten Privilegiums wiederum zurück gewiesen wurden; indem unter den partibus transmarini hauptsächlich
die jetzigen England am nächsten liegenden französischen,
und so ferner hinauf die spanischen und italiänischen Häfen verstanden sind, als wovon England damals die Hansischen gern ausgeschlossen hätte.

Die Engländer schienen früh den Plan zu haben, die
Handlung nach der Ostsee dem Hanseatischen Bunde überlassen zu wollen, diesem aber dagegen den Ocean zu
schließen, und ihr Land zum Stapel aller nordischen Produkte zu machen, welche nach Frankreich, Spanien und
Italien verführet würden. Sie machten sich wenigstens
anfänglich nichts aus dem Handel nach Moskau, und der
Lübeckische Sekretair Wolf bemerkt es erst spät in seinem Gutachten vom Jahr 1556 *).

„Daß sich die Erbare von Revel beklagten, welcher
„maßen nun die Englischen seit zwey Jahren her die
„Segelation und Schiffahrt auf die Moskau gebraucht,

die

---

*) Beym Häberlein in Analectis medii aevi p. 199.
Mösers Phant. I. Theil.   S

„dieselbe auch stärker und mehr zu gebrauchen für=
„hätten, welches ihnen und allen gemeinen erbaren
„Anzestetten an alter gewöhnlicher Nahrung und
„Handthierung auf die Niederland, England und
„Frankreich am höchsten nachtheilig und zu Verderb=
„gereichen thäte.

Und die Deputirte der Hanse, wiewohl dieselbe dazu kei=
ne Vollmacht hatten, boten den Engländern an:

„daß sich die Hansischen Kaufleute des Lakenverkau=
„fens in Braband, Flandern, Holland und Seeland
„gänzlich enthalten, und aus Frankreich, Spanien
„und Italien allein einen vierten Theil solcher Com=
„moditäten, als an dem Orte fallen, zu England
„bringen sollten *).

Woraus man zur Gnüge ersieht, wie das beyderseitige In=
teresse gegen einander gestanden und wohin sie sich ver=
steckte Winke gegeben haben.

Das sonderbareste bey diesem Streite war, daß die
Hansestädte sich nie auf das vorhin eingerückte Privilegium
vom Jahr 1237, welches von Gothlandischen Kaufleuten
spricht, bezogen, sondern ihren ruhigen Besitz der freyen
Ein= und Ausfuhr vom Jahr 1260. an rechneten; die
Engländer aber ebenfalls jenes Privilegium gar nicht kann=
ten, sondern blos durch die gesunde Vernunft geleitet, be=
haupteten, es könne sich die Einfuhr der Hansestädte nicht
weiter, als auf solche Waare, so in ihrer Heymath fiele,
erstrecken, ihnen auch die Freyheit nicht zustehen, engli=
sche Waaren auf auswärtige freye Märkte zu führen.

Unstreitig hatten die Hansischen gute Ursachen, jenes
Privilegium im Dunkeln zu lassen; und sich dafür auf
den Besitzstand, sodann auf die vor und nach erhaltene in
allgemeinen Ausdrücken abgefaßte Königl. Privilegien zu

bezie=

*) S. Articuli Commissariorum legatorum Anze Teutonice. Ebendas.
p. 229.

beziehen; welche, nachdem man ihnen das von 1237 unterlegte, einen ganz andern Sinn bekamen, als wenn man sie nach der Voraussetzung der Hansestädte erklärte. Denn die Königl. Privilegien bestätigten blos die Freyheiten der Hanse, so wie sie solche erlangt hatten; und das Wie? blieb dunkel, weil das allererste Privilegium von 1237. niemals vorgelegt, sondern dafür ein ruhiges Herbringen untergeschoben wurde.

Allein diese schlaue Wendung, wogegen sich die Engländer immer darauf, daß ihnen die authentische Erklärung der Privilegien zuständе, und daß sie der deutschen Hanse ein mehreres nicht gestatten wollten, beriefen, half ihnen nichts; und wie endlich die Engländer den Hansischen allen Handel so lange in possessorio sperreten, bis sie ihr Recht in petitorio vor dem englischen Rechte ausgeführet haben würden: so neigte sich die deutsche Handlung sofort zu ihrem Untergange.

Die ganze damalige Politik der deutschen Hanse hatte bisher darinn bestanden, daß sie überall den Kaysern und Königen den Handel in ihren Landen gleichsam abgepachtet hatten; oder um mit andern Worten zu reden: sie machten den großen Herrn prächtige Geschenke, und erhielten dafür im Handel alle diejenigen Rechte, welche die eignen Landesunterthanen hatten. Nun stelle man sich vor, daß die Hanseatischen Kaufleute, als Englische Unterthanen die freye Ausfuhr, und als Rußische, Schwedische und Dänische Unterthanen die freye Einfuhr in diese Länder hatten: so wird man auf einmal den Grund ihrer Macht übersehen. Man wird sogleich die große Folge erkennen, daß z. E. kein Engländer nach Rußland, und kein Russe nach England handeln konnte, weil diese hier und jene dort das Unterthanen Recht nicht hatten, folglich den hohen Zoll, dem überall die Fremden unterworfen sind, entrichten mußten, unter welcher Beschwerde es ihnen unmöglich war, den Hansischen gleich zu kommen.

                                    Man

Man wird aber auch gleich den Grund ersehen, warum die Hanseatische Handlung zu Grunde gehen müssen. Denn sobald die Engländer diesen das Unterthanenrecht oder die freye Ausfuhr nach allen Gegenden untersagten: so konnten diese die englischen Waaren, worauf der Handel sich hauptsächlich gründete, in Rußland, Schweden und Dännemark nicht mehr so wohlfeil geben, als die Engländer selbst zu thun vermögend waren. Die Russen, Dänen und Schweden sahen bald ein, daß die Hanseatischen zu einer zweyten Hand herabgesunken waren, und begünstigten sofort die Engländer mit den Freyheiten, welche die Hanseatischen bisher genossen hatten. Folglich verlohren diese in den Nordlanden das Unterthanenrecht; und ihr Handel mußte sofort stocken, wie sie überall als Fremde die Beschwerden der Ein- und Ausfuhr erlegen mußten.

Freylich erfolgte die Entwickelung nicht so plötzlich, wie sie hier beschrieben wird; es gieng ein Zeitraum von mehr als hundert Jahren darüber hin, ehe die deutschen Kaufleute solchergestalt unterbohret wurden. Allein bey einer aufmerksamen Betrachtung der widerseitigen Unterhandlungen, ergiebt sich jener einfache Plan deutlich; die Hanseatischen schrien zwar beständig über Chikane, Gewalt und Unrecht, und über die Verletzung der heiligsten Verträge; besonders auch im Norden. Wie konnte man aber den Czaaren und Königen zumuthen, ihnen ihre Privilegien zu halten, nachdem die Hansischen ihr Unterthanenrecht oder die freye Ausfuhr aus England verlohren hatten, folglich ihres Orts nicht mehr im Stande waren, den Russen, Schweden und Dänen die Waaren so wohlfeil zu liefern, als die Engländer sie selbst dahin brachten? Die Bundbrüchigkeit der Könige gieng aus der Natur des veränderten Handels hervor; und obgleich noch im Jahr 1603. die Hansischen Kaufleute den Rußischen Kayser Federowitz, einen Adler, Strauß, Pelikan, Greif, Bären, Einhorn, Pferd, Hirsch und Rhinoceros; so wie dessen Prinzen einen

Adler,

Adler, eine Fortuna, eine Venus, einen Paulus und ein Pferd, alles von vergoldetem Silber überschickten: so mogten sie doch damit die alte Zollfreyheit nicht wieder erlangen: mithin andern Nationen den Vorzug nicht abgewinnen. Hiezu kam nun noch das veränderte Cameralinteresse der allerseitigen Könige. Diese, welche ihre Unterthanen nicht mit neuen Zöllen und Auflagen beschweren konnten, waren froh, einen silbernen Adler oder eine silberne Venus von den Fremden zu erhaschen. Wie aber vor und nach die Staatsbedürfnisse allerhand neue Auflagen und Zölle erforderten; und die Unterthanen sich solchen unterwarfen; hatten sie kein Interesse mehr, gleich den heutigen Afrikanischen und Asiatischen Mächten, den Handel in ihren Landen für ein Geschenk Fremden zu verpachten; der Nutze des Landesherrn verband sich mit der Wohlfahrt der eignen Unterthanen.

Um eine kleine Sache mit großen zu vergleichen: so hatten die Hansischen Städte den Plan der Packen- oder Bundträger, welche in mehrern Städten das Bürgerrecht nehmen, und dadurch bürgerliche Freyheiten erhalten; und die Pakkenträger erleben das Schicksal der Hansestädte, da ihnen das Einbringen fremder Waaren aus ihrer Heymath gestattet, und der Markt mit solcher Waare, die nicht in ihrer Heymath fällt, verboten, und blos Einheimischen erlaubet wird. Die deutschen Landesherrn fangen an, ihr wahres Interesse auf die Wohlfahrt einheimischer Unterthanen zu gründen, nachdem sich diese oder die Landstände zu solchen Abgaben bequemet haben, wogegen ein silbernes Rhinoceros der Packenträger, nicht mehr in Betracht kommen kann.

———————

G 3　　　　　　XLVI.

XLVI.

Schreiben einer Dame an ihren Capellan, über den Gebrauch ihrer Zeit.

Mein lieber Hr. Capellan! ich muß Ihnen einmal eini= ge Gewissensfragen thun. Sie sagen mir immer, ich müßte von jeder Stunde meines Lebens am Ende Rechen= schaft geben; und die Stunde dieser Rechenschaft rücke mit jedem Augenblicke näher. Nun wollte ich gern beym Schlusse dieses Jahrs, um nicht übereilt zu werden, einen kleinen Anfang mit der Rechnung machen. Ich finde aber dabey einige Schwierigkeiten, worüber ich mir Ihre Er= läuterungen ausbitten muß.

Erstlich habe ich auf dem Lande gesehen, daß die Leute bey der schwersten Arbeit nur 5, und höchstens 6 Stunden schlafen. Ich aber bin des Abends um 11 Uhr zu Bette gegangen und des Morgens um achte wieder auf= gestanden, mithin vier Stunden länger im Bette geblie= ben. Sollte ich diese auch berechnen müssen, oder wer= den sie so mit durchlaufen?

Zweytens, habe ich in meinen jungen Jahren wohl einige Stunden am Caffee= und Nachttische zuge= bracht; jetzt aber, da ich eben keinen Trost mehr vor dem Spiegel finde, und meine Dormeuse sehr geschwind auf= setze, bringe ich diese Zeit mit der größten Langeweile zu. Sollte ich dafür nicht billig eine Schadloßhaltung fordern können?

Drittens, habe ich oft Gott gedankt, daß ich 3 Stunden am Tische verweilen konnte, weil mir sonst die Zeit bis zur Assemblee zu lang wurde. Diese Wohlthat habe ich mit Dank genossen; und so wird man von mir doch nicht verlangen, daß ich dieserhalb noch lange Rech= nung geben solle?

Vier=

Viertens, hoffe ich doch, eine Stunde zum Caffeetrinken werde einem jeden Christenmenschen freygegeben seyn?

Fünftens, habe ich von 5 bis um 8 Uhr in diesem Jahre 730 Spiel-Karten verbrauchen helfen, und solchergestalt arme Fabrikanten unterstützt; könnte ich diese nützliche Anwendung meiner Zeit nicht doppelt anrechnen?

Sechstens, habe ich von 8 bis um 11 Uhr zu Abend gegessen, und mich einigermaßen zu den Verrichtungen des folgenden Tages vorbereitet; auch wohl, nachdem ich eben aufgeräumt war, ein hübsches Buch zu meiner Ermunterung in die Hand genommen; diese Stunden können also richtig berechnet werden. Wollten Sie mir aber wohl dieserhalb ein Zeugniß geben, womit ich bestehen könnte?

Sagen Sie mir nicht, daß ich die Zeit hätte nützlicher anwenden sollen. Denn dieses ist hiesigen Orts, wo man weder Opern noch Comödien, weder Redouten noch Akademie hält, fast unmöglich. Gesetzt also; ich hätte weniger Zeit im Bette und bey Tische zubringen wollen, was hätte ich in aller Welt anfangen sollen? Reiten habe ich nicht gelernt; die Jagd ist mir zu mühsam; des Spazirens werde ich bald müde, und durch jede Arbeit, die ich verrichtet hätte, würde ein armer Mensch sein Brod verlohren haben. Mein gutes Einkommen überhebt mich auch der Arbeit, und je weniger ich selbst thue, je mehr gebe ich fleißigen Armen zu verdienen. Es würde ein sträflicher Geitz seyn, wenn ich selbst die Küche versehen, oder ein Cammermädchen weniger halten wollte.

Ich habe es einmal versucht und bin mit einem heroischen Vorsatze um 4 Uhr des Morgens aufgestanden; allein so wahr ich ehrlich bin, ich mußte mich um 6 Uhr wieder niederlegen, blos um mich von der Langenweile zu erholen. Was für ein entsetzlicher Morgen war dieser! Es fror mich; ich gähnte, mein Cammermädchen grämelte; die

S 4

Leute,

Leute murreten; und die ganze Haußhaltung gerieth in Unordnung. Ich las ein Buch, ohne das gelesene zu empfinden; ich war geschäftig, ohne was zu beschicken; dabey regnete es, sonst wäre ich wohl hingegangen, um ein Bißgen im Holze bey den Nachtigallen zu schaudern. Kurz, den ganzen Tag über war mir nicht wohl; und da that ich ein Gelübde, niemals ohne die höchste Noth vor acht Uhren aufzustehen.

Eben so bin ich einmal des Nachmittags zu Hause und allein geblieben. Um 4 Uhr trank ich meinen Caffee; um 5 Uhr Thee; nm 6 Uhr ward ich etwas matt; ich ließ mir meine Tropfen und eine kleine Bouteille Kapwein geben: Ich nahm etwas davon und las; nahm wieder ein Bißgen, und was meynen Sie? — Aus war die Bouteille, ehe es achte schlug. Bey Tische des Abends war ich nicht ein bißgen heiter, und alles, was ich mit Mühe herunter bringen konnte, war eine Tasse Chokolade, und nach Tische mußte ich mich gleich zu Bette legen. So übel lief dieser Versuch ab.

Was aber bey dem allen das beste seyn mag, mein Hr. Capellan: so preise ich die Leute glücklich, die alle Tage 16 Stunden mit nützlichen Arbeiten zubringen können; ich beneide sie sogar, wenn dieses etwas zu meiner Entschuldigung helfen kann. Ja mich dünkt, daß Leute, die im Leben so glücklich sind, alle ihre Stunden nützlich hinbringen zu können, wenn es dermaleinst zur Rechnung kommen sollte, mindern Lohn verdient haben, als ich, der es so sauer wird, nur eine Stunde ohne Schlaf, Spiel oder Essen zu nutzen. Ich spreche im Ernst; die Tage gehen mir so langsam und die Jahre so geschwind hin, daß ich ganz verwirret darüber bin. Oft schmäle ich noch mit meiner seligen Mutter im Grabe, daß sie mir nicht mehrern Geschmack an der Haußhaltung beygebracht; und daß ich in den Jahren, wo die Begierde zu gefallen, mich zu keiner ernsthaften Ueberlegung kommen ließ, mir nicht wenigstens eine kleine gute

Faust,

Fauſt, womit ich einen Topf vom Feuer nehmen könnte, erworben habe. Allein, da ſagte meine liebe Mutter: Kind, wer will dir die Hand küſſen, wenn ſie nach der Küche riecht? und um einen kleinen Fuß zu behalten, trippelte ich höchſtens einmal auf einer grünen Terraſſe herum. Jetzt in meinem Alter kann ich mir nicht einmal abgewöhnen, ohne Handſchuh zu ſchlafen; wie wollte ich mich denn in andern Stücken ändern können?

Sie, Hr. Capellan, haben mir oft geſagt, daß Sie keine Stunde hinbringen könnten, ohne eine Priſe Tabak zu nehmen. Ach nehmen Sie jetzt auch eine, und überlegen dabey einmal, wie ich meine Rechnung beſſer einrichten könne? Zeigen Sie mir einen Plan, der meinen Kräften und meiner Gewohnheit angemeſſen iſt: Einen Plan, wobey ich nicht nöthig habe, mein Bette früher zu verlaſſen oder die Aſſemblee zu verſäumen. Nehmen Sie mich als ein Geſchöpfe an, das lahme Füße und Hände, und dabey einen Kopf hat, der durch die Länge der Zeit nun einmal ſo verdorben iſt, daß er zu einſamen ernſthaften Betrachtungen gar nicht mehr aufgelegt iſt, dem Youngs Nachtgedanken ſogleich die heftigſten Kopfſchmerzen verurſachen, und der dieſe Nacht gewiß nicht ſchlafen wird, da ich ſo lange geſchrieben habe. Ich bin in deſſen Erwartung ꝛc.

───────────────────────

XLVII.

Antwort des Hrn. Commandeurs auf das Schreiben einer Dame, über den Gebrauch ihrer Zeit.

Ich habe Ihnen einen kleinen Streich geſpielt, meine gnädige Frau, wofür Sie mir wirklich Dank ſchuldig ſind. Ihr Kutſcher brachte mir Ihren Brief an den Capellan; und weil der Kerl glaubte, es ſey darinn gewiß die Fra-

   ge:

ge: Ob es erlaubt sey, Kutschen und Pferde zu halten,
wenn man sich mit einer Sänfte behelfen kann? So brachte er den Brief zu mir, und bat mich, ich möchte doch einmal durch die Falten sehen, und ihm sagen: ob er seinen
Kutscherdienst wohl verlieren würde, wenn er ihn bestel-
lete? Ich wollte meine Herrschaft ungern verlassen, setzte
der ehrliche Johann hinzu, die Pferde sind so gut im Stande, unsre gnädige Frau auch, sie bezahlt so gut, sie schmäh-
let so sanft.... Kurz, dem guten Kerl, der gemerkt zu
haben glaubte, daß Sie seit einiger Zeit sich allerhand Bedenklichkeiten machten und ganz tiefsinnig geworden wären, flossen die Thränen durch den Schnurbart; und ich
ließ mich dadurch bewegen, den Brief zu öffnen. Besondre
Geheimnisse, dachte ich, schreibt man wohl eben an seinen
Capellan nicht, und die Gewissensfragen einer Dame kann
ich besser als dieser, beantworten, der vielleicht auf einen
scharfen Text verfallen möchte. Genug, ich erbrach ihn,
und bediente mich des Rechts, welches Sie mir mehrmalen gegeben haben. Aber nun zum Inhalte.

Wie ist es möglich, daß Eure Gnaden sich mit zu den
Menschen rechnen, zu diesen Geschöpfen, die ihre Zeit nützlich zubringen und von jeder Stunde Rechenschaft geben
müssen? Sagen Sie mir doch ums Himmels willen, was
Sie mit diesen gemein haben, und ob Sie sich vorstellen
können, daß Sie eine Seele wie andre Menschen empfangen haben? Gewiß die Natur verschwendet ihre Kräfte
nicht. Ein so feiner zärtlicher Körper, wie der Ihrige,
kann durch die geringste Wallung des Gebluts in Bewegung gesetzet werden; wozu denn eine ganze rüstige Seele? Haben Sie Gefahren zu überstehen, Unglücksfälle aus-
zudauern, große Entwürfe auszuführen? Nein! Sie essen,
trinken, spielen und schlafen; und dieses so regelmäßig,
daß man keine einzige freye Bewegung der Seele dabey
bemerkt. Die Seele zeugt nur Gedanken, und diese hindern den Schlaf mehr, als daß sie ihn befördern; die Ver-
dauung

dauung geht auch weit beſſer von ſtatten, wenn man ſich
gedankenlos hinſetzt. Laſſen Sie ſich alſo, ich beſchwöre
Sie, nicht beyfallen, ſich eine ſolche Unruhe in den Kopf
zu ſetzen, die Ihnen zu nichts dienen würde, als Grillen
und Vorwürfe zu machen. Sie haben ſich ſo lange darum
beholfen; warum wollten Sie ſich denn dergleichen im Alter wünſchen, und die Natur in unnöthige Koſten ſtürzen?
Fühlen Sie einige Schwächen: ſo laſſen Sie ihre Kammer
mit eau de fleur de veniſe beſprengen. Sogleich werden
Sie alle nöthige Begeiſterung empfinden.

Ein gemeines Frauenzimmer würde es vielleicht für ein
ſchlecht Compliment aufnehmen, wenn ich ihm eine Seele
abſprechen wollte. Allein Sie, gnädige Frau, kennen
mich, und wiſſen, daß Sie keinen eifrigern Bewundrer in
der Welt haben, als mich. Sie ſind alſo auch verſichert,
daß ich dieſes nicht thun würde, wenn ich es nicht als einen beſondern Vorzug von Ihnen betrachtete, daß Sie ohne
Seele tauſendmal mehr thun, als andre, die ſich dieſer allgemeinen Gabe rühmen. Bey Ihnen wird der Feldherr
zärtlich, der Miniſter heiter, und der ganze Hof gefällig:
Geſetzt nun, Sie wollten durchaus eine Seele haben, ſich
andern gleich beſchäftigen und auf ihrem Canapee der Re-
chenſchaft, welche Sie davon abzulegen hätten, nachden-
ken; geſetzt, andre Damen folgten dieſem traurigen Exempel: wo wollte der Arbeiter im Cabinet und im Felde ſich
erholen? wer würde ihnen Empfindungen beybringen?
Empfindungen, welche das rauhe Herz zum Mitleiden und
zur leutſeligen Hülfe herabſtimmen? Ohne Erholung iſt
keine Arbeit; und wo Sie nicht behaupten wollen, daß wir
uns, wie unſre Vorfahren, blos am Weine erholen ſollen:
ſo müſſen Sie mit ihrer glücklichen Muße dem allgemeinen
Beſten zu ſtatten kommen, ſo müſſen Sie ſich vor wie nach
in der Gallerie oder in der Aſſemblee zeigen, und die Stelle
des Geſtirns vertreten, das auch die finſterſten Philoſophen
zu ſeiner Betrachtung reizet: ſo müſſen Sie den Scherz und

die

die Heiterkeit zu Tische führen, und damit den arbeitsamen
Seelen neue Kräfte geben. Dabey aber können und dürfen Sie nicht arbeiten, nicht denken und nicht rechnen;
denn dieses würde Ihnen nichts, als frühe Runzeln einbringen; und welcher Staatsmann würde bey diesen nur
ein einziges Projekt vergessen? Bedenken Sie nur das
einzige: Die Leute, welche von ihrer Zeit Rechenschaft
abzulegen haben, sind zugleich verdammt, ihr Brod im
Schweiß ihres Angesichts zu essen. Wie schickt sich dieses aber für eine Hofdame, die den ganzen Tag geschminkt
seyn soll? Würde nicht alle Farbe von ihren schönen Wan-
gen fließen?

Haben Eure Gnaden aber jedoch eine kleine Herzstär-
kung nöthig; gut, so will ich Ihnen eine vorschreiben, die
gewiß nach Ihrem Geschmack seyn wird. Verrichten Sie
alle Tage in diesem Jahre eine gute Handlung. Der Arbeitsame, der immer an seinem Werke klebt, und unermü-
det beschäftigt ist, wird nur durch unmittelbare Gegenstän-
de zum Mitleid bewegt. Er ist barmherzig, hülfreich und
fertig, wenn ihm seines Nächsten Unglück rührt; allein
die Noth derjenigen, so im Verborgenen oder in der Entfernung unglücklich sind, kommt nicht so leicht zu seinem
Herzen. Eure Gnaden aber hören bey ihrer Muße und
Langeweile manche traurige Erzählung; ihr empfindli-
ches Herz wird schneller gerührt; Sie können länger bey
der süßen Betrachtung, wie Sie einem Unglücklichen helfen wollen, verweilen. Sie kommen täglich zu solchen
Personen, welche Verdienste unterstützen und den Fleiß
glücklich machen können. Bedienen Sie sich Ihres zärtlichen Auges, Ihres schmeichelhaften Tons, Ihres ganzen
Einflusses, um täglich das Glück Eines Menschen zu befördern, ihn nur in gutem Andenken zu erhalten, ihn von
der besten Seite zu zeigen, eine ungegründete üble Meynung von ihm zu unterdrücken, und überall das beste zu
befördern. Wie mancher wird Ihnen nicht noch beyde

Hände

Hände dazu küssen, daß Sie ihm nur Gelegenheit gegeben, eine edle Handlung zu verrichten?

Sie sehen, ich bin ein bequemer Gewissensrath: ich for-
dere nicht von Ihnen, daß Sie Fillee machen, oder Marly
nähen sollen; dieses können Sie in ihren Umständen andern überlassen, die ihr Brod damit verdienen. Ich lasse
Ihnen Ihren Schlaf, Ihre Assemblee und Ihr Soupee;
und gebe Ihnen vier und zwanzig Stunden für eine einzige gute Handlung. Dazu lasse und gönne ich Ihnen Ihre
Langeweile, entweder zur Strafe oder zur Besserung.

Es bleibt aber dieses unter uns. Ihr Capellan ist verpflichtet bey der Regel zu bleiben. Er wird mehrers von
Ihnen fordern, und die Entschuldigung der verwöhnten
Zärtlichkeit nicht gelten lassen. Ich aber denke anders,
weil ich auch nicht viel mehr in der Welt beschicke, und ich
möchte nicht gern, daß die Rechnung von Ihrer Zeit besser
ausfiele, als die meinige. Hiemit küsse ich Ihnen Ehr-
furchtsvoll die Hände, und bin, wie Sie wissen zc.

<hr>

XLVIII.

Darf ein Handwerksmeister so viele Gesellen hal-
ten als er will?

Es ist wohl nicht zu läugnen, daß die Frage: „Ob ei-
„nem jedem Handwerksmeister die Freyheit zu lassen sey,
so viele Gesellen, als er wolle, zu halten?“ von grös-
serer Wichtigkeit sey, als man vielleicht bey Abfassung
des Reichs-Abschiedes von 1731, dafür gehalten hat.

Die Gründe, worauf es bey ihrer Beurtheilung an-
kommt, sind eben dieselben, welche in den neuern Zeiten
für und wider die großen Pachtungen angeführet werden;
der Meister, der vierzig Gesellen hält, ist der Pächter der

vierzig

vierzig Knechte hält; ſtatt der großen Pachtungen könnten zwanzig Bauerhöfe, und ſtatt des einzigen Amtsmei-
ſters zwanzig Familien leben:

Unſre Vorfahren in den Städten, welche zu Walle
gehen und ſelbige vertheidigen mußten, erhielten an jedem
neuem Bürger, einen neuen Vertheidiger, der mit ihnen
die Laſten theilte. Was hätten ſie anfangen wollen,
wenn es in dem Vermögen eines verſchmitzten Meiſters
geſtanden hätte, mit Hülfe einer Menge von Geſellen die
Arbeit der ganzen Stadt an ſich zu ziehen, und alle ſeine
Mitmeiſter herunter zu bringen? Niemand wird läugnen,
daß ein Mann mit zehn Geſellen wohlfeiler arbeiten könne, als zehn Meiſter mit einem. Es wäre alſo einem ge-
ſchickten und vermögenden Handwerker gar leicht geweſen, allen übrigen Mitmeiſtern das Brod zu nehmen; und
dieſes wollten ſie dadurch verhüten, daß ſie für jedes Amt
die Zahl der Geſellen beſtimmten.

Unſtreitig iſt auch noch jetzt dem Staate mehr an zwo
Familien, als zween Geſellen gelegen. Der Geſelle zieht
dem Staate keine Kinder, trägt keine Einquartierung, bezahlt wenig Schatzung, und fleugt bey dem geringſten Un-
gewitter über die Mauer. Daher muß der Reichs-Ab-
ſchied billig nach jedes Orts Umſtänden ermäßiget, und
der Landesobrigkeit die Freyheit gelaſſen werden, es wegen der Anzahl der Geſellen ſo zu halten, wie es das gemeine Beſte erfordert. In Hauptſtädten, Seehäven und
überhaupt an allen Orten, wo für auswärtige Märkte gearbeitet wird, iſt es Thorheit, die Anzahl der Geſellen ein-
zuſchränken. Wo aber der Meiſter ein Taglöhner iſt,
und ein Taglöhner nur den andern in Pacht hat, iſt die
geringſte Anzahl von Geſellen, gewiß die beſte.

XLIX.

XLIX.

Haben die Verfasser des Reichsabschiedes von 1731. wohl gethan, daß sie viele Leute ehrlich gemacht haben, die es nicht waren?

Es ist ferner gewiß, daß die Zünfte und Gilden unge= mein dadurch gelitten haben, daß sie nach dem jüngern Reichsabschiede, alle von irgend einem Pfalzgrafen ehr= lich gemachte Hurkinder und beynahe alle Geschöpfe, die nur zwey Beine und keine Federn haben, als Zunftfähig erkennen müssen. Nach der seit einiger Zeit Mode ge= wordenen Menschenliebe, und vielleicht auch nach unsrer Religion, nach welcher Gott keinen Unterschied macht un= ter den Menschen von Mutterleibe gebohren, mag es mit dieser Verordnung gut genug gemeynt seyn. Allein ein rechtschaffener Polizeygrund läßt sich davon nicht ange= ben; oder man möchte denn an jene Verordnung eines sichern Reichsfürsten denken, welche also anfieng:

Wir von Gottes Gnaden 2c. fügen hiemit zu wissen, was maßen und nachdem Wir uns mit unsrer fürstli= chen Familie und unsern Räthen, der menschlichen Ge= sellschaft entzogen haben, diese nur aus lauter Canaille besteht: Als wollen Wir gnädigst, daß alle Hurkinder, denen Wir unter Unserm Fürstl. Siegel die Rechte ei= ner ächten Geburt ertheilen, darinn bey hundert Gold= gülden Strafe aufgenommen werden sollen.

Was kann das unschuldige Kind dafür; und warum soll dieses darunter leiden, daß seine Mutter ein einziges kleines Kind gehabt hat? pflegt man zwar insgemein zu sagen. Allein, zum Henker mit dem Wechselbalg! rief die Aebtißin von ... als man ein fürstliches Hurkind ins freyadeliche Stift bringen wollte. Man erbot sich zur Kayserl. Legitimation, und bedaurete hundertmal das ar=

ule

me unschuldige Kind. Allein es half alles nichts; der Wechselbalg mußte fort; weil die Aebtißin keine andere aufnahm, als diejenigen, so aus einem reinen adelichen deutschen Ehebette erzielet waren. Sie handelte recht daran, aber warum ließ man die Gilden nicht bey diesen mit der deutschen Ehre zugleich gebohrnen Grundsätzen? Warum schändete man die gemeine Nationalehre mehr, als die hohe oder Dienstehre? Warum verdiente der gro= ße, der würksame Theil der Nation mindere Achtung, als der geringere und unwürksame? Wahrlich aus keinem andern Grunde, als den vor Höchstgedachte Ihro Fürstl. Gnaden anzuführen geruheten. Die Verfasser des Reichs= abschiedes standen auf der Höhe; und was unten am Ber= ge war, schien ihnen nur aus Mücken zu bestehen.

Der Grundsatz der neuern Gesetzgeber, daß man die Hurerey minder schimpflich machen müsse, um den Kin= dermord zu verhüten, ist falsch und unzureichend. Der alte: daß man den äußersten Schimpf darauf sezen müsse, um die Ehe zu befördern, ist weit dauerhafter; und nach den feinsten philosophischen Grundsätzen angelegt.

Der Reichsabschied macht eine Menge von Leuten ehrlich, welche bis dahin für unehrlich gehalten wurden. Man kann aber darauf wetten, daß die Ver= fasser den Sinn des Worts Unehrlichkeit verseh= let, und die Sache wiederum aus dem unpolitischen Ge= sichtspunkte der Menschenliebe betrachtet haben. Bey den Deutschen war alles unehrlich, was nicht im Heerbann oder im Bürgerbanne focht; und nach diesem Begriffe, würden sie zu unsern Zeiten allen Leuten die Eh= re abgesprochen haben, die keine Soldaten sind. Diese Denkungsart scheint seltsam zu seyn. Verbietet nicht aber noch jetzund ein jeder Hauptmann seinen Gemeinen, mit andern Leuten, die nicht zu ihnen gehören, Brüder= derschaft zu trinken, oder sich mit ihnen zu dutzen? Und hatte der Heerbann mindre Ursache, mit allen Leuten nicht

aus

aus einem Kruge zu trinken? Der Krug war der geheiligte Becher, der in einer ebenbürtigen Gesellschaft nach der Reihe herum gieng. Wer nicht zu der Gesellschaft gehörete, gehörete auch nicht zum Kruge; und so sagten unsre Vorfahren: Wir trinken mit keinen Schäfern ꝛc. aus einem Kruge, weil sie nicht mit fürs Vaterland ausziehen, sondern daheim bey der Heerde bleiben müssen. Sie sprachen ihnen die christliche und moralische Redlichkeit nicht ab. Aber so wenig der Marquetenter die Ehre eines Soldaten hat; so wenig hatte der Schäfer die Ehre eines Bannalisten. Eben diese Unehrlichkeit würde allen Heuerleuten (den Leibzüchter als den Invaliden aus dem Heerbann jedoch nicht mitgerechnet), angeklebet haben, wenn unsre Vorfahren Heuerleute auf dem platten Lande gekannt hätten.

Der Grund, daß Schäfer, Hirten und dergleichen Leute, doch gleichwohl unentbehrliche Mitglieder der Gesellschaft sind, und daher billig aller Ehre genießen sollten; ist scheinbar in dem Munde des Philosophen und des Christen, aber nicht die Sprache der rechten Polizey. Der zweyte Rang kann sich in der Einbildung für beschimpft halten, daß er nicht zum ersten gehört; und der dritte kann eben so empfindlich darüber seyn, daß er nicht zum zweyten gehört. Aber darum ist es noch kein Schimpf, zum dritten Range zu gehören. Die unehrliche Classe in der bürgerlichen Gesellschaft ist weiter nichts, als die unterste oder die achte Classe. Die Ehre war durch die sieben Heerschilde vertheilet. Zum siebenden gehörten die gemeinen Bannalisten. Wenn nun die achte Classe sich nicht zu der siebenden rechnen kann, muß sie dieses nicht mit eben der Geduld ertragen, womit es die siebende Classe erträgt, daß sie nicht zur sechsten gehört?

Der Reichsabschied, der christliche und philosophische Ehrlichkeit bey solchen Menschen fand, welche in die Classe ohne Ehre gehörten, hatte daher noch keinen Grund,

diese aus der achten Classe, oder aus der Classe ohne
Nummer, in die sechste zu setzen; und noch jetzt sollten
keine Heuerleute, Markkötter und andre, welche bloß
Rauchschatz bezahlen, zur siebenden Classe, worinn die
Voll- und Halberben, wie auch Erbkötter stehen, die
dem Staate mit dem Monatschatze, mit Wagen und Pferden ihre Ehre abverdienen, gerechnet werden, um so viel
bessere Wirthe auf den Städten zu erhalten, und die
Heuerleute zu reizen, durch Uebernehmung mehrer Lasten,
sich den Weg zur gemeinen Ehre zu eröffnen. Durch die
heutige Vermischung laufen wir Gefahr, alles in Heuerleute zu verwandeln.

Die Folgen des Reichsabschiedes sind würklich traurig
für Gilden und Zünfte gewesen. Denn dadurch, daß ihre Ehre solchergestalt, und ihre Classe zerstöret ist, wird
es allmählich verächtlich, sich in eine Zunft zu begeben.
Nur in England verschmäht es der König nicht. Der
Reiche wird lieber ein sogenannter Fabrikant; und die etwas Vermögen haben, kaufen sich Adelbriefe, um aus
der siebenden Classe in eine höhere zu kommen. Die Politik unsrer Vorfahren war unendlich feiner, und nach ihren Grundsätzen sollte die gemeine Ehre eben so sorgfältig bewahret werden, als die Hohe, weil der Stand der
gemeinen Ehre alle Lasten trägt, und dem Staate daran
gelegen ist, daß sich solcher täglich vermehre, welches gewiß nicht dadurch geschieht, daß er beschimpft wird. So
wenig der Kayser einen aus der siebenden Classe Stifts-
fähig machen kann: so wenig hätte er jemand aus der
Classe ohne Ehre Zunftfähig machen sollen.

Allein diejenigen, so den Reichsabschied verfertigten,
waren nicht aus der siebenden Classe; diese fühlten nur
für sich und nicht für andre. Sie dachten, wie vor Höchst-
gedachter Reichsfürst, ohne es öffentlich zu sagen. In
der That aber war es eine fehlerhafte Gesetzgebung, daß
solchergestalt ein Stand über den andern richtete. Der
gemei-

gemeine Soldat kann nicht verurtheilet werden, ohne daß nicht zwey seiner Cameraden mit zu Gerichte kommen. Und der Reichsabschied hätte nach den Grundsätzen der deutschen Gesetzgebung nicht ohne besondere Deputirte aus der siebenden Classe verfertiget werden sollen. Diese verliert auf einmal Freyheit und Eigenthum, sobald man ihr ohne ihre Einwilligung willführliche Gesetze geben kann; und die Rußische Kayserin verfährt mit ihren Unterthanen so strenge nicht, wie das Reich mit bestätigten und privilegirten Zünften verfahren hat.

<hr>

L.

Vorschlag zu einem besondern Advokatenkollegio.

Es ist unstreitig besser, daß ein Staat gar keine Advokaten dulde, als daß er ihnen mit Verachtung begegne. Ein Mann, der die Kunst aus dem Grunde gelernet hat, andre zu scheeren, und von dieser Kunst leben muß, ist so gefährlich als ein Kriegskommissair, er verkauft andern das Recht, ihn zu verachten, so theuer als er kann, wenn er es durchaus verkaufen muß. Oder wenn er das nicht thut; wenn er ehrlich und verachtet zugleich bleiben kann; so ist er ganz gewiß ein Stümper.

Unsre Vorfahren hatten den Hauptmann im Heerbann oder den spätern Gerichtsherrn zum Advokaten und Syndikus seiner ihm untergebenen Gemeinen geordnet; dieser machte es, wie es unsre heutigen Capitains noch machen. Wenn ihre Soldaten mit andern, die nicht von ihrer Compagnie sind, eine Sache haben: so führt sie der Capitain aus; und was die Leute von einer Compagnie unter sich zu thun haben, wird ohne Schriftwechsel entschieden. Solche Personen aber, welche nicht zum Heerbann gehörten, oder um nach dem jetzigen Styl zu sprechen,

Leute,

Leute, die nicht Amtsäßig waren, hatten ihre erwählten Advokaten; dergleichen den Heerbannalisten oder
Amtsassen nicht gestattet wurden.

Natürlicher Weise war der erste, den die spätern Zeiten zum Dynasten oder auch belehnten Gerichtsherrn erheben haben, ein Mann von Ehre und Ansehen; und der
Erwählte, welchem sich die Dynasten selbst vertraueten und
ihn zu ihrem Patron und Vorsprecher erwählten, auch kein
schlechter Mann. Nur erst zu der Zeit, wie die Heer-
bannsrolle gesprengt, und die Leute vereinzelt oder
einzeln genöthiget wurden, sich Advokaten zu suchen,
mußten sich diese vermehren und verschlimmern.

In Frankreich und England gieng man damals zu,
und gab den sich solchergestalt nothwendig vermehrenden
Advokaten Gilde- oder Ordensrecht. Sie versammleten
sich zu Capitel, erwählten ihren Dechanten, machten
Statuta, Stiftungen und andre Vorkehrungen zur Erhaltung ihres Ansehens. In Deutschland hingegen begnüg-
te man sich, mit der Doktorwürde geschickten Leuten das
Recht, zu advociren, zu ertheilen; und des Heil. Röm.
Reichs Doktoren, machten es wie des Heil. Röm. Reichs
Ritter. Sie blieben unter sich ohne Verein oder Gilde,
folglich ohne Stiftungen und Statuten. Daher zeigt sich
bey der Kayserwahl kein Dalwich mehr, der Ritter werden will, und kein Landgraf von Hessen nimmt mehr die
Doktorwürde an.

Des Heil. Röm. Reichs Ritter aber sollten unstreitig mit den deutschen Ordensrittern in gleichem Ansehen
stehen. Allein es fehlt daran sehr viel; warum? Weil
letztere sich zu einer Gilde oder zur Zunft geschlossen haben, worinn sie keinen aufnehmen, der nicht seine 16 Ahnen beweisen kann. Eben so sollten alle Edelleute gleich
seyn. Aber diejenigen, die sich zu einem Capitel oder
Collegium vereint, und durch gewisse Statuta für sich gesorgt haben, erhalten sich in weit größerm Ansehen, als
jene

jene Zerſtreueten; warum? Weil des Heil. Röm. Reichs
Edelleute, eben wie des Heil. Röm. Reichs Ritter und
Doktoren keinen allgemeinen Verein haben und daher ver-
miſchet werden. Ferner ſollten die Pfarrer den Rang vor
einem Canonicus haben; ſie haben ihn aber nicht, weil
die Pfarrer unter ſich keine Zunft und keine Statuten haben, mithin ohne Rückſicht auf Geburt allerhand Leute
zu ihres Gleichen erhalten, wogegen doch alle Collegiat-
ſtifter einige Gegenanſtalten gemacht haben.

Dies muß uns natürlicher Weiſe auf den Gedanken
bringen, daß es gut ſeyn würde, wenn jeder Landesherr
dafür ſorgte, daß die Landesadvocaten ſich zu einem Cor-
pus vereinigen, ihre Statuten errichten, ihre Mitglieder
ſelbſt wählen, oder doch gewiſſe Vorzüge der Geburt und
des Standes von ihnen erfordern, und ſolchergeſtalt ſich
vor allen willkührlichen und oftmals ehrenrührigen Ver-
miſchung ſicher ſetzen müßten. Sie würden dadurch natürlicher Weiſe aufmerkſamer auf ihre Ehre, empfindlicher
auf deren Erhaltung, und durch eine Ausſtoßung aus
dieſem Orden härter beſtrafet werden, als durch irgend
eine andre Strafe. Sie würden Stiftungen machen und
annehmen, die Bejahrten daraus verſorgen, die Wittwen
ernähren, und ſich der Kinder ihrer Collegen gemeinſchaft-
lich annehmen können. Sie würden endlich Collegialiſche
Rechtsbedenken ausfertigen, eine einförmige Praxin befördern, eine Präbende für den Advocaten der Armen
ausſetzen und ſehr viele andere gute Anſtalten, die der
eſprit de corps von ſelbſt mit ſich bringt, machen können.
Dies iſt wenigſtens das Mittel, wodurch ſich der Stand
der Advocaten in Frankreich, da er ſonſt in allen deſpoti-
ſchen Staaten aus guten Gründen heruntergeſetzt wird,
bey einem wahren Anſehen erhalten hat. Und ohne dieſe
Vorſorge wird derſelbe mit der Zeit keinen als ſolchen an-
ſtehen, die nach keiner Verachtung fragen, wenn ſie nur
gewinnen können.

LI.

Ueber die Art und Weise, wie unsre Vorfahren die Processe abgekürzet haben.

In dem Frieden, welchen Symon, Edler Herr zur Lippe, mit dem Osnabr. Bischofe Ludolf im Jahr 1305. einzu=
gehen genöthiget wurde, und worinn er seine beyden Schlösser zu Rheda und zu Enger schleifen zu lassen ver=
sprach, heißt es zuletzt a):

"Und wenn künftig unter ihnen sich neue Irrungen
"hervorthun sollten: so wollten sie beyderseits vier
"von ihren Dienst= oder Burgleuten an einen dritten
"Ort zusammen schicken, welche die Streitigkeit bin=
"nen 14 Tagen entweder in Güte oder zu Recht aus=
"machen sollten, und wenn sie damit binnen 14 Ta=
"gen nicht fertig würden, sollten sich diese acht
"Schiedsleute nach Bielefeld, und wenn sie dort auch
"binnen 14 Tagen noch nicht übereinkämen, nach
"Herford begeben, und so lange von 14 Tagen zu
"14 Tagen aus einer Stadt in die andre gehen, bis
"sie sich eines Spruchs verglichen hätten."

Diese Art, die Streitigkeiten zu entscheiden, war damals nichts ungewöhnliches. Indessen verdient die Denkungs=
art,

a) Ponemus quatuor de nostris ministerialibus sive castellanis qui ad ali-
quem competentem locum convenient, et intra 15 nam a die notifica-
tionis injuriae propter quam discordia est exorta, terminabunt discordiam vel in amicitia vel in jure et si intra 15 nam ipsam dictam discordiam non terminarent, intrabunt oppidum Bilevelde in quo jacebunt
per continuam 15 nam, & si intra ipsam 15 nam praedictam discordiam
non decident, per proximam 15nam tunc sequentem jacebunt in op-
pido Hervorde, & sic vicissim in oppidis dictis jacebunt inde non exi-
turi, antequam ipsam discordiam decident vel in amicitia vel in jure,
& si aliquis & quoties aliquis praedictorum ministerialium vel castel-
lanorum obierit statuetur statim alius pro eodem &c. anno 1305. die
beatorum Kiliani & Sociorum.

art, worauf ſich ein ſolcher Plan der Entſcheidung gründete, noch immer eine genauere Betrachtung, beſonders da derſelbe das Geheimniß zu enthalten ſcheint, wodurch unſere Vorfahren die Weitläuftigkeit der Proceſſe zu verhindern gewußt haben.

Das Merkwürdige in dieſem Plan iſt nicht die Wahl einiger Schiedsrichter; dieſe werden auch jetzt noch wohl erwählet; es beruhet auch darauf nicht, daß jeder Theil gleiche Stimmen ſchicken, und keiner vor dem andern wie auch kein Dritter dabey den Ausſchlag zu geben haben ſoll; denn auch dieſes iſt nur eine gemeine Erfindung. Das Große, was in der Sache ſteckt, iſt dieſes, daß den erwählten Schiedsleuten die Macht gegeben wurde, einen Vergleich von Amtswegen zu treffen.

Ich weiß nicht, ob ich mich deutlich ausdrücke. Wenn unſre heutigen Richter die Partheyen zur Pflegung der Güte vorladen, und ihnen die beſten Vorſchläge thun, dieſe aber ſolche nicht annehmen wollen: ſo haben ſie, einige geringe Sachen ausgenommen, nicht die Macht zu ſagen: ihr ſollt ſie annehmen; auch unſre heutigen Schiedsrichter haben eigentlich dieſe Macht nicht; ſondern beyde ſprechen ein Urtheil, und ſetzen dabey: von Rechtswegen.

Dieſe Art der Entſcheidung kannten unſre Vorfahren gar nicht; ſondern diejenigen, welche eine Sache zu entſcheiden hatten, ſie mochten nun dazu erwählt oder beſtellet ſeyn, eröfneten, was ſie gut und billig b) befanden, und die Partheyen mußten dies für Recht annehmen. Ihre Vollmacht war alſo von ungleich weiterm Umfange als die Vollmacht unſrer heutigen Richter, die auf Geſetze und Ordnung ſchwören, und an dem traurigen Buchſtaben kleben müſſen. Wenn man von dieſen

T 4

viere

---

b) Jus eſt ars boni et æqui. Dieſe Definition will viel ſagen: das bonum iſt, quod convenit fini ſocietatis; das æquum, quod cum minimo damno ſociorum obtinetur.

viere so lange zwischen Bielefeld und Herford reisen laß-
sen wollte, bis sie ein Urtheil gefunden hätten: so würde
oftmals ein Gewissenszwang mit eintreten können. Wenn
man aber vier Leute mit der Vollmacht erwählt, die
Sache nach ihrem Gut- und Billigfinden abzuthun: so ist
es ihre Schuld, wenn sie sich nicht endlich müde zanken
und vereinigen... Vier ehrliche Leute von beyden Seiten,
die sich alle Tage quälen, und nur stündlich ein Haarbreit
gegen einander nachgeben, müssen endlich auf eine Linie
zusammen treffen, welche für beyde Theile von dem mindesten Nachtheile ist. Und die Parthey, so sich damit
nicht beruhiget, verräth eine eitle Zanksucht.

Wenn man mit dieser Voraußsetzung auf die Sorgfalt zurückgeht, womit unsere Vorfahren darauf bestunden,
daß jeder Parthey nicht allein ebenbürtige, sondern auch
Gerichtsgenosse Urtheilsweiser gegeben werden mußten:
so fühlt man erst, wie groß ihre Einsicht gewesen. Denn
vier Fürsten konnten die Sache eines Edelmanns nicht
damit entscheiden, daß sie sagten: sie fänden es so
gut und billig. Vier Edelleute konnten auf diese
Weise eben so wenig die Sache eines Bürgers richten;
und vier Bürger waren auch allerdings unbefugt, den
Proceß zwischen zweyen Landleuten gleichsam nach ihrem
Gutdünken zu endigen; außer dem Falle, wo der Edelmann, der Bürger oder der Landmann sich dergleichen
Richter von freyen Stücken gewählt und sein Vertrauen
darauf gesetzt hatte. Eine solche Vollmacht, wie unsre
Vorfahren dem Richter oder vielmehr den Schöpfen gaben, konnte keinen andern als ebenbürtigen und gerichts-
genossen Personen ertheilet werden, die auf den Fall,
daß sie in gleiche Streitigkeiten verwickelt wurden, dasjenige wider sich gelten lassen mußten, was sie als Urtheilsweiser über andre ihres Mittels gut fanden.

Ueberhaupt aber kommen wir hier auf die beyden
Hauptarten, Streitigkeiten zu endigen. Die erste ist:
daß

daß ein ebenbürtiger und genoſſer Mann nach ſeinem
Gutdünken ſage, wie es ſeyn ſolle;
die andre:
daß ein Gelehrter, der den Partheyen ſo wenig ebenbürtig als Genoß iſt, ſage, was die Geſetze auf den
ſtreitigen Fall verordnet haben.
Die erſte war die Art unſrer Vorfahren; die letztere iſt
die unſrige, nach welcher ein Doctor am Cammergericht
dem größten Reichsfürſten Recht ſprechen kann.

Es iſt der menſchlichen Freyheit unendlich viel daran
gelegen, daß beyde Arten nicht vermiſcht werden. Unſre
heutigen Philoſophen und philoſophiſchen Rechtsgelehrten,
ja ſelbſt Cabinetsminiſter und Juſtizreformatoren, tragen kein Bedenken, zu ſagen:
„Der Richter müſſe auf das Wahre, das Gute, das
„Heilſame und das Billige ſehen, ſeine geſunde Ver-
„nunft brauchen und darnach ſprechen, ohne ſich um
„alle römiſchen Geſetze und die Gloſſatoren zu be-
„kümmern. So hätten es unſre Vorfahren gemacht.“
Allein ſo wahr dieſer Satz iſt, wo die Partheyen ebenbürtige und genoſſe Richter erhalten: ſo falſch, ſo verräthe-
riſch iſt er im Gegentheile, und in unſrer heutigen Verfaſſung. Wie, ein Fürſt ſollte acht fremde Männer ver-
ſchreiben, ihnen ihren Unterhalt reichen, und ihnen die
Vollmacht ertheilen können, nach der Vernunft, nach der
Billigkeit, nach ihrer Weisheit zu entſcheiden? Und das
ſollten unſre Vorfahren geduldet haben?

Die Weisheit gränzt ſo nahe an die Willkühr, daß man
unmittelbar von der einen zur andern übergehen kann; und
wo Weisheit und Macht in einer Hand ſind, da iſt des Herrn
Wille natürlicher Weiſe allezeit die Weisheit ſelbſt. Wenigſtens iſt kein ſterblicher Menſch im Stande, die Furche
anzuweiſen, wo die Willkühr ſich von der Weisheit ſchei-
det. Und wenn es einer wagen wollte: ſo würden ihm
gleich zehn andre widerſprechen. Unſre Vorfahren wa-

ren

ten in diesem Stücke so genau, daß sie denjenigen sofort
für einen Knecht hielten, der von eines ungenossen c)
Menschen Ausspruch abhangen mußte. Alle Fremde er-
fuhren dieses, sobald sie sich ohne Geleit außer ihrer Heymath befanden, und sich mithin nicht auf ihre Genossen
zu Hause berufen mochten.

'Ganz anders verhält es sich in dem Falle, wo ein ehrlicher Markgenosse nicht von der Weisheit seines Holzgrafen, nicht von der Vernunft des Partheyenrichters, und
auch nicht von der Auslegungskunst der Gesetzgelehrten,
und noch weniger von dem Despotismus, der unter dem
Nahmen einer guten Polizey bisweilen offenbare Gewaltthaten ausübt, sondern von dem Urtheile seiner Mitmär-
ker abhängt. Wenn diese es gut und vernünftig finden,
daß er nicht mehr als zwey Gänse und einen Ganser haben soll; wenn diese ihm verbieten, auf dem Grasanger
Pläggen zu mähen; wenn diese ihm dahin zu Recht weisen, daß er sein Schwein krampfen soll: so hat er die
Beruhigung zum voraus, daß sich mit ihm alle, so dieses
Recht weisen, in einem gleichen Falle befinden; und das
Recht, was sie ihm sprechen, auch wider sich gelten lassen
müssen; anstatt, daß, wenn ihm der Polizeykommissa-
rius befiehlt, keinen Caffee zu trinken, dieser den seinigen ungestört herunterschlürft, und seinen Befehl blos
mit der Vernunft und Weisheit (diese ewigen Kupplerin-
nen der menschlichen Leidenschaften) rechtfertigen kann.

Da unsre Vorfahren gar keine geschriebene Gesetze dul-
deten, weil sie voraus sahen, daß solche mit der Zeit eigne
Ausleger und Rechtsgelehrte nach sich ziehen, und die heutige Art, Streitigkeiten durch gelehrte und ungenoßne
Männer zu entscheiden, befördern würden: so konnten
sie

c) Es ist dieses ein altes deutsches Wort, wofür ich kein bessers zu finden weiß.
Ein französischer und deutscher Edelmann können einander ebenbürtig seyn;
sie sind aber einer des andern ungenoß. Bürger aus verschiedenen Städten
sind ebenfalls einander ungenoß.

ſie auch nicht anders verfahren. Es konnte nach keinen
Geſetzen geſprochen werden; ſondern die beſtellten Ur-
theilsweiſer ſprachen nach dem, was ihnen, ihren Kindern, ihren Nachbarn und der ganzen Gemeinheit nützlich und heilſam ſchien; oder ſie bezeugten in jedem vorkommenden Fall die löbliche Gewohnheit, und dieſes ihr
Zeugniß war zugleich ein richterliches Urtheil. Zum Zeugniß einer Gewohnheit konnte aber kein bloßer Gelehrter
zugelaſſen werden.   Um eine adliche Gewohnheit zu bezeugen, ward ein Edelmann, und zur bürgerlichen ein
Bürger erfordert.   Jetzt hingegen beſteht die Kunſt zu
richten faſt nur in der Gelehrſamkeit und Auslegungs-
kunſt, und kein Ort in Europa hat ſich dagegen beſſer
verwahret, als die kleine Stadt Norcia oder Nurſia d)
in Italien, wo es durchaus erfordert wird, daß die Obrigkeit weder leſen noch ſchreiben könne. Jetzt erlauben wir
beynahe den Gutsherrn das Zeugniß darüber: ob dieſe
oder jene Art von Leuten zu den Leibeignen oder Freyen
gehöre e)? da doch eigentlich, und ſobald darüber Streit
iſt: ob einer frey oder eigen ſey; oder ob ein Daelfreyer
nach Leibeigenthumsrechte gerichtet werden könne oder
nicht, die Sache nicht blos von dem Urtheile oder Zeug-
niſſe des einen Theiles, ohne daß der andre auch ſeine
Genoſſen dabey habe, abhangen kann. Ueberhaupt glaubten unſre Vorfahren, die Weisheit der Katze könne niemals einen gültigen Spruch wider die Mäuſe hervorbringen; ſondern Mäuſe mußten von Mäuſen und Katzen
von Katzen beurtheilet werden.

Aber

d) Norcia vor Alters Nurſia, eine Stadt, deren Regiment aus 4 Männern beſteht, welche man li quatri illiterati nennet, weil ſie dem Geſetze nach Leute
ſeyn müſſen, die weder ſchreiben noch leſen können. Alles wird mündlich und
ohne Schriften abgethan. Dieſe Stadt iſt der Geburtsort der Bruchſchnei-
der in Italien. S. Büſchings Erdbeſchreibung, II. Th. 2. B. p. 1061.

e) Carl der Große ſagte: Solus comes de libertate et proprietate judicat.
Der Comes aber urtheilete nicht anders als mit zwölf oder ſieben genoſſen
Schöpfen.

Aber, wird man sagen, der Streit der Mäuse unter sich ist von so großer Wichtigkeit nicht, daß sie ihn nicht leicht von einigen ihres Mittels austragen lassen sollten. Die Hauptsache ist, wenn die Katze gegen die Mäuse, oder eine Mark gegen die andre und eine Genossenschaft gegen die andre, die Gränzen ihrer Befugniß übertritt, und den Landfrieden bricht. Was hatten unsre Vorfahren hier für Richter?

Nach dem Exempel der oberwähnten von beyden Seiten erwählten 4 Schiedsleute zu rechnen, welche so lange zwischen Herford und Bilefeld reisen sollten, bis sie ein Urtheil fänden, mag es hier einige Mühe gekostet haben. In der That aber erkannte man zuerst hier keinen Richter, und wie man den Kaiser nachwärts zum Friedensrichter erhielt, bekümmerte sich auch dieser nicht darum, wer von zweyen Partheyen Recht hatte oder nicht. Die Macht des Kaisers gieng nur dahin, zu beachten, daß die Austräge alle 14 Tage von Herford nach Bilefeld ritten, und ihre Pflicht in diesem Stücke aufs genaueste beachteten. Aber den Streit selbst konnte der Kaiser, weil seine Weisheit nichts damit zu thun hatte, unmöglich entscheiden. Denn wenn er dieses hätte thun wollen: so blieb ihm doch nichts übrig, als vier Schöpfen von einer und vier von andrer Seite erwählen, sodann solche so lange in einem Zimmer verschließen oder von einem Orte zum andern reiten, oder auch in geschlossenen Schranken fechten zu lassen, bis sie das Recht gefunden hatten. Der Kaiser konnte darauf achten, daß sie im letztern Fall mit gleichem Winde und gleichem Gewehr fochten; er konnte darauf halten, daß redliche und ebenbürtige Biederleute gegen einander geschickt wurden. Aber das Recht oder die Wahrheit selbst konnte er unsern Vorfahren nicht weisen, weil noch keine geschriebene Gesetze vorhanden waren, und alle menschliche Weisheit, so lange es an geschriebenen Gesetzen fehlt, auf eine Willkühr hinaus läuft, und so verschieden ist, als

die

die Menſchen ſelbſt verſchieden ſind.   Natürlicher Weiſe
ſagte die Weisheit der einen ſtreitenden Parthey ja, und
die Weisheit der andern nein; und wer konnte, ohne der
einen oder der andern Gewalt zu thun, eine dritte Weisheit urtheilen laſſen?

Die Gallier ſuchten ſich auf eine andre Art zu helfen.
Sie hatten ihre Druiden oder eigne Prieſter, welchen ſowohl
die Civil- als Criminaljurisdiction anvertrauet war f);
und die, wie wohl zu merken, von keiner höhern weltlichen Macht beſtellet oder beſoldet wurden, indem ſie ihr
geiſtliches Oberhaupt ſelbſt durch die Mehrheit der Stimmen wählten, und wenn die Stimmen gleich waren, zum
Zeichen ihrer völligen Unabhängigkeit die Sache mit dem
Degen ausmachten g).

Dieſe Druiden, an deren Stellen von dem erſten Monarchen beſoldete Richter oder Grafen (comites) angeord-
net wurden, mögen zwar auch bisweilen zwey ſtreitende
Partheyen ſo auseinander geſetzt haben, daß eine gleiche
Zahl von beyden Seiten erwählter Schöpfen, das Urtheil
mit ihrem Eide oder mit ihrem Degen, oder mit Reiten
zwiſchen Herford und Bielefeld haben finden müſſen. Allein
im Grunde ſcheinen ſie vieles auch durch ihre eigne Weisheit entſchieden zu haben, indem ſie die gelehrteſten Leute
ihrer Zeit waren, und über 20 Jahr ſtudieren mußten.
Ihre Weisheit war aber bey vorangeführten Umſtänden
lange nicht ſo gefährlich, als die Weisheit ſolcher Richter,
welche von der höchſten Macht im Staate angenommen

und

f) Fere de omnibus controverſiis publicis privatisque Druidae conſtituunt, & ſi quod eſt admiſſum facinus, ſi caedes facta, ſi de heredi-
tate de finibus controverſia, iidem decernunt praemia, poenusque
conſtituunt.   CAES.

g) Druidibus praeeſt unus qui ſummam inter eos habet autoritatem:
Hoc mortuo, ſi quis ex reliquis excellit, dignitate ſuccedit, aut ſi
ſunt pares plures, ſuffragio Druidum adlegitur.   Nonnunquam etiam
de principatu armis contendunt.

und erlaſſen werden können. Zudem wußten ſie die große Kunſt, ihre Weisheit in ein Gottesurtheil zu verhüllen, und die Partheyen gleichſam mit Orakeln zu ſcheiden. Eine Wendung, wodurch die menſchliche Eigenliebe weniger als durch menſchliche Ausſprüche gekränket wurde.

Da ſie von keinem Regenten beſoldet wurden; und ohne Zweifel eben wie die Leviten keine liegende Gründe erwerben konnten, vielleicht auch nicht heyrathen durften h): ſo war ihre Weisheit noch einigermaßen ohne Beachtheil der Freyheit zu ertragen; wenigſtens beſſer als die von den ſpätern Grafen, welche von einer höhern Macht verordnet und beſoldet wurden; jedoch aber das Urtheil nicht ſelbſt zu ſprechen, ſondern nur dasjenige zu beſtätigen hatten, was ihnen von einer gleichen Anzahl beyderſeits, oder von ſämmtlichen Genoſſen erwählten Schöpfen zugewieſen wurde. Hätten die Grafen eben wie jene, Gottesurtheile finden dürfen: ſo wäre ſogleich alles was unter ihnen geſtanden, Knecht geworden.

Die Einrichtung mit den Druiden hatte indeſſen noch einen feinern Vortheil, welcher darinn beſtand, daß ſie von keiner Parthey als ungenoß angeſehen werden konnten. Das Schöpfenwerk hingegen bey den Deutſchen hatte die Unbequemlichkeit, oder wie andre denken werden, die Bequemlichkeit, daß kein Gemeiner mit einem Edelmann unmittelbar Prozeß führen konnte. (Man muß aber hiebey wiſſen, daß alles, was wir jetzt ſchatzbare Unterthanen nennen, noch in eigne Rollen oder Compagnien vertheilt war, und ſeine beſondern Vorſteher oder belehnte Gerichtsherrn hatte; und ferner, daß zur Zeit, wovon ich hier rede, unter einem Edelmanne der Hauptmann im Heerbanne verſtanden iſt.) War einem Gemeinen Unrecht wieder=

b) Sie waren wenigſtens wie unſre heutigen Orden Sodalitiis ad ſtricti conſortiis. AMMIAN. und erhielten ihre novicios a parentibus propinquis- que. CAES. genoſſen auch einer vollkommenen Befreyung a tributis. ID.

wiederfahren: ſo gieng er zu ſeinem Gerichtsherrn, und
nachdem die Umſtände waren, mußte dieſer ſein beſtes
Pferd tummeln und die Sache für ihn ausmachen. Wäre
dieſe Einrichtung nicht geweſen: ſo hätte der Fall nothwendig oft eintreten müſſen, worinn Edelleute und Bauern,
es ſey nun mit reiten zwiſchen Herford und Bielefeld, oder
mit dem Degen gegen einander gekommen wären. Dieſe
Unſchicklichkeit zu verhüten, war jene Einrichtung nöthig.
Die Anſtalt mit den Druiden hatte dieſe Unbequemlichkeit
nicht. Der Druide konnte, eben wie jetzt ein gelehrter
Richter, ſelbſt einen Fürſten und ſeine Unterthanen, wenn
ſie gegen einander auf der Rubrik einer Schrift zu Felde
ziehen, ſcheiden.

Der belehnte Richter oder der Gerichtsherr hieß Advo-
catus, weil er die zu ſeiner Rolle gehörige Leute zu Gerichte
und zu Kampfe vertheidigen mußte. Die unter ſeinen Leuten vorfallende Streitigkeiten, ſo lange ſie nicht Leib und
Gut betrafen, machte er nach ihrer Weiſung ſelbſt ab.
Sobald es aber auf Leib und Gut ankam, mußte er bey
den Galliern die Sache zu den Druiden, und ſpäter bey
den Deutſchen zum Grafen verweiſen; eben wie jetzt noch
ein Capitain oder ein Beamter dergleichen Sachen zum höhern Richter verweiſen muß. Wir ſind noch jetzt ſehr eifrig
darauf, keinem Beamten einige Erkenntniß über das Mein
und Dein zu geſtatten, ohne uns zu erinnern, daß der
Grund dieſer Sache in den älteſten Zeiten geleget worden;
und ohne zu wiſſen, was das Liberty und Property der
Engländer ¹) eigentlich zu bedeuten habe.

Das ſonderbarſte bey dem allen iſt die Wendung, welche
die Sachen genommen haben. So lange die Schöpſen eine
ſtreitige Sache, nachdem was ihnen gemeinnützig und bil-

lig

¹) Sie wollen damit nichts anders ſagen, als daß ihre Freyheit und ihr Eigenthum nicht von der Weisheit eines Richters, ſondern von dem Erkenntniß
ihrer Genoſſen abhange.

lig dünkte, entscheiden, vergleichen oder abmachen mochten,
wurde durchaus erfordert, daß die den Partheyen ebenbürtig und genoß waren. Sobald aber die Kunst, streitige
Sachen zu entscheiden, sich auf die beste Auslegung und
Anwendung der Gesetze gründete, ward der gelehrteste und
redlichste Mann für den besten Richter gehalten; der Edelmann verlohr mit Recht seinen Stuhl im Gerichte, sobald
er sich weniger auf jene Kunst legte.

Die gefährlichste Wendung aber, welche wir zu befürchten haben, ist nun diese, daß ungenossen Richtern eben die
Macht gegeben werde, welche vordem die Genossen hatten.
Wenn diesen, wie jenen, die Vollmacht ertheilet wird, blos
nach der Billigkeit und nach dem, was ihnen Gemeinnützig
oder Polizeymäßig dünket, zu entscheiden; wenn diesen
erlaubt wird, nach dem gewöhnlichen Ausdruck, mit
Hintansetzungen unnöthiger Formalitäten zu verfahren;
wenn diese von dem dürren Buchstaben der Gesetze nur
einen Haarbreit abweichen dürfen: so beruht Freyheit und
Eigenthum einzig und allein auf der Gnade des Landesherrn; so kann er solche Leute zu Richtern verschreiben,
die in dem Lande, wo sie nach ihrer Weisheit und Billigkeit verfahren sollen, nichts eignes haben und keinem genoß sind; die aus der Türkey oder Tartarey zu Hause
sind, und es nach unverwerflichen Gründen zeigen können,
daß es vernünftiger sey, die Beinkleider als den Hut unter dem Arm zu nehmen . . . . .

LII.

LII.

Vorschlag zu einer Korn-Handlungscompagnie auf der Weser.

Es ist eine besondre Sache um uns arme Deutschen: ohne Hauptstadt sollen wir ein eignes Nationaltheater; ohne Nationalinteresse Patriotismus; und ohne ein allgemeines Oberhaupt, unsern eignen Ton in der Kunst erlangen; wir, die wir auf die Bühne höchstens einen Provincialnarren bringen; zum allgemeinen Reichsbesten dann und wann eine gute Hausanstalt machen; und in den Kunstwerken selten mehr als eine Art von Bocksbeutel kennen, wo wir nicht Muster in der Fremde suchen; und nun sollen wir auch sogar Handlungscompagnien ohne Nationalunterstützung errichten a)?

Das Kann wohl! wird mancher sagen: so wollen wir die Musik den Italiänern, die Comödie den Franzosen, und den Patriotismus als eine Waare, die nirgends besser als in England bezahlt wird, den Engländern überlassen. Wir wollen nach Bremen reisen, um den dortigen Kaufleuten den Sand in ihre Schiffe schieben zu helfen, welchen sie für Ballast einladen; wir wollen uns von den Franzosen zu Nantes auf die Sandberge führen lassen, welche dort

am

a) Wir kommen nicht einmal zu einem rechten Nationalfluche oder Scheltworte; jede Provinz flucht und schimpft anders, oder verbindet mit dem Fluche oder Worte andre Begriffe; anstatt daß ein Fluch aus Paris nicht allein in Frankreich, sondern auch sogar in Deutschland in seinem völligen Ton verständlich ist. Die Pariser Galgen, Zuchthäuser und Spitäler sind so bekannt, wie der Fuchs in der Fabel. Jede Allegorie, jede Allusion, so auf Grubstreet, Tyburn, Bedlam in der Comödie gemacht wird, ist völlig verständlich und sinnlich. Der dadurch bezeichnete Begriff kömmt zu einer hinlänglichen Intuition; einer nenne mir aber einmal einen deutschen Galgen, der so bezeichnet werden könnte. Alles was bey uns auf die Bühne kömmt, ist noch zur Zeit provincial; und so wenig Wien als Berlin und Leipzig haben ihren Ton zum Nationalton erheben können.

am Hafen von den Bremern wieder ausgeschoben, und unter dem Titel: Les produits de l'Allemagne bekannt sind. Das wollen wir thun; Unser Phlegma schickt sich zu allem, warum nicht auch hierzu?

Allein der erste Anblick mag so ungünstig seyn wie er will: so ist es doch für einen ehrlichen Mann hart, dergleichen bittre Vorwürfe mit Gelassenheit anzuhören. Es ist hart, sich auch des Vergnügens begeben zu sollen, dann und wann ein glänzendes Project zu machen. Wir wollen also immerhin in unsern Forderungen gegen die deutsche Nation unerschrocken fortgehen, und solchemnach auch eine Korn-Handlungscompagnie an der Weser, da dergleichen jetzt an der Elbe versucht wird, errichten; auf dem Papier, das versteht sich. Sollte sie auch nur ein bloßer Traum bleiben: so ist es doch angenehmer, gute als schreckliche Träume zu haben.

An der Oberweser hört man nicht selten klagen, daß das Korn keinen Preis halten wolle, und im vorigen Jahre galt das hiesige Malter b) Rocken, oberhalb Paderborn nach der Dimel zu, 4 Thaler. Der dortige Landmann seufzete, und verlohr den Muth zu bauen; der Acker fiel daselbst im Preise; und die durch den letztern Krieg verödeten Gegenden reitzten weiter keine Neubaner. Jedermann klagte dort; und wenn gleich die unterhalb Paderborn liegenden Gegenden von ihrem Ueberflusse zum erstenmal c) einiges Korn auf der Achse in unsre Heidländer brachten: so machte doch solches keine merkliche Veränderung des Preises in den Gegenden an der Dimel.

War-

b) Das hiesige Malter besteht aus 12 Scheffeln oder 11 neu Braunschweigischen Himten, und der Berliner Scheffel verhält sich gegen den hiesigen wie 5 zu 9, oder wie 40 zu 72.

c) Wir ziehen unser Korn sonst von der Emse; und der Preis ist in den Gegenden, welche von der Emse am weitsten entfernt sind, sonst immer am höchsten gewesen; bis auf voriges Jahr, wo aus dem Paderbornschen vieles Korn herüber gekommen.

Warum, hieß es damals, schicken diese Gegenden ihr überflüßiges Korn nicht nach Bremen? Wohin so vieles aus Polen und Liefland eingeführt wird? und der Preis doch noch immer so hoch bleibt, als es billiger Weise zu erwarten steht? Haben sie nicht die Weser bey Bevel rungen und andern Orten in der Nähe? Fehlt es ihnen an Fuhrwerk oder an Einsicht? oder sind sonst Schwierigkeiten vorhanden, welche sich diesem natürlichen Abflusse widersetzen?

Dies war nun gut genug gefragt; aber es brauchte keiner andern Antwort, als: Die Bremer kaufen kein Korn. Und so war alle Aussicht von dieser Seite verlohren. Man fragte nun nicht weiter; sondern erwartete in ruhiger Verzweiflung, ob die Zeit Käufer oder Würmer zu dem überflüßigen Segen bringen würde? Hätte man sich aber nach der Ursache, warum die Bremer kein Korn kaufen, erkundiget: so würde man näher zur Sache gekommen seyn.

In allen Seestädten von England und Frankreich, woraus das mehrste Korn verführet wird, steckt kein Handelsmann sein Geld in Korn; sondern denkt, „die guten Hausväter auf dem platten Lande müssen „ihr Korn wohl zur Stadt schicken, wenn sie es lös „seyn wollen; sie können unsre Böden heuren und die „Proben von ihrem Korn dem Mäckler geben. — Er „halten wir denn einmal Ordre aus der Fremde, Korn „zu versenden, und mit der Ordre die baare Remesse? „nun so schicken wir zu den Mäcklern, vernehmen ihre „Preise, und lassen diese, wenn wir einig werden, für „die Einladung sorgen. Von dieser Handlung haben „wir kein Risico; wir ziehen unsre Bodenheuer, unsre „Provision, und was wir auf dem Wechsel verdienen. „Was am Korn verdorben, und was davon verloh„ren oder gewonnen wird, das ist für den guten „Hausvater.„

So sprechen alle Kaufleute in den Seestädten; und so sprechen auch die Bremer; mithin bleibt allen Kornländern, und überhaupt allen gesegneten Gegenden, welchen ihre Producte leicht zur Last bleiben, kein ander Mittel übrig, als Boden in den Seestädten zu heuren, dort ihr Korn für eigne Rechnung aufzuschütten, die Proben davon auf der Börse zu zeigen, und zu erwarten, biß der Commißionair in der Seestadt Ordre erhält, Korn einschiffen zu lassen, oder aber ein anderer Kaufmann sein Geld oder sein Schiff nicht zu nutzen weiß, und es auf Speculation verschickt.

Ist also nur die Hauptfrage entschieden: ob von einem Seeorte Korn ausgeführet wird; und dies kann man von Bremen behaupten, weil das Liefländische und Polnische Korn, was dort jährlich aufgeschüttet wird, noch niemals dort verfaulet ist: so kömmt es lediglich noch darauf an, ob die Länder, welche ihr Korn dahin verschicken wollen, den Markt gegen das Schiffkorn halten können; und hiernächst, ob sie für eigne Rechnung Niederlagen von Korn daselbst anlegen wollen? Das erste, nämlich daß die Gegenden an der Oberweser, besonders wenn der Ackerbau daselbst durch den vermehrten Absatz in die Höhe steigt, den Markt gegen das Schiffkorn halten können, ist nach demjenigen, was bereits angeführet worden, glaublich; das andre aber erfordert eine Compagnie, oder einen großen Bentel. Denn wenn einzelne Landleute, einzelne Pächter ihren Vorrath dahin abschicken wollten: so würden sie

a) jeder einen besondern Boden heuren.

b) Besondre Leute zur Aufsicht und zum Umschlagen halten.

c) Unterschiedene Mäckler brauchen, und

d) entweder aus Verlegenheit unter Preise verkaufen; oder

e) sich

e) sich untereinander den Handel verderben, und hernach einzeln zu Grunde gehen; anstatt, daß wenn eine Compagnie oder eine mächtige Hand die Niederlage in Bremen hält, alle diese Schwierigkeiten wegfallen; überdem aber noch verschiedene Punkte mit der Obrigkeit wegen beydeter Messer, Probierer, Handelsrichter und dergleichen regulirt werden können, welche einzelne Leute selten suchen und erlangen, gleichwohl aber zu Vermeidung aller Streitigkeiten mit den Commißionairs, und zu Erhaltung Treu und Glaubens unumgänglich erfordert werden, auch überall in den Seestädten, wo Korn ausgeführet wird, im Gebrauch sind.

Es ist aber auch nicht durchaus nöthig, daß der ganze Vorrath der Compagnie in Bremen aufgeschüttet werde. Wenn sie mächtig genug ist: so wird sie an allen Stapelorten an der Weser ihre Niederlagen errichten, und daraus immer, so wie ihr Hauptmagazin in Bremen ausgeleeret wird, solches wieder anfüllen können. Durch diese Vorsorge bleibt der Vorrath in den Stapelorten gewissermaßen auch zugleich ein eignes Landesmagazin, dessen man sich in Zeit der Noth selbst bedient. Man überhäuft den Seeort nicht zu sehr, und setzt sich nicht in Gefahr, das Opfer lauernder Speculatoren zu werden. Die Bodenheuer und das Handlohn muß in den Stapelorten wohlfeiler seyn als in dem Seeorte; und wenn es allmählig nach letzterm abgeht: so kann es gelegentlich und als Rückfracht auch zur bequemsten Jahrszeit, und wenn die Schiffer sonst nichts zu laden haben, fortgeschaffet werden. Aller dieser Vortheile kann eine Compagnie sich bedienen; nie aber ein einzelner Pächter, wofern er nicht mehr im Vermögen hat, als er in jenen Gegenden zu haben pflegt. Eine Compagnie kann auch ehender die Correspondenz mit benachbarten wegen der Zölle des Stapelrechts und andern Dingen ausführen, darüber einen Generalaccord schließen, und sich zu gewissen Bedingungen einlassen,

welche ein einzelner Mann nicht leicht, jene aber, da sie
den beyderseitigen Vortheil davon zeigen kann, mehrentheils leicht zu erhalten im Stande ist.

Um nun auch hievon eine Anwendung auf unser Stift
zu machen: so werden wir, wenn von der Weser das Korn
außerhalb Reichs verfahren wird, nicht zu besorgen haben, daß die Menge von Kornwagen, welche aus den
Gegenden von der Weser kommen, uns unsre lieben gewohnten theuren Preise verderben; besonders wenn auf
dem nächsten Reichstage durch Gottes sonderbare Fügung
eine Prämie auf die Ausfuhr gesetzt würde; welche die
Böhmen mit Vergnügen allein bezahlen würden, sobald
der Abzug aus der Elbe und Weser die ober- und niedersächsischen Gegenden von ihrem Ueberfluß entladen, und
so mit die jetzigen Sperrungen gegen das fruchtbare Böhmen unnöthig machen könnten. Aber so muß der Ueberfluß in der Mitte von Deutschland unverkauft liegen, währender Zeit Hamburg und Bremen den Polen und Russen
dienen. Sollte das Heil. Röm. Reich nicht wenigstens
zu gewissen Zeiten die Einfuhr verbieten? und sich über
die Ausfuhr verstehen?

LIII.

Von dem unterschiedenen Interesse, welches die Landesherrn von Zeit zu Zeit an ihren Städten genommen haben.

Die Städte sind zuerst Dörfer und in solcher Maaße mehr-
rentheils den Reichs-Unterbeamten (advocatis) unterworfen gewesen. Wo aber ein Bischof, Herzog oder
Pfalzgraf seinen Sitz in einem solchen Dorfe hatte, stund
derselbe ihm gegen jene Unterbeamte frühzeitig bey und
machte,

machte, daß der Kayser eins nach dem andern von solcher Botmäßigkeit befreyete. Daher findet man in den mehrsten Städtischen Privilegien, daß solche auf das Vorwort gedachter Reichs-Oberbeamte vom Kaiser ertheilet worden. Andre, worinn die Kaiser selbst ihren Sitz hatten, bedienten sich ebenfalls der Gelegenheit, sich den Unterbeamten zu entziehen, und unter des Kaisers unmittelbaren Schutz zu kommen.

Gegen das Ende des zwölften Jahrhunderts hatten die Herzoge, Bischöfe, Pfalzgrafen und andre missi, die in ihren Sprengeln gelegene Unterbeamte mehrentheils verschlungen, und die Vereinigung des Oberamts mit dem Unteramte brachte ein ganz neues Interesse hervor. Jenen Fürsten war nun mit der Freyheit der Städte gar nichts mehr gedienet. Sie wünschten solche wo nicht ihrem Unteramte, doch wenigstens ihrem Oberamte zu unterwerfen. Allein die Städte, so durch den Vorschub der Fürsten selbst das Recht zu Mauern und Wällen, und die Macht, sich hinter denselben zu wehren, erhalten hatten, auch mit ihrem durch die Handlung erworbenen Gelde am weitesten reichen konnten, bedienten sich der ihnen ertheilten Freyheiten gegen ihre ehemaligen Beförderer, vereinigten sich unter einander, und setzten dem Oberamte eben die Privilegien entgegen, welche ihnen ehedem gegen das Unteramt waren ertheilet worden.

Der römische König Henrich verbot zwar hierauf auf Begehren der Reichsfürsten alle dergleichen Vereinigungen *), und der Kaiser Friedrich der II. gieng in der bekannten Constitution vom Jahr 1232 noch weiter, indem er die Städte namentlich dem Reichsfürstlichen Oberamte

 unter-

---

*) Ipsi (scilicet principes) sententiantes pronunciando diffinierunt: Quod nulla civitas, nullum oppidum, communiones, constitutiones, colligationes, confoederationes vel conjurationes aliquas quocunque nomine censeantur facere possent. Constit. regis Henrici de 1231.

unterwarf *), mithin dieselben dadurch an der Befugniß, sich mit andern ihres Gleichen zusammen zu thun, zu verhindern suchte.

Der große Städtebund oder die bekannte Hanse kam aber dem ungeachtet um diese Zeit zu Stande, es sey nun, daß der Kaiser, welcher den Fürsten zu gefallen, jene Verordnungen gegen das wahre Staatsinteresse gegeben, solche für einseitig erschlichen achtete und den Bund unter der Hand begünstigte, oder auch nicht mächtig genug war, denselben zu verhindern.

Es fiel aber auch dieser Bund; wovon wir die Ursachen anderwärts angezeigt haben; und die getrennten Städte wurden einzeln den Herrn des Landes, worinn sie lagen, unterworfen. Ihre eigne Macht half ihnen nicht weiter, und die Reichsgerichtliche Unterstützung lenkte auf den Plan ein, welchen die vorangezogenen Reichsconstitutionen mit dunkeln Strichen entworfen hatten; unstreitig von Rechtswegen, jedoch nach einem Rechte, welches die Fürsten dem Kaiser selbst zugewiesen hatten; insbesondere aber auch von Billigkeitswegen, indem die Städte nicht fordern mochten, daß diejenige, so die ganze kaiserliche Gewalt in ihren Sprengeln oder Ober-Amtsdistrikten an sich gebracht hatten, und mit einer einzigen Petarde das stärkste Stadtthor sprengen konnten, sich dieser ihnen von Gott verliehenen Macht nicht auch gegen sie nach Gelegenheit bedienen sollten.

Die

*) Die Constitution geht zwar eigentlich nur auf die Erz- und Bischöflichen Städte. Der Grund derselben spricht aber sowohl für die missos imperatorios sæculares als ecclesiasticos; wenn es heißt: Sicut enim temporibus retroactis ordinatio civitatum & bonorum omnium, quæ ab imperiali celsitudine conferuntur ad archiepiscopos & episcopos (hier muß man nothwendig hinzudenken, qua missos Cæsareo. folglich auch die duces & comites palatinos qua missos mit verstehen) pertinebat, sic eandem ordinationem ad ipsos & eorum officiales, ab eis specialiter institutos perpetuo volumus permanere, non obstante abusu aliquo. —

Diesem ungeachtet sahen die Fürsten ihre Städte noch immer mit heimlichen Unwillen an. Denn obgleich diese vor und nach, wenn es an Gelde gebrach, (ange= wiesen würden, ihrem nunmehrigen Landesherrn zu den gegen den grausamen Erbfeind des christlichen und deut= schen Namens bewilligten Steuern und Kriegsvölkern zu Hülfe zu kommen: so behielten sie doch das übrige, was sie nicht freywillig wegschenkten, für sich, und dachten noch wohl gar daran, eine neue Conföderation zu er= richten. Denn so schreibt Joh. Ol. Seck aus Braun= schweig in einem uns kürzlich mitgetheilten Briefe:

Sonsten verhalte Deroselben ich hiemit zu E. E. neuer Zeitung nicht, daß nicht allein die allhie jüngst anwe= sende, sondern auch viel andre Hansestette mehr die Conföderation mit den Hochmögenden Herrn Staa= ten General der vereinigten freyen Niederlande einzu= gehen sich pure erkläret, auch guten Theils uf billige und rechtmäßige Conditiones albereitz, jedoch uf Ra= dification eingelassen haben. Da irgends die civita= tes Hanseaticae in circulo Westphaliae auch dazu ge= neigt seyn möchten, können dieselben aequissimis et à nemine improbandis conditionibus dazu gelangen. Den 8ten Jan. 1608. st. v. *)

Dieser bey gesundem Verstande und schwachem Leibe erklärte letzte Wille blieb aber unerfüllet. Doch verän= derte sich das Interesse der Landesherrn in Ansehung der ihrem Reichsfürstlichen Amte, oder wie es jetzt heißt, der Territorialhoheit unterworfenen Städte gar bald wieder, indem diese

1) Demselben entweder zu Ausführung der gemei= nen Landesbeschwerden mit einem freywilligen Beytrage jährlich zu Hülfe kamen; oder

U 5

2) mit

*) S. der Osnabr. Unterhaltungen drittes Stück n. 46, p. 43.

2) mit demselben die in den Städten fallende Accise ein für allemal theileten; oder gar demselben

3) die ganze Accise, überließen, und die Stadtbeschwerden von ihren übrigen Einkünften und einer bürgerlichen Schatzung trugen.

Die Folge davon ist natürlicher Weise gewesen, daß die Landesherrn den Handel und das Handwerk so viel wie möglich vom platten Lande in die Stadt gezwungen; und sich der Städte als eines nunmehrigen Cameralgutes angenommen haben; anstatt daß überall, wo sich keiner von obigen dreyen Fällen ereignet, das Landesherrliche Interesse sich dem Städtischen widersetzt, und die Stadtnahrung dem Lande eröfnet hat. Die Landleute waren in den ältern Zeiten eben so frey als die Städte. Jene dienten zu Felde; diese zur Besatzung hinter den Mauern; und beyde steuerten zur Türkenhülfe und andern dergleichen Reichsbeschwerden. Jene haben sich endlich wegen des Felddienstes mit dem Landesherrn verglichen, und ihm dafür jährlich sichere Beysteuern verwilliget. Diese haben zum Theil, in so fern sie sich zu obigen dreyen Fällen verstanden haben, ein gleiches gethan; und wo sie es nicht gethan, da zeigt sich ein widriges Interesse.

LIV.

Der hohe Styl der Kunst unter den Deutschen.

Die Zeiten des Faustrechts in Deutschland scheinen mir allemal diejenigen gewesen zu seyn, worinn unsre Nation das größte Gefühl der Ehre, die mehrste körperliche Tugend, und eine eigne Nationalgröße gezeiget hat. Die feigen Geschichtschreiber hinter den Klostermauern, und

die

die bequemen Gelehrten in Schlafmützen mögen sie noch so
sehr verachten und verschreyen: so muß doch jeder Kenner,
das Faustrecht des 12ten und 13ten Jahrhunderts als ein
Kunstwerk des höchsten Styls bewundern; und unsre Nation, die anfangs keine Städte duldete, und hernach das
bürgerliche Leben mit eben dem Auge ansahe, womit wir
jetzt ein flämisches Stilleben betrachten; die folglich auch
keine große Werke der bildenden Künste hervorbringen konnte, und solche vielleicht von ihrer Höhe als kleine Fertig-
keiten der Handwerker bewunderte, sollte billig diese große
Periode studiren, und das Genie und den Geist kennen
lernen, welcher nicht in Stein und Marmor, sondern am
Menschen selbst arbeitete, und sowohl seine Empfindungen als seine Stärke auf eine Art veredelte, wovon wir
uns jetzt kaum Begriffe machen können.   Die einzelnen
Räubereyen, welche zufälliger Weise dabey unterliefen, sind
nichts in Vergleichung der Verwüstungen, so unsre heutigen Kriege anrichten. Die Sorgfalt, womit jene von den
Schriftstellern bemerkt sind, zeugt von ihrer Seltenheit;
und die gewöhnliche Beschuldigung, daß in den Zeiten des
Faustrechts alle andre Rechte verletzt und verdunkelt worden, ist sicher falsch, wenigstens noch zur Zeit unerwie-
sen, und eine Ausflucht einander nachschreibender Gelehrten, welche die Privatrechte der damaligen Zeit nicht auf-
spüren wollen. Es werden jetzt in einem Feldzuge mehrere
Menschen unglücklich gemacht, als damals in einem ganzen Jahrhundert.   Die Menge der Uebel macht, daß der
heutige Geschichtschreiber ihrer nicht einmal gedenkt; und
das Kriegsrecht der jetzigen Zeit bestehet in dem Willen des
stärksten. Unsre ganze Kriegsverfassung läßt keiner per-
sönlichen Tapferkeit Raum; es sind geschleuderte Massen
ohne Seele, welche das Schicksal der Völker entscheiden;
und der ungeschickteste Mensch, welcher nur seine Stelle
wohl ausfüllt, hat eben den Antheil am Siege, welchen
der edelste Muth daran haben kann. Eine einförmige

Uebung

liebung und ein einziger allgemeiner Charakter bezeichnet
das Heer; und Homer selbst würde nicht im Stande
seyn, drey Personen daraus in ihrem eignen Charakter
handeln oder streiten zu lassen.

Eine solche Verfassung muß nothwendig alle indivi-
duelle Mannichfaltigkeit und Vollkommenheit, welche doch
einzig und allein eine Nation groß machen kann, unterdrücken. Sie muß, wie sie auch wirklich thut, wenig
jugendliche Uebung erfordern, nicht den geringsten Wetteifer reizen und die Fußmaaße zur Berechnung der Ta-
lente gebrauchen. Aber auf diesem Wege kann unsre
Nation nie zu der Größe gelangen, welche die Natur für
sie allein zu bestimmen schien, als sie den allmählig aus-
artenden Bürgern der Griechischen und Römischen Städte
den Meißel und Pinsel in die Hand gab.

Ich will jetzt der Turniere nicht gedenken, welche als
nothwendige Uebungen mit dem ehmaligen Faustrechte verknüpft waren, ohnerachtet ihre Einrichtung den Geist von
mehr als einen Lycurg zeigt, und alles dasjenige weit hinter sich zurück läßt, was die Spartaner zur Bildung ihrer
Jugend und ihrer Krieger eingeführet hatten; ich will die
Vortheile nicht ausführen, welche eine wahre Tapferkeit,
ein beständiger Wetteifer, und ein hohes Gefühl der Ehre,
das wir jetzt zu unsrer Schande abentheuerlich finden,
nachdem wir uns auch selbst in unsrer Einbildung nicht
mehr zu den ritterlichen Sitten der alten Zeiten hinauf-
schwingen können, auf eine ganze Nation verbreiten mußten. Ich will nichts davon erwähnen, wie gemein die
großen Thaten seyn mußten, da die Dichter das Reich
der Ungeheuer und Drachen als die unterste Stufe betrachteten, worauf sie ihren idealischen Helden Proben
ihres Muths ablegen ließen. Nein, meine Absicht ist
blos die Vollkommenheit des Faustrechts, als eines ehemaligen Kriegsrechts zu zeigen; und wie wenig wir Ursache haben, dasselbe als das Werk barbarischer Völker
zu betrachten.   Rous-

Rousseau mag noch so sehr getadelt werden: so bleibt die Stärke, und die Wissenschaft solche zu gebrauchen, doch allemal ein wesentlicher Vorzug. Unsre neuern Gesetzgeber mögen dem Menschen Hände und Füße binden; sie mögen ihm Schwerdt und Rad vormalen; er wird seine Kraft allemal gegen seinen Feind versuchen, so oft er beleidigt wird. Unsre Vorfahren wagten es nicht, dieses ange- bohrne Recht zu unterdrücken. Sie gönneten ihm seinen Lauf; aber sie lenkten es durch Gesetze. Und das Faust- recht war das Recht des Privatkriegs unter der Aufsicht der Land-Friedensrichter.

Die Landfrieden, welche in Pohlen Conföderations heißen, waren eine Vereinigung mehrer Mächte, um die Gesetze des Privatkriegs in Ansehen und Ausübung zu er- halten. Der Pflug war geheiligt; der Landmann in seinen Zäunen, wenn er keinen Angriff daraus that; und der Fuhr- mann auf der Heerstraße, er mochte geladen haben was er wollte, waren gegen alle Gewalt gesichert. Die kriegenden Theile durften im höchsten Nothfalle nicht mehr Fourage vom Felde nehmen, als sie mit der Lanze von der Heerstraße erreichen konnten. Renten und Gülten wurden durch den Krieg nicht aufgehoben. Keiner durfte seine Bauern bewaf- nen und als Helfer gebrauchen; keiner durfte an gefriedig- ten Tagen *) Waffen führen. Die Partheyen mußten ein-

ander

---

*) In dem ersten westphälischen Landfrieden, oder den ſtatutis Synodalibus Concilii Colonienſis de pace publica vom Jahr 1083 heiſt es: a primo die adventus domini usque ad exactum diem epiphaniæ, et ab in- trante Septuageſima usque in octavas pentecoſtes, et per totam illam diem, et per annum omni die Dominica, feriaque VI. et in Sabbatho addita quatuor temporum feria IIIIor omuique apoſtolorum vigilia cum die ſubſecuta inſuper omni die canonice ad jejunandum vel fe- riandum ſtatuta vel ſtatuenda hoc pacis decretum teneatur. Selbſt in Belagerungen wurde diese Tage über eingehalten, und man vermehrte die Feſte, um so viel mehr Friedenstage zu haben. Es hat übrigens dieser bis dato noch nicht bekannt gemachte Landfrieden viel ähnliches mit dem beym CHAPEAVVILLE in hiſt. Leod. T. II. p. 38. Dieser ganze Syno- dus Colonienſis iſt den Gelehrten, und ſelbſt dem fleißigen Pater Hart- heim S. J. entgangen.

ander die Wiedersage oder die Befehdung eine genugsame
Zeit vorher verkündigen, und wenn sie solches gethan hat,
ten, so ordentlich und ruhig die Heerstraße ziehen, als an,
dre Reisende, wofern sie sich nicht den ganzen Landfrieden
und dessen Handhaber, auf den Hals ziehen wollten. Da
sie solchergestalt nicht oft mit großen Lägern zu Felde zo,
gen, so brauchten sie die Fluren nicht zu verderben, die
Wälder nicht auszuhauen, die Länder nicht auszuhun,
gern; und wenn es zum Treffen käm, so entschied per,
sönliche Stärke, Muth und Geschicklichkeit.

Der Land-Friedensoberste, welcher in Pöhlen der Con,
föderationsmarschall heißt, ward von den Verbundenen
erwählt, und vom Kayser, ehe diese Conföderations zu
mächtig wurden, bestätigt *). Dessen Amt und Gerich,
te vor welchem die kriegenden Theile ihre Befehdungen
gegen einander zum Protokoll nehmen ließen, war denje,
nigen, welche gegen die Kriegesgesetze behandelt wurden,
ein sicherer Schutz.

Solchergestalt kann man behaupten, daß das ehemalige
Faustrecht weit systematischer und vernünftiger gewesen,
als unser heutiges Völkerrecht, welches ein müßiger Mann
entwirft, der Soldat nicht ließt, und der Stärkste verlacht.
Die mehrsten heutigen Kriegesursachen sind Beleidigungen,
welche insgemein eine einzige Person treffen; oder Förde,
rungen, so eine einzelne Person zu machen berechtiget ist;
und woran Millionen Menschen Theil nehmen müssen, die,
wenn es auch noch so glücklich geht, nicht den geringsten
Vortheil davon haben. In einem solchen Falle hätten
unsere Vorfahren beyde Theile eine scharfe Lanze gegen ein,
ander brechen lassen, und dann demjenigen Recht gegeben,
welchem Gott den Sieg verliehen hatte. Nach ihrer Mey,
nung war der Krieg ein Gottesurtheil, oder die höchste
Entscheidung zwischen Partheyen, welche sich keinem Rich,

ter

---

*) S. den Egrischen Landfrieden vom Jahr 1389.

ter unterwerfen wollten. Urlog war die Entscheidung der Waffen; wie Urtheil die Entscheidung des Richters. Und es dünkte ihnen weit vernünftiger, billiger und christlicher zu seyn, daß einzelne Ritter ein Gottes-urtheil mit dem Schwerdte oder mit dem Speere suchten, als daß hunderttausend Menschen von ihrem Schöpfer bitten, daß er sein Urtheil für denjenigen geben solle, welcher dem andern Theile die mehrsten erschlagen hat.

Nun läßt sich zwar freylich das alte Recht nicht wieder einführen, weil keine Macht dazu im Stande ist. Es darf uns aber dieses nicht abhalten, die Zeiten glücklich zu preisen, wo das Faustrecht ordentlich verfasset war; wo die Landfrieden oder Conföderations solches aufs genaueste handhabeten, und in einem Krieg nicht mehrere verwikkelt werden konnten, als daran freywillig Theil nehmen wollten; wo die Nation einem solchen Privatkriege ruhig zusehen; und dem Sieger Kränze winden konnte, ohne Plünderungen und Gewaltthaten zu besorgen.

Unsre Vorfahren glaubten, jedem Menschen komme das Recht des Krieges zu; und auch noch jetzt können wir nicht anders sagen, als daß es einem jeden Menschen frey steht, sich von dem richterlichen Urtheil auf seine Faust zu berufen. Er hangt oder wird gehangen, nachdem er oder der Richter der stärkste ist. Wir haben aber dadurch, daß immer der stärkere Theil auf der Seite des Richters ist, die Ausübung dieses Rechts beynahe unmöglich gemacht. Anstatt daß unsre Vorfahren, wie sie zuerst Conföderations errichteten, dessen Ausübung begünstigten und sich in vielen Reichsländern nur dahin erklärten:

„Daß sie, die Entscheidung ihres erwählten Richters
„zwey Monat erwarten, und wenn diese Entscheidung
„nicht erfolgte, sich ihres Degens bedienen wollten."

So lauten alle Vereinigungsformeln der sächsischen Staaten; nun kam es doch zuletzt selten mehr zum Ausbruch, indem der Herzog, Bischof oder Graf, sobald die

zwey

zwey Monate um waren, einen andern Termin von zween
Monaten zu neuen Unterhandlungen ansetzte, und damit
den Rechtshandel zum Nachtheil des Fausthandels ver-
ewigte.

LV.

Von dem Ursprung der Amazonen.

Eine ganze Republik von Frauenzimmern, worinn kein
Mann zugelassen wurde, müßte natürlicher Weise sehr vielen Lärm in der Welt machen. Und die Dichter konnten
unmöglich einen Fund ungenützet lassen, welcher ihrer Ein-
bildungskraft ein ganz vortreffliches Feld eröffnete. Es ist
also gar kein Wunder, daß die Geschichte der Amazonen,
nachdem ein witziger Kopf solche erfunden, ein Dichter sie
geschmückt, und ein Geschichtschreiber sie als etwas vielleicht
gewisses, vielleicht ungewisses, angeführet hatte, sich bis zu
unsern Zeiten erhalten, und durch die vor einiger Zeit übli-
che halbmännliche Tracht allen Menschen bekannt gemacht
hat. In der That aber bedeutet Az o primorem oder einen Fürsten; und Amazo bezeichnet einen Menschen, der
keinen Fürsten über sich erkennet, und entweder wie die
Nomaden unabhängig für sich, oder wenigstens in einer
Demokratie lebt. Nun hat das Wort Az o wahrscheinlich eben die Veränderung erlitten, welche das Wort
Mann erlitten hat. Dieses bedeutet nicht blos einen
Menschen männlichen Geschlechts, sondern auch einen
Vasallen; und konnte zuerst, da der König der erste war,
welcher Vasallen hielt, den primoribus regni eigen seyn.
Nach dieser Voraussetzung brauchte der erste Geschichtschreiber, welcher der Amazonen gedachte, die Begriffe
nur zu verwechseln, um eine Republik ohne Männer her-
auszubringen. Wir begehen täglich dieselbe Verwechse-
lung.

lung, wenn wir Mannlehn für solche Lehne halten, wel=
che blos auf die Söhne vererben; da doch ein Frauen=
zimmer gar wohl ein Mann seyn, oder welches einer=
ley ist, ein Lehn als Mann oder Dienstmann, oder a uz
tre d'hommage empfangen kann. Männliches Ge=
schlecht ist genus ministeriale; das letztere kann man
nicht wohl anders übersetzen, und daher sind viele Frauen=
zimmer in Deutschland männlichen Geschlechts.
Daß dergleichen Verwechselungen mehr vorgegangen, be=
weisen die Arimaspen, woraus die Griechen einäugi=
ge Menschen machten, weil Arima=spu (ops) einäugig
heißen kann. So wie nun diesen die böse Etymologie ein
Auge geraubt hat; so hat sie den Amazonen, mehrer Be=
quemlichkeit halben, eine Brust abgeschnitten.

LVI.

Kurze Geschichte der Bauerhöfe.

Da unlängst die Frage aufgeworfen ist: „Ob es nicht
gut seyn würde, die ungewissen Eigenthums=Gefälle,
auf ein gewisses Jahrgeld zu setzen?" So wird es zu
einiger Vorbereitung, so wie zur bessern Bestimmung ver=
schiedener Begriffe dienen, wenn wir die Natur der Bauer=
höfe und ihrer Pflichten etwas genauer untersuchen und
in ihr wahres Licht setzen. Es wird solches aber nicht bes=
ser, als durch folgende kurze Geschichte geschehen können.

In Ostfriesland, nicht weit von der Jade, wo man die
Thürme versunkener Städte noch in der Tiefe des Meers
erblickt, lagen vor undeutlichen Jahren tausend Baue oder
Höfe, welche ehe und bevor die See einbrach und das Meer
die Küsten bestürmte, tausend unabhängigen Eigenthümern
zugehöreten, die davon keinem sterblichen Menschen den

Mösers Phant. I. Theil.   X

ge=

geringsten Zins entrichteten. Wie aber die See einbrach, und fast alle ihre Nachbaren in den Abgrund spülte, sahen sie sich gezwungen, einen Teich oder Damm gegen das Meer anzulegen und ein Gesetz.^a) zu machen:

Daß ein jeder von ihnen täglich mit der Spade in der Hand auf dem Deiche erscheinen, oder aber wenn er nicht mehr könnte, sein Eigenthum verlassen und seinen Hof einem andern übergeben sollte.

Dies war eine Pflicht, welche ihnen die Noth auflegte; und die sonderbare aber unvermeidliche Folge davon war, daß sofort das Meer Guts- oder Lehnsherr aller Höfe, und ein jeder Eigenthümer in einen bloßen Bauer (cultorem) verwandelt wurde. Denn von nun an durfte

1) keiner von ihnen sein Gut mit Schulden beschweren, versäumen oder versplittern, weil sonst die gemeine Nothdurft nicht mehr davon erfolgen konnte. — Man zwang sogar den gewesenen Eigenthümer sein Spann- und Fuhrwerk in guter Ordnung zu erhalten, damit er jederzeit im Stande wäre, Erde zum Deiche zu fahren. Ja, weil viele Eichenpfähle erfordert wurden: so wurde ihm vom Meere als Gutsherrn verboten, Eichenholz nach Belieben zu hauen.

2) Zeigte ihnen die Erfahrung, daß wenn sie ihre Knechte an den Deich schickten, die Arbeit schlecht von statten gienge, und nichts dauerhaft gemacht würde. Sie mußten also persönlich arbeiten, und aus dem Spadendienst einen Ehrendienst machen, worauf niemand weiter einen Knecht zum gemeinen Werke schikken durfte.

3) Sat

<hr>

a) Es ist unbegreiflich, wie verschiedene die Richtigkeit der Theorie, daß freye Eigenthümer bey ihrer Verbindung einen gewissen Theil ihrer Freyheit und ihres Eigenthums aufopfern, in Zweifel ziehen können. Eine ausdrückliche Verbindung ist darüber wohl nie gemacht: sie fließt aber allemal aus der Natur der Sache, und giebt den sichersten Grundsatz.

3) Sahen sie sich genöthiget, das Primogeniturrecht einzuführen, damit wenn einer von ihnen verstürbe, der Dienst am Deiche nicht auf die Großjährigkeit des jüngsten Sohns ausgestellet bliebe.

4) Fanden sie es unumgänglich nöthig, dem nächsten männlichen Agnaten die Vormundschaft und die ganze Nützung des Hofes, währender Minderjährigkeit oder auf Mähljahre zu überlassen, damit man gleich wisse, wer mit der Spade am Deiche erscheinen müsse, und dieser sich aus Mangel von Spaden, Spannung und Belohnung zu keiner Zeit entschuldigen könnte.

5) Ward es einem jeden nothwendig untersagt, seinen Hof aus der gemeinen Reihe zu bringen, ihn an einen schlechten Menschen, der nicht zum Ehrendienste mit der Spade kommen konnte, oder an einen Knecht und Heuersmann, der bey einbrechender Gefahr weniger als andere zu wagen oder zu vertheidigen hatte, zu überlassen, oder durch ein Testament die gesetzmäßige Primogenitur und Vormundschaft zu verändern.

6) Mußten sie unter sich einen Deichgrafen und zehn Deichvögte erwählen, welche die ihnen von dem Meere auferlegte Gesetze handhabeten, die Bestellungen verrichteten, die Ausgebliebenen bestrafeten, die Unvermögenden oder Widerspenstigen vom Hofe setzten, und überhaupt die Stelle einer Obrigkeit vertraten.

7) Starb einer von ihnen ohne Erben: so fiel sein Hof dem Deichgrafen zur Wiederbesetzung anheim; damit sich kein ungeehrter und unsicherer Mann eindringen könnte. Und so oft ein neuer Besitzer kam, mußte derselbe sich bey diesem melden; sich von ihm beschauen lassen, ob er den Spaden führen könne, und bey dieser Gelegenheit, da er in die Deichrolle aufgenommen wurde, dem Deichgrafen eine Erkenntlichkeit entrichten.

                    8) Kam

8) Kam derselbe auch, so oft einer verstarb, und be-
sichtigte Spaden und Spannung oder was sonst zum
Deichgeräthe gehörete; besorgte, daß es dem künftigen Besitzer des Hofes richtig überliefert, und der
Hof bis zur Annahme des Vormundes oder des Erben wohl verwahret wurde, wofür ihm denn das beste
Stück aus der Erbschaft zur Belohnung gebührte.
Den abgehenden Kindern durfte ohne seine Bewilligung nichts ausgelobet werden; damit die Höfe nicht
durch gar zu große Versprechungen außer dienstferti-
gen Stand gerathen möchten.

9) Endlich durfte keiner abwesend seyn, oder sich in fremde Dienste begeben, weil er sonst nicht täglich mit der
Spade am Deiche fertig werden konnte.

Unter dieser glücklichen und nothwendigen Einrichtung
wurden endlich in hundert Jahren sämmtliche Deiche fertig.
Indessen blieb die ganze Verfassung, weil man dem Meere
nicht trauen könnte, bestehen. Man diente aber nicht täglich mit der Spade; sondern versammlete sich jährlich etli-
chemal, um sich in der Deicharbeit zu üben. Den Deichgrafen und Vögten war ein gewisses von jedem Hofe an
Korn und Haber zugelegt. Dieses blieb ihnen; imgleichen
die Gerichtsbarkeit, und was ihnen von jedem neuen Besitzer, oder aus dem Sterbehause zugebilliget war.

Das Meer war über hundert Jahr stille. Dadurch
wurden die Höfener sicher, und verlernten die Deicharbeit. Plötzlich aber zeigte sich eine neue Gefahr; und der
Deichgraf ward gezwungen, ausgelernte Deichgräber kommen zu lassen, solchen von jedem Höfe zur Belohnung gewisse Kornpächte anzuweisen, und die Höfe denselben gleichsam zu Afterlehnen zu übergeben, deren Besitzer nunmehr
blos den Acker zu bestellen, die Fuhren zu verrichten, und
ihre Vorarbeiter, welche Dienstleute genannt wurden, zu
ernähren hatten.

Es

Es währete aber nicht lange: so riß das Meer von nenen ein; und weil immittelst eine neue Art zu Deichen aufgekommen war, welcher die vorigen Dienstleute nicht gewachsen waren, und zugleich das Geld, so bisher unbekannt gewesen, bis zu ihnen gedrungen war; so fand man mehrere Bequemlichkeit darinn, zur beständigen Deicharbeit eigne Söldner anzunehmen; und einen Geldbeytrag von den Höfen zu fordern; ohne jedoch im Stande zu seyn, die vorhin angenommene Lehnarbeiter, welche sich einige hundert Jahre wohl verhalten hatten, und bereit waren, so viel zu thun, als ihre Kräfte vermochten, abzuschaffen.

Nunmehro gieng es mit den Höfen über und über. Einige rissen sich 1) aus der gemeinen Reihe los; andre wurden 2) von den Deichgrafen und Vögten mit allerhand Arten von Knechten und unter allerhand beschwerlichen Bedingungen besetzt; die Amtsgefälle wurden 3) verkauft und zerstreut. Was den Dienstlenten an Kornpächten zugestanden war, hatte gleiches Schicksal; und der neue Oberdeichgrafe, der das Geld für die besoldeten Deichgräber zu erheben hatte, bekümmerte sich gar nicht mehr um den Besitzer des Hofes, wenn ihm nur der darauf gelegte Sold zu rechter Zeit bezahlet wurde.

Wenn man für jene Anwohner des Meeres unsre schatzbaren Unterthanen, welche voll- und halbe oder viertel Erbe besitzen; für das Meer den Krieg oder die gemeine Noth, für den Deichgrafen den Carolingischen Grafen, und für die Deichvögte die Reichsvögte setzet: so hat man die Geschichte unsrer Bauerhöfe; und mit derselben zugleich die Art und Weise, wie freye Eigenthümer ganz natürlicher Weise zu leibeignen und hofhörigen Pächtern herunter sinken können.

Man kann diesem noch hinzuthun, daß unter dem Amtsschutz sich gar kein vollkommenes Eigenthum erhalten könne; indem das Amt oder diejenige Obrigkeit, welche die Direktion der gemeinen Angelegenheit hat, eine gewisse

Aufopferung des Eigenthums nothwendig machen, und schlechterdings fordern kann, daß die unter ihm stehende Erbe mit keinen Schulden und Pflichten beschweret, mit keinen Auslobungen b) erschöpfet, nicht versplittert, nicht verhauen und nicht verwüstet, auch nicht unbesetzt gelassen werden sollen, weil das Unvermögen des einen zur Zeit der Nöth den übrigen beschwerlich wird, und was der eine nicht leisten kann, den andern nothwendig zuwächst.

Ja man kann behaupten, daß unter dem Amte aller Unterscheid zwischen Leibeigenen und Freyen mit der Zeit verdunkelt werden müsse. Insgemein schließt man jetzt, daß alle und jede, welche ihre Kinder am Amte ausloben lassen, Bewilligungen über ihre Schulden nehmen, wenn sie einen Baum hauen wollen, die Erlaubniß dazu nachsuchen; und bey der Einfahrt und Ausfahrt gewisse Urkunden entrichten müssen, durchaus als Leibeigene anzusehen sind. Allein jene Anwohner des Meers, welche nie einem sterblichen Menschen pflichtig gewesen waren, mußten sich eben diesen Gesetzen unterwerfen, und wir denken es nur nicht so deutlich, als wir es fühlen, daß das Eigenthum seinen Anfang mit Exemtion vom Amte nehme c), und nur derjenige ein wahrer Eigenthümer sey, der ein exemtes oder adeliches Gut besitzet. Es ist auch ganz natürlich, daß sobald ein Gut nicht zur Besserung des Deiches kömmt, keinen Spaden schickt und keine Pfähle liefert, dessen Verwüstung, Versplitterung und Beschwerung zu einer für den Staat ganz gleichgültigen Sache werde,

folg-

b) In den benachbarten Ländern trägt das Amt eben diese Vorsorge für freye schätzbare Höfe, welche ein Gutsherr für seine Höfe trägt. In den desfalls erlassenen Verordnungen hat man aber den Grundsatz angenommen, daß die Höfe, welche ein Mann, der keinen Gutsherrn hat, besitzt, die Natur der Gutsherrlichen behalten hätten. Dieser Grundsatz ist aber unnöthig und führt leicht zu einem irrigen Nebenbegriffe.

c) Die Römer erforderten nicht umsonst zu dem wahren dominio, daß der Eigenthümer civis Romanus seyn müsse.

folglich auch deſſen Beſitzer von ſeinem urſprünglichen Eigenthum nichts aufgeopfert habe.

Noch mehr: die Anſtalten, welche ein Edelmann zur Erhaltung ſeiner Güter und Familie trift, beweiſen jene Wahrheit; nämlich den nothwendigen Verluſt des Eigenthums unter jeder Amtsverfaſſung. Um ſeinen Stamm und ſeine Güter zu erhalten, um ihre Verwicklung, Verſplitterung und Beſchwerung zu verhindern, hat er zuerſt angefangen, Teſtamente zu machen, deren diejenigen, wofür das Amt ſorgte, gar nicht nöthig hatten. Er hat Stammgüter erfunden; Fideicommiſſe, Majorate oder Minorate verordnet, die Brautſchätze ſeiner Töchter beſtimmt, Vormünder angeſetzt u. dergl. m., und ſolchergeſtalt ſeinen Nachkommen das Eigenthum und die Freyheit entzogen, welche das Amt ſeinen Unterſaſſen entzogen hat. Der Unterſchied zwiſchen beyden iſt, daß dieſes durch ein allgemeines, jenes durch ein beſondres Familiengeſetz geſchiehet; daß dieſes von den verſammleten Eigenthümern auf ewig bewilliget, jenes von einem einzelnen Manne für ſeine Nachkommen am Gute geſetzet wurde; daß der Staat dieſes nothwendig erfordert, jenes aber der freyen Willkühr des Stifters überläßt. Die aus beyden Anſtalten fließende Wahrheit iſt aber dieſe, daß der Mann, der durch ein öfſentliches Geſetz das Recht verlohren hat, ſein Gut zu verſplittern, zu verſchulden, zu verhauen oder mit Auslobungen zu erſchöpfen; der dieſerhalb die Bewilligung vom Amte nachſuchen, und für die Beſchauung ſeines Deich- oder Heergeräthes das beſte Pfand liefern, und wenn er ſein Erbe beziehen will, ſich als tüchtig darſtellen und die Einweiſung erwarten, auch eine billige Gebühr dafür entrichten muß, noch nicht ſogleich für einen leibeignen Knecht gehalten werden könne.

Aber hier im Stifte, wird man ſagen, ſchadet das Amt dem Eigenthume nichts. Der Inhaber eines Erbes, Halberbes oder Kottens, der ſich frey gekauft hat,

ver-

verschuldet sein Erbe nach Gefallen, verhauet und ver=
wüstet es wie er will. — — Allein dies ist ein Fehler
unsrer Verfassung, der sich erst seit zweyhundert Jahren
eingeschlichen hat. Er findet sich in andern Ländern nicht;
und in diesen Ländern sind die größten Rechtsgelehrten
noch über die Kennzeichen uneinig, woran der Amtssäßige
Freye von dem Leibeignen zu unterscheiden sey; weil dem
einen wie dem andern alle Auslobung, Beschwerung,
Verhauung und Versplitterung verboten; beyde die Ein=
fahrt dingen, und beyde den Sterbfall von der Landes=
obrigkeit lösen müssen; eben wie der Pastor bey seiner
Einfahrt auf die Wedum die jura investiturae bezahlen
und seine Eruvien lösen muß. Dies hat das hiesige Amt
ebenfalls von allen Amtssäßigen Unterthanen, welche kei=
nen Gutsherrn haben, fordern können, ehe die Zeit es
verdunkelt hat. Indessen sieht man noch an den soge=
nannten Freyen eine Spur davon. Wer kann diese von
den Leibeignen unterscheiden? Wie viele Verordnungen,
wie viele Zeugnisse sind nicht vorhanden, welche allen
Unterschied unter ihnen aufheben? und wie viele Mühe
hat man nicht oft, einen Nothfreyen von einem Wahl=
freyen zu unterscheiden? Das einzige Kennzeichen der er=
stern ist der Gewinn (laudemium), wofür letztere mir
Einschreibegebühren bezahlen. Wie aber, wenn eine Zeit
gewesen wäre, worinn man sowohl den Gewinn als die
Einschreibungsgebühren mit dem Namen von Ein= oder
Auffahrtsgeldern belegt hätte? Würden sodann nicht schon
beyde verwechselt und der Unterschied gar nicht mehr an=
zugeben seyn?

Jedoch es lassen sich diese Dinge nicht hinlänglich ein=
sehen, ohne von der alten Hörigkeit der Personen zu
handeln. Das Land, worauf wir wohnen, gehört dem
Staate. Aber der Staat kann auch ein Recht auf die
Personen haben. Auch diese können angehörig wer=
den; die Deichanwohner konnten durch die Größe der
Noth

Noth und den Mangel der Hände gezwungen werden, ein
Gesetz zu machen, daß alle ihre Kinder dem Meere eigen
bleiben sollten. Sie konnten verordnen, daß keins da:
von seinen Abschied (Freybrief) haben sollte, ohne einen
andern in seine Stelle zu verschaffen *). Jedes Kind ist
ein Schuldner des Staats, der zur Rettung seines väter:
lichen Erbes von der Ueberschwemmung, den Vorschuß ge:
meinschaftlicher Kräfte gethan hat. . . . . Doch hievon
ein andermal.

LVII.

Schreiben einer Frau an ihren Mann im Zuchthause.

Ja, ich bin es noch, es ist die Hand deiner zärtlichen
und unglücklichen Frauen, geliebter und armer Mann! von
der du diese Zeilen erhältst. Sieh, sie nur recht an, es
sind noch die Züge, worinn sich dir ehedem das beste, das
empfindlichste Herz ausdrückte, worinn ich dich zum ersten:
mal versicherte: Daß ich dich über alles liebte. Wie glän:
zend war damals alles! und wie glücklich glaubte ich zu
werden! ich stellete mir da noch nicht vor, daß ich einst nach
Brodte seufzen und solches nicht erhalten würde; daß ich
die erste Frucht unsrer Liebe mit andern als Freudenthrä:
nen benetzen; und daß dein Erstgebohrner, o Geliebter!
an meiner Brust verhungern würde. Ich war jung und
unerfahren, und lebte nur für dein Vergnügen. Jedes
Geschenk, das du mir so schmeichelhaft machtest, nahm ich
freudig an, um mich damit zu schmücken und dir so viel

X 5

mehr

*) Dieß ist der Wechsel und Wiederwechsel, wovon in Frankreich noch die Ru:
brik der Königl. Einkünfte: Les Droits de change et de contre-change
herrührt.

mehr zu gefallen; dir trauete ich Ueberlegung, und mir
nichts als Folgsamkeit zu. Warum überlegteſt du denn
nicht, wie deine Ausgaben unſre Einnahme nicht über-
ſteigen dürften? Warum munterteſt du mich ſelbſt auf und
nöthigteſt mich, faſt jeder Mode zu folgen und in einem
Tage das zu verſchwenden, was ein ganzes Jahr zu unſerm ehrlichen Unterhalt hingereicht haben würde? Und
warum mußte ich mehr der Liebling deiner Eitelkeit als
deiner Vernunft ſeyn? Dir kam es zu, mir zu ſagen, wie
ich ausgeben und was ich erſparen ſollte. Von deiner
Liebe konnte ich dieſen Rath erwarten; und wie ſüß würde
mir in deiner Geſellſchaft auch das Brod geweſen ſeyn,
was ich hätte mit Spinnen erwerben müſſen! Ja, Geliebter, wir konnten glücklich ſeyn. Unſre wahren Bedürfniſſe waren nicht groß; wir hätten ſie mit einiger
Arbeit und mit einigem Fleiße von den Einkünften die
wir hatten, befriedigen können; und wenn ich dann nach
einem mühſamen Tage nur einen erkenntlichen Blick von
dir erhalten hätte; wie glücklich würde ich dann in deinen
Armen geruhet haben! Ich war jung und zärtlich; und
nicht übel erzogen, ein Wort von dir würde einen unaus-
löſchlichen Eindruck in meinem Gemüthe hinterlaſſen haben. Ein offenherziges Geſtändniß von deinen Schulden
würde mich vielleicht in einige Beſtürzung geſetzt haben;
aber da es gleich anfangs noch möglich geweſen wäre, dich
zu retten, wie lebhaft würde nicht mein Eyfer geworden
ſeyn, dieſes Verdienſt mit dir zu theilen? Dieſe Aufrichtigkeit, liebſter unglücklichſter Mann! würde mir deine
ganze Liebe bewieſen haben; ich würde mich durch dieſes
Vertrauen in deinen Augen recht groß gedünkt haben.
Und dann welchen Triumph für meine Liebe, ein Mitar-
beiter an deiner Rettung geweſen zu ſeyn? Jeder kleine
Schritt, wodurch wir uns dieſer Hofnung genähert, und
welchen wir dann nach jedem fortgearbeiteten Tage in der
frohen Abendſtunde miteinander überrechnet hätten, würde

unſre

unfre Mühe, unfre Kost, und o Geliebter! auch unsern
Kuß versüßet haben. Die stolzeste Frau in der Stadt
wäre ich geworden, wenn man mir sodann gerühmt hätte,
daß ich um deinetwillen alle Moden absagte, alle Pracht
vermiede und ein Gericht Gemüse für dich und mich selbst
kochte; wenn man von mir gesagt hätte: daß ich dein
gutes, dein redliches, dein vernünftiges Weib wäre. Dieß
würde mich zu einer ganz andern Größe erhoben haben,
als alle die flatternden und kostbaren Kleinigkeiten, womit
du mich, deinen — ach, wie tief gefallenen! — kleinen
Engel in die größten Gesellschaften führtest. Mit was
für einem edlen Stolze, mit was für einem Bewußtseyn
deiner und meiner Würde, würde ich in Serge und Fla-
nell auf alle die thörichten Weiber herabgesehen haben,
die dem vergänglichen Glanze eines Tages ihr gutes Vermögen aufopfern; und ein bißchen neidischer Bewunderung der Ruhe ihres Lebens, dem Wohlstande ihrer Kinder und der Hochachtung aller Rechtschaffenen vorziehen.
Ach Mann! Mann! wie vieles haben wir verlohren!
Nicht bloß das Vermögen, uns zu erhalten; nicht bloß
deine Freyheit; nein, was größer als beydes ist, auch
die Werthachtung aller Rechtschaffenen; und vielleicht
— o, mein Schmerz ist der Verzweiflung sehr nahe! —
auch das, woran ich nur mit Entsetzen gedenke. Konn-
test du, mein Geliebter, in der Verzweiflung, worein dich
deine Schulden stürzten, der Versuchung nicht widerstehen, auf unsichere Hoffnungen fremde dir anvertraute
Gelder anzugreifen: wie werde ich dein Kind verschmach-
ten sehen können, ohne mir zuvor selbst das Leben zu nehmen? Du warest redlich; ich bins auch. Aber Gott
wende die Versuchung!

Man hat mir alles gepfändet; von allen deinen kostbaren Geschenken, von allen meinen schönen Kleidern habe
ich nichts behalten. Unser Bette ist fort. Nur mein Kind
ist mir geblieben, und damit sitze ich nun schon in den

dritten

dritten Tag in meinem binnen vier und zwanzig Stunden
zu verlassenden Putzzimmer; weil ich das Herz nicht habe
vor die Thür zu gehen, und mich dem hämischen oder stolzen Mitleide meiner Nachbarinnen blos zu stellen. Was
für eine Ueberwindung wird es mir noch kosten, sie um ein
Stück Brod zu bitten! Und wie Verdienstlos bleibt diese
Ueberwindung in Vergleichung mit derjenigen, womit ich
alle Verschwendung vermieden und dich bey Ehren erhalten haben könnte! Was soll jetzt aus mir werden? In meinem 19ten Jahre schon so unglücklich! und vielleicht auf
ewig von dir getrennt! Mit einem Kinde, das nur die
Zähten, so meine Brust herabrollen, einsaugt; und mir
in einem sehnlichen Blicke das ehemals zärtliche Verlangen seines unglücklichen Vaters zeigt!

Vergieb mir, o Geliebter, den Ausbruch meines
Schmerzens! ich sollte dich schonen; denn du bist unglücklich genug; und es könnte dich trösten, mich ruhiger zu wissen. Allein du mußt daraus die Hofnung schöpfen, dein
Kind und mich bald zu verlieren; und was hast du in
deinem Unglück mehr zu wünschen, als bald allein zu leiden,
und die Beruhigung zu erhalten, diejenigen, so jetzt dein
Elend mit dir theilen, nicht mehr in der Welt zu wissen!
Die Kräfte fehlen mir, ein Mehrers zu schreiben. Doch
unterzeichne ich mich noch

Deine ewig getreue und unglückliche

Frau

Filette Marly.

———+———

LIII.

LVIII.

Ein Project, das nicht wird ausgeführet werden.

Da wir bald eine neue Charte von hiesigem Hochstift erhalten werden: so wäre zu wünschen, daß auch eine dergleichen, worauf nach gehöriger Vergrößerung überall die Beschaffenheit des Bodens angezeigt wäre, verfertiget würde; es könnte solches blos durch Farben geschehen; und zugleich in den Farben wiederum der Unterschied angebracht werden, daß z. E. der beste Weidegrund durch dunkelgrün; der mittlere durch etwas helleres, und der schlechteste durch noch helleres angezeigt würde. In der Einfassung, wodurch jede Art dieses Grünen von dem andern abzusondern, würde durch eine Schattirung von roth, gelb, blau oder schwarz angezeigt, ob Mergel- Sand- oder Moorgrund darunter anzutreffen wäre; und die Vermischung, Verhöhung oder Vertiefung dieser Schattirung würde auch zu gebrauchen seyn, die Art des Mergels- Sandes- oder Moorgrundes anzuzeigen. Auf gleiche Art verführe man mit den Heiden, die etwann mit einer hell- oder dunkelbraunen Farbe angezeigt, und durch die Schattirung nach ihrer Erdart unterschieden würden. Man könnte auch auf jeden Fleck durch Nummern die Tiefe einer jeden Lage, oder deren Abstand von einer gewissen angenommenen Linie, wie auf den Seekarten, bemerken. Außer dieser Charte müßten wir noch eine andre haben, worauf die ganze Fläche, so wie sie sich 6, 7 oder 8 Schuh tief unter der Erde befände, verzeichnet würde; so daß, wenn man die erstere Charte auf die andre legte, man sogleich sehen könnte, wie es in vorgedachter Tiefe beschaffen wäre. Man würde solches durch Erdbohrer bald untersuchen und geometrisch auftragen können. Aus der Vergleichung dieser beyden Charten würden sich vermuthlich

lich viele gute Schlüſſe ziehen laſſen, beſonders wenn die
Veränderungen auf der Oberfläche mit ſichern Veränderungen auf der Unterfläche übereinkämen. Dieſe Schlüſſe würden uns in der Urbarmachung leiten, und manches, was
wir in der Ferne ſuchen, in der Nähe finden laſſen. Man
kömte auch ſolche Charten verſchicken, und das Urtheil
der Forſt- und Bergwerksverſtändigen darüber einholen,
beſonders wenn noch eine kurze Beſchreibung der wilden
Gewächſe dabey gefügt würde.

<hr>

LIX.

Beantwortung der Frage: Iſt es billig, daß Gelehrte die Criminalurtheile ſprechen?

Dieſe Frage muß meines Ermeſſens mit Nein beant-
wortet werden; und zwar ſelbſt nach der peinlichen Hals-
Gerichtsordnung.   Denn ſo wie es ſchon in der Vorrede
derſelben heißt: Daß im Heil. Römiſchen Reich
deutſcher Nation altem Gebrauch und
Herkommen nach, die meiſten peinlichen
Gerichte mit Perſonen, die der Kaiſerl.
Rechte nicht gelehrt, erfahren oder Uebung haben, beſetzt wären; und daß es die-
ſerwegen nöthig geweſen, die peinl. Hals-Gerichtsord-
nung abzufaſſen, damit alle und jede Reichsun-
terthanen ein gerechtes Urtheil zu finden
im Stande ſeyn möchten: alſo iſt auch ferner
ſogleich im erſten Artikel verordnet, daß die peinlichen
Gerichte beſetzt ſeyn ſollten mit frommen, ehrbaren, verſtändigen und erfahrnen Perſo-
nen, ohne die Rechtsgelehrſamkeit auch nur im minde-
ſten

sten zu erfordern. Vielmehr heißt es eben daselbst fer=
ner: Daß auch wohl edle und gelehrte
dazu gebraucht werden möchten; zu einem
sichern Beweise, wie man dafür gehalten habe, daß die
Gelehrsamkeit wirklich einen Mann eher unfähig als fähig
zum Urtheilsfinder mache. Die ganze Ordnung ist auch
mit der äußersten Deutlichkeit für Ungelehrte abgefasset,
und durchgehends vorausgesetzet worden, daß die Urthei=
ler keine Rechtsgelehrten seyn würden, weil sie in zweifel=
haften Fällen beständig angewiesen werden, sich bey den
Gelehrten Raths aber nicht Urtheils zu erholen.
Der Kaiser nennet das Urtheilfinden ungelehrter Per=
sonen einen alten deutschen Gebrauch; und da in England
noch jetzt ein gleiches üblich ist: so frägt sich billig, ob
wir wohl und recht daran gethan haben, diesen Gebrauch
zu verlassen? und dazu sage ich nein.

Denn was kann unbilliger und grausamer seyn, als
einen Menschen zu verdammen, ohne versichert zu seyn, daß
er das Gesetz, dessen Uebertretung ihm zur Last geleget
wird, begriffen und verstanden habe, oder begreifen und
verstehen können? Die deutlichste Probe aber, daß ein
Verbrecher das Gesetz verstanden habe, oder doch verste=
hen können und sollen, ist unstreitig diese, wenn sieben
oder zwölf ungelehrte Männer ihn darnach verurtheilen,
und durch ihren dieses Urtheil zu erkennen geben, wie der
allgemeine Begriff des übertretenen Gesetzes gewesen, und
wie jeder mit bloßer gesunder Vernunft begabte Mensch
solches ausgeleget habe. Dies ist die einzige Probe von
der wahren Deutlichkeit des Gesetzes, welche der Gelehrte
nie geben kann, weil seine Sinne zu geschärft, zu fein
und über den gemeinen Begriff zu sehr erhaben sind. Der
in der peinl. Hals=Gerichtsordnung vorgeschriebene Eyd
erfordert von den Urtheilsfindern, daß sie nach ihrem
besten Verständnisse sprechen sollen. Das beste
Verständniß eines Gelehrten ist aber nothwendig von

dem besten Verständniß des Verbrechers sehr unterschie=
den? Der Gelehrte ist ein Naturkündiger, der durch ein
Vergrößerungsglas hundert Dinge in einer Sache ent=
deckt, welche einem gemeinen Auge entwischen; und der
feine Moralist, der das menschliche Herz lange studirt
hat, entdeckt Falschheiten in den Tugenden, welche im
gewöhnlichen Leben gar nicht bemerkt werden. Wenn also
ein Gelehrter urtheilet: so ist er in beständiger Gefahr,
von seiner feinern Einsicht entweder zum unzeitigen Mit=
leide oder zu einer übermäßigen Strenge verführet zu wer=
den; und er sollte sich um seines eignen Gewissens willen
nie mit peinlichen Urtheilen abgeben. Haben doch die eng=
lischen Gesetze die Fleischer davon ausgeschlassen; weil sie
geglaubt haben, daß ein solcher Mann, der alle Tage ein
sterbendes Vieh unter seinem Messer mit Vergnügen rö=
cheln sähe, leicht zu hart gegen einen armen Sünder seyn
könne. Es ist
auch Zweytens unwidersprechlich, daß ein Gelehrter
durch eine feinere Erziehung zu einem ganz andern Ge=
fühle als der gemeine Mann gebildet sey. Eine garstige
Unordnung, eine Injurie, eine Schlägerey, eine Grob=
heit wird ihm tausendmal ekelhafter und abscheulicher vor=
kommen, als sie einem geringen Manne, der mit dem Viehe
aufgewachsen ist, vorkommt; und dies muß nothwendig
einen solchen Einfluß auf sein Urtheil haben, daß er schwer=
lich unpartheyisch seyn kann. Es ist
Drittens gewiß, daß die Urtheilsfinder, wenn
sie aus der Gegend oder dem Kirchspiele zu Hause sind,
worinn der Verbrecher gewohnt hat, dessen vorigen Le=
benswandel und mögliche Besserung weit sicherer und bes=
ser kennen; und nach dieser ihrer auf eigne Erfahrung
gegründeten Erkenntniß weit besser urtheilen, als ein Ge=
lehrter, der ein kaltsinniges Zeugniß vor sich hat. Wer
einen Menschen recht kennet, fühlet allemal dessen üble
oder gute Gemüthsart besser, als er solches ausdrücken
kann.

kann. Er wird sich nur unvollkommen in der Beschreibung ausdrücken, aber richtig nach seiner Empfindung
urtheilen, wenn er den Ausspruch thun soll. Nichts ist
aber billiger und vernünftiger, als daß bey Verurthei-
lung eines Verbrechers dessen Gemüths- und Lebensart
mit in Betracht gezogen werde. Es leidet

Viertens der Militairstand kein fremdes und ge-
lehrtes Urtheil. Der Gelehrte oder der Auditeur hat den
Vortrag; allein das Urtheil selbst wird von denen, so,
dem Kriegsrecht beywohnen, und die Lebens- und Gemüthsart des Verbrechers kennen, nach ungespitzten Begriffen gefället; Eben so hält es

Fünftens der Bürger in den Städten, der sich
von keinem andern verurtheilen läßt, als die er selbst
dazu aus seinen Mitteln und aus den ungelehrten erwählet hat, ob er gleich auch die von ihm erwählten Gelehrten, nachdem sie in Gefolge der peinlichen Hals-Gerichts-
ordnung auf den Nothfall zugelassen werden, nicht aus-
schließt; und schwerlich würde sich

Sechstens ein Edelmann in seinem Lande, oder in
einem andern, wohin er auf Geleit gekommen, verurtheilen
lassen, ohne Urtheilsweiser von seinem Stande zu fordern.
Dies kann er mit Recht thun; und die peinliche Hals-
Gerichtsordnung ist ihm hierinn nicht zuwider. Es ist

Siebentens für einen Landesherrn sehr hart,
daß er sich und seine Bediente immer mit dem Hasse der
Criminalurtheile beladen sollte. Die Fälle sind zwar nicht
gemein, aber doch bey großen Gährungen im Staate, und
wenn die Gerechtigkeit nicht gegen Landstreicher, sondern
gegen angesehene Männer ihr Amt verrichten soll; auch
nicht ganz selten, wo die Obrigkeit das Recht zu urtheilen
nicht verlangt, sondern lieber den geschwornen Rechtsgenossen des Verbrechers überläßt. Es erstickt auch

Achtens nothwendig alle Liebe zur Freyheit, und
den aufrichtigen Ausdruck derselben, wenn einer vorher

fürchten muß, von Gelehrten, ſo in Bedienungen ſtehen, verurtheilet zu werden.

Der bisherige Gebrauch, daß die Criminalurtheile von Gelehrten abgefaſſet werden, hindert

Neuntens dagegen nichts, indem dieſer Gebrauch lediglich gegen ſchlechte und flüchtige Verbrecher geübet worden, welche nicht als wahre angeſeſſene Unterthanen, ſondern als Knechte (ſervi poenae) verurtheilet werden. Ein Fremder, der kein Geleit hat, iſt ein Feind; der, wenn er die bürgerliche Geſellſchaft ſtöret, und ſie gleich= ſam mit Krieg überzieht, als ein Kriegsgefangener ohne Cartel, nach Willkühr gehangen werden kann, und es als eine Gnade anzuſehen hat, daß ihm ein förmlicher Proceß durch Gelehrte gemacht wird. Einer ſolchen Willkühr hat ſich aber kein wahrer Unterthan unterworfen; und dieſer kann ſich noch immer auf die Hals=Gerichtsordnung be= rufen, ohne daß ihm jener Gebrauch mit Beſtande ent= gegen geſetzt werden könne. In der That iſt auch

Zehntens ein ſolcher Gebrauch nur dem Scheine nach vorhanden, indem die Canzleyen kein Urtheil ab= faſſen; ſondern nur ihren rechtlichen Rath geben, und darüber die landesherrliche Beſtätigung auf den Fall ein= holen, daß die Urtheilsfinder oder Saelhöfer dem Ver= brecher ſein Recht darnach finden werden. Sollten die Saelhöfer anders weiſen, als der Rath der Rechtsgelehr= ten es mit ſich bringt: ſo kann dieſer Rath nie zum Ur= theil werden, und die landesherrliche Beſtätigung ſetzt jene Weiſung unwiderſprechlich voraus. So leer uns da= her auch jetzt die Ceremonie mit den Saelhöfern, wie man die Urtheilsfinder der Gemeinen hier jetzt nennt, ſcheinet: ſo wichtig iſt ſie im Grunde, wenn einmal ein angeſehener Mann peinlich beklagt werden ſollte, indem dieſer unwiderſprechlich fordern kann, daß der Rath der Gelehrten an ihm nicht vollſtrecket werden ſoll, bevor

nicht

nicht seine Rechtsgenossen denselben für Recht gepriesen haben.   Ferner und

＊Eilftens trägt es zur Würde des Menschen vieles bey, daß er von Jugend auf mit den Gesetzen seines Landes bekannt gemacht wird, und schon in der Schule zu einem künftigen Urtheilsfinder auferzogen wird.   Dies geschieht aber nicht, wo blos Gelehrte urtheilen. Bey jedem der zehn Gebote sollten einem Kinde die daraus fliessenden peinlichen Fälle, und was die Gesetze seines Landes darauf für Strafen verordnet haben, bekannt gemacht werden.   So könnte er denken und sich hüten. Endlich und

＊Zwölftens ist die Appellation in peinlichen Fällen eben um deswillen verboten, weil man vorausgesetzt hat, daß der Verbrecher von zwölf ehrlichen, frommen und ebenbürtigen Männern verurtheilet worden, und daher nicht leicht beschweret seyn würde.   Unmöglich hätte aber die Appellation in einer so wichtigen Sache abgeschnitten werden können, wenn die Meynung eines gelehrten Richters das Urtheil hätte abgeben sollen.

LX.

Schreiben über ein Project, unserer Nachbaren Colonisten in Westphalen zu ziehen.

O mein werthster Freund! lassen Sie doch den Gedanken, von neuen Colonien in Westphalen, fahren. Colonisten aus andern und besonders aus bessern Gegenden, werden auf unsern Heiden nie einschlagen, und Neubauer, die ihre Nahrung aus dem Boden ziehen sollen, werden bey uns allezeit in Bettler ausarten. Ueberhaupt habe ich kein Zutrauen zu den sogenannten Emigranten. Es ist

ent=

entweder Faulheit und Ungeschicklichkeit, oder aber eine
zu schwere Steuer, die sie aus ihrer Heymath treibt. Ist
es das erste: so werden sie auf unsern Heiden gewiß kein
weicher Lager finden; und die Steuer, welche ihnen hier
die Natur auflegt, indem der hiesige Acker für doppelte
Arbeit nur halben Lohn bezahlt, ist schwerer als alles,
was in andern Ländern die Herrschaft fordern kann. Laßt
uns zum Exempel nur eine Vergleichung zwischen den
Ländern am Rheine und den hiesigen anstellen; und dann
urtheilen, ob ein Colonist vom Rheine jemals dahier gedeihen werde?

Der Landmann am Rheine pflügt mit einem Ochsen
2 bis 3 Zoll tief; und der Halm auf seinem Acker ist höher als ein Reuter zu Pferde. Hier im Stifte pflügt man
hingegen nach dem Unterschiede des Bodens mit 2 oder 4
Pferden 8 bis 10 Zoll tief; und der Halm bleibt in den
besten Gegenden um ein Drittel, in den schlechtern aber
um ⅔ kürzer; ohne daß ihn der beste Wirth mit der ordentlichen Kraft höher treiben kann. In jenen Gegenden
kann man ein Wagenrad gegen die Saat legen, ohne daß
diese sich niederbeugt; wohingegen dieselbe in hiesigen
schlechtesten Gegenden keinem Peitschenstiel widerstehet.

In jenen Gegenden füttern vier Pfund Stroh so stark
und besser als hier sechs, und alle Futterung hat dort um
ein Drittel mehr Würze. Das Vieh frißt um ein Drittel
weniger, und mölkt um die Hälfte besser.

In jenen Gegenden stürzt man auf einmal funfzig
Fuder Stroh in den Mist, um nur Dünger zu bekommen;
in den hiesigen hat der beste Wirth selten mehr Stroh,
als er zur Futterung und zum Streuen gebraucht; und
der schlechteste hat kaum die Nothdurft zur Futterung;
zum Streuen muß er Heide, Laub und Rasen oder Plaggen gebrauchen.

Dort füttert man das ganze Jahr sein Vieh auf dem
Stalle, weil man Stroh und zwar kräftiges Stroh hat;

anstatt

erhabt, daß man hier an den schlechtesten Orten dem
Viehe schon den Schnee auflecken läßt, weil es auch am
magern Strohe gebricht.

Dort fähret der Landmann seinen Strohmist mit einem langen Wagen vom Hofe auf den Acker; hier muß
er ihn von der Heide erst mühsam abnarben, mühsam zusammen fahren, seinen Mist dazwischen legen, und hernach mit kurzen Wagen aufs Land bringen.

Diese Erfahrungen kann niemand leugnen, der beyde
Gegenden verglichen hat; und die unstreitige Folge davon
ist, daß der Heidewohner mit dreyfacher Arbeit von Menschen und Pferden, von einem dreyfach größern Boden
dasjenige nicht gewinne, was in jenen Gegenden der Landmann mit dem Drittel Arbeit und auf einem Drittel desselben Bodens gewinnet. Die Natur macht den Mann
auf der Heide zum Sclaven der Arbeit; anstatt daß sie
dem Bewohner jener Gegenden alle Freyheit zur Ergötzung
und Begeisterung gönnet.

Nun will ich Sie urtheilen lassen, ob Leute, die jene
Gegenden verlassen, jemals in den hiesigen mit der gehörigen Zufriedenheit arbeiten werden, welche doch nothwendig dazu gehöret, wenn eine Colonistenfamilie Liebe
zum Boden und zum Fleiße gewinnen soll. Ich getraue mir mit einer Art von Ueberzeugung zu
sagen: Man gebe uns nur Stroh, und alle
Heiden sollen bevölkert seyn. Dieses Stroh,
so viel Kunst sie auch darauf verwenden, sind sie nie im
Stande uns zu verschaffen. Düngen sie den hiesigen
Heide- und Sandgrund zu sehr, so wird die Frucht zu
geil und legt sich; der Halm wird nie zu einer Röhre;
und die Aehre verwächst ohne Frucht zu bringen. So
lange es aber an Stroh fehlt, um den jetzigen Acker zu
düngen: so lange müssen wir den Mangel des Düngers
von der Heide ersetzen und können diese nicht urbar
machen.

Man

Man sagt zwar, die Heide müsse Futterkräuter tragen; mit diesen müsse man den Viehstapel vermehren; von dem Viehe folglich mehrern Dünger gewinnen, und durch den vermehrten Dünger mehr Korn und Stroh ziehen. — Allein so scheinbar dieser Plan auch ist: so getraue ich mir doch darauf zu wetten, daß ihn niemand zu Stande bringen wird.

Denn die Heide kann keine Futterkräuter tragen, ohne im ersten Jahre wohl gedüngt zu werden. Man muß dieselbe auch noch im zweyten Jahre düngen. Woher soll aber der Landmann, der nicht so viel Stroh und Dünger hat, als er zu seinem Acker gebraucht, diese erste Anlage nehmen, nachdem alle Helden urbar gemacht, folglich keine Pläggen gebraucht werden sollen? Gesetzt aber, es regnete zwey Jahr lang Stroh vom Himmel, und der Landmann würde dadurch einmal in den Stand gesetzt, den ersten Schritt zu thun: so müßte man, wenn die Sache nur in der Folge glücklich gehen sollte, annehmen können, daß der Heideacker immer jährlich so viel Stroh wiederbrächte, als zu seiner Düngung in der Folge erfordert wird; dies ist aber wider die Erfahrung. Ein Mann, dem ich 24 Maltersaat Heidegrund wohl bestellt und wohl gedüngt mit der Bedingung übergebe, daß er diese Länderey künftig mit demjenigen Stroh, was darauf wächst, und dem Viehe, was darauf gehalten werden kann, düngen solle, bauet sich darauf gewiß in 30 Jahren zum armen Manne. Die Heide kann nicht gebrachet werden; folglich muß er Jahr aus Jahr ein alle 24 Malter bestellen. Sie erfordert fast durchgehends alle Jahr frischen Dünger; und der Mann soll noch gebohren werden, der 24 Maltersaat dieses Grundes jährlich mit demjenigen bestellen will, was darauf gezogen werden kann.

Ich zweifle auch noch sehr, daß Sie ein Futterkraut, wenn das Land dazu zwey Jahr gedüngt wird, nur auf

6 Jahr in der Heide erhalten werden. Das dritte und
vierte geht an. Aber im fünften scheint die Heide schon
durch; und im sechsten hat sie die Oberhand, wo sie nicht
in den beyden letzten Jahren noch etwas nachdüngen;
und wenn dieses geschehen muß: so ist es besser Korn als
Futter zu bauen. In England, wo man 6 Jahr, und
in Holstein, wo man 9 Jahr brachet, sind die Futterkräuter mit Vortheil zu ziehen, welche 6 Jahr und 9 Jahr
dauern, ohne weiter gedüngt zu werden; aber hier, wo
gar nicht gebrachet, und fast jährlich gedüngt werden
muß, ist es in jener Maaße und zum völligen Anbau der
Heide ein eitles Project.

Die Colonien in America, welche sich auf den Land-
bau gründen, sind alle auf die Art angelegt worden, daß
einer mehr als zehnmal so viel Raum eingenommen, als
er wirklich gebraucht hat. Dazu sind noch unendlich viele
Nutzungen aus Holzungen und wilden Gegenden gekommen, so den Colonisten bey seinem ersten Anbau unterstützen müssen.

Das fruchtbare Jamaica bot seinen Colonisten ganze
Wälder von den besten fremden Holzarten, als Cedern,
Mahagoni, China und andern, so die Künstler und Ma-
terialisten in Menge gebrauchen, ohne die geringste Mühe
dar. Es hatte eine Menge von wilden Gewächsen zu Oel,
Rum, Farben, Gewürzen und dergleichen Specereyen,
womit die Natur die neuen Anbauer beschenkte. Der
Boden in Carolina bringt den wilden Indigo und die
schönste Futterung für allerley Arten von Vieh, Reis mit
weniger Düngung, und Fichten zu Terpentin, Theer und
Pech in unerschöpflicher Menge hervor. Virginien trägt
Waizen und Toback, und versorgt seine Colonisten mit
Wild und Fischen. Der Zucker- und Caffeebau hebt andre Provinzen; und überall leben die Colonisten, was
Weide, Dünger und Brandholz betrift, bloß auf Kosten der Natur. Wenn in solchen Gegenden Colonien

                     gera-

gerathen; und doch kann man von vielen sagen, daß sie
seit einiger Zeit mehr ab= als zugenommen haben: so ist
es kein Wunder. Allein, daß einige zugemessene Mor=
gen schlechten Landes, eine magere Weide, ein bißchen
Torf, und eine uneingeschränkte ungewisse Freyheit,
Neubauer reizen, ermuntern und erhalten soll, das ist
zu viel gefordert. Die Rede ist nicht von fabricirenden
Colonien, welche sich auf Handlung und Handwerk grün=
den sollen; sondern von Leuten, die ihr Brod aus dem
Boden und höchstens von ihren körperlichen zu keinem
Handwerke geübten Kräften ziehen sollen. Von diesen
sage ich, daß sie nicht aus der Fremde hergezogen wer=
den können.

Unser Stift hat seine Bevölkerung blos der Arbeit
in Holland zu danken. Dies ist das Capital, wovon
sich die Menge von Nebenwohnern ernähret; und wenn
man ihnen dieses entzöge: so müßten sie den Boden und
die darauf stehende Hütte bald verlaufen. Spinnen
und Weben allein ernährt eine Familie nicht. Gesetzt,
eine Person spinne des Tages drey Stück Garn; wovon
18 für einen Thaler verkauft werden; so ist dieses ein
wöchentlicher Gewinnst von 18 mgr.; indem der Flachs,
der dazu gehört, gewiß 18 mgr. kostet. Solchergestalt
erwirbt eine Person, die alle Woche 6 Tage und täglich
3 Stücke spinnet, nicht mehr als 26 Thaler des Jahrs.
Wenn man davon die Haus= und Gartenmiethe, die
Handdienste und Auslagen abzieht: so bleibt ohngefähr
so viel übrig, als für die Feyertage abgerechnet wer=
den muß; woher soll nun diese Person Brod, Feuerung
und Kleider nehmen? Ein Mensch muß wenigstens 5
bis 6 mgr. des Tages gewinnen, wofern er auskom=
men soll.

Ueberhaupt aber wollen Colonisten gleichsam zusam=
men brüten. Wenn man sie einzeln zerstreut, und unter
die Landeseinwohner versteckt: so fühlen sie bald das Heim=
weh.

weh. Der Unterschied der Sprache, der Nahrung, der Kleidung, macht, daß sie mit den Landeseinwohnern nie recht vertraut werden. Diese behalten allezeit eine Verachtung gegen solche arme Fremdlinge, hassen und verweisen sie wohl gar, stehen ihnen wenigstens in keinen Nöthen bey, verheyrathen sich nicht mit ihnen, und ein solcher einzelner Colonist sitzt da wie auf einer Insel, ohne daß er sich einmal dem Kruge nähern darf. Nun sind aber in Westphalen keine solche Gegenden, wo eine ganze Gemeinheit von Neubauern angelegt werden kann. Es sind immer nur einzelne Flecke, worauf sie unter die alten Einwohner versteckt werden müssen; und so mögen sie selbst urtheilen, ob sie auf diese Art gedeihen werden? Nicht zu gedenken, daß Colonisten aus der Ebene sich nicht in bergigten Gegenden, und Colonisten aus letztern nicht auf der Ebene gewöhnen; auch der Uebergang von einem schweren Boden auf einen leichtern eine ganze Verwandlung der Knochen und Nerven erfordere.

Unsre Gesetzgeber machen auch jetzt viel zu wenig Gebrauch von dem Hange der Menschen zu religiösen Verbindungen, um die Anziehung neuer Colonien hoffen zu können. Wir sehen zwar, was die Herrnhuter, die Mennoniten, die Quäker und andre mit einer begeisterten Vereinigung ausrichten. Wir legen aber den Plan der Colonien darauf gar nicht an; und nutzen den Hang nicht genug, welchen religiöse Brüderschaften ehedem auf den Fleiß und die Sitten der Menschen gehabt haben. Alles soll mit Strafen und Brüchten gezwungen werden. Die Eitelkeit, die Verschwendung, die Ueppigkeit, welche unsre Zeiten verderben, sollen bloß durch Polizeygesetze eingeschränkt werden; da man doch gewiß hundertmal mehr ausrichten würde, wenn man der einen Parthey erlaubte, den Kopf auf die Rechte, und der andern denselben auf die Linke zu tragen. Ohne diese Freyheit würde die Hallische Apotheke das nicht seyn, was sie ist. Und man kann dar-

                              auf

auf wetten, daß gewisse Einrichtungen, wenn sie nicht mehr
von Sonderlingen, sondern von einer gemeinen Art von
Menschen dirigirt würden sollten, bald ihren ganzen Vortheil verlieren wurden. So kräftig sind die selbst erwählten und selbst geschaffenen Meynungen der Menschen. Die
allgemeinen Lehren verlieren ihre Kraft. Was reißen, an-
feuern und begeistern soll, muß durch Neuheit, Sonder-
barkeit und eigne Erfindung bezeichnet seyn; und es wäre
eine große Frage, ob nicht alle hundert Jahre eine Gene-
ralrevolution in den Köpfen der Menschen zu befördern
wäre, um eine Gährung in der sittlichen Masse des menschlichen Geschlechts, und mit Hülfe derselben bessere Erschei-
nungen, als wir jetzt haben, hervorzubringen.   Doch
nichts weiter von diesem Texte.

Genug, eine neue Colonie erfordert zu ihrer Aufnahme und Erhaltung ganz andre Maschinen, als man jetzt
gebraucht und gebrauchen kann: Man muß nach Pensyl-
vanien reisen, und aus der Vergleichung dieser einzigen
Colonie mit allen übrigen sich von einer so wichtigen
Wahrheit überzeugen a).

Endlich, so sind die Gegenden, die man insgemein den
Colonisten anweisen will, ohne Holz und ohne Bäche, und
ringsherum mit Bauerhöfen, welche das Holz, die Bäche,
und den besten Weidegrund eingenommen haben, besetzt.
Auf diesen Höfen befinden sich die Saelstätte, die Leibzucht,
und 2, 4, 6, 8 Nebenhäuser, welche von der nächsten Heide die besten Flecke auf mancherley Art nutzen. . Wenn
man nun zwischen diesen Gründen einzelne Köttereyen für
Neubauer anlegen will: so ist es begreiflich, daß sie nicht
allein von den ersten Anwohnern, sondern auch von der
Natur auf alle Weise eingeschränkt sind. Sie sind selten
im

a) Wem diese Reise etwas zu weit dünkt, der lese An Account of the Eu-
    ropean Settlements in America, so zu London 1765 zum viertenmal in
    2 Octavbänden aufgelegt, und im Jahr 1760 verfertiget worden.

im Stande, ein Taglohn zu verdienen, weil die Hofgesessene ihre alten Nebenwohner um sich, und von ihnen alle er-
forderliche Hülfe haben; der Alte sieht es als ein Eingriff
in sein Eigenthum an, daß er dergleichen Neubauer, wodurch er in den öffentlichen Lasten nicht erleichtert wird,
zum Mitgenuß seiner gemeinen Weide lassen soll, und er
drückt sie auf so mancherley heimliche Art, bis sie endlich
das Weite suchen müssen.

Die beste Art der Bevölkerung in Westphalen bleibt
also allemal diese, daß der Hofgesessene vermocht wird,
die an seinem Hofe zunächst liegende Gemeinheiten mit zu
seinem Hofe zu ziehen, darauf Heuerhäuser, welche ihm in
allen Lasten zu Hülfe kommen, und in demselben Nachbars
Kinder zu setzen, die der Gegend und der Arbeit gewohnt,
und mit ihm verwandt und bekannt sind. Diesen, weil
es Heuerleute sind, die nicht für den Staat und für ihr
Eigenthum arbeiten, wird er Weide, Holz und Hülfe geben, nie aber fremden Colonisten, die den Boden zu ihrem Eigenthum haben, und ihm seine Rechte schmälern
sollen.

Ich bin 2c.

LXI.

An meinen Freund zu Osnabrück, über die Beschwerlichkeiten Colonisten anzusetzen.

Von einem unbekannten Verfasser.

Und doch, mein Werthester, bleibe ich allezeit von dem
Projekte, Colonisten anzusetzen, ganz eingenommen, so viel
Beschwerlichkeiten Sie auch dabey finden. Projektenma-
cher erwecken Difficultantenmacher. Wir wundern uns
gar nicht darüber, daß man in unserer Nachbarschaft Sachen

chen unmöglich glaubt, die uns leichte vorkommen. Weil
wir beständig Nachahmer finden, so halten wir uns des
künftigen Beyfalls der Welt zum voraus versichert, so sprö-
de sich dieselbe im Anfang darwider bezeiget. Von Ihnen
aber verlange ich, daß Sie nicht auf den Ausschlag warten sollen, um Ihre Zustimmung zu unsern Einrichtungen
zu geben, weil Sie vermögend sind, eine Sache von vorne
gründlich zu beurtheilen, und weil daran gelegen ist, daß
Sie sich durch die Lust, Neuigkeiten zu widersprechen,
nicht verleiten lassen, den Vortheil des Vaterlandes und
der Wohlfahrt des menschlichen Geschlechts zu widersprechen.

In dem Augenblick bekennen Sie es nur, als Sie
von dem großen Reuter zu Pferde, von dem Wagenrad,
von der Fuhrmannspritsche und von dem aromatischen
Strohe im Reiche schrieben, waren Sie dichterisch begei-
stert, und mehr rednerisch, als die gegenwärtige Sache
erforderte.

Bilden Sie sich von dem Colonistenwesen den wahren
Begriff, so werden Sie anders denken.

Der König, welcher Ausländer, die Ursache finden,
ihr Vaterland zu verlassen, ohne Unterschied der Religion
und der Sprachen, in seinen Ländern aufnimmt, und
ihnen von seinen eigenthümlichen Grundstücken oder wü-
sten Feldern, nothdürftig Land, große ungezweifelte Freyheiten schenket, nimmt den alten Einwohnern nichts, und
befördert den Anbau ihrer Söhne mit gleicher Bereitwil-
ligkeit, als der Ausländer. Dies ist der Plan, wornach
wir arbeiten.

Alle Deutsche sind Unterthanen ihrer Fürsten. So
viele Fürsten, so viele Köpfe. Was Wunder, daß sich der
Unterthan den besten erwählet, wenn er die Gelegenheit
dazu findet. Es sind also für Ausländer mehr als die
zwey Ursachen, die Sie angeben, auszuziehen; und wenn
Sie alle andere auch dahin rechnen wollten, so müssen
Sie

Sie die Neigung, welche Fremde haben, in den preußischen Staaten zu wohnen, doch als die dritte hinzusetzen.

Die Fruchtbarkeit einer Provinz ist es nicht allein, was die Menschen vorzüglich bewegt, dieselbe zu bewohnen; denn sonst würden die Corsen sich nicht um die rohen Felsen ihres Landes streiten, und wenigstens gegenwärtig unter der französischen Herrschaft gebeuget, Tinian suchen und daselbst die Wollust der Elisäen genießen.

Was hilft es dem Rheingauer zu Hochheim die fetten Trauben zu keltern, die wir ohne Durst und zum Scherz herunterschlucken?

Unser Vaterland aber, liebster Freund, ist nicht so unfruchtbar, als Sie es beschreiben. Unsre Heiden sind durchgängig mit grünen Angern durchwachsen, und sie sind nirgends so schlecht, daß sie nicht Holz tragen könnten. Die Verschiedenheit des Erdreichs, welche sich fast allenthalben findet, giebt der Kunst Mittel, durch vielerley Vermischungen ein neues zu schaffen, und aus mehreren unfruchtbaren ein fruchtbares zu machen. Wir sind hier der ungezweifelten Meynung, daß Westphalen um ein unendliches besser seyn würde, wenn alles mit Korn und Gras und Holz angebauet wäre, und daß solches in unserm Jahrhundert noch geschehen könne. So viel hat uns der Fleiß und die Erfahrung vor Ihnen bereits voraus gegeben, daß wir von einer Sache Ueberzeugung haben, die Ihnen noch lange Zeit zweifelhaft seyn wird; denn wir wissen wohl, daß Sie noch lange für das Plaggenmatt Ihres Vaterlandes patriotisch streiten werden.

Es ist keinesweges unmöglich, einen Rheinländer, oder einen andern Fremden, in unsern Gegenden zurechte zu helfen; es ist hier aber nicht Raum genug und nicht die Gelegenheit, Ihnen alle Mittel dazu zu zeigen. Sie wissen, daß unsere Kameralisten einen Vorzug vor vielen haben, und daß sie die Hindernisse, welche anderen unübersteiglich scheinen, leicht überwinden. Sie werden das
Mit-

Mittel leicht finden, die alten Einwohner mit den Ankömmlingen zu vereinigen; und alsdenn sind alle Schwierigkeiten schon gehoben. Haben so viele Eingebohrne und benachbarte Fremde bey uns gebauet, die nicht die gegenwärtige Vortheile genossen haben und dennoch gut bestehen: warum sollten jene nicht fortkommen: Sie argumentiren aber überhaupt zu viel, denn es kommt hier nicht allein darauf an, Meyereyen anzulegen? Wir nehmen Handwerker und Professionisten auf, und wer nicht bauen will, der setzet sich zur Heuer, und also haben wir ein großes Feld mit Colonisten zu besetzen, vor uns.

Ein Eingeborner der reiset, wird die Wissenschaften vieler Provinzen mit zu Haus bringen, und nichts davon einführen. Fremde, so sich irgendswo niederlassen, führen ihre Gebräuche ein, und die Alten nehmen das gute davon an: Der Buchweitzen, die Kartoffeln sind uns von Fremden gebracht, wir haben sie nicht geholet, wenn man mich recht unterrichtet hat. Alle glückliche Revolutionen in der Oekonomie sind durch Kriege, Emigrationen und Transplantationen entstanden. Wir haben keine große Revolutiones nöthig, so roh ist unser Vaterland nicht; Fremde aber zwischen unsre Einwohner zu setzen, ist noch immer von Nutzen: Es sind in Handwerken und im Ackerbau gewisse Behandlungen, und in denen dahin gehörenden Werkzeugen und Maschinen gewisse Vortheile, die nachgeahmt zu werden verdienen. Ich will nicht sagen, was für Vortheile in Ansehung der Sitten, der Religion und der Moralität der Einwohner daraus entspringen. Der Umgang mit Fremden macht sanftmüthig und höflich, und besieget die Vorurtheile, die jede Nation eigenthümlich hat. Dies sind die Vortheile für die Provinz.

Es gehöret nicht hieher, den Vortheil für den Herren oder für den Staat zu berechnen, der sonder Zweifel größer ist.

Als

Als ich die Ehre hatte, Ihren Brief zu empfangen, riß mich erst der Strom ihrer Reden hin, und ich gieng der Sache nachzudenken aufs Feld. Ich traf einen Bauern an, der Ellern um junge Eichen pflanzte. Was wollt ihr doch, sagte er, mit dem fremden Volke anfangen, das wir haben holen müssen? Warum pflanzest du, fragte ich, so viel von dem Zeuge um die Teichen, die schon dicke genug stehen, sie nehmen ihnen ja nur die Nahrung? Nein, sprach der Bauer, das hat keine Noth, die Eller nimmt nichts von dem, so der Eiche zukommt, sondern nur die sauren Säfte, so ihr schaden; sie brütet und schützet aber die Teichen und nähret sie durch ihr Laub, und sie ist ein nutzbares Holz. Wohl, sprach ich, so wollen wir auch die fremden Leute um euch pflanzen. Ich konnte dem guten Bauren hiedurch leicht zum Schweigen bringen. Ihnen aber gebe ich diese Vergleichung mit dem Nutzen der Bevölkerung in seinem ganzen Umfang und in allen seinen Theilen nach Ihren Einsichten zu überlegen, und ich wette, daß Sie minder Widerwillen gegen die Colonisten empfinden werden, wenn Sie solches aufrichtig gethan haben.

Ist es endlich, mein Werthester, eine huldreiche Gesinnung unseres Monarchen, Fremde, die Ursache finden, sich über ihr Vaterland zu beklagen, aufzunehmen, so lassen Sie es eine edle Bemühung für seine Diener seyn, ihnen zu helfen. Und in dieser Absicht betrachten Sie die ganze Sache, als ein Glück für Deutschland.

Uebrigens muß Ihnen ein jeder beypflichten, daß die Bevölkerung durch Heuerleute dem Genie der westphälischen Provinzen am gemäßesten sey, und ich habe mich gefreuet, Sie am Ende ihres Briefes wieder zu finden. Wir vernachläßigen dies so wenig, daß unsere Neubauer schon anfangen, Heuerleute anzusetzen. Leben Sie wohl! Minden, den 30. Jul. 1770.

<hr>

LXII.

LXII.

Ueber die Veränderung der Sitten.

Es ist oft ein angenehmer und lehrreicher Anblick, zu sehen, wie sich gewisse Thorheiten gegen alle Gesetze erhalten; und oftmals auch Gesetze zu einer Zeit gegen Laster eifern, welche zur andern Zeit ungestraft hingehen. Nach dem Reichsabschiede von 1431 sollte allen denjenigen, so in der Armee spielen würden, die Hand abgehauen werden. Diese Verordnung wurde im Reichsabschiede von 1486 dahin geschärft, daß den Spielern der Kopf abgeschlagen werden sollte. In der Reichs-Fuß-Knechtsbestallung von 1570 lenkte man wieder dahin ein, daß niemand auf Credit spielen sollte, bey Verlust des Gewinnstes; und nachher hat man es gar unnöthig gefunden, dieserhalb Reichsgesetze zu machen. In dem Reichsabschiede von 1577. wird den Weibsleuten das Springen verboten. Und jetzt läßt man sie so viel springen wie sie wollen. Es ist fast kein Reichs-Polizeygesetz, worinn nicht gegen die Schalksnarren geeifert wird. Ist es aber eine Folge des Verbots oder der veränderten Zeiten, daß die Narren ihre Kappen abgelegt und dafür ehrbare Kleider angezogen haben? Wie vielmal heißt es nicht in eben diesen Gesetzen, als z. E. in den Reichsabschieden von 1497, 1498, 1500, 1530, 1548, 1577, daß die Herren, welche Pfeiffer und Trommeter halten, solche bey andern, als ihren Unterthanen, welche es leiden wollen, nicht zum Neujahr blasen schicken sollen? Dennoch aber sehen wir deren oft viele aus benachbarten Ländern, welche auf dem platten Lande herumziehen, und den Unterthanen das neue Jahr ungerufen verkündigen. Vermöge des Reichsabschiedes vom Jahr 1498. soll jeglicher kurzer Rock oder Mantel in der Län-

ge gemacht werden, daß er hinten und
vorn ziemlich und wohl decken möge.
Jetzt aber würde ein Reichsgesetz erfordert werden, um
die gar zu große Länge der Kleider zu verbieten. Ferner
wird im Reichsabschiede von 1427. verboten, gar keine
Frauen mit zur Armee zu bringen; in dem vom Jahr
1431. aber wird dieses auf die gemeinen Frauen
eingeschränkt. Wer dergleichen mitbrächte, heißt es,
sollte gehörnet a) werden. Im Reichsabschiede vom
Jahr 1570. werden beyde zugelassen, doch mit dem Unterschiede, daß man die gemeinen unehrbaren Weiber zur
Zeit der ersten Musterung oder hernach, wenn es befohlen
würde, zum Troß schicken solle. In diesem Stücke hat
sich die neuere Kriegszucht besser gehalten. Allein das
Reichsgesetz von 1667, worinn alle güldene und silberne
Spitzen und Borten, wie auch güldene und silberne Knöpfe, nicht weniger die güldene und silberne Tücher, die
mit Gold und Silber gestickten Kleider und das unnöthige Vergulden verboten sind, und worinn ferner alle seidene und zwirnene Spitzen verboten werden sollten, ist
vermuthlich nie zur Ausübung gekommen, und giebt lediglich eine Beylage zur Geschichte der menschlichen Thorheiten ab.

a) Hier hat man den Gebrauch des Hörnertragens, der zwar älter ist, wie
Salmasius, Menagius und andre Kritiker es gewiesen haben, aber doch hier
als eine reichsgesetzliche Strafe bekannt gemacht wird.

LXIII.

Aufmunterung und Vorschlag zu einer westphä-
lischen Biographie.

Es ist unstreitig eine der größten und feinsten Ideen,
daß Menschen, die ihre Tage in stiller Ausübung aller
Tugenden zugebracht haben, nach ihrem Tode von dem
Oberhaupte der Kirchen heilig und selig gesprochen
werden. Männer, welchem ihre Demuth im Leben nicht
gestattete, nach einem glänzenden Ruhm zu streben, und
sich entweder an der Spitze eines Heers oder am Ruder
des Staats in der Geschichte zu verewigen, erhalten auf
diese Weise auch ihr verdientes Ehrenmahl; und die Ver-
götterung, womit Geschichtschreiber und Dichter ein so
unerlaubtes als gefährliches Monopolium treiben, muß
einer Heiligsprechung weichen, welche nicht anders als
nach der strengsten Untersuchung und von einsichtsvollen
Richtern geschiehet. Die glänzenden Tugenden oder Laster, wie man sie nennen will, sind solchergestalt nicht die
einzigen, welche der Nachwelt in der Geschichte zu Mustern
vorgestellet werden; die Menschen lernen dadurch einsehen,
daß auch durch stille Tugenden ein ruhmvolles Andenken
zu erwerben sey; und nicht jedes Genie, das einen Beruf
empfindet, sich aus seiner Sphäre zu heben, wird in die
Versuchung gesetzt, sich sogleich durch die Anzündung eines Tempels oder durch die Unterdrückung eines Nachbaren zu verewigen.

Nichts könnte würklich einem Staate vortheilhafter
seyn, als die Lebensbeschreibungen solcher Heiligen, wenn
sie von einer geschickten Hand verfertiget, und solchergestalt den Frommen und Redlichen im Lande als Muster zur
Nachahmung vorgelegt würden. Hat gleich mancher Fehler, welcher sich nach dem unterschiedenen Geschmacke der

Zeiten in die Art der Behandlung eingeschlichen, insbesondere aber der Fehler, daß man wider die Natur der
Sache in diesen Lebensläufen auch das Glänzende, das
Heroische und das Rittermäßige zu sehr und öfters auf
Kosten des Wahrscheinlichen gesucht, viele davon anders
denken lassen: so bleibt die Sache an sich doch allemal
von einem so großen Werth, daß sie die allergrößte Aufmerksamkeit und Bewunderung verdient. Um die Tugend
in Mustern vorzustellen, nehmen wir jetzt oft unsere Zuflucht zu moralischen Erzählungen.   Diese sind aber nicht
so würksam, als die Geschichte solcher Männer, deren
man sich als seiner ehemaligen Mitbürger und Verwandte
erinnert; insbesondre aber fehlt ihnen die wahre Reizung
für uns, auch einmal selbst und mit Namen, der Nachwelt auf gleiche Art empfohlen zu werden; und diese Reizung, welche die vernünftige Eigenliebe vielleicht nicht
deutlich denkt, aber doch allemal empfindet, ist nicht das
letzte Mittel, die Menschen zur Ausübung stiller und wahrer Tugenden zu führen. Ein Ehrenmahl, worauf die Tugend in ihrem feyerlichsten Gewande auf das liebenswürdigste abgebildet ist, wird nie so vielen Eindruck in unserm Busen hinterlassen, als das Denkmahl, das der Staat
einem gekannten Privatmanne, dessen Familie, Freundschaft und Andenken noch lebt, zur Dankbarkeit für sein
Wohlverhalten errichtet.

Bey dem allen bleibt es aber doch wahr, daß man
die Heilig- und Seligsprechung nur selten und
sparsam gebrauchen, und sie nicht wie unsre heutigen Tit-
tel verschwenden müsse, wofern man ihren Werth nicht
schwächen, und den himmlischen Adel so gemein, als den
irdischen machen will. Es bleibt ferner wahr, daß solche nicht die Stelle einer bürgerlichen Krone vertrete und
zur Aufmunterung politischer Tugenden diene. Daher
reicht dieselbe auch zu allen Absichten nicht hin, und man

                                 denkt

denkt billig darauf, das Andenken solcher Thaten, welche
zu ihrer Ehre erst den Zeitungsschreibern und Journali=
sten, und hernach solchen gelehrten Fabrikanten, welche
daraus das Leben großer Kriegshelden beschreiben, un=
bekannt bleiben, noch auf mehrere Arten in Segen zu er=
halten. Und hiezu ist das Mittel einheimischer
Biographien oder Lebensbeschreibungen gewiß das be=
quemste und wohlfeilste. Unsre Vorfahren kannten die=
sen großen Plan, indem sie die sogenannten Personalien
eines verdienten Mannes drucken ließen. Und es ist
schade, daß die Satyre hier das Kind mit dem Bade ver=
schüttet, und nicht darauf eingelenkt hat, daß blos ver=
dienten Männern ex decreto reipublicae dergleichen Ehre
wiederfahren sollte. Doch dies im Vorübergehen.
Deutschland macht kein recht vereinigtes Ganze aus,
wie andre Reiche. Es hat keine Hauptstadt, wie Frank=
reich und England, und folglich stehen diejenigen Perso=
nen, welche dem Staate und gemeinen Wesen dienen,
oder auch sonst in stiller Größe leben, nicht auf der Höhe
und in dem Lichte, worinn sie sich in jenen Reichen befin=
den. Wir können uns also nie schmeicheln, solche Bio=
graphien zu erhalten, wie unsre Nachbaren haben. Wir
können höchstens Helden und Gelehrte (und dergleichen
Muster brauchen wir so gar viel nicht), aber nie den
Mann, der dem Staate im Cabinet und auf dem Rath=
hause dienet, zu einem Terray *) oder Beckford machen.
Der Minister eines Bischofen oder Reichsgrafen mag sei=
nem kleinen Staate noch so große Dienste leisten und zehn=
tausend Unterthanen glücklich machen; sein Ruhm wird
mit ihm bald in die Grube sinken, wenn er auf einen sol=
chen

*) Was muß man sich für eine Idee von einem Manne machen, der sich mit
dem Hasse eines Reichs beladen läßt, und allen Spöttereyen aussetzt, um
einen völlig verdorbenen Staat wieder herzustellen? Dergleichen giebt es alle
hundert Jahr nur einen.

chen Biographen warten soll, wie die Engländer und
Franzosen haben. Daher ist es nöthig, auf eine einhei=
mische Anstalt zu denken, wofern wir nicht den Nutzen,
welchen die Ehre nach dem Tode, dieser große
obgleich unerklärliche Bewegungsgrund, dem gemei=
nen Wesen ohne viele Kosten verschafft, ganz verlieren
wollen.

Unser Stift ist zu klein, um allein etwas zu unter=
nehmen. Allein Westphalen ist groß genug, und das Le=
ben eines Westphälingers kann wenigstens alle seine Lan=
desleute interessiren; es kann Nutzen und Nachahmung
erwecken; da man sich einander kennt, oder doch an sei=
nen Landesleuten einen nähern Antheil, als an Fremden
nimmt. Wir haben große Männer gehabt; und es ist
zu glauben, daß die Familien, welche dergleichen unter
ihre Ahnen zählen, die Nachrichten gern mittheilen wer=
den, sobald sie sehen, daß ein so nützlicher Gebrauch da=
von gemacht werden soll. Wir können auch Künstler,
Maler und Bildhauer aufweisen, die entweder von frem=
den Biographen mit Stillschweigen übergangen oder auf
fremde Rechnung geschrieben worden. Wie ist es uns
nicht mit dem bekannten Israel von Mecheln gegangen,
der nicht weit von Bokholt im Stifte Münster zu Hause
war, dort gelebt und gearbeitet hat? Der jüngst verstor=
bene Canzler von Beßland, Hr. von Erünißppen, war
eines Schmids Sohn aus Warburg. Er selbst hat es in
seinem Leben keinem verhehlet; aber seine Nachkommen
könnten es leicht vergessen. Die Geschichte solcher Lan=
desleute, die sich durch eigne Verdienste haben heben müs=
sen, bleibt aber allemal angenehm und nützlich; und das
Leben eines Grafen von Ostermann ist wichtiger, als die
Sammlung aller Thaten von manchem gebohrnen Reichs=
fürsten. Es sind aber nicht blos diese Art von Cometen,
die nur selten erscheinen, deren wunderbaren Lauf eine

Beschreibung verdient. Wir wünschten auch die Lebensläufe solcher Männer und Muster zu haben, die zur Nachahmung geschickter, von minderm Glanze, aber von gleicher Größe gewesen; und wir wünschen, daß sich eine
Gesellschaft zusammen thun und vorerst mit Sammeln
den Anfang machen möge. Bis dahin dieses geschieht,
werden alle Kenner und Liebhaber ersucht, diejenigen
Nachrichten von ruhmwürdigen Männern aus Westphalen, welche in einer solchen Sammlung erwähnt zu werden verdienen, dem Intelligenzkomtoir, wo sie zu ge-
treuer Hand aufbewahret werden sollen, einzuschicken.

LXIV.

Vorstellung zu einer Kreisvereinigung, um das Brandteweinbrennen bey dem Kornmangel einzustellen.

Es ist schon mehrmalen erinnert worden, wie höchstnütz-
lich es seyn würde, wenn die Reichsstände in dem westphälischen Kreise sich wegen gewisser Polizeyanstalten gemeinschaftlich vereinigten, und allenfalls auch mit dem
benachbarten niedersächsischen Kreise dieserhalb eine Correspondenz unterhielten. Die alten Reichsgesetze empfehlen dieses mit so vielem Ernste; und die Noth erfordert
es so offenbar, daß man sich billig wundern muß, warum nicht mit mehrerm Ernste und Eifer an eine so nöthige Sache gedacht werde. Die Zeit ist vorüber, worinn die anwachsenden Territorialhoheiten gegen eine solche Anstalt eifersüchtig waren. Jeder Reichsstand ist
nunmehro würklich völliger Herr in seinem Lande, und
keiner

keiner hat zu besorgen, wenn er durch eine freywillige
Vereinbarung mit seinen Kreisgenossen seiner Machts
Vollkommenheit einige Schranken setzt, daß ihm solches
als eine neue Unterwürfigkeit gegen das gemeinschaftliche
Reichssystem und dessen Oberhaupt werde angerechnet
werden. Woran liegt es also, daß die Reichsstände ei=
nes Kreises sich gewisser Dinge halber nicht näher verei=
nigen, und gegen allgemeine Uebel nicht mit gemeinschaft=
lichen Kräften arbeiten?

Nichts scheinet eine solche Vereinigung dermalen nä=
her zu empfehlen, als der Abfall der letztern Erndte, und
der daher zu besorgende Kornmangel. Kein einzelner
Kreisstand ist vermögend, sich in diesem Falle selbst zu
helfen. Will der eine das Brandteweinbrennen verbie=
ten: so läßt es der andre zu, um den Vortheil allein
zu ziehen. Die kleinen Staaten bestehen aus lauter
Gränzen; und sobald den Eingesessenen eines Staats
das Getränke um einen halben Pfennig erhöhet wird:
so geht er über die Gränze, wo er wohlfeiler trinken
kann, und trägt sein Brodkorn zu einer fremden Blase.
Sucht der eine die Ausfuhr zu verbieten: so verführt
der andre seine Nachbarn, ihm das ihrige bey der
Nacht zuzubringen; und der Gesetzgeber des einen
Kirchspiels mag sich wenden und drehen wie er will:
der andre belauret ihn doch; und der Mangel übereilt
sie zuletzt alle.

Alle diese Unbequemlichkeiten und hinterlistigen Be=
handlungen würden aber wegfallen, wenn die Nachbaren ei=
nes Kreises sich wegen gemeinschaftlicher Anstalten vergli=
chen; wenn sie die Brandteweinskessel insgesamt versiegel=
ten; sich über Ein= und Ausfuhr mit einander verstün=
den, und solchergestalt allen Unterschleifen nachdrücklich
vorbeugten. Nur alsdann kann die für das Wohl der
Unterthanen wachende obrigkeitliche Vorsorge ihre Ab=

 sicht

sicht erreichen; anstatt daß jetzt diejenige, so das Tanzen verbietet, nur die Spielleute ihrer Nachbarn bereichert.

Noch glücklicher würden die Folgen einer solchen Vereinigung seyn, wenn einer zugleich von seinem Ueberfluß des andern Mangel abzuhelfen suchte. Der Kornhändler wendet sich bey der geringsten Verlegenheit gleich nach Bremen, treibt dort die Preise in die Höhe, und erwecket ein gefährliches Geschrey, ohne daß man noch recht versichert ist, ob ein wahrer Mangel im Kreise vorhanden sey? Dies würde man gewiß nicht zu besorgen haben, wenn die Kreisstände mittelst einer vertraulichen und sichern Correspondenz den wahren Mangel oder Vorrath jedesmal zu beurtheilen im Stande wären. Man würde dem entlegenern Stande, der Korn genug, aber kein Fuhrwerk hat, dienen und sich selbst helfen können. Man würde das Fuhrwerk im Kreise einander zu tarifmäßigen Preisen liefern, sich einander gleichsam in die Hand arbeiten, und die Cirkulation daheim auf eine Art befördern können, wobey alle Theile ihr Interesse finden würden. Ja man könnte demjenigen Stande, der den größten Ueberfluß hätte, das Brandteweinbrennen von Kreiswegen zugestehen, und sich vereinigen, dieses Getränk binnen einer verglichenen Zeit blos von ihm zu nehmen, um sich auf diese Art einander zu statten kommen.

Wollte man die Sache aufs Interesse treiben: so wäre nichts leichters, als im ganzen Kreise eine gleichförmige Branntweinsaccise einzuführen; anstatt daß jetzt derjenige Stand, so seine gemeinen Ausgaben durch eine Tranksteuer zu bestreiten sucht, wenig mehr ausrichtet, als daß die Unterthanen einen Schritt über die Gränze thun, und dort ein unversteuertes Glas ausleeren. Alle Financiers stimmen darinn überein, daß bey erheischen-

der

der gemeinen Noth nichts billiger sey, als eine Steuer auf dieses Getränk. Die Landstände des vorigen Jahrhunderts eiferten gegen das zunehmende Branndteweintrinken ärger, als die Prediger, und baten recht eifrig darum, dem Uebel durch eine Vertheurung zu wehren. Die Engländer und Franzosen haßten unsre Gegenden, weil der Branndtewein darinn zu wohlfeil war, und der Preis die Soldaten zum Sauffen verleitete. Warum sollte also eine solche Vereinigung im Kreise nicht heilsam und nöthig seyn? besonders wenn der fleißige Unterthan dagegen in andern Auflagen erleichtert würde? Kann die Entschuldigung, daß der Branndtewein zum Nothdürftigen gewisser Menschen gehöre, dagegen als erheblich angesehen werden, da vor dreyhundert Jahren auf dem platten Lande noch gar keiner gebrannt, und blos der Vornehmere in den Städten mit Nordhäuser und Quedlinburger gelabet wurde; gleichwohl aber der Landmann bey Pumpernickel und Bier eben so fleißig, wo nicht fleißiger war, als bey den vielen distillirten Giften?

Unstreitig werden diese und ähnliche gute Absichten gar sehr dadurch gehindert, daß die westphälische Kreisgesandschaft sich in der Stadt Cölln aufhält, wo sie von der wahren Bedürfniß des Kreises nichts erfähret, und sich auch gar nicht um dergleichen Anstalten bekümmert. Allein es ist unsre Schuld, daß wir bey dieser Stadt, welche blos der französischen Kriege halber zur Kreisstadt erwählet worden, und deren Lage, nachdem die Reichskriege mit Frankreich auf lange Zeit ein Ende genommen haben, allen guten Absichten zuwider ist, noch beharren. Oßnabrück hat die wahre Lage zur Kreisstadt. Sie liegt in der Mitte von allen, bequem zur Correspondenz mit dem niedersächsischen Kreise, und so, daß man immer den Bremischen und Holländischen Markt absehen, mit

hin seine Maaßregeln darnach nehmen kann. Hier also
sollte man sich zum erstenmal zur Versiegelung aller
Branndteweinskessel im Kreise auf ein Jahr vereinigen,
und damit den Grund zu einer guten Correspondenz in
andern Sachen legen.

LXV.

Von der Neigung der Menschen, eher das Böse, als das Gute von andern zu glauben.

Die Neigung der Menschen, eher das Böse als das
Gute von andern zu glauben, ist unlängst sehr angefochten, und als eine Tochter des Stolzes und des Nei-
des verabscheuet worden. Unsere Großmütter dachten
aber ganz anders, als z. E. wenn ein lediges Frauenzimmer auf öffentlichen Plätzen allein spazierte: so glaubten sie gleich, es geschähe um ein gutes Ebentheuer zu
suchen. Gieng sie mit einer Mannsperson allein, so
hieß es: die Vögel zögen zu Neste. Gieng einer mit
schlechten Leuten um: so hatte gleich und gleich sich gesel-
let; machte ein Bedienter oder eine Bedientin zu großen
Aufwand: so gieng das nicht von rechten Dingen zu,
der Mann mußte Rips Raps und die Frau sonst was gemacht haben. Kurz, sie legten jeden zweydeutigen Schein
böse aus, glaubten, daß alle, die sich einer Versuchung
freywillig bloßstelleten, leicht darinn umkämen, und
dachten, Gelegenheit macht Diebe. Durch diese practi-
sche Maximen nöthigten sie sowohl junge als alte, nicht

allein

allein allen bösen Schein, sondern auch alle Versuchung und Gelegenheit zu fliehen.

Der Rechtsgelehrte hält jeden für einen ehrlichen Mann, bis daß das Gegentheil erwiesen ist. Dies gilt von äußerlichen Handlungen, welche der Richter zu bestrafen hat. Die Sittenlehre hält alle Menschen für arme Sünder, um sie zu nöthigen, durch eine beständige Thätigkeit in guten Handlungen zum allgemeinen Bösten das Gegentheil zu zeigen. Der strenge Moralist sieht alles von der schlimmsten Seite an. Er sieht einen ruhigen Mann für faul, einen unglücklichen für schuldig, einen Bettler für diebisch; und eine zu freye Person für liederlich an, um die gegenseitigen Tugenden so viel eher zu erzwingen.

LXVI.

Klagen einer Hauswirthin.

Ich weiß mit Wahrheit nicht, wie eine ehrliche Frau diesen Winter (1770) sich mit ihrem Haushalt noch durchbringen will, da alles, was zur Leibes-Nothdurft und Nahrung gehöret, immer theurer wird, und so wenig aus Holland als Ostfriesland Butter für Geld zu bekommen ist.

Dabey nimmt der Unglaube so sehr überhand, daß auch das Gesinde die Furcht Gottes ganz außer Augen setzt, und sich nicht mehr mit redlicher Kost begnügen will. Wo die Schweine es nicht noch einigermaßen wieder gut machen: so sehe ich keinen Rath. Denn das eingeschlachtete Kuhfleisch verschwindet im Topfe, und fettes Vieh will man wegen der leidigen Seuche noch nicht durchlassen. Talg und Käse sind natürlicher Weise auch gestiegen; und die Ostfriesen werden uns ihr Rüb-

öl theuer genug verkaufen wollen,) da der Wallfischfang in diesem Jahre so schlecht ausgefallen ist. Alles
wird aufs liebe Brod fallen, und dieses ist uns leider
heuer so sparsam zugewogen, daß man es den Arbeitsleuten wohl wieder zuwägen möchte. Kurz, wer dieses
Jahr mit Ehren durchkömmt, der kann von Glücke
sagen.

Das schlimmste bey dem allen ist, daß das Gesinde
in hiesigen Gegenden immer gleich üppig und kostbar
bleibt, und durch keine Ermahnungen dahin zu bringen
ist, sich mit Brod und Käse ohne Butter zu begnügen.
Anderwärts hat man Birnmuß, Pflaumenmuß und
Möhrensaft statt der Butter; in Frankreich sind eine Zwie-
bel und drey Kastanien eine herrliche Mahlzeit; aber hier
weiß man von dem allen nichts. Das Gesinde würde
einen auslachen, wenn man ihm, wie in Böhmen, Brod
und Salzgurken, und des Sonntags ein paar Senfbirn
vorsetzen wollte. Wir haben auch weder Schaafkäse
noch saure Schaafmilch, womit der Haushalt in andern
Ländern Jahr aus Jahr ein unterhalten wird, und ohnerachtet sich ganze Heere von Staaren in unsern Gegenden zeigten: so hat man sich doch die Mühe nicht gegeben, sie zu fangen, und für den Winter in Eßig zu
setzen. Kurz, ich habe in meinem Leben ein solches Land
nicht gesehen, wo die Einwohner so kostbar leben. Es
ist gar kein Wunder, daß keine Fabriken darinn empor
kommen können. Denn jeder Bettler verzehrt doppelt
so viel, als in andern Ländern der fleißigste Fabrikant
des Tages gewinnet. Ein Mohr in Africa lebt täglich
von 3 Pfennigen, wofür er sich Brod und Zwiebeln
kauft, und seine höchste Wollust an Feyertagen ist, daß
er sein Brod röstet und in Oel tunkt. Aber hier schreyt
alles nach Fleisch, und ist kaum mit einerley zufrieden.

Ich

Ich wollte, daß die Leute, die Philosophen, wie man sie heißt, die den Leuten so vieles weiß machen, und eine Herrschaft außer Stand setzen, einen Haushalt in der Furcht Gottes zu führen, zum allgemeinen Besten eingepökelt würden: so hätte man noch was davon. Insbesondre aber wünschte ich, daß alle die süßen Sittenlehrer, die den Weg zum Himmel ebner als unsre Heerstraßen machen, und zur Bequemlichkeit für die vornehmen Sünder mit Pelouse *) belegen, für den Unterhalt aller von ihnen verdorbenen Haushaltungen im Zuchthause arbeiten müßten. Denn ihnen und sonst keinem haben wir es zu danken, daß dem Städtischen Geschlechte vor dem lieben Brodte so ekelt, und meine Mädchen nichts als Filet machen wollen, da ich ihnen denn die Strümpfe für baar Geld kaufen muß. Ehedem hatte man ein Ehrenkleid für sein Lebenlang, und meine Brautschuh währen noch nach dreyßig Jahren, indem ich sie nicht anders als auf allen vier hohen Zeiten anziehe; aber jetzt geht alles mit seidnen Schuhen und Strümpfen durch dicke und dünne, und das zu einer Zeit, wo der liebe Roggen kaum für Geld zu haben ist. Doch ich mag gar nicht mehr daran gedenken; Gott bessere die Zeiten, und gebe uns einen guten Winter, damit das Vieh noch eine Zeitlang draußen bleiben und die Frucht auf dem Felde allen denjenigen, welche auf ein theures Frühjahr lauern, eine solche Aussicht zeigen möge, daß sie es nicht wagen, ihren Vorrath bis zum äußersten zurück zu halten.

*) à Paris, on ne marche actuellement que sur la Pelouse. Pelu oder Velu ist eins; und zeigt also das Pelouse so viel als einen Grasweg an, der geschornem Sammte gleicht.

LXVII.

LXVII.

Also soll man die Auffuchung der Spitzbuben, Vagabunden, nicht in der Nacht vornehmen?

Wenn die Polizey nach Landstreichern und andern verdächtigen Leuten suchen läßt: so pflegt solches insgemein des Nachts zu geschehen. Ein hier sitzender Spitzbube hielt darüber unlängst nachstehende Rede:

„Die Polizeybediente müssen glauben, daß wir, wie andre ehrliche Leute, unser Brod bey hellem Tage verdienen, und des Nachts von unsrer Arbeit ausruhen. Sonst würden sie sich wohl nicht allemal die vergebliche Mühe machen, uns des Nachts in den Schenken aufzusuchen. Nein, wenn wir schlafen: so geschieht dieses bey Tage, und des Nachts bleiben wir in keiner Schenke, wenn wir auch würklich schlafen wollten. Hier ist es viel zu unsicher für uns, und jeder Lärm würde uns in Furcht und Gefahr setzen. In den Wirthshäusern findet man uns, und unsre künftigen Mitbrüder, die Landstreicher, nicht häufiger, als im Winter gegen drey oder vier Uhr des Abends. Von den Beschwerlichkeiten eines kalten und regnigten Tages ermattet, oder von einer Arbeit, der vorigen Nacht, durch einen kurzen Schlaf nur halb erquikket, genießen wir sodann der ersten Wärme, beym Feuer oder in der Stube. Die heischere Kehle wird durch einen guten Trunk sodann gelabet, und der hungrige Magen genießt etwas warmes, was wir auf der Landstraße und außer den Wirthshäusern nicht finden. Die Reisenden kehren zu dieser Zeit häufiger ein, und der durstige Bauer eilet zur Labung. Wir hören von ihnen die Neuigkeiten des Dorfs, und erfahren nicht selten, wie sie des Nachts bestel-

bestellet sind, eine allgemeine Visitation vorzunehmen. Der Untervogt erzählet, wie manchen Spitzbuben er in seinem Leben beynahe gefangen, und wie er einstmals bey einer nächtlichen Visitation in Gefahr gewesen sey, den Hals zu zerbrechen. Wir hören dieses ruhig an. Allein während dem, daß die Wärme, das Bier und der Brandtewein die Köpfe der Bauern schwer machen, welches insgemein gegen 9 Uhr zu geschehen pflegt: so schleichen wir davon, um entweder einige Stunden weit nach neuen Eroberungen zu streifen; oder wir kriechen in eine unverdächtige Scheune aufs Heu, wo uns niemand mit der Leuchte suchet: hier liegen wir in der vollkommensten Sicherheit; und das ganze Kirchspiel hat bey der nächtlichen Visitation nichts als einen guten Rausch gewonnen."

Der Mann, der diese Rede hielt, redete aus der Erfahrung; er war gewiß hundertmal bey Nacht gesucht, und nicht gefangen, aber endlich bey Tage angeschossen, und so gefangen worden.

Ende des ersten Theils.

[illegible]